MICHAEL ANDERLE

ANFÄNGERIN

DIE CHRONIKEN VON KIERAFREYA
– BUCH 2 –

Für meine Familie, Freunde und alle
diejenigen, die es lieben zu lesen.
Mögen wir alle das Glück haben das Leben
zu leben für das wir bestimmt sind.

Impressum

Anfängerin (dieses Buch) ist ein fiktives Werk.
Alle Charaktere, Organisationen, und Ereignisse, die in diesem Roman geschildert werden, sind entweder das Produkt der Fantasie des Autors oder frei erfunden. Manchmal beides.

Copyright der englischen Ausgabe: 2019 LMBPN® Publishing
Copyright der deutschen Ausgabe: 2020 LMBPN® Publishing
Cover by Mihaela Voicu http://www.mihaelavoicu.com/
Titelbild Copyright © LMBPN Publishing
Eine Produktion von Michael Anderle

LMBPN Publishing unterstützt das Recht zur freien Rede und den Wert des Copyrights. Der Zweck des Copyrights ist es Autoren und Künstlern zu ermutigen die kreativen Werke zu produzieren, die unsere Kultur bereichern.

Die Verteilung von diesem Buch ohne Erlaubnis ist ein Diebstahl der intellektuellen Rechte des Autors. Wenn Du die Einwilligung suchst, um Material von diesem Buch zu verwenden (außer zu Prüfungszwecken), dann kontaktiere bitte international@lmbpn.com Vielen Dank für Deine Unterstützung der Rechte des Autors.
LMBPN International ist ein Imprint von
LMBPN Publishing
PMB 196, 2540 South Maryland Pkwy
Las Vegas, NV 89109

Version 1.02 (basierend auf der englischen Version 1.02), Juni 2021
Deutsche Erstveröffentlichung als e-Book: Dezember 2020
Deutsche Erstveröffentlichung als Paperback: Dezember 2020

Übersetzung des Originals (Neophyte – Chronicles of KieraFreya 02)
ins Deutsche von:
4media Verlag GmbH

Verantwortlich für Übersetzungen, Lektorat
und Satz der deutschen Version:
4media Verlag GmbH,
Hangweg 12, 34549 Edertal,
Deutschland

ISBN der Taschenbuchausgabe: 978-1-64971-215-8
DE20-0044-00060

Übersetzungsteam

Primäres Lektorat
Kerstin Weber

Sekundäres Lektorat
Jens Schulze

Betaleser-Team
Stefan Krüll
Jürgen Möders
Esther Nemecek
Nicole Reiter
Natalie Roggenkamp

ANFÄNGERIN

Kapitel 1

Sogar die Luft veränderte sich in dem Moment, als sie den Raum betraten. Eine dunkle Wolke schwebte über ihnen, als Hugo die Tür offen hielt und seiner Frau erlaubte, den Sitzungssaal zuerst zu betreten.

Der Raum war extravagant, ein Beweis für die jahrelange, harte, schleifende Arbeit, die das Paar in ihr Unternehmen gesteckt hatte. Kein Staubkorn schwebte durch die Luft und ruhte auch weder auf den Glasscheiben, die die Wände bedeckten, noch auf den marmorierten Möbeln, die an einen langen, schwarz getönten Glastisch grenzten.

Genau vierzig Leute konnten in diesem Saal einen Platz finden. Eine große, weiße Wand bot Raum für die Tabellen und Präsentationen, die im Laufe der Jahre von einer Reihe der besten Unternehmer, die das Land zu bieten hatte, in diesem Raum gehalten worden waren – sowie von ein paar vor Angst zitternden Einfaltspinsel, die mit eingezogenem Schwanz aus dem Raum gekrochen waren.

Dieser Raum hatte die Karrieren vieler Personen beschleunigt, aber auch einige zerstört. Die Oberhäupter der Familie Lagarde wussten das gut und waren immer darauf bedacht, ihr Ego und ihren Stolz nicht die Überhand erlangen zu lassen. Sie gaben den Leuten Chancen. Ihr Unternehmen wurde zwar nicht gerade demokratisch geleitet, aber sie hatten immer ihr Bestes getan, um mit fairer Hand zu regieren.

Olympus – das war der Name, den der Raum umgangssprachlich von den Bewohnern des Lagardschen Reiches erhalten hatte. Der heilige Thronsaal, in dem die Götter des Unternehmens saßen und regierten, Milliarden von Dollar verdienten und das Leben von tausenden von Mitarbeitern veränderten.

Jetzt saß ein Mann alleine darin, den Rücken gerade, die Aktentasche auf dem Tisch vor sich, während die Lagardes an den Tisch herantraten.

»Sie sind früh dran«, bemerkte Hugo, seine Stimme tief und gebieterisch. Keine Frage. Selten eine Frage.

Demetri schob seinen Stuhl mit einem Quietschen zurück, erhob sich und nickte kurz, als die beiden in den Raum traten und gegenüber von ihm Platz nahmen. Er wartete, bis Hugo und Helen Lagarde sich niederließen, bevor er sich selbst wieder hinsetzte.

»Bin ich das nicht immer?« Er lächelte.

Hugo nickte, sein neutraler Ausdruck blieb unbeirrt. Es war etwas, das er im Laufe der Jahre entwickelt hatte – ein wahres Pokerface, das von keinem außer seiner Frau gelesen werden konnte. Er trug einen kurzen, grauen Bart und sein Haar war glatt zurückgekämmt. Neben ihm kreuzte Helen ihre Beine, ihr eigenes Haar zu einem engen Zopf zurückgezogen. Sie war dezent geschminkt. Ihre Anzüge waren maßgeschneidert und so gestaltet, dass die beiden auch optisch ein perfektes Team ergaben.

Sie waren eine feste Größe, mit der man rechnen musste.

»Sagen Sie mir, Herr Smythe, gibt es Neuigkeiten über meine Kinder? Ich hoffe, es gibt keine Probleme oder Bedenken?«

Demetri öffnete seine Aktentasche und durchsuchte einen Stapel von Papieren, die mit Notizen bedeckt waren, welche er nach den Sitzungen mit den Lagarde-Geschwistern in der letzten Woche notiert hatte.

ANFÄNGERIN

Demetri ging die Notizen nacheinander durch und listete alle Beschwerden und Erfolge auf, die er entdeckt hatte. Hector Lagarde war überglücklich, genoss seine Investitionen im Tesla-Programm, er brachte so viel Ertrag, dass die Bank of America neben ihm wie ein Verein von Münzsammlern aussah. Er hatte allerdings auch enthüllt, dass die Dinge mit seiner Frau Aisha sich zum Schlechteren gekehrt hatten. Laut Hector hatten ihre Streitgespräche an Häufigkeit zugenommen, weil sein dicht gepackter Terminplan oft mit allerlei privaten Terminen im Konflikt stand. Obwohl Hector immer wieder versuchte zu erklären, wie bedeutsam seine Rolle im Unternehmen war und wie viel Chaos diese mit sich brachte, war Aishas Geduld so langsam am Ende.

Hilary Lagarde war kürzlich nach China geflogen und untersuchte die Idee weiterer Investitionen in eine Reihe von Make-up-Produkten, die frei von Tierversuchen und garantiert umweltfreundlich war und die Standardkosten für Schönheitsprodukte in allen Industriestaaten um mindestens 10% senken würde.

Sie hatte kürzlich den CEO des Unternehmens getroffen und stellte nun vor der Investition sicher, dass die Produkte ihren Ansprüchen wirklich gerecht wurden. Den Familiennamen abzuwerten war das Letzte, was irgendjemand wollte.

Henrietta und Henry machten Fortschritte bei der Entwicklung einer neuartigen KI zur Einbettung in Augmented und Virtual Reality und versprachen nun die ersten großen Versuche innerhalb der nächsten Monate. Sie waren über die kürzliche öffentliche Markteinführung eines Konkurrenzsystems durch eine wenig bekannte Firma namens Praxis Games Ltd. in mehrere Meinungsverschiedenheiten geraten. Diese Woche waren sie sich gegenseitig an die Kehle gegangen, als Henrietta drängte, die Spiele früher zu veröffentlichen, während Henry es vorzog, die Markteinführung nicht aufgrund von Panik zu überstürzen.

Demetri hielt den Blick auf seine Notizen gesenkt, als er das alles erwähnte. Er wusste nur zu genau, dass Hugo und Helen vor etwas mehr als zwei Wochen einen Vertrag unterzeichnet hatten, der es ihrer jüngsten Tochter Chloe ermöglichte, ihre erste Investition bei Praxis Games Ltd. zu tätigen. Das Letzte, was er wollte, war, dass Hugo und Helen ihm die Schuld gaben, einen Bruch in ihren Familienbeziehungen zu verursachen.

»Ich vertraue darauf, dass Sie den Zwillingen nichts von unserem Abenteuer mit Chloe erzählt haben?«, fragte Helen, ihre Worte ruhig und kontrolliert.

Demetri bestätigte, dass er das nicht getan hatte. Helen nickte und Demetri fuhr fort, indem er von seinen Sitzungen mit Harry und Harvey berichtete (über die es wenig Neues gab, außer dass Harvey jetzt für ein 22-jähriges Supermodel aus der Tschechischen Republik schwärmte und mit Harry und seiner glamourösen Frau um die Welt flog, schnöselige Feierlichkeiten besuchte und seine Umwelt sehr umfangreich über den Namen Lagarde und seiner Bedeutung in der modernen Gesellschaft informierte.

Dann holte Demetri einige Notizen hervor, die auf Papier mit dem Praxis-Logo in der Ecke geschrieben waren.

»Und zu guter Letzt ist da Chloe.« Demetris Augen trafen auf die von Hugo. Er konnte es nicht erklären, aber obwohl es keine Regung hinter diesen Augen zu geben schien, fühlte er sich, als würde er von Kopf bis Fuß betrachtet werden.

»Natürlich«, bestätigte Helen und richtete sich in ihrem Stuhl auf. »Wie läuft unser kleines Experiment? Ich vertraue darauf, dass wir bereits Ergebnisse sehen durch diesen ...›Pod‹, ist das richtig?«

ANFÄNGERIN

Demetri nickte begeistert und schluckte hart. »Ja, wir sehen Fortschritte. Chloe hat es bereits bis zur ersten größeren Stadt in Obsidian geschafft und hat eine Gruppe von drei Abenteurern bei sich. Sie arbeiten sich durch die Quest nach dem Rest der Ausrüstung von KieraFreya, aber befinden sich in einer Sackgasse. Sie fragen derzeit in der Stadt nach Informationen über Nauriel oder den Kerl, der versucht hat, Chloe ermorden zu lassen, aber bisher hatten sie kein Glück.«

Die Worte schossen aus Demetri nur so hinaus. Er war noch nie ernsthaft von Videospielen besessen, aber nachdem er Chloes Reise bisher beobachtet hatte, musste er zugeben, dass die ganze Sache tatsächlich unterhaltsam war. Er verstand nun, wie Menschen Stunden ihres Lebens damit verbringen konnten, vorzugeben etwas zu sein, was sie in der echten Welt nicht waren.

Helens Nase rümpfte sich, eine minimale Bewegung. Sie änderte die Position ihres Stuhles und rückte etwas näher zu Demetri, der leicht in seinen Sitz sank. Er erkannte, wie dumm er für ein Paar geschäftsorientierter Götter geklungen haben musste, die wahrscheinlich noch nie in ihrem Leben ein Videospiel angefasst hatten.

»Ich meinte, wie sieht es aus mit der Investition? Wirft das Unternehmen schon Gewinne ab? Wie ist die Prognose für die nächsten sechs bis zwölf Monate?«

Demetri blätterte durch seine Unterlagen und zog mehrere Seiten mit Grafiken und Diagrammen sowie einige Statistiken heraus.

Hugo und Helen starrten für eine lange Zeit schweigend auf die Seiten. Demetri beobachtete die Digitaluhr an der Wand und zog etwas Trost daraus, dass, egal wie wichtig oder unwichtig eine Besprechung für die Lagardes war, sie sich immer rechtzeitig für ihre nächste Besprechung verabschiedeten. Sie waren penibel pünktlich.

Hugo machte ein grüblerisches Geräusch. »Scheint unverfälscht zu sein. Nicht ganz das Wachstum, das ursprünglich versprochen wurde, aber zumindest können wir sagen, dass das Unternehmen wächst. Die Prognose könnte besser sein, aber wir sind in den schwarzen Zahlen ... für den Moment.«

»Das Unternehmen macht Fortschritte«, sagte Demetri. »Sie sind aufgrund der Beta-Phase ihrer Tests nur langsam gewachsen, aber seit heute Morgen haben sie die Plattform für die breite Öffentlichkeit geöffnet. Sie beginnen in den USA, wollen dann nach Europa expandieren, danach in Australasien und es dann in der ganzen Welt anbieten.«

»Wir vertrauen auf Ihr Urteilsvermögen.« Helen nickte. »Halten Sie uns über den Fortschritt des Unternehmens auf dem Laufenden und wir werden es hoffentlich vermeiden können, in Ihre Arbeit einzugreifen. Gute Arbeit, Herr Smythe.«

Gerade als Helen sich von ihrem Stuhl erheben wollte, legte Hugo eine Hand auf ihre.

Demetri folgte Hugos Blick zu mehreren Blättern, die Dutzende von Textzeilen der Fehlerberichte von Spielern detailliert aufführten, zusammen mit den Schritten, die die Entwickler unternahmen, um sie zu beheben.

Hugos Finger schwebte über Chloes Namen.

»Unsere Tochter hat schwere körperliche Schmerzen ... durch ein Spiel?« Seine Stimme kam wie ein Rumpeln. »Herr Smythe, bitte erklären Sie mir das.«

Demetri seufzte und schilderte Chloes Erfahrungen innerhalb des Spiels und wie Praxis das voll immersive Erlebnis so genau und real wie möglich gestalten wollte.

ANFÄNGERIN

Die Programmierung führte dazu, dass der Spieler wahre Schmerzen durch Verletzungen innerhalb des Spiels erfuhr, was bedeutete, dass sich ein Schlag wie ein Schlag anfühlte und ein Kratzer wie ein Kratzer.

Leider erstreckte sich das auch auf die Todesszenarien, in denen ein Spieler von den verschiedenen Monstern und Gefahren des Spiels zerschnitten, verbrannt oder in Stücke gerissen werden konnte.

»Der Fehler ist nun weitgehend behoben. Praxis hat die Schmerzrezeptoren für den aktuellen Spielerpool gesenkt.«

»Hier steht, dass Chloe die Ausnahme ist.« Hugos Augen bohrten sich in Demetris. »Hier steht, dass es keine Lösung gibt.«

»Ein spielbereites Update wurde veröffentlicht, aber da Chloe die erste Spielerin ist, die die Vollversion erlebt, kann ihre Schmerzrezeptor-Programmierung nicht verändert werden, ohne sie aus dem Spiel zu nehmen.«

Hugo und Helen schwiegen wieder einmal. Sie lasen die Liste der Fehler und arbeiteten sich schließlich zu einem Dokument durch, das Chloes Bild mit einer Liste von Zahlen und langen Wörtern zeigte, die direkt aus dem medizinischen Analyseprogramm des Spiels gezogen worden waren.

»Alle ihre Vitalfunktionen sind in Ordnung?«, fragte Hugo.

Demetri nickte.

»Und ihr Verhalten im Spiel?«

Demetri lächelte. »Sie scheint den Spaß ihres Lebens zu haben.«

Hugos Blick wandte sich wieder den Dokumenten zu.

»Hier steht, dass die Veröffentlichung eine Live-Stream-Option für das Spiel beinhalten wird, die es jedem ermöglicht, sich anzumelden und es anzusehen. Was bedeutet das?«

Demetri seufzte. Er erklärte, dass, da das Spiel nun für die Öffentlichkeit zugänglich sei, ein Teil der Initiative zur Steigerung des Umsatzes und zur Förderung der Viralität darin bestehe, die Abenteuer aller Spieler von jedem mit einer funktionierenden Internetverbindung sofort verfolgbar zu machen.

Dies würde ähnlich wie ein Fernsehsender funktionieren und das Interesse derer locken, die sich das Spiel selbst nicht leisten können. Langfristiges Ziel von Praxis war es, Werbetreibende zu gewinnen, um die Kanäle zu bewerben und so den Umsatz zu steigern.

Die Livestream-Premiere war das, worauf Demetri sich am wenigsten gefreut hatte, es den Lagardes mitzuteilen. Teil der ursprünglichen Vereinbarung war, dass Chloes Einstieg in das Spiel unter völlig anonymen Bedingungen erfolgen würde. Niemand sollte wissen, dass eine Lagarde in dieses Spiel investiert hatte und Chloe sollte zwei Jahre lang frei von der Last ihres Erbes sein, um als Person zu wachsen und ihr geringes Selbstvertrauen zu steigern – ohne ständig ihren Familiennamen im Nacken zu spüren.

Aber jetzt ...

»Bedeutet das, dass sich *jeder* einschalten und Chloe live beim Spielen zusehen kann?«

Demetri nickte. »Obwohl niemand weiß, wer diese Spielerin ist. Wenn ein Spieler nicht ausdrücklich seine Identität im Spiel verrät, gibt es keine Chance, dass irgendjemand außer uns und denjenigen, die bei Praxis unter Verschwiegenheitserklärungen stehen, weiß, dass Chloe eine Lagarde ist.«

Hugo und Helen dachten einen Moment lang darüber nach, bevor ein Piepton ertönte und sie ihre Uhren im Einklang überprüften.

ANFÄNGERIN

Hugo stand auf und warf einen weiteren intensiven Blick direkt in Demetris Augen. Eine flackernde Warnung blitzte über seine Pupillen. »Sehen Sie zu, dass es so bleibt«, sagte er einfach, drehte sich um und ging zur Tür. Nachdem Helen an ihm vorbei den Raum verlassen hat, fügte er noch hinzu: »Und sorgen Sie dafür, dass Chloe keinen weiteren Schaden erleidet. Sagen Sie Praxis, dass die Lagardes sie beobachten.«

Damit verließ er den Raum. Die dunklen Wolken gingen mit ihm.

Kapitel 2

Chloe lächelte herzlich in Richtung Tag, der unsicher auf der langen Bank in der Taverne stand. Sein um ihn herum gedrängtes Publikum hoben ihre Krüge und forderte bereits eine Zugabe. Der Zwerg war seit seiner Ankunft voll in seinem Element und die hungrige Menge wollte mehr.

»Schön! Ihr wollt also mehr hören, was? Wie wäre es mit der Geschichte meiner ersten Liebe?«

Ein heftiger Jubel aus der Menge.

Tag räusperte sich, schwankte und fing dann an zu singen. Seine Stimme verwandelte sich von rauer Baumrinde zu Quellwasser.

Hört mir zu und ich werde euch meine Geschichte erzählen.
Vom bitteren Bier und hartem Brot, das ich niemals würd' wählen.
Denn die besten Dinge werden stets vergänglich sein.
Aber niemals mein Wein, Junge. Niemals mein Wein.
Während das Mädchen in die Dunkelheit der Nacht davonrennt
Mit einem aufgeblasenen Arsch der sich selbst einen Ritter nennt
Die rote Flüssigkeit viel erhabener ist, das hab ich immer schon gewusst.
Nein, nimm nicht den Wein, Junge. Denn das wäre mein Verlust.

ANFÄNGERIN

Tag begann um den Tisch zu tanzen, griff nach einem Krug Wein von einem Ende und schüttete rote Flüssigkeit in die vielen Becher, die in seine Richtung gehalten wurden. Chloe, Ben und Gideon lachten mit Tränen in den Augen, ihre Wangen errötet vom offenen Feuer und ihren eigenen Getränken.

Die Nächte werden blau, und die Tage vergehen.
Während Drachen und Flammen über uns schwebt
Aber sobald die Sonne vor und hinter dem Bett stehen
und der Himmel sich weinrot belebt,
dann zögert nicht, während ich das hier weggeworfen habe
und meine Speiseröhre, Leber und Lungen labe.
Niemals knapp werden und niemals trocken werden lassen
oder packt eure Häuser zusammen, denn ich nehme meine Waffen.
Ich singe es noch einmal, nur für den Fall, dass ihr es nicht gehört habt fein.
Dieser Wein ist mein letzter und war immer mein erster an dem ich labe
Solange ich einen trockenen Hals und trockene Lungen habe
Weiche ich sie mit Wein ein, Mann. Ich weiche sie mit Wein ein!

Tag wiederholte die letzte Zeile und brachte das Lied zu einem Crescendo, als die gesamte Taverne in einen Chor ausbrach und ihm nachsang. Ein großer Kelch Wein wurde von der nickenden Bardame durch die Menge zu Tag gereicht, der ihn hochhob, jubelte und das Ding in einem Zug leerte. Dunkelrote Flüssigkeit tränkte seinen Bart und tropfte über seine Wangen.

Er hob den Kelch noch einmal an und jubelte. Die Menge spiegelte seine Freude wider, während er auf die Bank sprang, sein Fuß auf einem nassen Fleck landete und er hart auf den Rücken schlug.

Chloe fragte sich, wie viele Trefferpunkte dieser Sturz von Tags Gesundheitswert wohl entfernt hatte.

Tag wurde von zwei Damen hochgeholfen. Er errötete, bedankte sich bei ihnen und kehrte zu den anderen zurück, begleitet von Rückenklopfern und Komplimenten, die er auf dem Weg erhielt.

»Meine Güte, du weißt wirklich, wie man ein Publikum unterhält«, begrüßte Ben ihn. Der Elf, der viel größer war als Tag, blickte auf seinen Freund herab und lachte gutmütig. Er applaudierte dramatisch langsam, bis der Zwerg ihn abwinkte.

»Das war gar nichts«, antwortete Tag und rülpste tief. »Jeder ist mit verborgenen Talenten gesegnet. Es ist nicht meine Schuld, dass meines das Singen ist.«

»Ich dachte, deins wäre es, dich von Trollen zu Brei zertrümmern zu lassen«, neckte Chloe. Sie sprach von einer früheren Begegnung in einer Höhle, bei der Tag dem Tod ins Auge blicken musste, bevor Gideon seine Heilkräfte genutzt hatte, um ihn wieder zu heilen.

»Oh, eine mutige Antwort von einer Frau, die den Tod weitaus mehr zu bevorzugen scheint als das Leben. Sag mir, ist das nicht eine Art Rekord für dich? Über eine Woche ohne zu sterben?« Er hickste. »Sicherlich fehlt dir das weiße Zimmer jetzt schon. Sehnst du dich nicht danach, zurückzukehren?«

Chloe lachte und verwuschelte die Haare des Zwergs mit ihren Fingerspitzen. »Bist du nicht ein ganz Lustiger?«

»Hey! Nicht die Haare!«, rief Tag, zappelte sich frei von Chloes Griff und fiel erneut um. Mehrere Leute drehten sich zu ihnen und lachten über Tag, beugten sich dann nach unten und halfen ihm erneut auf.

Chloe strahlte, ihr Kopf war ein wenig benommen von ihrem eigenen Getränk. Sie konnte immer noch nicht glauben, dass sie dieses kleine Stück Paradies in Obsidian gefunden hatten. Nach einer mehrtägigen Reise hatten sie die kleine Stadt erreicht, die sie von der Spitze der Berge aus hatten sehen können.

Sie hatten erfahren, dass der Ort Hobblesville hieß und einen riesigen Kontrast bildete zu Oakston. Dieser Ort hatte alle Merkmale, die Chloe von Fantasy-Online-Rollenspielen erwartet hatte. Tatsächlich schien diese Stadt fast eine direkte Kopie des Ortes zu sein, in denen ihr Ex-Freund Blake so viel Zeit verbracht hatte, als er vor Jahren *Relict Hunter* spielte.

Ihre Reise nach Hobblesville war recht problemlos verlaufen. Abgesehen von seltenen, zufälligen Begegnungen mit einigen der Wildtiere, die die Wälder und Ebenen durchstreiften – Wölfe, Dachse, Falken und ein paar einsame Bären, die in der Nähe ihrer Höhlen herumschlichen – waren sie schnell vorangekommen.

Die andere Seite der Berge war definitiv ein riesiger Kontrast zu den dichten Wäldern, durch die sie zuvor gereist waren. Das Land hob und senkte sich in grasbewachsenen Hügeln und von höheren Erhebungen sahen sie Flüsse und Bäche, die sich kilometerweit durch die Landschaft wanden.

Spärliche Wälder boten bescheidenen Schutz in den Nächten, in denen Chloe allein gelassen wurde. Sie passte auf die Avatare von Gideon, Ben und Tag auf, nachdem sie sich abgemeldet und wieder in die reale Welt eingetreten waren, um sich um ihr Leben zu kümmern, bevor sie Stunden später zurückkehrten. Einerseits dachte Chloe, dass sie die anderen dafür beneiden müsste, dass sie die Chance hatten, in ihre eigene Welt zurückzukehren, aber dann erinnerte Chloe sich an ihr eigenes echtes Leben.

Sie hatte nur für das Wochenende gelebt und ihr mehr als reichlich verfügbares Geld für Freunde ausgegeben, von denen sie nicht einmal sicher war, ob sie ihre Abwesenheit bemerkten, während sie in *Obsidian* eingetaucht war. Der Doc hatte ihr gesagt, dass jedem, der nach ihr fragte, erzählt wurde, Chloe wäre in eine zweijährige Pause nach Übersee gegangen, um ›sich selbst zu finden.‹ Eine Auszeit wie diese war für Frauen Anfang 20 nicht ungewöhnlich, sodass niemand Verdacht schöpfen würde.

Es gab nichts, wonach sich Chloe zu Hause sehnte. Ihre Brüder und Schwestern hatten Midas-Hände und verwandelten alles, was sie anfassten, in Gold. Ihre Eltern herrschten über den Rest der Götter von ihren Thronen im Olympus und Chloe hatte nichts anderes als einen betrunkenen Narren gespielt, der keinen Geschäftssinn hatte, geschweige denn über genug Interesse verfügte an alledem, um dazuzulernen.

Nein. Chloe war hier in Obsidian glücklicher, auch wenn sie sich auf irgendeiner Ebene bewusst war, dass die ganze Erfahrung nicht wirklich real war.

Auf dem Weg nach Hobblesville war keiner der Abenteurer weiter aufgestiegen, was sie nicht wirklich überrascht hatte. Tag, Ben und Gideon waren recht zufrieden mit ihrer Stufe 9, während Chloe Stufe 10 erreicht hatte und nun damit beauftragt worden war, von 5 Optionen, die die KI für sie ausgewählt hatte, eine Klasse für ihre Figur auszuwählen.

Den größten Teil ihrer Reise nach Hobblesville hatten sie damit verbracht, über die Vorteile jeder Klasse zu sprechen und darüber, was Chloe mit jeder einzelnen anstellen könnte.

ANFÄNGERIN

Die Entscheidung hatte sie jedoch hinausgezögert, da sie sich allzu bewusst war, wie permanent diese sein würde. Sie war klug genug, um anzuerkennen, dass ihr Wissen über Fantasy-Online-Rollenspiele wesentlich geringer war, als das der anderen drei, die über Jahre hinweg gemeinsame Erfahrungen in einer Reihe von Spielen gesammelt hatten. Wenn sie die richtige Entscheidung treffen sollte, durfte sie dies nicht überstürzen.

»Wenn du etwas anderes als Berserker wählst, werde ich nie wieder mit dir reden«, hatte Tag gesagt.

»Oh, das klingt allerdings unglaublich verlockend.« Chloe zwinkerte.

»Berserker sind großartig! Eine einzigartige Klasse, in der du Menschen zerschlagen und zerstören kannst. Dieser Rote Zorn klingt unglaublich.«

Chloes Menü, das in ihrem Sichtfeld erschienen war, hatte den Roten Zorn beschrieben. Es war eine Fähigkeit, die den Avatar des Spielers überkam, wenn er in einer Zwickmühle steckte. Wenn die Trefferpunkte eines Spielers niedrig genug waren, würde ein roter Nebel aufsteigen und der Charakter im Wesentlichen willenlos sein, bis die Wut vorbei war.

»Wollen wir so jemanden wirklich in unserem Team haben?«, hatte Gideon gefragt und den letzten Bissen Pilze heruntergeschluckt, die sie gekocht hatten. »Jemand, der uns ebenso gut verletzen könnte, wie uns zu helfen?«

Tag schnaubte verärgert. »*Ich* würde es wählen, wenn es mir angeboten werden würde.«

»Nun, dann sollten wir ein Auge auf dich haben.« Chloe lachte.

»Werde Kleriker!«, hatte Ben gesagt. »Wir brauchen eine stärkere Verbindung zu den Göttern in diesem Spiel. Soweit wir wissen, können sie uns zu jeder Zeit beobachten. Was würde es schaden, einen ihrer Anhänger in unserer Gruppe zu haben? Das würde uns sicher sehr zugutekommen.«

Während Ben in den Himmel geschaut hatte, hatte Chloe ihre Aufmerksamkeit auf die smaragd- und goldverzierten Armschienen gerichtet, die sie auf ihrer ersten Reise in einer Höhle gefunden hatte. Es war eine ziemliche Überraschung gewesen, zu erfahren, dass diese Rüstungsteile verzaubert worden waren, besessen vom körperlosen Geist von KieraFreya, einer Göttin, die in Ungnade gefallen war – und Chloe nun bei jeder Gelegenheit beschimpfte und besserwisserische Kommentare fallen ließ.

Wenn er nur wüsste, wie genau ihn ein Gott beobachtet, erklang KieraFreyas Stimme in Chloes Kopf. Sie lachte düster. *Was soll ich nur mit ihm anstellen, sobald ich es zurück in das Himmelreich geschafft habe?*

Chloe hatte den Kopf geschüttelt und sich entschieden, KieraFreya zu ignorieren, als gerade die Stadt in Sicht kam und sie ihr Tempo steigerten.

Jetzt, nachdem sie schon mehrere Tage in Hobblesville verbracht hatten, fühlten sie sich mehr denn je zu Hause. Chloe beobachtete, wie Tag von einigen der hier wohnhaften Zwerge zu Unternehmungen mitgeschleift wurde. Sie lächelte, als Ben in Gespräche mit der Bardame vertieft war, die ihm seit dem ersten Besuch im Bucket & Pale verdächtig viel Aufmerksamkeit geschenkt hatte.

Sie lachte von ganzem Herzen, als Gideon versuchte, den Weg von der Toilette durch den Raum zu finden. Er wirkte tollpatschiger denn je, mit seinen schlaksigen Gliedmaßen, die seiner Kontrolle zu entkommen schienen. Die Leute tanzten und lachten um ihn herum und stießen und schubsten ihn mehrmals fast zu Boden.

ANFÄNGERIN

»Pass auf, wo du hintrittst.« Chloe grinste.

»Das ist einfacher gesagt als getan, wenn der Boden bedeckt ist mit Zwergen, Katzen, verschüttetem Schnaps und einer ganzen Menge anderer Dinge. Benehmen diese Leute sich wirklich jede Nacht so?«

Chloe nahm einen Schluck aus ihrem Krug. »Solange der gute, alte Tag für die Unterhaltung sorgt.«

Ja. Hobblesville war in der Tat eine schöne Stadt. Obwohl Chloe einen Riesenspaß dabei hatte, die Stadt kennenzulernen und ihre Vorräte aufzufüllen, wurde sie immer wieder von einer Frage eingeholt. Waren die Informationen, die sie suchten, wirklich hier oder verschwendeten sie nur ihre Zeit, anstatt sich auf die Suche nach den restlichen Stücken von KieraFreya zu begeben, um die Göttin wieder zu vereinen?

Kapitel 3

Chloe erwachte in einem harten Bett mit einem hämmernden Kopf und fühlte ein unheimliches Gefühl von Déjà vu, das sie an ihr Leben in der Großstadt erinnerte.

»So viel zu meinem Lebenswandel«, sagte sie, stand vom Bett auf und schwankte.

»Hast du in deiner Heimat genauso wenig vertragen?«, fragte KieraFreya. »Im Ernst, du könntest dich mit Quellwasser betrinken.«

Chloe starrte auf ihre Handgelenke und stellte sich ein Gesicht vor, als würde es vom Metall reflektiert werden. Sie hatte KieraFreya einmal in einer Vision gesehen, die ihr der alte Schamane des Oakston-Stammes geschickt hatte, nachdem sie ihn darum gebeten hatte. Sie war aber nicht deutlich genug zu sehen gewesen, als dass sie wüsste, wie die Göttin tatsächlich aussah.

Was eine größere Frage aufkommen ließ. Wie sahen Götter in Obsidian aus?

»Was glaubst *du*, wie sie aussehen?«, fragte KieraFreya. »Sie sind Halb-Frosch und Halb-Elefant – zumindest die Guten. Die Bösen sind eher schlangenartig, mit den Flügeln einer Motte.«

»Wirklich?«

»Nein, du Idiotin! Sie sehen menschlich aus, zum größten Teil zumindest. Lange Bärte. Große Brüste. Wie eine Mischung aus dir und Tag, nur viel, *viel* besser aussehend.«

ANFÄNGERIN

Chloe schnappte sich ihre Kleider und zog sich an. »Es ist zu früh am Morgen für deinen Mist.« Sie blickte nach draußen, wo die Sonne hoch am Himmel stand. »Und hatte ich dir nicht gesagt, du sollst dich aus meinen Gedanken raushalten?«

»Hatte ich dir nicht gesagt, dass du mich mit dem Rest meiner Rüstung wiedervereinigen musst? Du scheinst nicht in Eile zu sein, um *deinen* Teil der Abmachung einzuhalten, also warum sollte ich?«

Chloe öffnete ihren Mund, schloss ihn dann wieder. Sie hatte ja recht. Ihre Suche in Hobblesville war bisher erfolglos geblieben, aber die Jungs waren mehr als glücklich, die Stadt in der Zwischenzeit nach ihren (größtenteils) kostenlosen Unterhaltungen zu durchsuchen. Vielleicht war es an der Zeit, sich zu sammeln und weiterzureisen.

»Gut. Ein gutes Argument. Wenn ich zustimme, die Hintern der anderen in Gang zu bringen, lässt du dann meine Gedanken in Ruhe?«

KieraFreya dachte einen Moment lang nach. »Sicher. Warum nicht?«

»Wunderbar.«

Chloe ging durch den Raum und bemitleidete ihren eigenen pochenden Schädel, als sie hörte, *Ja sicher. Weil ich mich bestimmt darum reiße, mit einem dummen Sterblichen Geschäfte zu machen.*

»Das habe ich gehört.«

Eine Pause. »Scheiße.«

Sie fanden Gideon bereits unten in der Taverne, allein in einer Ecke versteckt. Morgens war im ganzen Ort weitaus weniger los und Chloe war nicht überrascht. Wenn die NSCs von Hobblesville jede Nacht halb so viel tranken wie in den letzten Tagen, war es kein Wunder, dass diese verschlafene Stadt tagsüber so aussah, als würde sie sich in Zeitlupe bewegen.

Chloe gesellte sich zu Gideon für ein Frühstück mit gegrilltem Fleisch, Brot und Eiern. Sie unterhielten sich wenig beim Essen, wofür Chloe dankbar war. Mit jedem Bissen und jedem Schluck ihres Wassers fühlte sie, wie ihr Kater nachließ. Als sie die letzten Stücke von ihrem Teller gekratzt hatte, schloss sie ihre Augen und streckte sich.

»Übel?«, fragte Gideon.

»Hm?«

»Dein Kopf? Übel, schätze ich?«

Chloe sah Gideon an, als wollte sie sagen: »Machst du Witze?«

»Nur weil du ein Update für dein Spiel erhalten hast, sodass du anscheinend die Auswirkungen von einem Kater nicht mehr so stark spürst, bedeutet das nicht, dass du dich jetzt über mich lustig machen kannst, okay? Eines Tages wird sich bei mir auch etwas verändern, da bin ich mir sicher. Nur … du musst ein wenig sensibler in meiner Nähe sein, bis dieser Tag kommt, okay?«

»Und ich dachte immer, *ich* wäre empfindlich«, sagte Gideon und nahm einen Schluck von seinem Wasser.

Chloe lachte und stieß mit ihrer Schulter gegen seine. Gideons Wasser schwappte über den Rand des Glases und hinterließ Flecken im Schritt seiner Hose.

»Hupps«, sagte Chloe unschuldig. »Und ich dachte immer, in einem Spiel ab 18 müsste man sich keine Sorgen darum machen, dass sich jemand einnässt. Ich schätze, wir leiden beide in mancher Hinsicht.«

Gideons Wangen erröteten, als er versuchte, den dunklen Fleck mit seinem Ärmel zu entfernen. Nach einigen Minuten hörte Chloe Geräusche aus Richtung der Treppe und

Bens lange Gestalt tauchte auf, kurz darauf gefolgt von der Bardame, die schüchtern hinter die Bar ging und in einen hinteren Raum verschwand.

Chloe hob ihre Augenbrauen.

Ben grinste. »Was? Es ist nicht so, wie du denkst.«

»Wirklich?«, fragte Chloe. »Weil ich denke, dass du gestern Abend ein wenig VR-Action hattest, so seltsam das auch klingen mag. Sag schon, wie war es? Waren eure Teile ganz verschwommen und verpixelt? Fühlt man überhaupt etwas, wenn man ein Stück von jemandes Fantasie …« *Piep.*

Obwohl Chloe offensichtlich versuchte, ihn zu provozieren, verließ das Lächeln Bens Gesicht nicht. »Es war … gut. Anders, aber gut.«

Gideon sah von seiner Hose auf. »Was soll das heißen?«

»Es bedeutet, dass ein wahrer Gentleman nie über so etwas sprechen würde. Jetzt brauche ich etwas zu Essen. Oh, Ronda!«

Chloe beobachtete, wie Ben sein Essen in sich hineinschaufelte wie jemand, der noch nie in seinem Leben etwas gegessen hatte. Eine kleine Falte des Ekels erschien auf ihrer Nase, als er sich über den Teller lehnte und das Essen in seinen Mund schob.

»Du hast fast dieselben Essensmanieren wie Tag«, murmelte Chloe.

»Mir egal«, sagte Ben zwischen zwei Bissen. »Apropos, wo ist der kleine Kerl?«

»Ich würde mal raten«, antwortete Gideon und wandte sich dem Kamin zu, wo ein großer Tisch mit darauf gestapelten Stühlen stand. Darunter hob und senkte sich eine Brust mit jedem dösenden Atemzug, den der Besitzer machte. Zuerst hielt Chloe die Form für einen Hund, bis sie sich bewegte und Tags unverwechselbarer Bart in Sicht kam.

Sie lachten alle los. Chloe war die Erste, die aufstand und zu Tag hinüberging, sie stieß mit ihrem Stiefel in seine Seite. »Alles klar, Soldat! Aufstehen und angreifen. Lasst uns keinen Moment mehr verschwenden. Bewegung! Bewegung! Bewegung!«

Tags Augen schnappten auf. Er sprang auf, schlug mit dem Kopf gegen den Tisch und krabbelte dann hervor. Er taumelte ein paar Schritte, dann wirbelte er zu Chloe.

»Das ist nicht lustig!«

»Da bin ich anderer Meinung«, sagte sie und konnte ihr Lachen nicht mehr verkneifen, als sie auf Gideon und Ben zeigte. Sogar Rondas Lachen ertönte von der anderen Seite der Bar.

Es dauerte einige Zeit, um Tag zu beruhigen und Chloe war neidisch, als sein Kater innerhalb weniger Minuten nachließ. Sie bestellten eine weitere Runde Getränke. Während Tag aß, diskutierten sie die Ereignisse der vergangenen Nacht und versuchten erfolglos, Ben mit seinem romantischen Zwischenspiel aufzuziehen.

Als Tag fertig war, schob er den Teller von sich weg. »Nun, das war zufriedenstellend. Nicht ganz so zufriedenstellend wie deine Nacht, was?«, fügte er hinzu und stieß Ben mit dem Ellbogen an. »Also, was ist der Plan für heute? Eine weitere Runde Quests absolvieren? Ein bisschen Spaß und Gespräche mit den anderen heißen Fegern von Hobblesville? Vielleicht sammeln wir ein paar ausgerissene Rinder ein?«

»Ich denke, wir haben alles getan, was wir hier tun können, Leute«, sagte Chloe und spielte die Stimme der Vernunft. »Wir haben uns mit Proviant eingedeckt, wir haben etwas Geld ausgegeben und wir haben einige neue Freunde gefunden, aber wir sind kein bisschen näher dran, mehr über Tohken zu erfahren. Niemand hier weiß, wer er ist und niemand hat die geringste Erinnerung an jemanden, auf den die Beschreibung des Magiers passt. Keiner hier hat überhaupt von Nauriel gehört. Zusammengefasst – wir haben ein Problem.«

Ben und Gideon nickten. Tag blieb still.

»Schaut, ich habe gestern mit Jacob, dem örtlichen Stallburschen, darüber gesprochen, uns ein Transportmittel zu besorgen. Für das Geld, das wir haben, kann er uns nicht viel geben. Er hat ein paar Pferde, die vielleicht schon bessere Tage gesehen haben, aber in der Lage sein dürften, uns in die nächste Stadt zu bringen. Ich schlage das als nächsten Schritt vor. Lasst uns ein Transportmittel besorgen und dem Horizont folgen. Hier gibt es nichts mehr für uns.«

»Was ist mit deinem Kumpel, dem Irrlicht?«, fragte Ben.

Chloe schaute in der Taverne umher. Er hatte recht, die ätherische Form einer hell leuchtenden Kugel, die der Schamane angenommen hatte, war nirgendwo zu sehen.

Chloe winkte ab. »Ich bin mir sicher, dass er in der Nähe ist. Er wird auftauchen, sobald er bereit ist. Also, wer ist meiner Meinung?«

Tag grummelte noch ein wenig darüber, dass er an Ort und Stelle bleiben wolle, aber letztendlich mussten sie alle Chloe recht geben. Sie alle legten ihre Hände in die Mitte des Tisches und warfen sie zeitgleich in die Luft, um im Chor »*Loooos*, Team Arschtritt!« zu rufen.

Der Name war Tags Vorschlag gewesen. Chloe, der in dem Moment kein anderer eingefallen war, hatte für solange zugestimmt, bis ihr etwas Besseres einfiel.

Das konnte doch nicht so schwer sein, oder?

Alles war besser als ›Team Arschtritt‹.

Die Sonne brannte im Freien heißer auf sie herab, als sie es je im Wald getan hatte. Als sie die Stadt durchquerten und vertrauten Gesichtern zuwinkten, fühlte Chloe, wie der Schweiß an ihr hinabfloss. Sie fragte sich, ob so etwas wie Sonnenbrand in diesem Spiel existierte. Sie hoffte einfach darauf, dass die sadistischen Programmierer es für keine gute Idee gehalten hatten, zusätzlich zu all dem Tod und der Verstümmelung, Charaktere auch Dehydrierung und sonnengeschädigter Haut auszusetzen.

Der Stall lag am Rand der Stadt, bestehend aus einem großen Anbau und einem Schutzraum an der Seite eines großen Bauernhauses. Ein kleiner Junge mit sandblondem Haar stand auf einer hölzernen Stufenleiter und streckte sich, um den oberen Teil der Mähne eines wunderschönen, kastanienbraunen Pferdes zu erreichen. Das Pferd sah kräftig aus, seine Muskeln und sein Fell schimmerten im Sonnenlicht. Wenn es das wäre, was der Stallbursche als Pferd anbot, das ›schon bessere Tage‹ erlebt hatte, wären sie gut dabei.

»Ist der nicht etwas zu jung, um von dir als Fremde angequatscht zu werden?«, flüsterte Tag.

Chloe stieß ihm in die Seite. Der Junge konnte nicht älter als 8 Jahre sein.

Er trat von seiner Leiter herunter, als sie sich näherten, ein nervöser Blick auf seinem Gesicht. Ohne ein Wort rannte er zur Seitentür des Hauses und sie hörten seine kleine Stimme schreien. Einen Moment später kam ein großer, schlanker Teenager heraus, dessen Hutrand Schatten über seine Augen warf.

Der Junge spuckte auf den Boden und blickte in ihre Runde.

»Das sind die Männer, von denen du gesprochen hast?«, fragte er, mit einem seltsamen Akzent in seiner Stimme.

Chloe nickte. »Ja. Das sind meine Freunde. Tag, Ben und Gideon. Leute, das ist Jacob.« Sie schaute zu dem Stall, konnte aber keine anderen Pferde sehen, nur das hübsche Tier mit dem schimmernden Kastanienfell. »Ich nehme an, dass die anderen Pferde drinnen sind oder ist das die Stute, die du angeboten hast? Ich muss sagen, sie sieht nicht halb so schwach aus, wie du gesagt hast. Vielleicht hat das Trinken deine Zunge in die falsche Richtung gelockert?«

Tag lachte humorlos. »Sie haben *ihn* in der Taverne bedient? Er ist kaum alt genug, um nicht mehr am Rockzipfel seiner Mutter zu hängen.«

Jacob starrte Tag an, zog ein Tuch aus seiner Tasche und drehte den Stoff um seine Hände. Schließlich sagte er: »Du kannst die Pferde nicht mehr haben. Das Angebot ist vom Tisch.«

Chloe stieß Tag erneut in die Seite und trat auf Jacob zu, ihre Arme in einer ›komm schon‹ Geste ausgebreitet. »Bitte, warte einen Moment. Ist es wegen dem, was mein Freund gesagt hat? Er ist neu in dieser Gegend und nicht mit dem Umgang der Menschen hier vertraut. Ich bin mir sicher, dass er dich nicht beleidigen wollte. Ist es nicht so?«

Tag öffnete seinen Mund, aber Chloe sprach weiter, bevor er antworten konnte.

»Siehst du? Alles geklärt. Nun denn, bitte, wie ich dir gestern Abend sagte, brauchen wir die Transportmöglichkeit, um die nächste Stadt schneller zu erreichen. Uns wurde gesagt, dass es 10 Tage zu Fuß sind und wir haben die Zeit einfach nicht.«

»Es tut mir leid, Ma'am, aber mir sind die Hände gebunden«, sagte Jacob. »Die Pferde sind weg. Ich habe dir nichts anzubieten.«

»Du hast sie *verkauft*?«, fragte Chloe und schaffte es nicht, die Verärgerung in ihrer Stimme zu verbergen. »Du hattest sie uns versprochen.«

Jacob machte ein paar Schritte auf sie zu, seinen Kopf auf die Seite gelegt und seine Augenbrauen angehoben. »Ich bin ein Mann meines Wortes, Ma'am, aber ich kann nichts an etwas ändern, das sich nicht ändern lässt. Ich hatte voll und ganz vor, dir diese Pferde zu geben, ja, das hatte ich. Tatsächlich entschied ich mich nach gestern Abend, noch vernünftiger zu sein und die Kosten etwas stärker zu senken. Aber ich kann das Schicksal nicht aufhalten und gestern Abend wurde ich durch das Geräusch von bellenden Hunden geweckt. Ich schaute aus meinem Fenster und sah, dass jemand meine Ware gestohlen hatte. Seht ihr das Loch im Zaun da? Denkt ihr, ich wäre dumm genug, mir das selbst anzutun? Nein. Der einzige Grund, warum Carey hiergeblieben ist, ist, dass ich sie als Fohlen aufgezogen habe und sie mir immer treu bleiben würde.« Er zeigte mit dem Daumen zu dem kastanienbraunen Pferd, das nun wieder von dem kleinen Jungen gepflegt wurde.

»Es tut mir leid«, sagte Chloe, ihre Wut war verpufft. »Ich wollte dich nicht beleidigen.«

»Schau«, sagte Jacob, griff in seine andere Tasche und zog etwas heraus, das nichts anderes als Unkraut zu sein schien. Die Pflanze war grün mit kleinen, orangefarbenen Knospen. »Die Diebe ließen das zurück, als sie gingen. Es ist der einzige Hinweis, den ich habe.«

Chloe nutzte **Kräuteridentifikation** und las die kleine Notiz, die über dem Unkraut erschien.

»Bummelpolle? Was ist das denn?«

Jacobs Augen weiteten sich. »Dieser gottverdammte, verräterische Feigling«, sagte er zwischen knirschenden Zähnen. Sein ganzer Körper wand sich, als wäre er eine Feder, die aufgezogen wurde.

»Wer?«, fragte Gideon.

ANFÄNGERIN

»Dieser nichtsnutzige Taugenichts von einem Dieb, Derren McTrewern. Er ist der einzige Bummel-Imker im Umkreis von Meilen. Der ist unglaublich stolz darauf, dass er seinen weltberühmten Honig in die Städte bringt und dort verkauft. Er hat eine Bummelfarm am gewundenen Bach hinter der Baumreihe da vorne.«

Jacob zeigte in die Ferne, wo eine kleine Baumgruppe hinter dem Hitzeflimmern des Horizonts sichtbar war.

»Ich sage dir was«, fuhr Jacob fort und blickte zu Chloes Schwert. »Wie wäre es mit einem Deal? Du gehst zu McTrewerns Farm und holst meine Pferde zurück und ich überlasse dir zwei Tiere deiner Wahl.«

Chloe sah die blinkende Benachrichtigung in der Ecke ihres Sichtfeldes erscheinen. Sie konzentrierte sich auf das Symbol, öffnete das Fenster und eine neue Nachricht erschien vor ihren Augen.

Quest freigeschaltet: Einem geschenkten Gaul ...
Jemand hat die Pferde des Stallburschen gestohlen. Dank der zurückgelassenen Bummelpolle hat er den starken Verdacht, dass Derren McTrewern hinter allem steckt. Findet Derren auf seiner Farm und deckt die Wahrheit auf.
Schwierigkeitsgrad: 3/10
Belohnungen: 1.500 Erfahrungspunkte, +2 Pferde
Quest annehmen: **[J/N]**

Chloe wandte sich an die anderen, deren Augen glasig wirkten, als sie ihre eigenen Mitteilungen lasen. Sie lachte und fragte: »Nun? Was denken wir darüber?«

Gideon blinzelte aus seinem Menü heraus. »Hoppla. Ich dachte, das wäre gar keine Frage. Ich habe bereits auf J geklickt.«

»Ich auch«, stimmte Tag zu.
»Ich auch.« Ben grinste.
Chloe rollte mit den Augen und wählte das J in ihrer Nachricht.

Kapitel 4

Es dauerte sehr viel länger als geplant, Derren McTrewerns Farm zu erreichen. Sobald sie auf die offene Ebene hinausgegangen waren, drückte die Sonne wie eine körperliche Kraft auf sie nieder und bald waren alle schweißnass. Wären sie Hunde gewesen, hätten ihre Zungen aus ihren Mündern gehangen. Lange Zeit sprach kaum jemand.

Obwohl sich in alle Richtungen hauptsächlich Grasland erstreckte, gab es viele Tiere in Sichtweite. *Obsidian* leistete großartige Arbeit mit einer wahren Menagerie von Wildtieren, mit Vögeln, die im Kreis flogen, Gänsen, die in großen V-Formationen über das Land flogen und einer Auswahl von kuh- und hundeähnlichen Kreaturen, die an den Rändern ihrer Sichtfelder grasten.

Nur einmal hatten sie eine Kampfbegegnung mit einem Rudel von einfachen Hunden und selbst die wurden sie leicht los. Ihr Fleisch bildete eine schöne Ergänzung zu Chloes Inventar für eine spätere Mahlzeit.

Nachdem sie sich um die Hunde gekümmert hatten, kamen sie schließlich an dem gewundenen Bach an, von dem Jacob gesprochen hatte, obwohl es eher ein Fluss war. Das verdammte Ding war gut zehn Meter breit und nur die Götter wussten, wie tief seine sprudelnde Mitte war.

Sie hielten an, um sich am Ufer des Flusses auszuruhen, Wasser in ihre Gesichter zu spritzen und ihre Wasserhäute wieder aufzufüllen. Während die anderen versuchten, irgendeinen schattigen Platz zwischen den großen Felsen zu finden, die die Ränder des Flusses säumten, öffnete Chloe ihr Charakterblatt und lächelte über die kleinen Zuwächse an Punkten, die sie sich auf ihrer Reise nach Hobblesville und während ihres Aufenthalts dort in **Kochen, Kräuteridentifikation** und **Bewaffneter Kampf** verdient hatte – es schien lächerlich schwierig, im letzteren eine neue Stufe zu erlangen.

Biografie
Charaktername: Chloe (klicken Sie hier, um einen neuen Charakternamen auszuwählen)
Stufe: 10
Klasse: Klicken Sie hier, um weitere Informationen zur Auswahl einer Charakterklasse zu erhalten.
Rasse: Mensch

Statistiken
Trefferpunkte: 275/275
Magiepunkte: 200/200
Ausdauerpunkte: 345/345
Aktive Effekte: Keine

Attribute
Stärke: 22 (+20)
Intelligenz: 10 (+14)
Geschicklichkeit: 20 (+17)
Ausdauer: 25 (+18)
Ätherisches Potenzial: 9 (+21)
Verfügbare Attributpunkte: 0

Talente
Sprachen: menschlich

ANFÄNGERIN

Akrobatik: Stufe 3
Bewaffneter Kampf: Stufe 2
Experimentierfreudigkeit: Stufe 1
Fischen: Stufe 1
Hand der Götter: Stufe 1
Handwerk: Stufe 1
Kampf mit zwei Waffen: Stufe 2
Kochen: Stufe 2
Kreaturenidentifikation: Stufe 4
Kräuteridentifikation: Stufe 2
Nachtsicht: Stufe 4
Schleichen: Stufe 4
Schwimmen: Stufe 1
Verwegenheit: Stufe 4

»Hast du eine Idee, wie wir auf die andere Seite kommen sollen?«, fragte Tag und unterbrach Chloes Gedankengang. »Ich weiß, es ist ein Zwergen-Klischee, aber schwimmen kann ich trotzdem nicht.«

»Und dabei dachte ich, wir könnten dich als Floß benutzen.« Chloe grinste.

Ben hielt eine Hand über seine Augen und lief auf ihrer Seite des Flusses ab. »Soweit ich sehen kann, gibt es keine einfacheren Stellen, um über den Fluss zu kommen. Nicht, ohne weiterzuwandern und nach einer Art Brücke zu suchen.«

»Wie wäre es mit einem Boot?«, schlug Gideon vor.

»Oh, sicher«, antwortete Tag. »Lass mich schnell dieses Kanu aus meiner Tasche ziehen und ab geht's.«

»Ich habe eine Stufe im **Schwimmen**«, sagte Chloe und tauchte ihren Zeh ins Wasser. »Also quasi das Fantasy-Seepferdchen. Vielleicht kann ich rüber schwimmen? Das

Wasser sieht nicht so aus, als wäre die Strömung *zu* stark. Wenn jemand ein Seil dabei hat, können wir es um meine Taille binden und ich könnte es an etwas auf der anderen Seite befestigen. Dann könnt ihr rüberkommen.«

Alle stimmten dem Plan zu und zum Glück hatte Ben ein Seil in Hobblesville gekauft. »Man weiß ja nie«, erklärte er kryptisch. Keiner stellte Fragen.

Chloe band das Seil um ihre Taille und trat in das Wasser. Es war kühler, als sie erwartet hatte und stahl ihren Atem, als sie weiter untertauchte und die Strömung testete.

»Die Strömung ist etwas stärker, als sie aussieht«, sagte sie, trat über die schleimigen Felsen, die den Grund bedeckten und spürte den Sog des Flusses.

»Alles in Ordnung?«, rief Gideon.

Chloe gab einen Daumen nach oben und trat weiter nach vorne, das Wasser nun auf Brusthöhe. Sie hielt ihre Arme über das Wasser, noch nicht ganz bereit zu schwimmen.

»Ich schwöre bei allem, was gut und rein ist – wenn du mich unter Wasser tauchst, werde ich dafür sorgen, dass du dort ertrinkst, wo du stehst«, flüsterte KieraFreya, als Chloe schon fast ein Drittel des Flusses überquert hatte.

»Du bist doch nicht etwa wasserscheu?« Chloe grinste. Sie hatte schließlich schon eine Stufe in Schwimmen erworben und KieraFreya hatte sich damals nicht beschwert.

»Nein«, sagte KieraFreya. »Seen und Teiche sind in Ordnung, solange man den Grund sehen kann und sie warm sind. Aber Flüsse? Du hast *keine* Ahnung, was in diesem Wasser ist. Es könnte Krokodile, Piranhas oder Aale geben, die dich unter Wasser ziehen.«

Chloe blickte den Fluss hinauf und hinunter, aber die Wasseroberfläche wurde von der Strömung aufgeschäumt und es war unmöglich zu erkennen, was darunter lag.

ANFÄNGERIN

»Ich bin mir sicher, dass alles gut gehen wird. Außerdem, wenn du mich nicht schwimmen lässt und ich ertrinke, geht das dann nicht gegen die ganze ›Ich habe es satt, darauf zu warten, dass du auferstehst‹ Sache, über die du dich schon mal beschwert hast? Ich weiß, dass du mich vermisst, wenn ich weg bin. Außerdem solltest du vielleicht nicht der einen Person damit drohen, sie zu töten, die dir tatsächlich helfen kann, deine Rüstung zurückzubekommen und deinen Körper wieder zu vereinen, oder?«

KieraFreya seufzte. »Gut. Wenn wir angegriffen werden, geht das auf deine Kappe.«

Chloe lächelte, immer erfreut, wenn sie eine Diskussion mit der Göttin gewann. Doch als sie weiter watete und gezwungen wurde, die Armschienen ins Wasser zu senken, um mit dem Schwimmen zu beginnen, hinterfragte sie ihre Entscheidung etwas.

Gelegentlich streiften schleimige Dinge ihre Beine, während sie schwamm. Die Strömung verstärkte sich in der Mitte des Flusses. Chloe nutzte Kraft- und Ausdauerpunkte, um die Strömung zu bekämpfen und fand heraus, dass, obwohl sie Fortschritte machte, der Fluss sie einige Meter flussabwärts getrieben hatte.

»Versuche, gerade zu bleiben, wenn du kannst«, hörte sie Ben rufen.

Sie erinnerte sich daran, was sie vor all den Jahren in ihren Schwimmkursen gelernt hatte. Chloe atmete tief durch, tauchte unter die Wasseroberfläche und strengte sich zusätzlich an, das seichte Ufer auf der anderen Seite zu erreichen.

Wenn Chloe nicht sowieso ihren Atem angehalten hätte, hätte ihr der Anblick der Unterwasserlandschaft den Atem geraubt. Das Wasser war kristallklar und im Gegensatz zur realen Welt konnte Chloe ihre Augen völlig problemlos öffnen.

Das Wasser schäumte und sprudelte auf der Oberfläche, aber Unterwasser war die Strömung kaum zu sehen. Sie konnte Dutzende von Fischarten beobachten, die dem Fluss folgten sowie einige wenige, die mit großem Mut gegen die Strömung ankämpften, um flussaufwärts zu reisen.

Die Felsen waren eine Kombination aus lebhaftem Orange, Blau und Grün, abhängig von der Art des Mooses, das auf ihnen wuchs. Grasähnliche Pflanzen wogten hin und her, wo Süßwasserkrebse zwischen den Felsen umherkrabbelten. In manchen Spalten zwischen den großen Steinen konnte Chloe Augen hervorspähen sehen.

Schließlich schob sich das Land wieder in Richtung Oberfläche. Chloe tauchte aus dem Wasser auf, holte tief Luft und hoffte sehr, ihr Anblick erinnere mehr an eine Shampoo-Werbung als an einen nassen Hund.

Sie blickte zurück und sah, wie sich die Jungs plötzlich von ihr abwandten und so taten, als hätten sie nicht gelacht.

Chloe arbeitete sich flussaufwärts zurück und fand einen guten Ankerpunkt für das Seil.

»Los geht's!«, rief sie den anderen durch gewölbte Hände zu. »Kommt rüber. Das Wasser ist angenehm!«

Ben war der erste, der dem Wasser trotzte, das Seil mit wendigen Fingern packte und sich selbst daran entlang zog. Gideon folgte kurz darauf, ängstlicher als Ben. Er murmelte, dass es doch irgendeine Art Zauber geben musste, der ihn beim Betreten von Gewässern trocken halten müsste.

Tag war der letzte, der folgte und das mit großer Zurückhaltung. Sie alle lachten, als das Wasser innerhalb von Sekunden in Höhe seiner Brust stieg. Er packte das Seil so fest,

ANFÄNGERIN

dass seine Hände weiß wurden und er beschwerte sich murmelnd während des größten Teils der Strecke.

»Oh, sicher. Lacht so viel ihr wollt. Wartet nur, bis eure Hintern wieder gerettet werden müssen. Ratet mal, wer euch dann *nicht* zu Hilfe kommen wird?«

Er war nicht allzu weit vom anderen Ufer entfernt, als Chloe bemerkte, dass etwas die Oberfläche zu ihrer Rechten aufrührte. Zuerst dachte sie, dass es nur ein großer Stein sein könnte, über den das Wasser floss. Dann sprang jedoch eine Art riesiger, dunkler Fisch mit beeindruckender Geschwindigkeit aus dem Wasser.

»Was ist das?«, fragte Ben.

Als der Fisch wieder aufsprang, versuchte Chloe, die **Kreaturenidentifikation** zu verwenden, aber sie war viel zu langsam. Bevor sie seinen Eintrag gefunden hatte, war er wieder untergetaucht, Tag jetzt gefährlich nahe.

»Du solltest dich vielleicht besser beeilen«, rief Gideon, nicht wissend, dass dies das Schlimmste war, was er hätte tun können.

Tag hielt an und drehte sich um, um die Gefahr ausfindig zu machen.

In diesem Moment sprang der Fisch wieder aus dem Wasser. Jetzt, da er näher war, sah Chloe die Reihe von dolchartigen Zähnen blitzen, die seinen Kiefer säumten.

»*Beweg dich!*«, rief sie.

Tag versuchte sich zu beeilen, aber in seiner Panik wurden seine Hände rutschig. Der Fisch sprang wieder aus dem Wasser, nur wenige Meter von Tag entfernt. Sein Maul blieb für eine Sekunde am Seil hängen, bevor er zubiss und es sauber durchtrennte.

Tag schrie nur eine Sekunde lang, bevor der Ton im Wasser erstickte. Er verschwand unter der Oberfläche.

»Tag!«, rief Chloe und versuchte verzweifelt, die Gestalt des Zwerges unter dem weißen Schaum zu finden.

»Wo ist er?«, fragte Ben, Panik in seiner Stimme.

»Ich weiß es nicht!«

»Hilfe!« Sie hörten ihn, bevor sie ihn einige Meter den Fluss hinab entdeckten. Er bestand nur aus einem Kopf und fuchtelnden Armen und trieb immer weiter den Fluss hinab. Die einzige Erleichterung war, dass der große Fisch immer noch aus dem Wasser sprang und sich weiter flussabwärts mit großer Geschwindigkeit entfernte, scheinbar ohne Interesse an dem ertrinkenden Zwerg.

Sie rannten ihm hinterher. Ben blieb gerade lange genug stehen, um das Seil zu lösen, das auf ihrer Seite verblieben war. Während er rannte, knotete er das Seil geschickt und kreierte ein provisorisches Lasso. Als sie aufgeholt hatten, warf er es dem Zwerg zu.

Die ersten paar Versuche schlugen fehl. Tags Schreie wurden schwächer und schwächer, während er darum kämpfte, seinen Körper über Wasser zu halten. Schließlich packte Chloe das andere Ende des Seils und tauchte ins Wasser, um Tag selbst zu suchen.

Als sie ihn schließlich erreicht hatte, schlang sie das Seil um sein Handgelenk und gab Ben und Gideon einen Daumen nach oben. Sie zogen und zogen, bis der Körper des Zwerges an Land lag, seine Beine noch im Fluss, wo er Wasser aushustete.

»Geht es dir gut?«, fragte Chloe und kniete sich an seine Seite.

Tag brauchte ein paar Augenblicke, um Luft zu holen, bevor er herausstieß: »War ja klar ... dass ich der Erste bin ... der schlucken muss.«

Chloe schlug dem lachenden Zwerg gegen den Schädel, der daraufhin in einen weiteren Hustenanfall ausbrach.

Gideon rollte mit den Augen und Ben versuchte, sich sein Lachen zu verkneifen.

»Ich hasse dich«, sagte Chloe, konnte ihr Lächeln aber nicht unterdrücken.

Sie schleppten Tag den Rest des Weges aus dem Wasser, legten sich dann in die Sonne und ließen ihre tropfenden Kleider trocknen.

»Was *war* das für ein Ding?«, fragte Gideon und legte sein Gewand auf einen Felsen, um es schneller trocknen zu lassen. »So etwas habe ich in meinem Leben noch nicht gesehen.«

»Ich weiß«, sagte Ben. »Es sah aus, als wäre es teils Delphin, teils Piranha, aber gleichzeitig war es nichts davon.«

Chloe polierte ihre Armschienen an ihrer nassen Hose. »Ich schätze, es gibt eine Menge Wasserlebewesen, von denen wir nie etwas wissen werden. Wenn du darüber nachdenkst, gibt es eine ganze Menge Dinge, die in unserer Welt unter Wasser leben, von denen wir nichts wissen.«

Tag nickte. »Sie hat recht. Es sind immer die Wasserwesen, die in diesen Spielen am abgedrehtesten sind. Entwickler scheinen viel Spaß daran zu haben, verrückte, neue Kreaturen für Wasserumgebungen zu erschaffen. Erinnerst du dich an das Ding von *Relict Hunter*? Das Höhlending mit den Tentakeln?«

»Der Arachtapus?«, fragte Gideon und kratzte sich am Kinn.

»Genau der!«, sagte Tag. »Teils Spinne, teils Krake, alles in allem ein richtig fieser kleiner Sch…« *Piep.* Tag kreuzte seine Arme. »Ich *hasse* diese Zensursache!«

»Das Ding war unfassbar unheimlich«, stimmte Ben zu. »Wir haben unsere ganze Gruppe dazu gebraucht, es umzulegen, selbst mit unseren Upgrades und Mods und allem.«

Tag blickte in die Ferne und schien in Erinnerung an den Arachtapus zu schwelgen.

Chloe schaute flussaufwärts, wo die seltsame Kreatur hergekommen war. Sie ärgerte sich, dass sie nicht die Möglichkeit gehabt hatte, sie zu identifizieren. Andererseits wusste sie, dass es sicherlich noch viele Möglichkeiten geben würde, die seltsamen und wunderbaren Tiere zu analysieren, die in Obsidian lebten.

Das Wasser gluckerte unschuldig weiter an ihnen vorbei. Als Chloe hochblickte, sah sie einen Fleck hellen Lichts, der vom anderen Ufer auf sie zuschoss. Er flog mit großer Geschwindigkeit und ohne Probleme über die Wasseroberfläche.

»Ich hatte mich schon gefragt, wie lange es dauern würde, bis du wieder zu uns stößt.« Chloe lächelte.

Das Irrlicht tanzte aufgeregt auf und ab, bevor es ihren Kopf in einem schillernden Schauspiel umkreiste.

Kapitel 5

Zum Mittag hin wurde die Hitze unerträglich. Chloe konnte spüren, wie ihre Haut brutzelte und sehnte sich verzweifelt nach Schatten. Ihre Kleidung war in der Hitze schnell getrocknet.

Sie gingen weiterhin in die Richtung, in die der Stallbursche gezeigt hatte. Chloe führte die Gruppe den Weg entlang zu den Bäumen, die sie schon vom Pferdestall hatten sehen können und fragte das Irrlicht des Schamanen in ihrem Kopf, wo zum Teufel er in den letzten Tagen gewesen war.

›Recherche‹ war alles, was sie aus ihm herausbekam und sie beließ es dabei. Seit Chloe die Hütte des Schamanen Decarus außerhalb Oakstons entdeckt hatte, hatte sie gelernt, dass Fragen sie nicht weiterbrachten. Er hatte eine mysteriöse Art und Chloe erinnerte sich noch zu gut an das Gefühl der Orientierungslosigkeit, als der Schamane sein Haus irgendwie umgedreht hatte, sodass sie an der Decke saß, bevor sie ungraziös auf den Boden gefallen war.

Als sie die Bäume erreichten, konnten sie gerade so eine kleine Siedlung jenseits des Waldes erkennen.

»Das muss die Farm sein«, sagte Chloe.

»Oh, sicher. Das *muss* sie sein«, antwortete Tag. »Wie kannst du das aus dieser Entfernung erkennen? Und was, wenn wir vom Stallburschen reingelegt wurden oder hier Böses im Gange ist?«

»›Böses im Gange‹?«, wiederholte Ben. »Du bist doch kein Bösewicht aus einem schlechten Spätabendfilm, also warum redest du wie einer?«

Tag verschränkte seine Arme. »Ich sage nur, dass wir vorsichtig sein sollten. Diese Welt scheint eine Vorliebe dafür zu haben, uns in Sicherheit zu wiegen und dann … *boom* … Gefahr.«

»Oh, ich verstehe, worum es hier geht«, sagte Ben. »Da ist wohl jemand etwas verärgert, weil er fast im Fluss ertrunken wäre. Das wird schon wieder.« Er beugte sich nach unten, um einen Arm um Tags Schulter zu legen. »Ich bin sicher, wir können dir ein paar magische Armbänder besorgen, damit du besser schwimmen kannst. Vielleicht kann ich dir sogar eine Schwimmbrille aus Reben und Rinde basteln.«

Chloe und Gideon lachten und wechselten das Thema, während Tags Gesicht noch roter wurde, als es eh schon war.

»Wir sollten aus der Sonne verschwinden«, schlug Chloe vor. »Und im Schatten bleiben. Wir könnten durch die Bäume laufen und dem Hof so etwas näherkommen. Dann können wir uns diesen Ort vielleicht etwas genauer ansehen, bevor wir etwas unternehmen.«

Die anderen nickten, obwohl Gideon beim Betreten des Waldes einen Moment länger zögerte als die anderen. Tags misstrauische Worte hatten sich in seinem Kopf festgesetzt.

Sie durchquerten den Wald, bis sie wieder in der Nähe der Baumgrenze waren. Trotz der Bedenken von Tag und Gideon trafen sie auf sehr wenig Gefahren.

Dank Bens elfischem Sehvermögen schafften sie es, eine Stelle mit Treibsand zu meiden, die mit Laub bedeckt war. Ein paar Vögel folgten ihnen von Ast zu Ast, aber ein schneller Schuss mit einem von Bens Pfeilen erschreckte sie genug, dass sie Abstand hielten. Abgesehen von alldem und ein paar pelzigen Kreaturen, die ihre Nasen hoben, um ihnen interessiert hinterher zu schnüffeln, lief alles glatt.

Sie rasteten am Rande des Waldes, wo sie die Bummelzucht von Weitem sehen konnten. Sie machten ein kleines Feuer und Ben kochte etwas von dem Fleisch, das sie in Hobblesville gekauft hatten.

Während sie zusammensaßen und aßen, studierte Chloe die Farm und versuchte, einen Plan aufzustellen.

Der Hof war groß, das konnten sie schon von Weitem sehen. Auf einer Anhöhe stand ein mehrstöckiges Bauernhaus, das über den umliegenden Feldern thronte, die mit großen, dunklen Formen übersäht waren. Chloe vermutete, dass das die Bummelstöcke waren. Um das Gelände herum befand sich ein langer Lattenzaun und drüben an einer Seite des Hauses, an Pfosten festgebunden, sah sie mehrere Pferde ungeduldig stampfen.

»Wir haben unseren Mann«, sagte sie und kaute das zarte Fleisch.

Tag schluckte einen Bissen herunter. »Das wird nicht einfach.«

»Du hast recht«, sagte Ben, der an einen Baum gelehnt stand und die Farm betrachtete. »Er wird sicher eine Art Schutzsystem haben. Ich bezweifle, dass er einen Haufen Pferde stehlen und dann hübsch dasitzen und nichts zu ihrer Verteidigung planen würde.«

Ein Lächeln zog an Tags Lippen. »Sieht so aus, als könnten wir nicht einfach rüber *bummeln*.«

»Glaubt ihr, er hat die Farm mit irgendwelchen Zaubern belegt?«, fragte Gideon. »Irgendetwas Magisches, um ihn zu beschützen?«

Chloe schüttelte den Kopf. »Ich kann mir nicht vorstellen, dass ein Bauer Magie einsetzt, oder? Das einzige, das er wahrscheinlich haben wird, sind Hunde oder vielleicht eine Art rudimentäre Pistole. Glaubst du, sie haben hier Gewehre in Obsidian?«

»Ich bin bei solchen Spielen selten Schusswaffen begegnet«, antwortete Ben und kehrte zu seinem Platz am Feuer zurück.

»Nein, ein Gewehr würde mich hier auch zum *Stocken* bringen«, sagte Tag und versuchte, die Blicke der Gruppe einzufangen. Sein Gesicht fiel in sich zusammen, als ihn wieder alle ignorierten.

»Ich denke, der beste Plan ist, bis zum Einbruch der Dunkelheit zu warten«, bot Ben an, »und dann nach seinen Regeln spielen, nämlich in der Dunkelheit angreifen, wenn die Chance größer ist, sich verstecken zu können und unentdeckt zu bleiben.«

»Wird er nicht mit einem Angriff rechnen? Einer Art offensivem Manöver?«

Tag legte eine Hand auf seine Hüfte. »*Honigbienchen*, ich bin sicher, er ist nicht dumm genug, heute Abend ruhig zu schlafen.«

»Was machst du da?«, lachte Chloe, ein wenig beunruhigt von Tags Theater.

»Oh, kommt schon! Bummeln-Wortspiele? Im Ernst? Ihr habt *nichts davon* mitbekommen?«

Sie tauschten Blicke aus und schüttelten den Kopf.

»Ihr seid *ätzend*.«

Chloe schob sich näher heran und lehnte sich zu Tag. »Lass dir doch diesen wundervollen *Summ*-ertag nicht von uns verderben. Ich möchte nicht, dass du dich von uns *angestachelt* fühlst, *Honigbienchen*. *Imker*-n mögen wir dich ja alle. Wir *fliegen* einfach rüber zur Farm und warten, bis es etwas heller ist, bevor wir *zustechen* und die Pferde zu ihrem *waben* Besitzer bringen.«

Tag verschränkte erneut seine Arme. »Ihr seid alle kacke.«

Während sie auf die Dunkelheit warteten, verabschiedeten sich Tag, Ben und Gideon für eine kurze Weile, um sich von ihren Avataren auszuloggen und zurück in die reale Welt zu gehen. Chloe wachte über ihre schlafenden Körper und fragte sich, ob sie ihnen irgendeinen lustigen Streich spielen sollte.

Vielleicht könnte sie Tags Finger in seine Nase stecken? Was wäre, wenn sie alle von Bens Pfeilen durch Zweige ersetzen würde? Sie konnte Gideons Bart in seltsame Formen schneiden oder vielleicht seine Hand in eine Schüssel mit warmem Wasser legen und sehen, ob sich der Avatar im Schlaf in die Hose machte, wie sie es zu Hause schon gehört hatte.

KieraFreya seufzte. »Natürlich muss ich bei einem Kleinkind landen, das es vorzieht, Streiche zu planen, anstatt sich auf den anstehenden Job zu konzentrieren.«

Chloe hob ihre Augenbrauen. »Entschuldigung? Ich habe nur ein wenig Spaß, während wir warten, bis wir die Pferde zurückholen können, damit wir schneller an einen neuen Ort kommen. Weißt du, wie groß dieses Reich ist? Es würde uns *Tage* kosten, von Stadt zu Stadt zu reisen.«

»Ob *ich* weiß, wie groß dieses Reich ist? Du erinnerst dich schon daran, dass ich eine Göttin bin, oder? *Buchstäblich* eine Göttin. *Natürlich* weiß ich, wie groß dieses Reich ist.«

»Aber du bist nicht kompetent genug, um zu wissen, wo Nauriel ist oder wo sich deine verstreuten Teile befinden?«, fragte der Schamane und verwandelte sich von seiner Irrlicht-Form in den seltsam aussehenden, alten Mann, der er in Wirklichkeit war. Er lehnte sich über das Feuer, zündete daran seine Wasserpfeife an und nahm einen langen Zug. »Ich würde dir raten, das Feuer jetzt zu löschen, Kind. Glaubst du nicht, dass ein Rauchsignal den Imker auf deinen Aufenthaltsort aufmerksam macht?«

Chloes Augen wurden groß. Darüber hatte sie nicht einmal nachgedacht. Während KieraFreya und der Schamane in eine recht hitzige Diskussion über KieraFreyas Mangel an geografischem Wissen gerieten, löschte Chloe das Feuer mit dem restlichen Flusswasser aus ihren Häuten.

Verdammt. Wir werden für den Rest des Tages durstig sein.

»Ist dir klar, dass ich dich ohne einen zweiten Gedanken zerstören könnte?«, schnappte KieraFreya. »Sobald ich meinen Körper zurück habe, könnte ich mit den Fingern schnippen und dein erbärmliches Leben beenden.«

»Weder glaube ich dir, noch ist mein Leben erbärmlich«, schoss der Schamane zurück, sein Gesicht ruhig und nachdenklich. »Obwohl die Götter viel Macht haben, fürchte ich sie nicht und *dich* fürchte ich ganz sicher nicht.«

Chloe fühlte, wie KieraFreya vor Wut zitterte. »Das wirst du noch, du verdammter Hu…«

Die Augen des Schamanen leuchteten plötzlich, als er sang und Stränge ätherischer Kraft in seinen Händen sammelte. Er zeigte mit ihnen auf die Armschienen und Chloe trat vor Schreck zurück. Die Armschienen waren nun von einem mystischen, orangefarbenen Licht umgeben.

Es herrschte Stille.

»Was hast du getan?«, fragte Chloe ehrfurchtsvoll.

»Ein kleiner Verstummungszauber«, antwortete der Schamane. »Etwas, um ihren Mund geschlossen zu halten, bevor noch mehr Gift austreten kann.«

»Den *musst* du mir beibringen.« Chloe grinste, drehte ihre Arme und bewunderte den Zauber. Sie hatte halb erwartet, KieraFreyas Stimme in ihrem Kopf zu hören, aber auch da war Ruhe.

»Im Ernst, bring mir bei, wie ich ...«

»*Ernsthaft!*«, sagte KieraFreya. Der orangefarbene Nebel schoss in alle Richtungen, als Chloes Hand plötzlich auf den Schamanen zeigte. »Du dachtest *wirklich,* du könntest mich unterdrücken? Natürlich musste ich eine schnelle Analyse deines kleinen Zaubertricks durchführen, aber ein einfacher Umkehrzauber und ich bin zurück.«

Chloe wurde zu dem Schamanen gezogen, ihre Hände griffen nach seinem Hals. »Versuche *nie wieder,* KieraFreya, die Göttin der Vergeltung, zum Schweigen zu bringen!«

Chloe kämpfte gegen die Armschienen, aber das war nicht einmal nötig. Sie stürzte weiter auf den Schamanen zu, doch bevor sie ihn berühren konnte, verschwand er in einer Rauchwolke und tauchte auf einem Ast hoch oben in einem Baum wieder auf.

Der Schamane zwinkerte und KieraFreya zitterte vor Wut.

✸ ✸ ✸

Die anderen loggten sich kurz nach Einbruch der Dunkelheit wieder ein. Chloe saß schon eine Weile in Gedanken vertieft da und hatte die Schönheit des großen Vollmonds und der Sterne bewundert, die sich über das indigoblaue Dach schoben.

Die Farm war in silbernes Licht getaucht und nach seiner abendlichen Arbeit verschwand ein kleiner Mann im Bauernhaus, während Chloe Wache hielt.

Sie packten ihre Sachen zusammen, besprachen noch einmal ihren Plan und machten sich auf den Weg durch die nächtliche Landschaft. In der Ferne heulte eine wolfsähnliche Kreatur und Insekten zirpten um sie herum. Die vier Abenteurer waren nichts anderes als schattenhafte Gestalten in der Nacht. Das Irrlicht hatte entschieden, sein Licht zu löschen und für sie unsichtbar zu werden.

Als sie den äußeren Rand des Hofes erreichten, teilten sie sich in zwei Gruppen auf. Chloe und Gideon gingen in die eine Richtung, Ben und Tag in die andere. Ihr Plan war es, das eingezäunte Feld zu umkreisen und jede Gefahr zu entdecken, bevor sie sich wieder bei den Pferden auf der anderen Seite treffen würden.

Der Bauernhof, der zwischen den Feldern thronte, war aus der Nähe noch größer. Ein konstantes Summen ertönte aus den großen, zapfenförmigen Stöcken, in denen wohl die Bummeln lebten. Der Klang nahm zu und verblasste wieder in Impulsen, was einen leicht verrückt machen konnte. Chloe fragte sich, wie viele es von ihnen gab und wie ähnlich sie den Bienen oder Hummeln waren, die sie aus ihrer Welt kannte.

»Denkst du, sie sind giftig?«, flüsterte Gideon, als sie sich dem Bauernhaus näherten.

Chloe zuckte mit den Schultern. »Ich hoffe nicht.«

Als sie das Bauernhaus erreichten, war alles unheimlich still. Abgesehen vom Summen der Bummeln hörten sie wenig Geräusche. Das Haus war innen dunkel und es war keine einzige Person in Sichtweite.

Chloe, die nicht in der Lage war, ihre Neugierde zu bremsen, stieg die Treppe hinauf und ging zu einem Fenster, um einen genaueren Blick hinein zu werfen.

»Was machst du da?«, zischte Gideon.

Chloe legte einen Finger auf ihre Lippen und schaute hinein.

ANFÄNGERIN

Das Haus war beeindruckend, beeindruckender als alles, was sie bisher in *Obsidian* gesehen hatte. Im Vergleich zu den Häusern in Hobblesville und Oakston war dies eine echte Villa.

Sie blickte in ein Wohnzimmer, dessen Wände von Regalen mit Büchern, Fläschchen und Behältern gesäumt waren, die mit dem berüchtigten Getränk gefüllt sein mussten. An den Wänden befanden sich gerahmte Zeichnungen und Gemälde eines Mannes mit einem mächtigen Schnurrbart neben zwei kleinen Mädchen in Imkeranzügen, die jeweils eine Hand auf einen der riesigen Bummelstöcke gelegt hatten. Der Anblick der drei ließ sie erschaudern.

Was für eine süße kleine Familie, dachte sie sarkastisch und blickte durch ein anderes Fenster in einen Küchenbereich, bevor sie wieder herunterkam.

Chloe sah sich nach Gideon um und fand ihn auf der anderen Seite des Hauses. Sie holte ihn am Zaun ein.

»Komm schon«, drängte Gideon flüsternd.

»Nur noch ein Stückchen weiter«, sagte Chloe und zeigte auf die Pferde. Sie konnte fünf sehen, drei stämmige und zwei magere Exemplare, die aussahen, als könnten sie jederzeit umkippen.

»Wo?«, fragte Gideon.

»Da.«

»Ich kann sie nicht sehen.«

Chloe hob eine Augenbraue und erinnerte sich dann daran, dass ihre **Nachtsicht** ihr wahrscheinlich einen Vorteil gegenüber Gideon verschaffte.

»Komm schon, ich zeige sie dir.«

Als sie die Pferde erreichten, gab es keine Anzeichen von Tag und Ben. Sie warteten ein paar Minuten und lauschten dem irritierenden Summen der Bummeln, bevor Chloe vorschlug, ohne sie weiterzumachen.

»Was ist, wenn sie in Schwierigkeiten stecken?«, fragte Gideon.

»Die beiden sind schon groß. Sie können auf sich selbst aufpassen«, antwortete Chloe. »Außerdem schläft Derren und die Pferde sind direkt hier. Wir müssen einfach nur über den Zaun springen, sie packen und uns auf den Rückweg machen. Simpel.«

Gideon wirkte unsicher, aber er nickte.

Der Zaun war niedrig, hatte nur zwei Querbalken und war weiß gestrichen. Chloe warf ein Bein darüber, setzte sich auf den Balken und sprang bequem auf der anderen Seite nach unten. Gideon folgte diesem Beispiel, stürzte fast auf sein Gesicht und bedankte sich leise, als Chloe ihn auffing.

Sie machten jeweils einen Schritt, bevor Chloe die Ohren spitzte und die beunruhigende Stille bemerkte, als die Bummeln aufhörten zu summen.

Es blieb nicht lange so. Um den Grund für die plötzliche Stille zu ergründen, blickten sie in Richtung der Bummelstöcke.

Kapitel 6

»Das gefällt mir nicht. Das gefällt mir überhaupt nicht«, sagte Gideon mit zittriger Stimme.

Chloe versuchte, im Dunkeln etwas auf der Farm zu erkennen, aber außer den Pferden bewegte sich nichts und selbst diese waren mittlerweile relativ ruhig.

»Entspann dich«, sagte Chloe. »Was auch immer es ist, ich bin sicher, wir können…«

»Da!«, rief Gideon und zeigte nach vorne, wo sich eine große, schwarze Masse in die Luft erhob und auf sie zukam.

Chloe verstand zuerst nicht, was sie sah. Das Ding näherte sich mit alarmierender Geschwindigkeit, sah aus wie eine große, schwarze Wolke, die sich zu schnell bewegte und mit dem Wind formierte. Chloe sah die schwarzen Körper von Tausenden und Abertausenden von Bummeln, jede so groß wie ihre Faust. Die Insekten waren größer als alle anderen, die sie je in ihrem Leben gesehen hatte.

Sie schossen auf das Paar zu, wütende, kleine Dinger, die von fieberhafter Entschlossenheit angetrieben wurden. Chloe und Gideon drehten sich auf ihren Fersen um und stürzten zurück zum Zaun, den sie mit einer sauberen Bewegung übersprangen.

Dann passierte etwas Seltsames.

In der Sekunde, in der ihre Füße den Hof verließen, stoppten die Bummeln ihren wahnsinnigen Angriff, drehten sich faul in der Luft und schwebten zurück zu dem Ort, von dem sie gekommen waren.

»Was?«, rief Chloe aus, ging zurück zum Zaun, lehnte sich durch die Holzlatte und berührte das Gras mit einem Finger.

Sobald ihr Finger mit dem Boden in Berührung kam, drehten sich die Bummeln um und begannen auf sie zuzufliegen, als wären sie wütende Wachen ihres kostbaren Landes, die den Hof vor Eindringlingen verteidigten.

Chloe nahm ihren Finger weg und sie schwebten faul davon.

Sie berührte das Gras erneut, dadurch drehten sie sich noch einmal.

Chloe hob ihn wieder an. Erst dann begannen sie zu ihren Stöcken zurückzukehren.

Sie berührte wieder das Gras. Die Bummeln drehten sich, um anzugreifen.

»Hör auf damit«, sagte Gideon und zog Chloes Finger weg.

»Das ist ein Schutzsystem«, stellte Chloe fest, ihre Augen auf die Bummeln fixiert, bis sie wieder außer Sichtweite waren. Sie setzte sich auf ihren Hintern, dachte halb darüber nach, was sie tun sollten, um an den Bummeln vorbeizukommen und zur anderen Hälfte darüber, wo Ben und Tag wohl abgeblieben waren. Sie blickte in die Dunkelheit, konnte aber nichts erkennen.

Gideon schüttelte den Kopf, immer noch ungläubig. »Sie sind so groß. Ich habe Spatzen gesehen, die kleiner sind als diese Dinger. *Bummeln.* Ich wünschte, der Name wäre nicht so niedlich, dann hätte ich mich wenigstens mental darauf vorbereiten können.«

Chloe nickte und erinnerte sich an das Bild von Derren und seinen Kindern.

»Komm schon«, sagte sie und stand auf. »Ich habe eine Idee.«

ANFÄNGERIN

Gideon folgte Chloe widerstrebend zum Haus. Sie winkte ihn die Treppe hinauf und beide blickten noch einmal in das Wohnzimmer, wo Imkereiausrüstung an der Wand hing.

Chloe versuchte, die Tür zu öffnen. Sie war verschlossen.

»Hast du etwas in deinem Buch, das uns hilft, in Häuser einzubrechen?«, fragte Chloe.

Gideon zog seinen Band voller Zaubersprüche aus seinem Inventar, ein Anblick, an den Chloe sich niemals gewöhnen würde. In einem Moment hatte Gideon eine winzige Tasche, in der nächsten zog er diesen Oschi von einem Buch heraus, das unmöglich hineinzupassen schien.

Er blätterte durch die Seiten und schüttelte den Kopf. »Nichts, es sei denn, du willst die Tür aus den Angeln sprengen.«

»Vermerken wir das als Plan B.«

Sie gingen noch einmal ums Haus herum und fanden schließlich eine weitere Tür, die in die Küche führte. Diese war ebenfalls verschlossen, hatte aber eine große Hundeklappe, neben die Chloe sich hinkniete. Sie maß sich an der Öffnung, während Gideon ein Lachen unterdrückte. Sein Lachen erstarb schnell, als Chloe erkannte, dass sie nicht hindurchpassen würde und sich zu Gideon umdrehte.

»Denk nicht einmal daran«, warnte er.

»Zu spät. Ich habe darüber nachgedacht. Komm schon, du Schlaks, es ist zum Wohle des Teams.« Sie zeigte ihm ihr bestes Lächeln und Gideon rollte mit den Augen.

»Schön«, sagte er und ließ sich auf alle Viere fallen. »Aber du schuldest mir was.«

Sie beobachtete durch das Fenster, wie Gideon in das Haus kroch. Er stand behutsam auf, gab ihr einen schnellen Daumen nach oben und ging auf Zehenspitzen in Richtung

Wohnzimmer, seine Knie so hoch wie seine Brust bei jedem Schritt. Er erinnerte Chloe an Zeichentrickfilme, die sie gesehen hatte, als sie jünger war.

Sie wartete geduldig an der Küchentür und wurde aufmerksam, als Gideon plötzlich mit einem Bündel Anzüge in den Händen in die Küche gerannt kam. Er warf sich auf die Knie, rutschte über den Boden, schob die Kleider durch die Hundeklappe und sprang ihnen nach.

»Was ist los?«, fragte Chloe, packte seine Hände und zog ihn hindurch.

»Die Hundeklappe ist nicht nur zur Dekoration da«, rief Gideon leise. »Lauf!«

Mehr als ein lautes Bellen explodierte in der nächtlichen Stille. Chloes Herz wurde zu Eis, als sie sah wie mehrere Kerzen im oberen Raum angezündet wurden. Eine Sekunde später fragte eine Stimme laut: »Was ist los, Fido? Rex? Daisy? Geht und holt sie euch.«

Sie hörten laute Bewegungen auf der Treppe und flohen zurück in Richtung der wartenden Pferde. Dort versuchten sie so schnell wie möglich die Overalls anzuziehen und fragten sich währenddessen, ob diese wohl auch Schutz gegen Hundebisse bieten würden.

Chloe schloss ihren Anzug und sprang ohne zu zögern über den Zaun. Gideon blieb zurück, kämpfte mit aufgeregten Fingern, um den Anzug zu schließen und schien sich nicht zwischen Hunden und Bummeln entscheiden zu können.

»Komm schon«, drängte Chloe.

»Bist du sicher, dass sie nicht durchstechen können?«, fragte er.

Chloe zuckte mit den Achseln und antizipierte den Bummelschwarm, als das Summen verstummte, aber die

ANFÄNGERIN

Hunde bellten weiter. »Ich weiß nicht, aber es heißt jetzt Hundebiss oder Bummelstachel, deine Entscheidung.«

Gideon seufzte und schaffte es, den Anzug fertig zu versiegeln. Er sprang über den Zaun und zeigte mit einem Finger hinter Chloe.

Sie wandte sich dem großen Bummelschwarm zu und schloss die Augen in Erwartung des vielleicht schlimmsten Schmerzes, den sie in ihrem Leben je erlebt hatte. Wieder einmal hasste sie die Tatsache, dass nur die Schmerzrezeptoren der anderen gedämpft worden waren. Sie verfluchte Mia, schüttelte eine Faust gen Himmel und hoffte, dass sie Chloe gerade jetzt beobachtete und sich schuldig dafür fühlte, dass der Patch noch nicht für voll-immersive Spieler zugänglich war.

Die Bummeln flogen mit großer Geschwindigkeit heran und schwärmten um Chloe herum. Sie konnte gerade noch sehen, dass zwei der größten Hunde, die sie je gesehen hatte, es bis zum Zaun geschafft hatten, bevor ihr Blickfeld zu einem unscharfen schwarz-weißen Rauschen wurde.

Die Körper der Bummeln waren groß, stießen gelegentlich gegen ihren Anzug und drängten sie in alle Richtungen. Sie wartete auf die Stiche, aber nichts passierte. Sie war von einer großen Bummelwolke verdeckt. Sie konnte Gideon nicht sehen aber *hören*, als er sich beschwerte und seltsame Geräusche von sich gab, während er eindeutig die gleichen Empfindungen durchlief wie sie.

Chloe tastete herum, hob ihre Arme näher an ihr Visier und sah die großen Kreaturen friedlich auf ihren Armen ruhen. Sie hatten ein flauschiges Fell, das ihre Körper bedeckte, mit dicken Streifen in Weiß und Schwarz. Ihre Fühler waren fast doppelt so lang wie ihre Körper und ihre Stacheln blitzten messerscharf.

Stell dir vor, von einem dieser Kerle gestochen zu werden, dachte Chloe.

Ich stelle mir vor, dass du wahrscheinlich bald wissen wirst, wie sich das anfühlt, sagte KieraFreya.

»Gid?«, rief Chloe. »Bist du noch da?«

»Ja!«, rief er ein Stückchen neben ihr.

Chloe griff um sich herum und versuchte, etwas zu erfühlen, das Gideon sein könnte. Sie stolperte blind herum, während die Hunde weiter durchdrehten und bellten und bellten. Sie hatten aber eindeutig zu viel Angst, um in die Nähe der Bummeln zu kommen.

Endlich fand Chloe Gideon. Ihre Hände fassten seine Schultern und sie atmete einen Seufzer der Erleichterung in ihrem Anzug. »Ich dachte, ich hätte dich verloren.«

»Was sagst du?« Gideons Stimme kam von weiter weg.

Verwirrt drehte Chloe Gideon um, sodass sein Visier vor ihrem war. Hinter dem Schleier des Netzes sah sie jemanden, der definitiv *nicht* Gideon war. Der Schnurrbart war viel zu groß, um auf Gideons Gesicht zu passen.

»Tja, du hast *mich* gefunden«, kommentierte Derren, als Chloe ihn erschrocken losließ.

Sie versuchte, einen Schritt zurückzutreten, aber er hatte bereits ein Seil um ihre Mitte geworfen und ihre Arme fest an ihre Seiten geklemmt. »Komm mit mir, wenn du leben willst, kleines Schweinchen.«

»Was ist mit Gideon?«, fragte Chloe.

»Dein kleiner Freund kann bei den Bummeln warten, bis du mir sagst, wer zum Teufel du bist und was im Namen der Götter du auf meinem Grundstück machst.«

Chloe wurde zurück zu einem kleinen Tor im Zaun geführt. Die Bummeln drängten sich um sie beide, bis sie durch das Tor traten. Dann, als ob ein unsichtbares Kraftfeld durchquert worden wäre, verließen die Bummeln sie und flogen zurück zum anderen Eindringling.

Chloe bemitleidete Gideon und stellte sich vor, dass er blind über das Feld tappte, während die Anzahl der Bummeln um ihn sich verdoppelte.

Derren führte Chloe ins Haus, einen der Hunde auf den Fersen. Ein anderer blieb draußen, um Gideon zu bewachen. Derren ließ Chloe auf einem der Stühle im Wohnzimmer Platz nehmen und half ihr aus dem Visier, sodass sie ihn endlich klar sehen konnte.

Er setzte sich auf den Stuhl gegenüber und drehte seinen Schnurrbart für einige Zeit zwischen den Fingern.

»Erkläre dich«, sagte er schließlich.

»Erkläre *du* dich. Wer bei klarem Verstand hat heutzutage so einen riesigen Schnurrbart? Die sind bei wirklich jedem unvorteilhaft.«

Derrens Mundwinkel streckten sich zu einem Grinsen. »Du hast ein paar dicke Eier, Mädchen.«

»Das gleicht dann deinen Mangel aus, nicht wahr?«

Chloe dachte, sie sähe einen Hauch von Wut hinter diesen dunklen Augen, dann stand Derren auf, öffnete eine Flasche, die mit bernsteinfarbener Flüssigkeit gefüllt war und goss sich ein Glas damit voll. Er kehrte zu seinem Stuhl zurück, nippte an dem Getränk und verzog seinen Mund, als die Flüssigkeit seine Kehle hinunter brannte.

»Der feinste honigsüße Whiskey auf dieser Seite der Gregarianischen Berge.« Er bot Chloe etwas an.

Sie lehnte mit einem Kopfschütteln ab.

»Weißt du, wieviel das Zeug einbringt? Ein Dutzend Silberstücke pro Flasche. Das hier ist ein erstklassiges Produkt. Ich habe Leute, die von überall her mit ihren Wagen, Anhängern und Pferden zu mir kommen, um selbst die kleinste Menge meiner Waren zu erstehen.« Derren lehnte sich in seinem Stuhl zurück und zeigte auf ein Bild an der Wand, auf dem er vor einer etwa dreißigköpfigen Menschenmenge stand.

»Das liegt daran, dass das Zeug schwer zu machen ist. Es gibt nur eine Handvoll Leute in ganz Obsidian, die die Kunst der Bummelzucht beherrschen. Sicher, die Leute haben versucht, dasselbe Produkt mit gewöhnlichen Bienen herzustellen, aber das Zeug säuft ab im Vergleich zu diesem hier. Nichts ist vergleichbar mit Bummelpollen, um dem Schnaps den süßen Kick zu geben, den er verdient. Es ist ein wirklich komplizierter Prozess, das zu produzieren.«

»Warum erzählst du mir das alles?«, fragte Chloe. »Warum holst du nicht meinen Freund und bringst uns hier und jetzt um?«

Derren grinste mit einem schiefen Lächeln.

»All dies bedeutet, dass ich, wenn ich so frei sein darf, *bemerkenswert* reich bin. Wenn ich wollte, könnte ich Gefälligkeiten aus zahlreichen Quellen einfordern und dich in einer Sekunde vernichten lassen. Ich müsste mir dafür nicht einmal meine eigenen Hände schmutzig machen. Obwohl ihr also denkt, ihr könnt mein Land bestehlen, muss ich euch darüber informieren, dass ihr mich nicht einmal *berühren* könnt.« Er breitete seine Arme aus. »Ich bin hier unbesiegbar.«

»Wenn du so reich bist, warum zum Teufel hast du es dann für nötig gehalten, die Pferde eines Stallburschen zu stehlen?«, fragte Chloe. »Was steckt für dich drin? Sicherlich könntest du Tausende von Pferden kaufen mit deinem«, sie versuchte, Anführungszeichen in die Luft zu malen, erinnerte sich aber daran, dass sie gefesselt war, »bemerkenswerten Reichtum, ohne dass du dich darauf verlassen müsstest, von den weniger Wohlhabenden zu stehlen.«

ANFÄNGERIN

Derren nickte, leerte sein Glas und stand auf. Er legte seine Hände hinter dem Rücken aufeinander, ging durch den Raum und betrachtete die Bilder. »Das mag wahr sein«, sagte er, ein weit entfernter Blick in seinen Augen. »Aber weißt du, was man mit Geld nicht kaufen kann?«

»Liebe?«, scherzte Chloe. Das Beatles-Lied, das ihre Eltern ihr gegenüber unentwegt zitierten, tauchte sofort in ihrem Kopf auf.

»Genau«, sagte Derren und warf Chloe einen eindringlichen Blick zu. »Geld kann die Zuneigung der Frau, die du liebst, nicht erkaufen. Jedenfalls keine *echte* Liebe. Sicher, es ist einfach, ein Mädchen für Geld zu betten, aber wo liegt da die Herausforderung? Wo ist die Zuneigung? Wo ist die Romantik?«

Chloes Magen drehte sich bei dem Gedanken, wie dieses ekelhafte Exemplar eines Menschen sich in einem Bett mit einer Frau herumwälzte.

Derren blieb vor dem Bild stehen, das Chloe durch das Fenster gesehen hatte, das ihn mit zwei kleinen Mädchen abbildete. »Was stimmt an diesem Bild nicht?«

»Da steht neben zwei reizenden Mädchen eine Lusche mit Schnauzer?«, riet Chloe.

»Da steht keine Frau. Keine Dame des Hauses. Niemand, der mich inspiriert. Niemand, der mich hält. Niemand, der mich liebt.« Er wandte sich wieder Chloe zu. »Deshalb sind die Pferde hier, verstehst du? Der Stallbursche ist ein Idiot mit begrenztem Weltblick. Er wird denken, dass ich die Pferde gestohlen habe, einfach weil ich *es kann*.

Aber die Wahrheit ist, dass seine Schwester eine der schönsten Frauen ist, die ich je sehen durfte. Rosaline, ein wahres Zeugnis der weiblichen Form. Ich bin vielleicht nicht in der Lage, ihre Zuneigung mit Reichtum zu erkaufen – und glaube mir, ich habe es versucht –, aber vielleicht kann ich, indem ich einen Besitz der Familie als Lösegeld verwende, auf irgendeine Weise anfangen, eine eheliche Bindung zu schmieden, die uns beide eines Tages vereinen wird.«

Chloe starrte Derren ratlos an. »Du hast die Pferde gestohlen … um eine Frau auf dich aufmerksam zu machen?«

»Genau«, antwortete Derren ohne einen Hauch von Ironie.

Chloe musste für einen Moment die Augen schließen. »Nun, das war ein *toller* Plan!«

Derrens Gesicht leuchtete auf. »Findest du das wirklich?«

»*NEIN,* du Idiot. Welche Frau wird einen Mann lieben, weil er die Pferde ihres Bruders gestohlen hat? Bist du *verrückt*? Der Weg zum Herzen geht über ihre Freunde, Gemeinsamkeiten oder irgendein grundlegendes Interesse.«

»Ihre Freunde? Was meinst du damit?«

Chloe seufzte. Sie kannte die Formel gut. Egal, wie viele Männer sich ihr und ihren Freunden in Bars näherten, sie hatten keine Chance, wenn es keinen Gruppenkonsens darüber gab, dass er ein würdiger Kandidat war. Wenn einer ihrer Freunde ein schlechtes Gefühl bei dem Interessierten hatte, der sich näherte, wurde er mit eingezogenem Schwanz zurück in seine Hundehütte geschickt.

»Überzeuge ihre Freundinnen davon, dass du eine gute Partie bist, dann ist der erste Schritt gemacht.«

Derren streichelte seinen Schnurrbart. »Du meinst, jemanden wie dich?«

Chloe erkannte plötzlich, was von ihr verlangt wurde.

»Schau, du gibst mir, was ich will und ich gebe dir, was du willst«, schlug Derren vor. »Ich lasse deinen Freund gehen und du kannst mit deinen Pferden weiterreisen.«

Chloe zuckte mit den Achseln und tat ihr Bestes, lässig zu bleiben. »Hm. Ich werde mehr als das brauchen, Kumpel.

Denkst du, ich würde den Weg vom Ort hierher noch einmal reisen, für nichts als einen Zauberer und ein paar Pferde?«

Derren grinste böse. »Ja. Ja, das tue ich. Es gibt keinen schnelleren Weg nach Nauriel als ein schnelles Pferd.«

Chloes kühle Fassade fiel von ihr ab. Den Namen der Stadt zu hören, die in Hobblesville niemand auch nur gekannt hatte, brachte sie aus dem Gleichgewicht.

»Nauriel?«

Gerade da ertönte ein lauter Knall, als die Tür aus ihren Scharnieren herausgeschlagen wurde. Chloe war überrascht, Ben und Tag in der Tür stehen zu sehen, Bens Bogen gespannt.

»Lass sie gehen oder stelle dich deinem Untergang«, sagte er, ein Auge geschlossen, um besser zielen zu können.

»»Lass sie los oder stell dich deinem ...« Alter, das war erbärmlich. Du klingst wie ein Superschurke aus den Fünfzigern«, schimpfte Tag, seinen Hammer erhoben.

»Und ihr seid?«, erkundigte sich Derren, unbeeindruckt von ihrem Auftritt.

»Sie gehören zu mir«, erklärte Chloe. »Leute, ich weiß, wie es aussieht, aber nehmt eure Waffen runter. Er ist umgänglich.«

»Wovon redest du?«, fragte Ben und starrte das Seil an, das fest um Chloes Körper gewickelt war. »Du bist gefesselt.«

Chloe sah an sich herab und lachte. »Touché. Aber im Ernst, der Typ ist eine Miezekatze.« Sie drehte sich um und sah Derren an. »Und ich denke, wir werden uns hier einig werden.«

Kapitel 7

Quest freigeschaltet: Wie Topf und Deckel?
Derren McTrewern hat sich in Rosaline, die Schwester des Stalljungen, verliebt. Leider scheinen die beiden nicht einer Meinung zu sein. Finde einen Weg, Rosaline davon zu überzeugen, Derren eine Chance zu geben und du wirst reich belohnt werden.
Schwierigkeitsgrad: 3/10
Belohnungen: 1.300 Erfahrungspunkte, + (versteckter) Bonus
Quest annehmen: **[J/N]**

Das war die Benachrichtigung, die Chloe erhalten hatte. Nun schaute sie auf den Sonnenaufgang, der über dem verschlafenen Hobblesville schwebte und rieb sich ihre Augen. Ihre Kleidung war wieder einmal nass vom Fluss. Die vier Abenteurer waren nur noch zu dritt.

»Was eine ...« *Piep* »Aktion, Gideon als Geisel festzuhalten, bis wir die Quest abgeschlossen haben«, bemerkte Tag. Er triefte wortwörtlich vor Elend, seit er den Fluss erneut hatte überqueren müssen. Glücklicherweise war das dieses Mal ereignislos verlaufen, abgesehen von einer wütenden Flusskrabbe, die ihm am anderen Ufer in den Knöchel gezwickt hatte.

»Man kann es ihm nicht wirklich verübeln, oder?«, sagte Ben. »Er wird es kaum zulassen, dass wir ungeschoren davonkommen, nachdem wir bei ihm eingebrochen sind.

Wenn ich er wäre, hätte ich uns alle gehängt, gekreuzigt und geviertelt, bevor der Hahn krähen konnte.«

»Er hat angefangen«, murmelte Tag. Ben ignorierte ihn pointiert.

Sie erreichten den Stadtrand, wo sie von der vertrauten Ruhe überflutet wurden, die sie nun mit Hobblesville verbanden. Sie steuerten die Ställe an und grüßten die Leute, die sie trafen, während die Stadt zu erwachen begann.

»Und wir glauben wirklich, dass er weiß, wo dieses Nauriel liegt?«, fragte Ben. »Ich meine, es scheint seltsam, nicht wahr? Wir haben tagelang herumgefragt und niemand wusste von etwas und jetzt spricht dieser Typ es aus heiterem Himmel an und will uns einfach sagen, was wir wissen wollen?«

»Die Leute reden«, sagte Chloe. »Er ist ein wohlhabender Mann mit vielen Ohren in der Stadt. Wahrscheinlich haben Gerüchte über unsere Anwesenheit und das, wonach wir suchen, ihn schnell erreicht. Ich kann mir nicht vorstellen, dass eine verschlafene Stadt wie diese viele Besucher von außerhalb bekommt. Abgesehen von seinen angeblichen Horden an Käufern, die direkt zu seinem Hof kommen.«

Ben nickte. »Umso mehr Gründe, vorsichtig zu sein. Wenn er weiß, was wir wollen, kann er es zu seinem Vorteil nutzen.«

Sie erreichten die Ställe. Tag brach plötzlich in Gelächter aus, als sie Jacobs Türschwelle erreichten.

»Was ist?«, fragte Chloe.

»Ich stelle mir nur vor, wie Gideon immer noch mit Bummeln bedeckt ist!« Er wischte sich eine Träne aus dem Augenwinkel. »Wie er einfach dasteht und wie eine einzige große Bummel aussieht!«

Chloe rollte mit den Augen und klopfte an die Tür. Jacob öffnete schnell und bat sie nach einer kurzen Zusammenfassung ihrer Fortschritte hinein.

Jacobs Haus war nicht gerade beeindruckend, besonders verglichen mit dem von Derren, aber es war heimelig und es passte gut zu seinen Bewohnern. Er machte ihnen eine Tasse voll mit etwas Warmen und Süßen zu trinken, bevor er sich zu ihnen ins Wohnzimmer setzte.

»Also hält er euren Freund fest?«, fragte Jacob und blickte über den Rand seiner Tasse in die Runde.

Chloe nickte. »Die Pferde sind auch da, sicher und gesund.«

»Du sagtest, Derren verlangt einen Gefallen. Ihr wisst, dass wir darauf niemals eingehen werden, oder? Wir treiben keinen Handel mit Dieben und Lügnern.«

Chloe seufzte. Sie hatten ihm noch nicht einmal gesagt, was der Gefallen war und er weigerte sich bereits. Was würde er tun, wenn sie ihn baten, seine Schwester zu einer Hochzeit zu überreden?

Jacob lehnte sich zurück. Ein Träger seines Overalls hing lose über seiner Brust. Er kaute auf etwas, während er sie ungerührt anstarrte.

»Bitte, Jacob. Es liegt in unser beider Interesse, eine Einigung zu erzielen. Wir bekommen unseren Freund nicht zurück und du kannst dich von deinen Pferden verabschieden, wenn seine Bedingungen nicht erfüllt werden.«

Jacob knirschte mit den Zähnen. Als er sprach, war es mit großer Zurückhaltung. »Welche Bedingungen?«

Chloe sah Ben und Tag mit großen Augen an, die mit den Achseln zuckten und Jacob zunickten. »Derren ist in deine Schwester verliebt und …«

Jacob sprang auf. »Ich wusste, dass dieser verdammte Nichtsnutz das nicht aufgegeben hat. Er sabbert Rosaline schon hinterher, seit er sie das erste Mal gesehen hat.« Er fuchtelte wild mit den Armen. »Auf keinen Fall. Das wird nicht passieren. Nope. Nicht, solange ich noch Luft zum Atmen und Pferde zum Aufziehen habe. Ich habe Ma und Pa versprochen, dass Rosaline an einen guten Mann geht und nach meiner Vorstellung ist Derren McTrewern wohl weit davon entfernt ein guter Mann zu sein, zumindest bei dem was ich mir darunter vorstelle.«

»*Du* hast Ma und Pa versprochen, *mich* an einen *guten Mann* zu verkaufen? Wie *edel* von dir.«

Rosaline stand in der Tür, eine Hand hoch an dem Pfosten, die andere in ihre Hüfte gestemmt. Obwohl ihre Worte seidig weich waren, blickte sie Jacob mit einem giftigen Blick an.

»Rosaline. Ich, naja …«

»Sind große Brüder nicht reizend?«, fragte Rosaline und schlenderte in den Raum. Sie baute sich über Jacob auf, ihr Schatten verdunkelte sein Gesicht. »Welches Recht hast du, einen Partner für mich zu wählen? Wir leben quasi in Armut, seit Ma und Pa weg sind. Jetzt finde ich auch noch heraus, dass *du* der Grund bist, dass ich keinen Mann gefunden habe, der mich hier rausholt?«

Jacob schien einen Teil seines Mutes wiederzufinden. Er baute sich gerade auf und traf ihren intensiven Blick, bis sie praktisch Nase an Nase standen. »Du solltest mir danken, Schwesterchen. Die Schweine, die um deine Füße schnüffeln, waren den Mist nicht wert, den unsere Pferde produzieren. Hier, bei uns, geht es dir besser, wo sich die Arbeit lohnt und deine Familie ruhig schlafen kann.«

»Die Arbeit lohnt?« Rosaline lachte. »Du hast *fünf* Pferde! Was für ein Gestüt soll das sein? Das reicht nicht einmal, um es einen Streichelzoo zu nennen. Lass mich gar nicht erst über die Qualität dieser Pferde sprechen. Die Hälfte deines Bestandes ist halbtot durch Unterernährung. Was nützt das einem verdammten Gestüt?«

Chloe rutschte unbehaglich in ihrem Stuhl herum, lehnte sich dann zu Tag und Ben hinüber und flüsterte: »Ich denke, wir sollten besser gehen und ....«

»Ihr geht nirgendwohin«, befahl Rosaline und zeigte auf Chloe. »Zuerst erzählst du mir die ganze Geschichte darüber, was hier vor sich geht.«

Der Raum war geladen vor Spannung. Jacobs Augen flehten Chloe an, kein Wort zu sagen, während Rosaline mit geschürzten Lippen wartete. Schließlich gab Chloe nach und erzählte Rosaline alles. Was spielte es für eine Rolle für sie, wenn Jacob nicht einverstanden war? Die beste Chance, diese Pferde zurückzubekommen und zwei Quests in einem Zug zu erledigen, war, Rosaline und Derren zu vereinen.

»McTrewern will meine Hand?«, sagte Rosaline schließlich und tippte gedankenverloren auf ihrem Knie herum, nachdem sie sich während Chloes Erklärung hingesetzt hatte.

»Er ist kein schlechter Kerl«, warb Chloe. »Vielleicht ein wenig rau an den Rändern, aber du wärst gut versorgt. Ein Haus, ein Mann, der ein erfolgreiches Geschäft führt und er scheint wirklich vernarrt in dich zu sein.«

Jacob bewegte sich in seinem Stuhl. Er drehte den Kopf und spuckte auf den Boden.

»Hast du ein Problem?«, fragte Rosaline.

Jacob saß still da.

»Schau«, sagte Chloe. »Wir können dich heute noch zu Derrens Farm bringen, wenn du willst. Bei uns bist du sicher in der Wildnis und wir können dich in einem Stück dorthin bringen. Wenn du möchtest, können wir für eine Weile bei dir bleiben, bis du sicher bist, dass du dort glücklich wirst, bevor wir uns verabschieden. Auf diese Weise bist du abgesichert. Nicht wahr, Jungs?«

ANFÄNGERIN

Ben und Tag nickten eifrig.

»Das klingt wundervoll«, antwortete Rosaline, ihr warmes Lächeln erhellte den Raum. Es war unmöglich sich vorzustellen, wie Jacob jemals irgendeine Macht über diese Frau hatte ausüben können. »Jacob, pack deine Sachen zusammen. Du kommst auch mit.«

Jacobs Augen weiteten sich. »Du bist verblendet, wenn du denkst, dass ich zu diesem verräterischen Schweinehund trabe. Außerdem, wer wird ein Auge auf Tommy und Dougan haben?«

Rosaline wischte seine Bedenken beiseite. »Ach was. Tommy ist jetzt alt genug, um allein auf Dougan aufzupassen. Wenn wir das richtig machen, wird er nicht einmal lange allein sein. Wir werden deine Pferde bei Sonnenuntergang zurückhaben, so wahr mir Gott helfe.«

Chloe, Ben und Tag warteten, während Rosaline eine leichte Tasche packte und Jacob ihren kleinen Bruder Tommy darüber informierte, was los war. Tommy schien mehr als nur ein wenig erfreut, allein gelassen zu werden und liebte die Aussicht, der Mann des Hauses zu sein, wenn auch nur für eine kurze Weile.

Jacob holte seinen Hut und etwas, das sehr nach einer kurzen Klinge aussah, die er in seiner Hose versteckte. Er legte einen Finger auf seine Lippen, als er sah, wie Rosaline in seine Richtung blickte.

Chloe wartete geduldig, ihre Gedanken waren bei Gideon auf der Farm. Sie fragte sich, ob er immer noch im Bummelfeld stand oder ob Derren ihn inzwischen rausgelassen und ihm erlaubt hatte, an einem vorerst sicheren Ort zu warten.

Sie kamen gegen Nachmittag auf dem Bauernhof an. Rosalines Kleid war als einziges makellos und trocken - dank einer heroischen Leistung von Ben, der allzu bereit schien, einer attraktiven Dame zu helfen, auch wenn sie nur virtuell war.

Jacob blickte finster drein, als sie an den Bummelstöcken vorbeikamen und noch viel finsterer, als sich die Tür öffnete und ein strahlender Derren sich tief vor ihnen verbeugte.

Derren bot ihnen seinen Whiskey an, während Rosaline durch den Raum schritt und über die Extravaganz staunte. Im Vergleich zu dem bescheidenen Haus im Dorf, in dem sie aufgewachsen war, war dieses Haus ein wahrer Palast. Ihr Mund schloss sich kaum, als ihre Finger über die Regale strichen und sie sich vorbeugte, um die Ornamente und Dekorationen zu betrachten, die ausgestellt waren.

»Gefällt dir, was du siehst?«, fragte Derren und studierte sie genau. Er schien den Blick nicht einmal zu bemerken, den Jacob ihm zuwarf.

»Das gehört alles dir?«, fragte Rosaline, fast atemlos.

»Mir und meinen beiden Töchtern«, sagte Derren. »Wir teilen alles.«

»Wirklich ein bemerkenswerter Mann«, kommentierte Rosaline und richtete ihre Aufmerksamkeit von Derren auf Jacob.

Chloe, die sich nicht mehr lange gedulden konnte, erhob sich und sagte: »Okay. Also haben wir einen Deal oder werden wir den ganzen restlichen Tag damit verbringen, Höflichkeiten auszutauschen?«

»Du kannst meine Schwester nicht haben«, sagte Jacob entschlossen.

»Es ist nicht deine Entscheidung«, erwiderten Rosaline und Derren zur gleichen Zeit, erröteten und lachten, als sie sich gegenseitig anschauten.

Jacob stand auf, rot im Gesicht. »Ich kann das nicht zulassen. Nein. Nein. Nein. *Nein*. *Nein*. Du bist *meine* Schwester. Ich bin dein *großer* Bruder. Nein. Nein. Nein. *Nein*. *Nein!*«

ANFÄNGERIN

Rosalines Lippen kräuselten sich vor Ekel bei der Rede ihres Bruders. Sie studierte Derren für eine lange Zeit, ihre Augen wanderten unweigerlich zu seinem Schnurrbart. Im Vergleich zu den Männern, die sie in der Stadt kannte, bot Derren das Versprechen eines neuen Lebens. Er hatte Reichtum jenseits ihrer Vorstellungskraft und sie schien glücklich zu sehen, dass er kein schlechter Mensch war.

Eine Ehe war für sie keine Frage der Romantik, realisierte Chloe. In dieser Gegend war es eine geschäftliche Abmachung, die über ihr restliches Leben entscheiden würde. Hier erwartete sie eine sichere Existenz. Möglicherweise würde Derren nicht einmal zusätzliche Kinder von ihr verlangen, falls sie diese nicht selbst wünschte.

Sie durchquerte den Raum und baute sich vor ihm auf. »Ich werde es unter drei Bedingungen versuchen.«

»Nenne sie«, sagte Derren eifrig.

»Nummer eins. Ich bin kein Haustier. Ich habe freie Bahn, um zu gehen, wohin es mir gefällt und ich werde nicht wie ein Preis behandelt, der gewonnen werden kann.«

KieraFreya meldete sich in Chloes Kopf. *Ich liebe eine Frau, die weiß, was sie will.*

»Selbstverständlich«, stimmte Derren zu.

»Zweitens, du gibst die Pferde meines Bruders zurück und zahlst ihm einen Preis, der dem Doppelten dessen entspricht, was du gestohlen hast, damit er seinen Stall ausbauen und mit seinen Pferden seinen Lebensunterhalt bestreiten kann.«

»Erledigt.«

»Nummer drei …« Und hier hielt sie inne, legte eine Hand an ihr Kinn, während sie ihren Blick über ihn schweifen ließ. »Du bist vorzeigbar. Ein Mann, der es wert ist, den Freunden einer Frau vorgestellt zu werden.«

»Wunderbar.«

»Du musst dich dafür von diesem fiesen Schnurrbart befreien.«

Derrens Gesicht fiel in sich zusammen. Jacobs, Chloes, Tags und Bens Münder klappten vor Schreck auf.

Wow!, rief KieraFreya aus. *Das habe selbst* ich *nicht kommen sehen!*

Eine Emotion nach der anderen zeigte sich auf Derrens Gesicht. Seine Lippe zuckte und seine Augenbrauen gingen nach oben. Jacob erstickte ein Lachen über die plötzlichen Qualen, die Derren offensichtlich durchlitt.

»Das musst du dir von einer Frau nicht sagen lassen«, bot Tag seine Meinung an, bevor Derren ihm bedeutete zu schweigen.

»In Ordnung«, sagte er schließlich, zuckte mit der Oberlippe und ließ seinen Schnurrbart tanzen. »Wenn es das ist, was es braucht, um die Zuneigung der Dame zu gewinnen, so sei es.«

Der Raum war für einen Moment still. Rosaline sah aus, als ob selbst sie nicht geglaubt hätte, dass Derren ihrer letzten Bedingung zustimmen würde.

»Haben wir einen Deal?«

Rosaline nickte entschlossen. »Ja, wir haben einen Deal, Herr McTrewern.«

Jacob fiel auf die Knie, den Kopf zum Himmel gerichtet. »Neeeeeiiiiiiiiiiiiin!«

Er schwieg erst, als Tag ihm mit seinem Krug gegen den Kopf schlug.

»Tut mir leid. Ich konnte ihn nicht mehr ertragen. Er hat meine Migräne ausgelöst.«

Kapitel 8

Rosaline und Derren bildeten fast sofort ein perfektes Team. Nachdem er Jacob wach gefächert hatte, setzte Derren die Dinge für ein Fest in Bewegung. Seine Töchter, Luna und Lelani, gesellten sich zu ihnen und wurden von Rosaline in die Arme und sichtlich ins Herz geschlossen, die ihr Glück nicht fassen konnte. Nachdem sie die meiste Zeit ihres Lebens mit Männern gelebt hatte, war sie glücklich, auf einmal auch andere Frauen in ihrer Familie zu haben.

Jacob nahm die Pferde und einen Sack voller Münzen an, die für ein weiteres halbes Dutzend Pferde für seinen Stall reichen würden und verließ damit den Hof ohne ein weiteres Wort.

Auf die Frage, wie er die Pferde über den Fluss bringen würde, erzählte Derren ihnen von einer kleinen Brücke, die ein Stück den Fluss hinunter lag. Wie sonst hätte er die Pferde überhaupt erst zu seinem Hof bringen können?

Gideon wurde aus seinem Albtraum befreit und blieb recht still, bis er etwas Essen in seinem Magen und etwas zu trinken bekommen hatte, um seine Zunge zu lockern. Als er durch den guten Whiskey lebendiger als sonst geworden war, erfuhren sie, dass er sich während der schwärmenden Zuneigung der Bummeln vom Spiel abgemeldet hatte.

Als die Nacht fortschritt, ließen sie den Whiskey fließen und das Essen kam in Hülle und Fülle. Rosaline war eine Freude. Es war schwer zu glauben, dass Jacob aus dem gleichen Holz geschnitzt war. Sie gesellte sich zu Tag für ein paar Runden Lieder und Fröhlichkeit. Ihre Stimmen schmeichelten einander, bis sie lachend auf dem Sofa zusammenbrachen. Die Mädchen gingen ins Bett und der Rest von ihnen schlief dort ein, wo sie saßen.

Als Chloe am nächsten Tag erwachte, strömte Licht durch die Fenster. Rosaline und Derren waren nirgendwo zu sehen, aber sie waren deutlich zu hören.

Chloe blinzelte durch die Kopfschmerzen, die sie bekommen hatte und versuchte sich mithilfe ihrer Benachrichtigungen abzulenken.

Quest abgeschlossen: Einem geschenkten Gaul …
Du hast den Stallburschen wieder mit seinen Pferden vereint. Leider waren die Kosten hoch, da du bei Jacob in Ungnade gefallen bist. Die Erfahrung hast du verdient, aber keine Pferde für dich.
Belohnungen: 1.500 Erfahrungspunkte
Quest abgeschlossen: Wie Topf und Deckel?
Rosaline und Derren sind wie füreinander gemacht. Herzlichen Glückwunsch dafür, dass du sie vereint hast und die Liebe in dieser kargen Welt erblühen lässt.
Extrapunkte für Kopulation innerhalb der ersten 24 Stunden nach dem ersten Aufeinandertreffen.
Belohnungen: 1.300 Erfahrungspunkte, + 500 Erfahrungspunkte (Kopulationsbonus), + Ort freigeschaltet (mit dem Questgeber sprechen).

Yay, 3.300 Erfahrungspunkte dafür, einem Mann zu helfen, seine Pferde zu finden und eine Frau zu einem Penis zu führen. Nicht schlecht. Chloe grinste.

ANFÄNGERIN

Ein Tag wie jeder andere in deiner Welt?, fragte Kiera Freya.
Halt die Klappe.
Als Chloe und die anderen vollständig erwacht waren, betraten Rosaline und Derren den Raum. Sie trug einen Morgenmantel, während Derren bereits in seiner Arbeitskleidung steckte und für alles gewappnet schien, ein glückliches Lächeln auf seinem Gesicht.

»Ich schulde dir meinen Dank«, sagte Derren, nachdem Rosaline verschwunden war, um ihnen allen Frühstück zuzubereiten. »Ich hätte es nicht für möglich gehalten, Rosaline jemals in meinen Armen zu halten, aber mein Traum ist wahr geworden. Wahrlich, danke euch allen und tausend Entschuldigungen, Bummelmann, für die Feindseligkeit, die du während dieser Verhandlungen erlebt hast.«

Gideon zuckte gleichgültig mit den Achseln. »Kein Problem.«

»Deine Quest erwähnte eine versteckte Belohnung«, sagte Chloe. Ihre Kopfschmerzen begannen zu verschwinden. »Darf ich fragen, was das wäre?«

»Ah, natürlich.« Derren strahlte. »Ich habe zu Ohren bekommen, dass mehrere Abenteurer von außerhalb der Stadtgrenzen die Bewohner von Hobblesville schikanierten, um Informationen über eine hier wenig bekannte Stadt namens Nauriel zu erhalten.«

»Ich würde nicht sagen, dass wir irgendwen schikaniert haben«, begann Ben, bevor Chloe ihn mit einem Blick zum Schweigen brachte.

»Ihr wart nicht zufällig diese Abenteurer?«

Chloe nickte eifrig. »Das ist richtig. Du kannst uns dorthin bringen? Du kennst den Ort?«

»Ich war gelegentlich dort«, antwortete Derren. »Meine Handelsrouten erstreckten sich in viele Richtungen.

Nauriel weiß meinen honigsüßen Whiskey fast genauso sehr zu schätzen wie Deftwinder und Gallen Hollows. Ich bin im Laufe der Jahre oft in ihren Wagen mitgereist, um meine Handelspartner zu besuchen, habe aber festgestellt, dass die Kutschfahrt recht belastend für die Wirbelsäule ist.«

»Du warst also schon eine Weile nicht mehr da?«, fragte Tag.

»Oh, aber doch. Sobald dein Vermögen das, was man ausgeben kann, bei weitem übersteigt, gibt es viele Dinge, zu denen man Zugang erhält.« Derren stand auf. »Folgt mir.«

Derren führte sie durch das Haus zur Treppe. Es gab dort eine Tür, die zu einem kalten Keller führte. Er war durch die Jahre staubig geworden und mit dicken Spinnennetzen behangen. Der Keller war von Wand zu Wand leer. Derren blieb in der Mitte des Raumes stehen und wartete darauf, dass sie sich alle um ihn versammelten.

Dann breitete er seine Arme aus, als ob er darauf wartete, dass sie applaudierten.

»Was sehen wir hier?«, fragte Tag.

Als Nächstes gingen die Kerzen aus und sie wurden in Dunkelheit gehüllt. Chloe und Tag legten ihre Hände auf die Griffe ihrer Waffen und zogen sie erst dann zurück, als eine Kugel aus weißem Licht erschien.

Das Irrlicht schwebte aufgeregt umher und erhellte Derrens Grinsen. »Es ist schon eine Weile her, dass ein Irrlicht in die Nähe dieser Farm gekommen ist. Es stellte sich mir genau zur richtigen Zeit vor.«

Chloes Hals wurde trocken. War das *ihr* Irrlicht?

So viel wie ein Irrlicht jemandem gehören kann, Chloe, sagte das Irrlicht in ihrem Kopf. Chloe erkannte die Stimme des Schamanen.

ANFÄNGERIN

Das Licht umkreiste Derren und drehte sich immer schneller als ein Zeichen um seine Füße aufleuchtete. Dieses Muster, das sich nicht allzu sehr von dem Schnellreise-Zeichen unterschied, hatte wellenförmige Kanten und war mit seltsamen Kombinationen von Fußabdrücken verziert.

»Was ist das?«, fragte Ben ehrfürchtig.

»Gute Frage«, sagte Derren. »Das ist das, was man ›Moonhopper‹ nennt. Es ist ein Relikt aus der alten Welt, das ich zufällig in einem Kartenspiel mit einer widerwärtigen Gruppe von Zauberern gewonnen habe.«

Gideon räusperte sich.

»Entschuldigung, *Magier*. Indem man den Moonhopper mit einer bestimmten Menge Energie füttert, kann man schnell an einen Ort springen, den jemand im Raum kennt. Es ist so einfach wie Schnellreisen, aber die Menge der verbrauchten Energie kann riesig sein.«

»Über wie viel sprechen wir hier?«, fragte Gideon.

Derren beäugte die Gruppe für eine Weile. »Etwa 1.000 Magiepunkte in einem Schwung sollten reichen.«

»*Eintausend?*« Chloe keuchte, öffnete ihr Charakterblatt und betrachtete ihre 200 MP. Sogar mit Gideons MP und dem wenigen, was die anderen haben würden, gab es keine Chance, dass sie in der Lage wären, 1.000 MP zusammenzukriegen.

»Keine Sorge«, sagte Derren. »Anstelle eines Teils der Energie kann man dem Ritual ein Irrlicht anbieten. Irrlichter speichern eine enorme Menge an Energie in ihren Sphären und können sich in andere Formen verwandeln und verbiegen. Mit der Erlaubnis von diesem hier denke ich, dass ihr gut rüberkommen werdet.«

Chloe wandte sich unsicher an die anderen. »Und?«

»Es ist die Entscheidung des Irrlichts«, sagte Ben.

Chloe wandte sich an den Schamanen. *Ist es wahr, was dieser Mann sagt?*

Wahrer als der Tag blau ist, antwortete der Schamane. *Ich habe Vorräte an MP in mir versteckt, die für diese Magie reichen werden. Das einzige Problem ist, dass dieser Mann nicht mit einer gewisse Göttin gerechnet hat. Ich werde nicht in der Lage sein, euch alle mitzunehmen.*

Was meinst du damit? antwortete Chloe.

Du musst KieraFreya zurücklassen.

Den Teufel wird sie tun! Nicht, dass sie das könnte, schnappte KieraFreya, bevor sie den Schamanen kichern hörte. *Oh, du mickrige Ausgabe eines Sterblichen. Diesen Scherz wirst du noch bereuen.*

Sagt die Göttin, die in Metall festsitzt, sagte Chloe.

»Also gut«, sagte sie schließlich und trat in den Moonhopper. »Lasst uns reisen.«

Die anderen schlossen sich ihr im Kreis an, das seltsame Glühen war ein wenig nervenaufreibend. Derren trat aus dem Kreis, berührte den glühenden Rand mit seiner Handfläche und sagte: »Auf Wiedersehen, Abenteurer. Nochmals vielen Dank an euch alle für eure Hilfe. Ich hoffe, wir sehen uns in diesem Leben noch einmal wieder.«

Bevor jemand die Gelegenheit hatte zu antworten, erklang ein mächtiges Rauschen. Der Keller fiel unter ihnen weg und sie schossen in die Dunkelheit.

Kapitel 9

Das ist es also?«, fragte Demetri, als Mia die Website auf ihrem Laptop aufrief.

Sie saßen in dem plüschigen Sessel, in dem sie nun den größten Teil ihrer Zeit verbrachten. Mia machte es sich auf Demetris Schoß gemütlich, während der große Fernseher an der Wand Chloes Abenteuer in Obsidian zeigte. Keiner von ihnen beachtete den Bildschirm, als Derren Chloe und die anderen in seinen Keller führte.

Die Wohnung sah aus wie bei Hempels unterm Sofa. Hier und dort lagen leere Nudel-Boxen, weggeworfene Flaschen, Dosen und Kleidung, einfach überall verstreut durch ihre verschiedenen, leidenschaftlich angetriebenen Ablenkungen, aber keiner von ihnen scherte sich darum. Sie blieben in ihrer kleinen, romantischen Blase und scrollten durch die Website.

Auf dem Bildschirm war in der Mitte ein großes Obsidian-Logo zu sehen. Demetri musste zugeben, dass die ganze Sache ziemlich cool war. Die offizielle Website war nun online und es gab einen Shop, in dem sich die Leute registrieren konnten, um die Pods zu kaufen und in das Spiel einzutauchen. Es gab auch T-Shirts, Tassen, Mousepads, Handyhüllen und noch vieles mehr.

Die offiziellen Foren waren eröffnet und Tausende von Spielern hatten bereits ihre Fragen hochgeladen, um mit anderen Spielern und Fans zu plaudern. Ein Katalog von Standorten, Monstern, Kreaturen und Rassen des Spiels füllte sich, während die Dinge entdeckt wurden und es schien, als ob die Gemeinschaft boomte.

Mia klickte auf den Knopf ›Live Zuschauen‹ in einer Ecke und der Bildschirm füllte sich mit Feldern. Demetri musste gestehen, dass das Ganze ein wenig fragwürdig aussah, mit einer Reihe aufgelisteter Premium-Videos, für die die Fans bezahlen mussten. Mia erklärte, dass dies die Promis des Spiels waren, Influencer, die riesige Fangemeinden hatten. Ihnen wurden im Spiel oft die besten Abenteuer und Bösewichte gegeben, damit sie die besten Shows lieferten.

Das war eine weitere, clevere Möglichkeit für Praxis, ihre eigenen Einnahmen zu erhöhen und es Spielern zu ermöglichen, während des Spielens Geld zu verdienen.

»Das bedeutet also, dass die Leute jetzt Chloe beim Spielen zusehen können?«, fragte Demetri.

Mia küsste sanft seine Wange. »Genau. Du kannst nach Stufe, Charaktertyp, Ort oder Benutzername suchen. Hier …›Chloe‹.«

Demetri lachte über einige der Namen, die angezeigt wurden, bevor der Bildschirm aktualisiert wurde. Im Bruchteil einer Sekunde sah er ›RydTilIDi3‹, ›247F*ckF3st‹ und ›MickeyRAWRK!‹.

»Wow, sie hätten wirklich inspirierendere Namen wählen können.«

»Sag ich ja. Ah, es geht los!«

Der Bildschirm wurde für einen Moment schwarz, dann erschienen Chloe und ihre Crew in voller Farbe. Am Rand des Bildschirms konnte man ihre Statistiken einsehen, das Aktivitätsprotokoll überprüfen und Kommentare hinterlassen, auf die andere Zuschauer antworten konnten. In der Ecke befand sich ein kleines, rotes Augensymbol mit der Zahl 13 daneben.

ANFÄNGERIN

»Wofür steht das?«, fragte Demetri.

»Das sind die aktuellen Zuschauer«, antwortete Mia. »Uns nicht mitgezählt, sehen 12 andere Leute Chloe dabei zu, wie sie durch das Reich von Obsidian reist.«

»Das bedeutet, dass die Leute von KieraFreyas Armschienen wissen?«

»Wahrscheinlich. Sie ist nicht sehr gut darin, Geheimnisse zu bewahren, oder?«

Demetri wurde warm. Seitdem das Spiel öffentlich zugänglich geworden war und damit potenziell 7,2 Milliarden Menschen auf der ganzen Welt zur Verfügung stand, hatten sie keine Gelegenheit gehabt, Chloe über die Live-Stream-Funktion zu informieren. Sogar ihre Freunde, mit denen sie zusammenspielte und die sich regelmäßig abmeldeten, schienen entweder nichts davon mitbekommen zu haben oder sich nicht dafür zu interessieren. Sie konnten es anscheinend nicht erwarten, immer so schnell wie möglich zurück ins Spiel zu springen, anstatt in die Informationen einzutauchen, die jetzt verfügbar waren und durch die Spiel-Communities in ganz Amerika zirkulierten.

»Nun, sie sollte besser eines ihrer Geheimnisse für sich behalten. Wenn Mama und Papa Lagarde herausfinden, dass die Welt von Chloes kleinem Experiment weiß, stecken wir in Schwierigkeiten.«

»Du meinst, *du* steckst in Schwierigkeiten.« Mia zwinkerte.

»Danke für die Erinnerung«, sagte Demetri und tat beleidigt. »Die Presse hat bereits Chloes Abwesenheit mitbekommen. Es ist für sie unglaublich, dass sich eine Lagarde länger als ein paar Tage nicht in der Öffentlichkeit zeigt. Vogue und Cosmo hungern nach Details über Chloes Aufenthaltsort.

Sie vermissen ihren Seite-12-Artikel über Chloes Ausflüge mit ihren Freunden. Sie haben Hugo und Helen befragt und erfahren, dass sie auf Reisen ist, aber wenn die Presse jemanden für eine Weile nicht zu Gesicht bekommt, erfinden sie einfach Scheiße, bis es zur Wahrheit wird.«

»Das Leben eines Rockefellers, was?« Mia scrollte durch mehrere andere Live-Streams und fühlte eindeutig nicht die gleiche Angst wie Demetri.

Demetri fuhr mit einer Hand durch sein Haar und starrte zu der Frau auf dem Fernsehbildschirm, die nun in Panik geriet, als der Boden nachgab und sie durch die Dunkelheit transportiert wurde.

»Alles, was ich sage, ist, dass wir diese Situation sehr genau beobachten müssen. Wenn Chloes Ruf irgendwie Schaden nimmt, bevor sie ihren Einsatz in Obsidian beendet, können die Lagardes nicht nur ihre Meinung über diese Investition ändern, Chloe könnte es dadurch auch sehr schwer haben, wieder aufzutauchen und ihr bisheriges Leben weiterzuleben.«

* * *

In einer Sekunde zitterten und rollten die Fundamente um sie herum, in der nächsten stand die Welt still.

Chloe hielt die Augen geschlossen und bemerkte plötzlich die Stimmen um sich herum. Es lag ein Stadtgeruch in der Luft und sie stellte sich vor, wie sie ihre Augen öffnete und sich ihr der Anblick von Wolkenkratzern, Ampeln und Taxis bieten würde. Um sie herum machten Tag, Ben und Gideon überraschte Geräusche.

Sie öffnete die Augen und konnten nicht glauben, was sie sahen.

ANFÄNGERIN

Sie befanden sich auf einer hohen Aussichtsplattform mit Blick auf eine geschäftige Stadt. Diese war jedoch vollständig im Stamm des gewaltigsten Baumes eingebettet, den Chloe je gesehen hatte. Er wuchs hoch in die Luft, bis er in den Wolken verschwand. Sie konnte nicht einmal das oberste Blätterdach sehen und dachte plötzlich daran, dass sie nun verstand, wie sich Ameisen und Käfer im Wald fühlten.

Die Wurzeln des Baumes wanden sich in alle Richtungen, mit Häusern, Wegen und Straßen, die in jede Ecke und Kante eingebaut waren. Überall, wo sie hinschauten, gab es Leute jeden Alters und jeder Rasse. Chloe entdeckte Menschen, Elfen, Zwerge und sogar ein paar Goblins und Feen.

In der Ferne erblickte sie etwas, das ein Minotaurus sein musste und weiter oben im Baum, auf den höheren Ästen, war sie sicher, dass sie vogelartige Kreaturen mit humanoiden Gliedmaßen sah.

»Was *ist* das für ein Ort?«, fragte Chloe niemand bestimmten.

»Wenn ihr dann mal mit dem Glotzen fertig seid, haben einige von uns noch Dinge zu erledigen«, schnauzte eine schroffe Stimme hinter ihnen.

Chloe schrie fast auf, als sie sich umdrehte und eine massige Form vor ihr stand. Sie konnte sie nur als Goblin, der mit einem Troll gekreuzt worden war, beschreiben.

»Was ist los? Noch nie einen Ork gesehen?«

Chloe schüttelte den Kopf.

Der Ork rollte mit den Augen. »Verfluchte Dörfler. Jetzt bewegt euch. Ich muss zum 118. Geburtstag meines Bruders.«

Der Ork scheuchte die Gruppe beiseite, hockte sich hin und berührte das Muster des Moonhoppers in der gleichen Weise, wie Derren es getan hatte. In einem Strudel bunter Magie war er verschwunden.

Die restliche Warteschlange, insgesamt etwa 30 Personen, schob sich nach vorne.

Sie traten aus der Schlange und fanden einen ruhigen Platz oben auf dem Aussichtspunkt. Chloe war plötzlich überwältigt und konnte immer noch nicht ganz glauben, dass sie von einem kleinen, verschlafenen Dorf in eine richtige Metropole teleportiert worden war.

»*Hier* sollen wir Tohken finden?«, fragte Chloe, nicht in der Lage, ihre Augen von dem allem zu nehmen. »Ich habe bereits tausend Leute gesehen und ich bin mir nicht sicher, ob das auch nur ein Bruchteil derer ist, die hier leben. Wie sollen wir einen einzigen Mann unter all den Massen finden?«

Tag klopfte Chloe auf den Rücken. Aufgrund seiner Größe landete seine Hand ein wenig zu nah an ihrem Hintern, als dass sie beschwichtigend gewesen wäre. »Hast du immer noch nichts über diese Spiele gelernt? Du fängst in den Tavernen an. Du fängst immer in den Tavernen an.«

Ben nickte eifrig.

Chloe rollte mit den Augen. »Ihr nutzt wohl jede Ausrede, um zu trinken, zu singen und die weiblichen Einheimischen anzugraben.«

Tag und Ben grinsten.

Sie gingen eine lange Reihe von breiten Stufen hinunter, die aus riesigem Laub gemacht zu sein schienen. Die Treppe führte sie in die Stadt und, ähnlich wie der Fluss Tag mitgenommen hatte, wurden sie alle schnell mitgespült.

Das Tempo der Stadt war hektisch. Die Leute eilten hin und her. Für diejenigen, die mit Pferden und Wagen unterwegs waren, gab es breite Wege. Menschen, die prunkvoll gekleidet waren, fuhren vorbei und blickten auf diejenigen herab, die durch die Straßen gingen und spuckten in Richtung der vielen Obdachlosen, die Winkel und Ecken gefunden hatten, von denen aus sie um Kleingeld bettelten.

Sie passierten Häuser und Unterkünfte, Apotheken und Gemischtwarenläden, Bekleidungsgeschäfte und Konditoreien. Sogar KieraFreya ließ ein paar ehrfürchtige Worte fallen, als sie an einer besonders großen Ladenfront vorbeikamen, die Rüstungen zeigte, von denen Chloe sicher war, dass sie ihr Budget sprengen würden.

Und dann fanden sie, was sie suchten. Um eine Ecke herum, an einer Einbahnstraße, betraten sie ein Gebäude mit einem Hängeschild auf der Außenseite, auf dem ›The Moon and Sun‹, stand.

Die Taverne war warm und gemütlich. Mittig im Raum, in einer Grube im Boden, brannte ein großes Feuer. Es warf sein flackerndes Licht auf lange Tische und Bänke, an denen die Leute sich lebhaft unterhielten und mit ihren Getränken gestikulierten.

Die Kundschaft schien nicht gerade zur oberen Schicht zu gehören, der Laden war gefüllt mit einer Menge Orks in einfacher Kleidung und hier und da ein paar Menschen. Das Etablissement wurde eindeutig von Elfen geführt. Chloe entdeckte mehrere große, schlanke Personen mit spitzen Ohren, die Tabletts mit vollen und leeren Krügen umhertrugen.

Chloe stieß Ben mit einem Ellbogen. »Genau dein Laden.«

»Wenn du das sagst«, antwortete Ben, als sie zu einem ruhigen Tisch in der Ecke gingen, etwas weiter entfernt von der lautesten Kundschaft.

Sie füllten sich ihre Mägen mit gekochtem Fleisch und einer Auswahl an Gemüse, das Chloe noch nie zuvor gesehen hatte und begannen dabei, ihre bisherige Reise zu besprechen. An einem Punkt zog Chloe den Brief hervor, den sie damals in der Höhle dem besiegten Magier abgenommen hatten und las ihn den anderen noch einmal laut vor.

Grinyada,

es ist mit einer großen Dringlichkeit, dass ich Euch mit dieser Aufgabe belasten muss. Ein Störenfried ist in der Wildnis von Obsidian aufgetreten, ein Störer des Friedens auf einer Mission, das einzufordern, was nach allen Gesetzen mein Schatz ist.

Sucht das Mädchen, das die mythischen Armschienen erhalten hat und treibt sie in den Ruin. Kehrt mit den Armschienen zu meinem Herrenhaus in Nauriel zurück, um Eure nicht unerhebliche Belohnung zu erhalten. Meine Spione behaupten, dass sie zuletzt unter dem Volk von Oakston gesichtet wurde, begleitet von drei der Gesegneten. Entfernt diese aus der Gleichung, um Eure Aufgabe zu erleichtern.

Aber denkt daran, verschwendet Eure Zeit nicht mit ihrem Tod. Die Gesegneten kehren leider zurück.

Tohken

PS: Erzählt niemandem von dieser Bitte.

»Klingt wie ein wirklich reicher Mann«, sinnierte Gideon und wischte mit einem Stück Brot über seinen Teller, um damit die Reste seiner Mahlzeit aufzunehmen. »Wer sonst könnte jemanden anheuern, der eine solche Aufgabe übernimmt und dafür eine …«, er malte Anführungszeichen in die Luft und seine Stimme imitierte einen arroganten Ton, »›nicht unerhebliche Belohnung‹ versprechen.«

Ben nickte, obwohl er tief in Gedanken versunken schien. Tags Augen wurden glasig, abgelenkt von einem Elfen, der auf einem erhöhten Podest an der Bar saß, als dieser anfing, eine Melodie auf seiner Harfe zu spielen.

»Dann müssen wir die oberen Schichten der Gesellschaft ausfindig machen?«, fragte Chloe. »Ein wenig die

Aristokraten aufmischen, um da unsere Antworten zu finden?«

»Ich glaube nicht, dass die Aristokratie so funktioniert, wie du denkst.« Ben trank einen Schluck von seinem Getränk. »Wir werden wahrscheinlich getötet oder zumindest ins Gefängnis geworfen, wenn wir direkt da reingehen und anfangen herumzuschreien, dass wir Rache an Tohken für etwas nehmen wollen, dass er uns angetan hat, denkst du nicht?«

Widerwillig stimmte Chloe zu. »Was machen wir dann? Dieser Ort ist zu groß, um einfach ziellos herumzuwandern und aufs Beste zu hoffen.« Chloe rief ihre Karte auf. Wie erwartet lag die Gegend inmitten von schwarzem, leerem Raum, abgesehen von den Straßen, die sie auf dem Weg zum ›The Moon and Sun‹ zurückgelegt hatten. Sie zoomte leicht heraus und fühlte, wie das Herz ihr bis zum Hals schlug.

Ein Stück abseits im Unerforschten, befand sich das Siegel der Götter – das Zeichen, das die Götter auf Chloes Karte verteilt platziert hatten, um ihr die Positionen von KieraFreyas fehlender Rüstung zu zeigen. Irgendwie war sie direkt in einer Stadt gelandet, in der eines der Rüstungsteile versteckt war.

Ist es das, was ich denke, was es ist? meldete sich KieraFreya zu Wort.

Oh, ja, antwortete Chloe in ihrem Kopf. *Ich kann nicht glauben, dass wir so nahe dran sind.*

Dann geh und finde es. Worauf wartest du noch?

Chloe schüttelte den Kopf. *Ich kann nicht einfach gehen, um es zu finden. Ich würde Verdacht erregen. Außerdem, was zum Teufel macht deine Rüstung in so einer geschäftigen Stadt? Sicherlich könnte jemand ...besser gesagt jeder ... sie inzwischen gefunden haben.*

»Ist es nicht so, Chloe?«

Chloe wurde durch Bens Stimme aus ihren Gedanken zurückgeholt. Eine elfische Kellnerin stand am Tisch, Teller und leere Krüge stapelten sich auf ihrem Tablett. Ben wartete geduldig auf Chloes Antwort.

»Es tut mir leid, was sagtest du?«

»Ich habe dieser Dame gesagt, dass wir neu in der Stadt sind und eine Unterkunft brauchen. Wir haben von einem gemeinsamen Freund gehört, dass die Gästehäuser von Tohken die besten und komfortabelsten in ganz Nauriel sein sollen. Ich nehme an, du weißt nicht, wie man zu einem kommt?«

Ein seltsames Flackern huschte kurzzeitig über das Gesicht der Elfe, dann war es verschwunden. Durch eine Maske der Gelassenheit antwortete sie: »Nein. Ich fürchte, dabei kann ich nicht helfen. Der Name Tohken ist mir nicht bekannt. Wir haben jedoch Zimmer zu vermieten, falls Abenteurer wie ihr eine wohlverdiente Pause brauchen.«

Chloe und die Gruppe hingen einige Zeit im Hauptraum der Taverne herum, taten ihr Bestes, um unauffällig zu bleiben, damit sie so viele Gespräche wie möglich belauschen konnten, in der Hoffnung, die lokalen Angelegenheiten besser zu verstehen und irgendwelche hilfreichen Informationen zu sammeln.

Von einem nahegelegenen Tisch mit mehreren einschüchternden Orks hörten sie Erzählungen über eine Reihe von Vorfällen um eine unterirdische Gilde herum, die sich ›Die Schattenwächter‹, nannte. Der Größte der Orks leitete das Gespräch, ein riesiges Biest mit einem langen Stoßzahn, der aus seinem Unterkiefer ragte und einer Haut, die faulig grün glänzte. Laut ihm hatte es Vorfälle in der gesamten Stadt gegeben, einschließlich Diebstählen, Panikmache und gelegentlicher Morde an schlafenden Opfern.

ANFÄNGERIN

An einem weiteren Tisch auf ihrer anderen Seite spielte eine Gruppe dunkelhaariger Elfen ein Würfelspiel und bewegten Figuren über ein Brett. Sie schienen einen der Elfen mit tintenblauer Haut und weißen Tattoos zu feiern. Er lächelte und lachte schließlich, als die anderen ihm auf den Rücken klopften und Getränk um Getränk anboten.

Im Schatten neben ihnen saß ein älteres humanoides Paar, tief in ein Gespräch versunken, das sie in einem leisen Flüsterton führten. Das Hauptgesprächsthema war ein aktueller Streit der Monarchen dieser Stadt um die Vormundschaft eines der jüngsten Kinder der Königsfamilie. Gerüchten zufolge war die Königin untreu gewesen, aber das war natürlich alles Spekulation.

Schließlich gingen sie alle zu Bett und teilten sich zu viert ein Zimmer. Tag und Ben nahmen das Doppelbett, während Gideon und Chloe die Einzelbetten beanspruchten. Sie lagen eine Zeit lang im Dunkeln, nur erleuchtet von dem Irrlicht, das sich in der Ecke des Raumes niedergelassen hatte. Die Geräusche der abendlichen Kundschaft erklangen durch die Dielen.

Als sich Chloes Augen schlossen und sie in den Schlaf abtrieb, ging ihr Verstand zurück zu Tohken, ihrer Karte und schließlich im Traum zu Cocktails und Bar-Rechnungen.

Niemand wachte auf, als ihre Tür langsam aufknarrte und mehrere Augenpaare hineinschauten.

Kapitel 10

»Schau dir das an«, zischte eine Stimme in der Dunkelheit. »Kostbare, kleine Dinger, was?«

Ein Knurren rumpelte durch die Dunkelheit.

»So eine Schande, dass sie nie wieder aufwachen werden, was?«

Eine Klinge wurde gezogen und einer der Eindringlinge machte ein paar leise Schritte in den dunklen Raum.

»Ich werde mit diesem hier anfangen. Hübsches Ding …«

Die Klinge wurde in die Luft gehoben, Muskeln spannten sich. Die Klinge zischte herab.

Etwas pfiff durch die Dunkelheit und landete mit dem Geräusch einer Faust, die auf ein Kissen einschlug. Es erklang ein Gurgeln, als die Figur in sich auf dem Boden zusammen sackte.

Der andere Angreifer knurrte wieder, drehte sich um und schlug blind in die Dunkelheit, aus der das Geräusch gekommen war. Ein weiteres Pfeifen, sowie zwei weitere, gedämpfte Schläge und die zweite Gestalt ging ebenfalls mit einem schweren Schlag zu Boden.

Der Raum erhellte sich. Das Irrlicht leuchtete auf und schien hell in den Raum, als Chloe aus ihrem Bett schoss. Tag, Ben und Gideon, die sich für die Nacht abgemeldet hatten, blieben so unbeweglich wie Statuen.

Chloes Augen weiteten sich beim Anblick der beiden Gestalten, die vor ihr auf dem Boden lagen. Kleine Blutlachen sammelten sich unter ihren Körpern. Sie lehnte sich nach unten, hob einen der Köpfe an den Haaren an und erkannte sofort den Ork, den sie den Abend zuvor in der Taverne beobachtet hatten. Wer der andere war, wusste sie beim besten Willen nicht.

»Pssst.« Die elfische Kellnerin, die sie bedient hatte, zischte Chloe von der Tür zu, mit einem Bogen in ihren Händen. »Du und deine Freunde. Kommt jetzt sofort mit mir, wenn ihr leben wollt.«

Chloe nickte und rief das Irrlicht zu sich. Sie trat zur Tür und erkannte dann, dass die anderen ihr nicht so schnell folgen würden.

»Die anderen …«

»Sie sind gesegnet, ja?«

Chloe nickte.

»Dann würden sie den Weg zurückfinden. Außerdem sind es nicht sie, hinter denen man her ist.«

Chloe folgte der Elfenfrau mehrere Treppen im hinteren Teil der Taverne hinunter. Sie führte sie durch Türen, die in den Wänden versteckt waren und durch eine Reihe von langen Gängen. Chloe war bald völlig orientierungslos.

Schließlich führte die Elfe Chloe eine letzte Treppe hinunter, in einen Raum, von dem sie spürte, dass er sich unter der Erde befand. Hier unten waren die Wände schlichter gehalten als oben und ein schlammiger Boden befand sich unter ihren Füßen. In der Mitte des Raumes stand ein breiter Tisch und verschiedene Instrumente, Karten und Zeichnungen säumten die Wände.

»Würde es dir etwas ausmachen, mir zu sagen, was hier vor sich geht?«, fragte Chloe, etwas atemlos. »Wer waren diese Leute?«

Die Elfe drehte sich zu ihr um. Sie wirkte stärker und edler als am Abend zuvor, als Chloe sie noch für eine einfache Kellnerin gehalten hatte.

»Ihr Dörfler habt viel über die Wege der Stadt zu lernen«, erwiderte sie. »Denkst du, du kannst einfach jedem von deinen Geschäften erzählen, ohne dir Sorgen um die Auswirkungen zu machen? Die Stadt ist nicht so sicher wie eure kleinen Bauerndörfer. Es gibt hier boshafte Leute und diese haben ihre Augen und Ohren überall.«

»Warte mal«, sagte Chloe und hob ihre Hände. »Was weißt *du* über unser Geschäft? Du bist Kellnerin. Du hast uns Essen und Trinken serviert und uns Unterkünfte angeboten und jetzt kommst du mitten in der Nacht in den Raum und rettest uns vor Mördern? Wer bist du?«

»Wenn du auf einen Namen bestehst, kannst du mich LeavenHawk nennen. Was die Frage betrifft, woher ich euer Geschäft kenne, so kennt es dank eurer Art der Befragung die gesamte Taverne. Ebenso wie jeder *seiner* Spione, der in dieser Stadt lebt. Diese Orks da oben sind Tohkens Männer und bald wird Tohken von ihrer Ermordung hören.«

»Oh. Tja, danke? Schätze ich«, sagte Chloe unsicher. »Du kennst also Tohken?«

LeavenHawk nickte. »Tohken ist kein Besitzer von Gasthäusern, wie ihr es formuliert habt. Er ist ein böser Mann in einer Machtposition. Er ist Sammler von seltenen Artefakten. Ein Käufer und Investor von Dingen, die in der Welt zurückgelassen wurden, damit sie gefunden werden. Er ist ein berüchtigter Trickser und macht oft vor nichts Halt, um sich die Gegenstände zu sichern, nach denen er sucht.«

Chloes Augen blickten automatisch auf ihre Armschienen.

»Ich sehe, du besitzt etwas, an dem Tohken interessiert sein könnte.«

In einer seltsamen Panik versteckte Chloe die Armschienen hinter ihrem Rücken. »Nein. Ja. Vielleicht?«

ANFÄNGERIN

»Lass mich mal sehen.« LeavenHawk streckte ihre Arme aus und trat auf Chloe zu. Sie zog Chloes Hände hinter deren Rücken hervor, hielt ihre Handgelenke fest, drehte die Armschienen um und untersuchte sie mit einem konzentrierten Blick. »Diese Armschienen wurden aus Promethium geschmiedet und das Kunsthandwerk könnte mit dem besten konkurrieren, das die Elfen zu bieten haben. Wie bist du daran gekommen?«

Chloe zuckte mit den Schultern. »Hab sie in einer Höhle gefunden.«

»Du hast sie *gefunden*?«, stotterte LeavenHawk.

Chloe zog ihre Handgelenke zurück und fühlte sich plötzlich so als müsste sie die Armschienen beschützen. »Das habe ich. Irgendwie hat dein Freund Tohken jetzt eine Zielscheibe auf meinen Rücken gemalt und will mich tot sehen. Ich bin hier, um ihn zu vernichten und seine Jagd auf mich ein für alle Mal zu beenden.«

Chloe erwartete halb, dass die Elfe über sie lachen würde, aber so war es nicht. Stattdessen studierte LeavenHawk Chloe und nickte dann kurz. »Ich erahne große Kraft tief in dir, Chloe. Vielleicht bist du ja doch die richtige Person dafür.«

Bevor Chloe fragen konnte, wovon LeavenHawk sprach, hatte sie sich einem gewebten Korb mit Schriftrollen zugewandt. Sie stöberte in ihm, fand, was sie suchte und legte die Karte in die Mitte des Tisches, wobei sie die Ecken mit einer Auswahl von Gegenständen beschwerte.

»Tohkens Schreckensherrschaft über die Leute in seinem Umfeld ist furchtbar. Er hat Dutzende von Spionen, die ständig um Nauriel herumfliegen, aber selbst diejenigen, die sich in seinen inneren Kreisen befinden, können ihn nicht leiden. Er hat ein Netzwerk aus Erpressung, Bestechung und

Betrug aufgebaut und das ist ein unsicheres Fundament für ein Imperium.«

Die Elfe deutete auf eine Stelle auf der Karte. »Wir sind hier, siehst du?« Sie zog ihren Finger über das Papier. »Und hier verbringt Tohken die meiste Zeit – als geschätzter Gast in der Auktionshalle von Nauriel. Er ist tief verwurzelt in der Gesellschaft, in der er sich bewegt und hat somit Zugang zu fast allem, was er braucht.«

»Also, wie zum Teufel sollen wir an ihn rankommen?«, fragte Chloe. LeavenHawk hob ihre Augenbrauen.

»Nicht ›wir‹«, sagte sie. »Tohken weiß vielleicht nicht, wie ihr aussieht, aber er kennt deine Gruppe. Seine Männer werden auf der Suche nach einer Frau sein, die smaragdfarbene Armschienen trägt, begleitet von einem Elfen, einem Zwerg und einem Magier. Du musst von nun an allein weitergehen. Undercover. Du kannst diese Mission nicht mit ihnen zusammen erfüllen.«

Chloe wog das in ihrem Kopf ab. Sie hatte früh in ihrer Reise einen gewissen Vorgeschmack auf Solo-Abenteuer bekommen, diese hatten größtenteils tödlich für sie geendet. Seitdem sie mit den Jungs reiste, hatten sie sich mit ganzen Armeen anlegen können. ganz zu schweigen davon, dass Chloe zurzeit ihren längsten Lauf im Spiel genoss, ohne sich im weißen Raum wiedergefunden zu haben.

Aber nun, wenn sie die Anweisungen von LeavenHawk annehmen würde, wäre sie wieder allein – nur sie und KieraFreya auf der Mission in der Auktionshalle. Wäre das genug? Hätte sie eine Chance?

Sie vermutete, dass es wohl nicht dasselbe sein würde, wie sich mit einem schwarzen Magier und seiner Skelettarmee anzulegen oder Goblins mit kaum einer Waffe und ohne Kleidung anzugreifen.

ANFÄNGERIN

Diese Sache würde eine ganz andere Herangehensweise erfordern, etwas, worin Chloe eigentlich ziemlich geschickt war dank ihres früheren Lebens, dem Trinken in Gesellschaft mit einem Haufen zugegebenermaßen schäbiger Idioten, die sich einen Dreck um Chloes Probleme geschert hatten.

Chloe nickte entschlossen. »Ich bin dabei. Ich will nur eines wissen.«

»Und zwar?«

»Warum bist du so begierig darauf, mir zu helfen?«

LeavenHawk dachte über diese Frage nach. »Es gibt sehr viele Kräfte der Dunkelheit auf dieser Welt und besonders in dieser Stadt. Neben den Zünften der Diebe und Attentäter gibt es diejenigen, die sich in den mystischen schwarzen Künsten versuchen und Menschen, die immer hungrig nach Macht und Status sein werden.

Ich und meinesgleichen bilden das Gegenteil. Wir sind auf der Seite der Gerechtigkeit und versuchen, das Fundament dieser Stadt von dem bösen Abschaum zu befreien, der es befallen hat. Tohken ist einer der Flecken, den wir jahrelang nicht entfernen konnten. Da du ein Neuling und weitgehend unbekannt bist, hast du vielleicht die beste Chance, die wir je hatten, um ihn von seinem Sockel zu stossen.

Aber wisse, dass du nicht allein sein wirst. Meinesgleichen wird dir folgen und mir Bericht erstatten. Sollte diese Mission ein Erfolg werden, könntest du Zugang zu den äußeren Kreisen von Peregrins Bekenntnis erhalten.«

»Peregrins Bekenntnis?«, fragte Chloe.

LeavenHawk lächelte. »Das erkläre ich dir besser ein anderes Mal.«

Chloe beschloss widerstrebend, nicht weiter nachzuhaken und lehnte sich über die Karte, während LeavenHawk ihren Plan erklärte.

Kapitel 11

»Natürlich. Wie könnte es auch *kein* Maskenball sein?«, murmelte Chloe vor sich hin, als sie die Treppe erreichte, die zu Nauriels Auktionssaal führte.

Das Gebäude war viel extravaganter, als sie erwartet hatte. Es gab Treppen mit breiten Stufen, überfüllt mit Gästen in langen, fließenden Kleidern und formellen Anzügen. Jeder trug eine Maske, die die Hälfte seines Gesichts bedeckte und es wurden fieberhafte Unterhaltungen geführt. Die Aufregung in der Luft war beinahe physisch spürbar.

Chloe sah durch ihre eigene verzierte Maske auf die Menge, begierig darauf, ihren ersten Blick auf Tohken zu erhaschen. LeavenHawk war nicht in der Lage gewesen, eine brauchbare Beschreibung zu geben. Die Elfin hatte Chloe aber versichert, dass sie ihn erkennen würde, sobald die Zeit reif war. In der Hoffnung, dass die Maskierungen kein Problem darstellen würden, fragte Chloe sich, ob irgendein Mitglied von Peregrins Bekenntnis in der Nähe war und fühlte sich inmitten der Menge plötzlich sehr deutlich sichtbar.

»Eine schöne Frau sollte nicht ganz allein solche Veranstaltungen besuchen«, sagte eine sanfte Stimme hinter ihr.

Chloe drehte sich um, als ein Mann mit einem großen runden Bauch und einem dramatischen Kragen ihr seinen Arm anbot. »Neville Labustrum.«

ANFÄNGERIN

»Chl ... Ich meine ... *Kiera*. Kiera Decaru«, stellte Chloe sich selbst vor, nahm den Arm des Mannes an und trat durch die offenen Eingangstüren.

Ernsthaft?, sagte KieraFreya. *Dir fiel kein anderer Name ein?*

Keiner, der dich genauso genervt hätte, dachte Chloe zurück.

Das Innere war noch aufwendiger als das Äußere. Sie betraten eine große Halle mit gebogener Decke und Reihen über Reihen von Stühlen. Am anderen Ende des Raumes befand sich ein Inszenierungsbereich mit einem Podium und einem langen Tisch, der eine Auswahl an wertvollen Relikten und Artefakten zeigte.

LeavenHawks Worte spielten in Chloes Kopf. *Vergiss nicht, du musst dich anpassen. Während Tohken dafür bekannt ist, alte und wertvolle Gegenstände zu lieben, ist seine Libido dafür bekannt, das Spannende und Neue zu schätzen. Wenn du einen Weg findest, seine Aufmerksamkeit zu erregen, besteht die Möglichkeit, dass er dich nach der Auktion zu sich nach Hause einlädt. Wenn du allein mit ihm bist, dann bist du auf dem besten Weg zum Sieg.*

Chloe folgte Neville durch den Raum, hing an seinem Arm und wartete darauf, dass die Auktion begann.

Sie stellte fest, dass Neville Labustrum eine überraschend interessante Person war. Er hatte ein ehrliches Lachen, das durch den Saal hallte und wurde von denjenigen, mit denen er sprach, offensichtlich sehr geschätzt. Chloe war fasziniert von seinen Geschichten über das hochbürgerliche Leben in Nauriel.

Er stellte Fragen über Chloes Erziehung und sie begann schnell, ein Netz aus Lügen zu weben. Chloe erklärte, dass Kiera Decaru auf dem Land aufgewachsen sei. Erst kürzlich hatte sie, nach dem frühen Tod ihrer Eltern, Geld geerbt und versuchte nun, ihren Ruf in der Stadt zu verbessern.

Neville akzeptierte die Geschichte fröhlich und hinterfragte diese nicht. Er bot Chloe noch mehr Wein und Trauben von den Bauern an, die in wertvolle Gewänder gekleidet waren, aber Mühe hatten, ihr bäuerliches Verhalten zu verbergen. Als ein Streichorchester zu spielen begann, nahm die Menge Platz.

Chloe setzte sich neben Neville in eine Stuhlreihe recht weit vorne. Auf jedem Platz befand sich eine kleine Fahne und Neville erklärte, dass ein potenzieller Käufer damit winkte, um sein Interesse an dem aktuellen Artikel zu zeigen.

Als alle ihren Platz gefunden hatten, rief eine dröhnende Stimme durch den Raum: »Bitte erheben Sie sich für unseren geliebten Sponsor dieser prestigeträchtigen Veranstaltung, Herrn Garibald Tohken!«

Die Geschwindigkeit, in der Chloe ihren Kopf drehte, machte sie fast schwindelig. Ein Mann mit beneidenswerter Anmut und Würde trat auf die Bühne. Er war jünger als Chloe es erwartet hatte. Auch sah er besser aus, mit einem Dreitagebart und Haar, das sauber in Wellen zurückgekämmt war. Er trug eine kunstvolle Maske, aber das verbarg nicht das Funkeln in seinen smaragdgrünen Augen, als sie das Licht einfingen und hell und klar durch den Raum leuchteten.

Er lächelte, ein breites, geübtes Lächeln, verbeugte sich tief und klatschte mit den Händen zurück in Richtung der Menge. »Danke. Danke«, sagte er. »Ich werde diese wunderbare Nacht mit ihren unglaublichen Möglichkeiten nicht aufhalten. Es genügt zu sagen, dass ich euch alle liebe und hoffe, ihr alle amüsiert euch so, wie ich weiß, dass ihr es immer tut!«

ANFÄNGERIN

Er blieb noch ein wenig auf der Bühne und genoss den Applaus. Sein Blick schweifte über die Menge, fand Chloe und fixierte sie für ein paar Sekunden. Sie fühlte sich selbst erröten. Ein hungriger Gesichtsausdruck verdunkelte Tohkens Gesicht, der Ausdruck verschwand erst, als er es wieder schaffte zu lächeln. Er verließ die Bühne zur Seite hin, um zu seinem Platz am Rande der Menge auf einer erhöhten Plattform zu gelangen, wo er den Ablauf der Nacht beobachten konnte.

Neville rutschte neben ihr unbehaglich auf seinem Stuhl umher. »Scheint, als hätte jemand Interesse an dir gefunden.«

Chloe sagte nichts und fächelte sich nur Luft mit einer Hand zu.

Als die ersten Artikel gezeigt und versteigert worden waren, wurde Chloe das Gefühl nicht los, dass sie ständig beobachtet wurde. Jedes Mal, wenn sie sich umdrehte, um Tohken anzusehen, huschte sein Blick schnell von Chloe zu den Artefakten zurück.

Ein paar Mal bot er mit und übertraf leichterhand die Konkurrenz, da, sobald Tohken sich beteiligte, viele davon zu einem viel niedrigeren Preis aufgaben, als sie es normalerweise getan hätten. Sie wussten, dass sie keine Chance gegen den berüchtigten Sammler hatten.

Chloe staunte über die Gegenstände, die verkauft wurden. Vasen, Schmuck und mythische Bücher, die so alt und zerfleddert aussahen, dass die Schrift auf den Seiten unmöglich lesbar sein konnte. Ein paar Kleidungsstücke und mehrere verzauberte Amulette später neigte sich die Veranstaltung dem Ende entgegen.

Nachdem der letzte Gegenstand – ein glänzender Anzug aus Drachenglas, der dem Träger unvorstellbaren Schutz und Immunität gegen eine Reihe von Gefahren bot

– versteigert worden war, erhob sich Neville mit einem Gähnen und bot Chloe erneut seinen Arm an.

»Was sagst du, hübsche Dame? Wie wäre es mit einem Schlummertrunk, um diese fantastische Nacht mit einem wunderbaren Gentleman zu beenden?«

Zum ersten Mal fühlte sich Chloe ein wenig schuldig, als ihr klar wurde, was der Mann wollte. Er war die ganze Nacht ein ausgezeichneter Gefährte für sie gewesen und hatte sie sicherlich vor gesellschaftlichem und sonstigem Schaden bewahrt, aber seinetwegen war sie nicht hier.

»Es tut mir leid«, sagte sie und legte eine Hand auf seine Wange. »Du bist reizend, aber …«

»Aber ich bin nicht *er*.« Neville nickte, ein Blick der Verachtung auf seinem Gesicht. »Ich verstehe schon. Es ist nicht das erste Mal, dass eine reizende Dame mich als angenehme Gesellschaft betrachtet und anschließend mit dem Sammler ins Bett geht. Ich bin mir auch sicher, es wird nicht das letzte Mal sein.«

Bevor Chloe noch ein Wort sagen konnte, war er mit beeindruckender Geschwindigkeit in der Menge verschwunden. Sie versuchte sich nicht zu ärgern, dass Nevilles Freundlichkeit anscheinend einen Preis hatte.

Chloe riss sich zusammen, atmete tief durch und überprüfte, ob ihre Armschienen noch von ihren langen Ärmeln bedeckt waren. Sie öffnete mehrere Knöpfe über ihrer Brust und überprüfte den Anblick in einem langen Fenster.

Endlich würde ihr dieser Avatar mal wirklich nützlich sein. Sie grinste.

Da hats aber jemand nötig, kommentierte KieraFreya.

»Hey!«, sagte Chloe laut, drehte sich um und stoppte sofort, als sie fast mit jemandem zusammenstieß. Sie blickte in das teuflisch schöne Gesicht von Tohken.

ANFÄNGERIN

»Mit wem sprachst du?« Er grinste und ließ leuchtend weiße Zähne aufblitzen, während seine Augen deutlich gegen den Wunsch kämpften, in ihren Ausschnitt zu starren.

»Ähm, mit niemandem. Mit mir selbst ...«, sagte Chloe und lachte nervös, als Tohken nach vorne griff und eine Haarlocke hinter ihr Ohr schob.

»Man sagt, dass diejenigen, die mit sich selbst sprechen, recht verrückt sind«, bemerkte er mit seidig glatter Stimme. »Ich bin jedoch der Meinung, dass sie es satthaben, auf den Schlamm zu hören, der aus dem Mund anderer kommt und Trost in ihrer eigenen Gesellschaft finden.«

»Das scheint mir recht üppig für ein Sprichwort.«

Tohken schaute entschieden *nicht* an ihr herab. »Ich mag üppig.«

Chloe errötete, schubste Tohken sanft weg und tat ihr Bestes, ihre Freunde nachzuahmen, wenn sie auf der Tanzfläche nicht zu eifrig erscheinen wollten.

»Sag mir«, sagte Tohken und grüßte beiläufig eine Person, die seinen Namen im Vorbeilaufen rief, seine Stimme jetzt weicher, »möchtest du hinter die Bühne kommen und meine Privatsammlung sehen?«

»Was lässt dich denken, dass mich die interessieren würde?«

Tohken lachte sanft. »Es gibt viele, die den Weg zu meinen Auktionen finden, in der Hoffnung, seltene Antiquitäten zu sehen. Mein Name strömt wie mit dem Wind, der an den Ohren der Menschen vorbeizieht und sie betteln darum, zu den wenigen zu gehören, die alles gesehen haben.«

Chloe konnte nicht sagen, ob Tohken über seine Artefakte oder seine Genitalien sprach. Sie hoffte, dass es ersteres war, aber etwas ließ sie vermuten, es war das letztere.

»Komm«, befahl er sanft aber bestimmt, nahm Chloes Hand und führte sie durch eine Seitentür aus dem Hauptraum hinaus.

Sie fanden ihren Weg durch eine Reihe von Türen und Gängen, die mit Vasen auf Podesten und Ölbildern an den Wänden gesäumt waren. Tohken brachte Chloe zu einer glänzenden, goldenen Tür, zog einen großen, silbernen Schlüssel heraus und steckte ihn in das Schloss.

»Bist du bereit?«

Chloe nickte und versuchte aufgeregt zu lächeln.

Die Tür öffnete sich und enthüllte einen Raum, der fast so groß war wie der Auktionssaal. Der Boden war mit weichen, aus handgesponnener Wolle geknüpften Teppichen bedeckt und überall standen mit Ornamenten verzierte Tische und andere Gegenstände aller Art und Größe. Ein seltsamer Geruch von Staub und altem Dachboden erfüllte den Raum, den Chloe jedoch nicht unangenehm fand.

»Was ist das alles?«, fragte sie.

»Ein Lebenswerk«, antwortete Tohken und führte sie durch den Raum. »Hier drüben ist der legendäre Verfluchte Spiegel des Klauners – ein Spiegel, der die Fähigkeit hat, die kommenden Wochen des Betrachters vorherzusagen, aber nur auf Kosten dessen, dass alles davon schief gehen wird. Sieh ihn nicht direkt an. Hier ist *der* Stein, den Fabien geworfen hat, um Krog, den schrecklichen Troll, zu Fall zu bringen. Tief in den Höhlen von Leveren gefunden. Hier ist der Blutfleck, wo der Stein Krogs Kopf traf.«

Tohken ließ Chloe mit seiner Begeisterung fast schwindelig werden, zog sie durch den Raum und rezitierte große Geschichten über Wunder und Verlust. Wenn auch nur die Hälfte dessen, was er erzählte, wahr war, dann war diese Sammlung tatsächlich beeindruckend. Tohken strahlte wie ein Kleinkind, während er alles beschrieb, was er im Laufe der Jahre gesammelt hatte.

»Und hier, das wirst du mir nie glauben! Ähm, es tut mir so leid ... ich kenne deinen Namen nicht.«

»Kiera Decaru«, sagte Chloe ein wenig zu schnell.

Ein kurzzeitiger Zweifel kreuzte Tohkens Gesicht, dann lächelte er und küsste ihre Hand. »Ein schöner Name für eine bezaubernde Dame.«

Er richtete seine Aufmerksamkeit auf die Wand, wo eine Reihe von schillernden und beeindruckend aussehenden Rüstungen aufgereiht hingen. Einige hatten mit Stacheln bedeckte Schulterplatten, andere sahen aus, als würden sie ihren Träger kaum beschützen, strahlten aber mit einer eklektischen Auswahl an Juwelen und Edelsteinen.

»Und hier, Kiera ... Hier haben wir die größte Sammlung von verzauberten Rüstungen, die die Welt je gesehen hat. Dies ist das letzte erhaltene Exemplar einer penumbrischen Rüstung, die in den Schattenkriegen der letzten Ära getragen wurde. Kannst du dir das vorstellen, Kiera? Eine Rüstung, die den Träger unter dem Glanz der Sonnenfinsternis fast unsichtbar macht?«

»Wofür ist dieser Platz?«, fragte Chloe und deutete auf eine Lücke zwischen zwei Gruppen von Rüstungen.

»Oh, die ist für mein bisher größtes Sammlerstück. Etwas, das ich noch nicht gefunden oder erworben habe. Ich werde jedoch vor nichts zurückschrecken, um es an meiner Wand zu sehen.« Seine Augen wurden glasig. »Die verlorene Rüstung der großen Göttin der Vergeltung, KieraFreya.«

Chloe lief es eiskalt den Rücken hinunter. Sie tat ihr Bestes, um ihre Gelassenheit zu bewahren, als Tohken sie mit der Legende von KieraFreya und ihrer Zerstörung unterhielt, durch die sie zurück in das Land der Sterblichen geworfen wurde. Chloe war sich plötzlich ihrer Armschienen bewusst, ein heißes, juckendes Gefühl, das sich unter ihrer Haut verbarg. Sie tat ihr Bestes, um das Gefühl zu ignorieren und zuzuhören, in der Hoffnung, dass sie sich nichts anmerken ließ.

»Woher weißt du all das?«, fragte Chloe so unschuldig wie möglich. »Wenn das alles Legende und Mythos ist?«

»Ich habe meine Quellen«, sagte Tohken. »Die meisten Objekte und Gegenstände in diesem Raum waren zunächst Mythos und Legende und viele glaubten, dass sie nicht wirklich existierten. Oh, wie die Menschen zu mir strömten, als ich ihnen das Gegenteil bewies. Du siehst, Legenden und Fabeln werden alle aus einer Sache geboren, der Wahrheit. Jede einzelne Geschichte, die ein Mensch jemals erzählt hat, trägt ein Körnchen Wahrheit in sich – ein winziges Zeichen von etwas, das nur herausgeputzt und als Realität bestätigt werden muss. Weißt du, was ich meine?«

Chloe nickte. Natürlich wusste sie es. Sie trug ein leuchtendes Beispiel dafür an ihrem Körper.

»Also, hast du eine Ahnung, wo die Rüstungsteile sind?«, fragte sie, ihre Finger hinter ihrem Rücken gefaltet, sodass sie ihre Brust hervorstreckte. Wenn Tohken all diese Informationen über die Legenden hatte, dann hatte er sicher auch eine Ahnung von den Fundorten. Er hatte genug gewusst, um ihr einen Magier nachzusenden, also bezweifelte sie, dass er über keine weiteren Informationen, die Rüstung betreffend, verfügte.

»Ich habe eine Reihe von Hinweisen gesammelt. Die Legende zu entschlüsseln ist schwierig, aber ich habe bereits Fortschritte machen können.« Tohken griff in eine kleine Schublade unter der freien Stelle und zog eine mit Tintenschmierereien bedeckte Schriftrolle heraus. »Schau hier,

ANFÄNGERIN

die Karte ist mit Mustern bedeckt – Orte, wo Schreine und heilige Stätten im Zusammenhang mit großen Vergeltungsschlägen seit Jahrhunderten vergessen lagen. Hammersville. Killink View. Nauriel. Sogar in den Wäldern von Oakston.«

»Nauriel?«, fragte Chloe in dem Versuch, ihn dazu zu bringen, ihr mehr Informationen zu geben. »Du meinst, es gibt hier in der Stadt ein Rüstungsteil, das du noch nicht gefunden hast? Komm schon, ich dachte, du wärst ein echter Sammler.«

Ein Blitz der Wut durchfuhr Tohkens Gesicht. Er atmete tief durch und schloss die Augen, bis das Lächeln auf sein Gesicht zurückkehrte. »Das würde man vermuten, was?« Er zeigte auf eine Linie in der Schriftrolle. »Siehst du hier? Dies zeigt, dass eines der fehlenden Stücke in das Epizentrum von Nauriel gefallen ist. Mitten rein, noch Jahre, bevor der große Baum von Nauriel überhaupt gepflanzt wurde.«

»Und unter dem Baum hast du nachgeschaut?«

Tohken lachte, ein ungläubiger Blick auf seinem Gesicht. »Du bist wirklich nicht hier aus der Gegend, oder? Weißt du nicht, was im Baum ist?«

Chloe zuckte mit den Achseln und schlug mit den Wimpern.

»Im Inneren liegt das Stadtgefängnis, ein wahres Drecksloch aus unermesslichen Labyrinthen und unentrinnbaren Zellen. Ich habe versucht, die Wachen zu überreden, mir Zugang zu seinen Tiefen zu gewähren, aber egal wie viel Geld ich biete, die Bastarde lassen mich einfach nicht herein.«

Tohkens Gesicht erlangte ein unappetitliches Strahlen, als seine Wut überhandnahm. Seine Fäuste ballten sich, aber er schien zu bemerken, wie Chloe ihn ansah und beruhigte sich schnell.

»Warum lässt du dich nicht einfach verhaften? Auf diese Weise könntest du das Gefängnis selbst erkunden.«

Sehr toll gemacht, Idiotin, sagte KieraFreya. *Hilf dem Kerl ruhig, der versucht, meine Rüstung vor uns zu finden. Das ergibt* absolut *Sinn.*

Chloe starrte ihre Handgelenke an und fand es seltsam, die Armschienen zum ersten Mal, seit sie sie gefunden hatte, nicht anschauen zu können.

Tohken lachte. »Es wäre nicht gerade angemessen für einen Mann in meiner Position, sich in einer Zelle wiederzufinden. Wie würde es deiner Meinung nach meinen Ruf beeinträchtigen, wenn meine Bewunderer denken würden, ich wäre nichts anderes als ein Kleinkrimineller? Ich wäre erledigt. Es gäbe kein Zurück mehr davon.«

»Was ist mit einem deiner Bewunderer?«, schlug Chloe vor. »Sicherlich könnte es einer von denen für dich erledigen?«

»Denkst du, ich habe das nicht versucht?«, sagte Tohken, drehte sich um und ging zur anderen Seite des Raumes. Chloe folgte ihm. »Ich habe es nicht wenige Testpersonen probieren lassen. Alle haben sich entweder aufgrund von schlechtem Verhalten durch ihr Rumgefrage auf Dauer einsperren lassen oder sie berichteten, dass sie bis zu ihrer Entlassung keine Beweise für die Rüstung finden konnten, nicht einmal den kleinsten Hinweis, wo sie sich befinden könnte.«

Chloe fühlte, wie ihre Hoffnung sie verließ. Wenn dieser Besessene, der den größten Teil seines Lebens damit verbracht hatte, nach Teilen der Rüstung von KieraFreya zu suchen, kein Glück bei seiner Suche gehabt hatte – welche Wahrscheinlichkeit gab es, dass *sie* sie jemals finden würde?

Sie gingen durch die Tür in einen kleinen, schwach beleuchteten Raum mit Kerzen in Wandleuchtern, Chloe so tief in ihren Gedanken versunken, dass sie kaum bemerkte, wie Tohken auf einem großen, plüschigen Bett Platz nahm und seine Maske abnahm.

»Nichtsdestotrotz, genug über Relikte gesprochen. Es gibt nur einen Preis, den ich heute Abend im Auge habe.« Er leckte seine Lippen und Chloe errötete unter seinem Blick, als Tohken sie näher zog und ihre Lippen küsste.

Chloe schmolz dahin, aber nur für eine Sekunde. Sie wurde sich seiner Hände in ihrem Haar bewusst, die langsam an ihr herabwanderten.

»Es tut mir leid, das ist alles ein bisschen schnell«, sagte sie und wich zurück, kam aber nicht weit, als er sie an den Handgelenken packte. Metall klemmte zwischen seinen Händen und ihren Armen und ein wissender Blick erschien auf seinem Gesicht.

»Ich wusste es!«, rief er aus und zerrte Chloes Ärmel hoch, um KieraFreyas Armschienen zu enthüllen. »Du hinterhältige Hure.«

Kapitel 12

Ohne ihr Zutun schlugen Chloes Hände Tohken ins Gesicht.

»Wen nennst du eine Hure?«, verlangte KieraFreya mit eisiger Stimme.

Tohkens Augen leuchteten auf, als er seine rote Wange rieb. »Es ist also wahr! Die Legenden sind wahr. Du steckst wirklich in deinen Fragmenten fest.«

Der Gesichtsausdruck des Mannes war wild vor Aufregung, sein Haar zum ersten Mal an dem Abend nicht mehr perfekt. Er starrte auf die Armschienen und leckte seine Lippen. »Du musst sie mir überlassen.«

Er griff nach den Armschienen und Chloes Hände erhoben sich noch einmal, um ihn zu schlagen.

»Tut mir leid, Darling. Ich bin jetzt Chloes Eigentum. Es ist nicht möglich, mich von ihr zu trennen«, sagte KieraFreya und fügte leiser hinzu: »Und glaub mir, ich habe es versucht.«

»Unsinn«, schoss Tohken zurück und zog eine kleine Klinge, die in seinem Gürtel versteckt war. »Alles ist trennbar. Was glaubst du, wie ich an den Schädel von Fromlax dem Betrüger gekommen bin?«

»Du hast freundlich darum gebeten?«, lächelte Chloe.

»Mit der Klinge«, sagte Tohken und zielte auf Chloes Handgelenke.

KieraFreya bewegte sie gerade noch rechtzeitig und das Messer streifte die Armschienen so leicht, dass nicht einmal ein Kratzer zurückblieb. Chloe trat ein paar Schritte zurück, öffnete die restliche Knopfleiste ihres Kleides und ließ das einengende Material von sich abfallen. Sie trug ein schlichtes Unterhemd und eine Stoffhose darunter, ihr Schwert an ihre Taille geschnallt. Sie nahm die Maske ab und schmiss sie achtlos zu Boden.

Dann zog sie ihr Schwert und rollte die Augen, als Tohken von ihrem Anblick abgelenkt wirkte.

Ihrer beider Klingen pfiffen durch die Luft als sie einen Kampf begannen, der einem Tanz ähnelte. Chloe schlug überhand und traf auf Tohkens Block. Mit einem schwungvollen Bogen drückte er ihre Klinge weg und stach auf sie ein. Chloe bewegte sich gerade noch rechtzeitig, um zu vermeiden, von der Klinge aufgeschlitzt zu werden.

Chloe fühlte das Bett hinter sich, trat nach hinten, rollte sich über die Laken und sprang an der anderen Seite wieder auf ihre Füße.

»Ich gebe dir diese eine Chance, dich zu ergeben«, sagte Chloe und zeigte mit der Schwertspitze auf seine Brust. »Leg deine Klinge nieder, stelle dich der Wache als der Drecksack, der du bist und lass mich einfach gehen.«

»Dankend abgelehnt«, antwortete er, sprang auf das Bett und rammte seine Schulter in ihren Bauch.

Sie rangen kurz bis Chloe zurück auf das Bett fiel, Tohken über ihr.

»Nicht genau, wie ich es geplant hatte, aber besser als nichts.« Er lachte hysterisch und zielte mit seinem Messer auf Chloes Gesicht. Sie bewegte ihren Kopf rechtzeitig zur Seite und Daunenfedern flogen neben ihr in die Luft.

Chloe stieß ein Knie mit Schwung in seinen Schritt. »Dreckige Kreatur. Du bist ekelhafter als der Ork, den du geschickt hast, um mich zu töten.« Sie rollte vom Bett auf den Boden, landete dort mit einem Schlag, sprang dann wieder auf die Füße und lief zur Tür, die leider fest verschlossen blieb.

»Du hast Crazka getötet?« Der Schmerz war auf Tohkens Gesicht deutlich zu erkennen. »Er war mein bester Berserker. Du kleine …«

Er brüllte und stürmte erneut auf Chloe zu. Er umschloss ihren Arm und rammte sie gegen die Wand, sodass ihr Atem einen Moment aussetzte. Sie drehte sich zu ihm und schrie auf, als Tohken eine Handvoll Haare packte und sie zurückzog, wobei er seine Klinge an ihre Kehle hielt.

»Irgendwelche letzten Worte?«

Chloe keuchte nach Luft. »Pa… Pa…«

»Dein Papa wird dich hier nicht hören«, lachte Tohken.

»Nein. Pass auf«, sagte Chloe, fuhr mit ihrem vollen Gewicht nach hinten und schaffte es, ihm aus der Hand zu gleiten. Sie durchquerte den Raum, nahm eine Vase von einem Marmorpodium und warf sie nach ihm. Sie verfehlte ihn um Zentimeter und zersprang auf dem Boden in tausend Stücke.

»Nein! Nicht meine Sammlerstücke!«

Er rannte auf Chloe zu, seine Augen glühend vor Wut. Auf halbem Weg durch den Raum verfing sich sein Fuß in dem Bündel Stoff, in dem Chloe noch kurz zuvor gekleidet gewesen war. Er fiel der Länge nach zu Boden und schlug mit seiner Nase auf, die sofort anfing zu bluten.

Chloe hob Tohken an seinem Kinn an und zerschmetterte eine weitere Vase neben seinem Kopf. Er beschwerte sich nur leise, die Augen leer, als er keuchend auf dem Boden lag.

»Also … wie wäre es mit … dieser Kapitulationssache?«, fragte Chloe, ihr Atem schwer.

Tohken drückte sich wackelig auf die Füße und benutzte einen Tisch als Stütze. Er keuchte, die Hand mit seiner Klinge fiel schlaff herab. Er ließ das Messer zu Boden fallen.

ANFÄNGERIN

»Na schön ...«, sagte er und spuckte Blut aus. »Du hast gewonnen.«

»Wirklich?«, fragte Chloe, überrascht. Sie räusperte sich, sichtlich um Gelassenheit bemüht. »Ich meine, wirklich?«

Tohken nickte und ließ sich unbehaglich wieder zu Boden rutschen. »Du bekommst, was du wolltest. Verschwinde von hier. Hole die Behörden. Tu, was immer du tun musst. Du hast gewonnen. Ich gebe auf...« Er hörte auf zu sprechen als ein Hustenanfall seinen Körper erschütterte.

Chloe sah sich unsicher im Raum um. »Okay, na dann ...«

Sie schaffte es bis zur Tür, bevor KieraFreya ihren Körper herumriss.

»Was ist dein Problem?«, fragte Chloe.

KieraFreya war verärgert. »Du bist hergekommen, um den Mann zu töten, der versucht hat dich zu töten, erinnerst du dich? Willst du ihn einfach so zurücklassen?«

Chloe schlug eine Hand gegen ihre Stirn, offensichtlich noch ein wenig desorientiert vom Kampf. »Natürlich, natürlich.«

Sie baute sich erneut vor Tohken auf, das Schwert auf sein Gesicht gerichtet. »Herr Garibald Tohken, haben Sie irgendwelche letzten Worte, bevor ich Sie zum Tode verurteile?«

Tohken kratzte sich am Kinn, die Augen nachdenklich. Er öffnete seinen Mund und schloss ihn dann.

»Ich habe nicht den ganzen Tag Zeit.«

»Selbstverständlich«, sagte Tohken mit einem schiefen Lächeln, das an seinen Wangen zerrte. Er zeigte in die Richtung der Tür. »Ich auch nicht, Fräulein Chloe. Ich denke, Sie werden feststellen, dass die da eine etwas größere Herausforderung sein werden als ich es war.«

In der Tür standen mehrere riesenhafte Männer in goldenen Tuniken. Einige von ihnen hielten gespannte Bögen, die auf Chloe gerichtet waren, während ein oder zwei ihre Hände an den Griffen ihrer Schwerter hatten.

»Oh …« *Piep*, schaffte Chloe nur, bevor starke Arme ihre festhielten.

Chloe schaute zu Tohken auf der Suche nach irgendeiner Erklärung.

Dieser stand auf, durchquerte den Raum und schloss die Tür, durch die die Männer gerade gekommen waren, um ein diskret platziertes Stück Seil zu enthüllen, das an der Decke aufgehängt war und durch ein kleines Loch in der Wand verschwand. »Notfallglocke. Denkst du, ich habe nicht genug Situationen wie diese in meinem Schlafzimmer erlebt, um mich nicht verteidigen zu können?«

»Also, was genau ist die Situation, Herr Tohken?«, fragte ein stämmiger Mann in einer goldenen Tunika und trat vor die anderen. Chloe bemerkte eine kleine Brosche an seinem Revers mit einem Text, unter dem »Naurelische Garde«, stand.

»Diese Frau hat mich angegriffen, meine Herren. Brutal kam sie mit ihrem Schwert auf mich zu und ging mir an die Kehle. Ich dachte, ich wäre erledigt.«

Die leitende Wache wandte sich Chloe zu. »Ist das wahr?«

Chloe schüttelte den Kopf. »Ihr wollt mich wohl verarschen. Glaubt ihr *diesem* Kerl? Ich bin unschuldig! Er hat mich angegriffen. Er versuchte, mir die Arme abzuschneiden und dann hat er mich fast ermordet.«

Tohken schnaubte und gab der Wache einen ›Würde ich so etwas tun?‹-Blick.

Die leitende Wache zuckte mit den Schultern. »Es tut mir leid, junge Dame, Sie müssen mit uns kommen. Herr Tohken ist ein angesehener Bürger und wir sehen nur Beweise dafür, dass Sie Herrn Tohken verletzt haben.«

ANFÄNGERIN

»Sie hat auch meine Artefakte zerstört!«

»Unrechtmäßiges Verhalten, Körperverletzung und Zerstörung von Eigentum, das nicht Ihnen gehört. Das ist ein Dreierpack von Delikten, das Sie einige Zeit bei uns kosten wird.«

Sie begannen, Chloe aus dem Raum zu ziehen. Tohken stand verzweifelt auf, als er erkannte, dass die Armschienen mit ihr gingen. »Wartet mal! Sie hat meinen Schmuck!«

Die Wache starrte die Armschienen an, griff unter die Kanten und versuchte, sie zu entfernen. Er sah müde aus, legte seinen Kopf zurück und atmete tief aus. »Wisst ihr was? Das können wir im Stadtgefängnis weiter untersuchen. Kommt schon, meine Herren. Hier entlang.«

Die Wache rieb mit einer Hand über sein müdes Gesicht, als er den Raum verließ und murmelte: »Beim besten Willen, die würden dir eh nicht passen, Tohken.«

Obwohl Chloe von der Naurelischen Garde aus dem Raum geführt wurde, konnte sie nicht umhin, über seinen wütenden Aufschrei zu lachen.

Durch die Straßen eskortiert zu werden in nichts als einem dünnen Leibchen, das sie nicht einmal vor den kalten Abendwinden schützte, war ein Erlebnis, auf das Chloe lieber verzichtet hätte. Die Blicke und Pfiffe der Männer, die sie auf dem Weg zum Naurelischen Baum passierte, waren ihr merkwürdig unangenehm. War sie vor nicht allzu langer Zeit noch mit erhobenem Kopf halbnackt durch Oakston marschiert? Die Zurufe der Menschen auf den Straßen erinnerten Chloe daran, dass die Gesellschaft hier ihrer eigenen von zu Hause nur allzu ähnlich war. Vor allem aber konnte sie nicht aufhören darüber nachzudenken, dass sie den Job nicht erledigt hatte, als sie die Chance gehabt hatte.

Ich hab's dir ja gesagt, trug KieraFreya zu ihrem inneren Monolog bei. Sie gingen eine breite Wendeltreppe hinunter und kamen auf einer anderen Straßenebene heraus, wo lodernde Fackeln an den Enden langer, blühender Stängel ihren Weg beleuchteten. *Du musst auf mich hören, wenn wir auf dieser Mission irgendetwas erreichen wollen.*

Chloe grinste, als der Eingang zum Gefängnis von Nauriel in Sicht kam – ein großer, offener Bogen mit Türen aus Metallstäben, die in den Stamm des riesenhaften Baumes eingebettet waren.

Und was ist, wenn wir schon etwas erreicht haben?, dachte sie und erinnerte sich an das, was Tohken ihr erzählt hatte. Dutzende hatten versucht, die mystische Rüstung im Gefängnis zu finden, aber niemand hatte es bisher geschafft.

Niemand sonst hatte meine Karte. Chloe öffnete die Karte vor ihren eigenen Augen. Ihr Herz flatterte, als sie sah, dass sie nun wesentlich näher am Siegel der Götter war, das die Position der Rüstung angab.

Wenn sie nur eine 3D-Ansicht des Gefängnisses hätte und besser sehen könnte, wo sie genau lag ...

»Schon wieder jemand?«, fragte ein Mann am Tor und nickte den Wachen zu, die Chloe hineinführten.

»Ja. Tohken belästigt und seine Sachen zerstört. Hätte ihn fast umgebracht.«

Der Torwächter schnalzte mit der Zunge. »Wie ungezogen.« Er trat zur Seite und ließ seinen Blick über Chloe schweifen, als sie an ihm vorbeikam. »Wirklich ungezogen.«

Kapitel 13

Chloe hatte einmal ein Badehaus in der Stadt besucht. Eine Art Spa, gefüllt mit brühend heißem Wasser, das in Bädern und Becken verteilt war, von denen der Dampf aufstieg und zwischen denen Männer und Frauen praktisch nackt herumliefen.

Das Badehaus hatte sich darauf spezialisiert, seine Besucher zu entspannen, deren Muskeln zu lockern und den überladenen Geist zu entleeren. Es gab Masseure und Saunameister, Leute, die einem Öl auf die Haut rieben und Massen an Hautzellen und Keimen, die vom Badehaus abflossen, während die Besucher leichter als Luft und sauberer als Seife nach Hause gingen.

Das bedeutete jedoch, dass eine Menge Dreck zurückgelassen wurde. Lose Schamhaare, alte Hautzellen, Schmutz, der sich unter Nägeln gelockert hatte, all das wurde in das Entwässerungssystem des Badehauses gespült und in die Kanalisation der Stadt geleitet, vergessen und entsorgt.

Bis eines Tages die Abflüsse verstopften.

Chloe hatte sich in der Umkleidekabine abgetrocknet, bereit, nach Hause zu gehen, ein paar Anrufe zu machen, Schminke aufzutragen und ihre Freundinnen für Mittagscocktails zu treffen, als sie es roch – die eitrige Mischung aus jedem Stück weggeworfenem Material, das der Körper zu bieten hatte.

Der Abfluss gluckste, bevor dicke, graue Flüssigkeit aus dem Boden hervorsprudelte. Die Leute um sie herum schrien. Sie schrie. Der Geruch war übel. Unbeschreiblich schlimm. Ein Geruch, den sie bis heute nicht hatte vergessen können.

Das war der Geruch, den sie nun genoss, als sie in ihrer Gefängniszelle mit den durchgetrampelten Lehmböden und geschnitzten Holzwänden saß. Der Geruch war schrecklich, ein Gestank von Tod und Verwesung. Er hatte eine physische Präsenz, die sie ständig würgen ließ. Sosehr sie sich auch seltsam glücklich schätzte, es ins Gefängnis geschafft zu haben – Chloe war sich nicht sicher, wie lange sie den Gestank noch ertragen konnte, ohne sich zu übergeben.

»Man gewöhnt sich dran«, rief eine Frau von der anderen Seite des Ganges.

Chloe ging zu ihren Gitterstäben, um einen besseren Blick auf sie zu haben. »Wirklich?«

Die Frau lachte, der Klang eine Kreuzung zwischen einem Zementmischer und einer Fehlzündung im Auto. »Machst du Witze? Natürlich nicht! Das ist eine der Strafen. Du sollst deinen Aufenthalt hier drin nicht genießen, Puppe.«

Die Frau zog sich vom Liegen hoch. Schon im Sitzen stellte Chloe fest, dass sie recht groß war, muskelbepackt und ihr der Bauch über der Hose hing.

»Weshalb sitzt du?«

»Versuchter Mord«, sagte Chloe beiläufig und versuchte, einen Blick auf die Insassen der anderen Zellen zu erhaschen.

»Krass«, sagte die Frau anerkennend. Sie deutete auf sich selbst. »Illegaler Verkauf verbotener Tränke und magischer Ausrüstung. Ich wurde auf dem Weg aus der Stadt erwischt. Ich hatte fünf Jahre in dem Geschäft gearbeitet, bevor sie mich erwischten. Das nenne ich mal bittersüß.«

»Chloe«, sagte Chloe.

»Jesepiah«, antwortete die Frau.

ANFÄNGERIN

»Weißt du, da wo ich herkomme, zwingen Gefängnisse ihre Insassen normalerweise, sich Zellen miteinander zu teilen. Ist das hier nicht so?«

»Nein. Nichts dergleichen. Der Naurelische Baum ist *das* größte Gefängnis, das Obsidian je gesehen hat. Zellen winden sich über 50 Stockwerke in diesem Monstrum hoch, wie ich gehört habe. Je höher du gehst, desto übler die Straftat. Wiederholungstäter und mörderische Wahnsinnige landen direkt oben an der Spitze.«

»Aber ich bin nicht da oben«, sagte Chloe.

»Ich schätze, nur die Erfolgreichen schaffen es nach oben. Diejenigen, von denen sie glauben, dass sie rehabilitiert werden können, bleiben auf den unteren Ebenen.«

»Auf welcher Ebene sind wir genau?«

»Ebene 5, wie mir gesagt wurde.« Jesepiah kaute an etwas Grünem und Schlammigen, während sie sprach. »Nicht, dass man uns hier die Wahrheit sagen würde. Es ist ja nicht so, dass wir uns mit den Spinnern von oben jeden Sonntag zum Kaffeeklatsch treffen könnten.«

Sie hörten auf zu reden, als eine Wache an ihren Zellen vorbeischlurfte. »Seid leise, Insassen«, sagte er und würdigte die beiden nur eines flüchtigen Blickes, als er an ihnen vorbeikam.

Jesepiah legte sich zurück auf ihr Bett. Chloe folgte diesem Beispiel und versuchte, ihre Arme als Kissen unter ihren Kopf zu schieben. Die Armschienen waren bemerkenswert unbequem.

Die Wachen hatten ihr so ziemlich alles abgenommen, als sie Chloe eingesperrt hatten. Für kurze Zeit kämpften die Wachen mit ihren Armschienen und forderten vergeblich, dass sie deren Zauber auflösen sollte. Schließlich hatte die leitende Wache geseufzt, die sie ins Gefängnis gebracht hatte und ihr gesagt, sie solle sie einfach anlassen. Seine Schicht war beinahe vorbei gewesen und er hatte nicht geglaubt, dass sie mit ihnen etwas anrichten konnte.

Chloe starrte an die leere Decke und beobachtete, wie Formen in der Dunkelheit verschmolzen. Sie dachte an Tag, Ben und Gideon und fragte sich, ob es ihnen gut ging. Suchten sie nach ihr? Waren sie auf einer verzweifelten Jagd nach ihr und randalierten durch die Stadt?

Hatten Tohkens Handlanger sie bereits getötet?

Hatten sie sich entschieden, die Gelegenheit zu nutzen, ohne sie weiterzureisen? Die drei Musketiere des Videospiels auf dem Weg zu ihrem eigenen Abenteuer ohne die Frau, die sie immer wieder in tödliche Situationen brachte?

Chloe schüttelte den Kopf bei diesem letzten Gedanken. Sie vertraute ihnen und die Jungs mochten sie. Das Letzte, was sie tun würden, wäre, Chloe im Stich zu lassen. Sie musste aufhören, als die Alleinkämpferin zu denken, zu der ihre Eltern sie immer hatten erziehen wollen.

Aber du warst es, die sie im Stich gelassen hat, oder?, platzte KieraFreya in ihre Gedanken hinein.

Chloe schnaufte und versuchte, einen guten Weg zu finden, sich von ihren Gedanken abzulenken. Sie öffnete ihr Aktivitätsprotokoll und fand dort einige schöne Überraschungen.

Du hast ein neues Talent freigeschaltet: Charisma (Stufe 1)
Du bist eine gute Rednerin. Nein, ernsthaft, du redest einfach unglaublich viel. Halt ab und zu mal die Klappe.

Verbessere deine Gesprächsfähigkeit, um die Kunst des Verhandelns zu erlernen und andere davon zu überzeugen, sich deinem Willen zu beugen. Je höher die Stufe dieses

ANFÄNGERIN

Talentes, desto wahrscheinlicher erhältst du auch Rabatte in Läden.
    Anforderungen: Verbringe viel Zeit mit einem Fremden.
Boni: +1 Intelligenz

Wow, dachte Chloe. *Dem Zeitpunkt der Benachrichtigung nach stammte die neue Stufe von der Zeit, die sie mit Neville verbracht hatte. Vielleicht würde sie versuchen ihn wiederzufinden, wenn sie aus dieser Situation herausgekommen war, nur um ihm zu danken.*

Das Talent wurde erhöht: Bewaffneter Kampf (Stufe 3)
Kämpfe gegen jemanden um Leben und Tod. Oh, warte! Das hast du bereits getan! Je höher dieses Talent ist, desto stärker und besser wird dein Kampfstil.
Boni: +3 Stärke

Nun, zumindest eine gute Sache, die sich aus diesem Kampf ergeben hat, dachte Chloe. *Ein bisschen Hacken und Schlitzen und BOOM! eine neue Talentstufe erreicht.*
    Sie lachte, als sie die nächste Mitteilung las.

Oh-oh! Du wurdest gefangen genommen ...
Ungezogene Mädchen verdienen es, bestraft zu werden, in einer Baumzelle. Ich wette, du hättest nie erwartet, dass du das mal lesen würdest.

Da hast du verdammt recht. Chloe grinste und öffnete ihr Charakterblatt, um ihren Fortschritt zu überprüfen.

Biografie
Charaktername: Chloe

Stufe: 10
Klasse: Klicken Sie hier, um weitere Informationen zur Auswahl einer Charakterklasse zu erhalten.
Rasse: Mensch

Statistiken
Trefferpunkte: 275/275
Magiepunkte: 200/200
Ausdauerpunkte: 345/345
Aktive Effekte: Keine

Attribute
Stärke: 22 (+21)
Intelligenz: 10 (+15)
Geschicklichkeit: 20 (+17)
Ausdauer: 25 (+18)
Ätherisches Potenzial: 9 (+21)
Verfügbare Attributpunkte: 0

Talente
Sprachen: menschlich
Akrobatik: Stufe 3
Bewaffneter Kampf: Stufe 3
Charisma: Stufe 1
Experimentierfreudigkeit: Stufe 1
Fischen: Stufe 1
Hand der Götter: Stufe 1
Handwerk: Stufe 1
Kampf mit zwei Waffen: Stufe 2
Kochen: Stufe 2
Kreaturenidentifikation: Stufe 4
Kräuteridentifikation: Stufe 2

Nachtsicht: Stufe 4
Schleichen: Stufe 4
Schwimmen: Stufe 1
Verwegenheit: Stufe 4

Chloe seufzte. Es war schon eine Weile her, dass sie eine neue Stufe erreicht hatte, aber ihr Fortschrittsbalken zeigte, dass nicht mehr viel fehlte. Sie fand auch nicht, dass ihre Mischung an Talenten schlecht war. Sie alle wuchsen im Laufe der Zeit langsam an.

Die Frage war aber immer noch, welche Klasse sie wählen sollte? Sie wusste, dass sich ihr Charakter irgendwie verändern und verbessern würde, sobald sie sich spezialisierte, aber wofür sollte sie sich entscheiden? *Wann* sollte sie sich entscheiden? Kannte sie sich bereits gut genug in Obsidian aus, um zu wissen, welche Art von Spieler sie sein wollte?

Sie betrachtete noch einmal ihre Optionen und beschloss, da sie nun Zeit im Überfluss hatte, ihre Auswahlmöglichkeiten noch einmal zu durchdenken.

Wenn Chloe sich für die Klasse der **Kriegerin** entscheiden würde, hätte sie ein geschicktes Händchen mit dem Schwert. Sie würde auch bei den Wachen einen gewissen Respekt erlangen und könnte diese vielleicht überreden, sie durch das Gefängnis streifen zu lassen, um nach KieraFreyas Rüstung zu suchen.

Würde sie andererseits **Magierin** werden, könnte sich ihre Magie viel schneller verbessern. Obwohl sie den Schwertkampf liebte, war die schiere Kraft, die sie beim Verwenden von Zaubersprüchen spürte, fast unübertroffen. Sie schloss die Augen und erinnerte sich, wie es sich angefühlt hatte, mit dem Zauber **Himmlisches Licht** ihre Macht durch den Kerker zu fegen und Skelette reihenweise auszulöschen.

Aber dann war da noch der **Berserker**. Vielleicht nicht ihr typischer Kampfstil, aber etwas, das nützlich sein könnte, wenn sie Verwüstung anrichten und sich ihrer Wut hingeben wollte.

Oh, wem wollte sie etwas vormachen? **Berserker** kam nicht in Frage. Es war einfach nicht ihr Stil und außerdem hielt Tag es für eine gute Idee. Das war Grund genug, sich dagegen zu entscheiden.

Kampfmagierin klang unglaublich gut, schränkte aber die Vorteile ein, die sie als **Kriegerin** oder **Magierin** erhalten könnte. Sicher, sie würde beide Klassen meistern, aber zu welchem Preis? Würde ihre Stufe langsamer aufsteigen? Sie würde definitiv an der Magierakademie Probleme haben, da Kampfmagier als zweitklassig angesehen wurden und auf der Prioritätenliste ganz unten standen.

Und schließlich gab es die **Kleriker**, eine Klasse, die Heilung und Frieden brachte und dem Spieler half, enger mit den Göttern zu arbeiten als jede andere Klasse. Sicherlich wäre das angesichts der großen Quest, auf der sie sich befand, mehr als hilfreich?

Chloe stöhnte, ihr Kopf schmerzte angesichts dieser riesigen Entscheidung. Sie wollte den Text vor ihr wegblinzeln und entdeckte ein blinkendes Symbol. Chloe setzte sich auf.

Sie konzentrierte sich auf das Zeichen und las die Reihe von Nachrichten.

Chloe? Was zur Hölle? Wo bist du?

Okay, ich bin mir nicht sicher, was gestern Abend passiert ist, aber irgendetwas ist eindeutig passiert. Da sind Blutflecken auf dem Boden und dein Bett ist leer. War jemand hier, der es auf dich abgesehen hatte? Warum haben die uns nicht erwischt?

Tut mir leid, dass wir nicht da waren, um zu helfen. Auch wenn es nicht unsere Schuld ist, dass wir uns

regelmäßig abmelden müssen. Was würde ich nicht geben, um wie du die voll-immersive Version zu spielen.

Wie auch immer, ich mache es kurz. Lass uns wissen, wo du bist und wir finden heraus, wo wir uns am besten wiedertreffen.

Gid

Chloe,

Wir sind auf diese Elfenkellnerin getroffen, die uns in ein seltsames Hinterzimmer gebracht und alles erzählt hat. Sie scheint zu den Guten zu gehören. Sie sagte, du bist auf einer Art geheimen Missionssache. Klingt ominös, aber fantastisch – OMITASTISCH!

Lass uns wissen, wie es dir geht. Ich bin immer noch ein wenig besorgt, dass ich nichts von dir gehört habe. Wir werden uns weiter in der Stadt umsehen und schauen, was wir so herausfinden können.

Gid

Chloe,

Ich bekam ein seltsames Gefühl, dass die Elfenfrau uns angelogen hat, dann hörten wir einen Aufruhr auf den Straßen und versuchten zu sehen, was los war. Anscheinend wurde eine Frau, die praktisch nackt war, verhaftet und durch die Straßen geführt. Ich schaute durch die Menge und das warst du!

Ich bin mir nicht sicher, wo du gelandet bist. Wir haben dich aus den Augen verloren, nachdem die Menge uns in die falsche Richtung gedrängt hatte. Ich hoffe, es ist alles in Ordnung.

Melde dich.

Gid

Im Ernst, Chloe?

Schreib uns endlich. Das ist nicht mehr lustig. Spielst du gerade überhaupt das Spiel?

Gid

Chloe fühlte, wie eine Welle von Schuldgefühlen über sie hereinbrach, als sie die Nachrichten durchlas. Sie atmete tief durch und verfasste eine Antwort.

Gid!

Es tut mir so leid, dass ich mich nicht gemeldet habe. Erinnerst du dich? Du warst derjenige, der mir beigebracht hat, wie man Benachrichtigungen abschaltet, bis ich aktiv nach ihnen schaue. Ich glaube, wir müssen die Einstellungen noch etwas verbessern.

Mir geht es gut! Mir geht es gut! Ich habe mich nicht umbringen lassen. LeavenHawk hatte recht, ich war auf einer supergeheimen Mission, die schlecht geendet ist. Ich bin so was von im Gefängnis gelandet – LOL!

Aber es ist soweit alles in Ordnung. Weißt du was? Vielleicht habe ich mehr von KieraFreyas Rüstung gefunden! Wie klasse ist das denn? Ich muss allerdings hier drin bleiben, bis ich mehr herausgefunden habe.

Ich bin auf unseren Freund Tohken gestoßen. Seltsamer Artefakten-Sammler mit einem Fetisch für Auswärtige. Er hat mir einen Hinweis auf den Standort von einem weiteren Teil von KFs Rüstung gegeben. Es ist hier irgendwo im Gefängnis, ich kann es einfach fühlen.

Jedenfalls sind die Besuchszeiten von 11:00 bis 15:00 Uhr. Sie werden deine Tasche bei der Ankunft überprüfen. Bring mir einen Zahnstocher, den du in einen Kuchen gebacken hast und mit dem ich das Schloss knacken kann.

Quatsch, nur ein Witz.
Ich habe keine Ahnung, wie hier irgendwas läuft. Ich orientiere mich noch.
Ich melde mich wieder.
Chloe

Nachdem sie auf Senden geklickt hatte, kehrte Chloe zu ihrem Starr-Wettbewerb mit der Decke zurück und fragte sich, was die Jungs wohl in diesem Moment machten. Ein Teil von ihr wünschte sich, sie wäre bei ihnen.

Kapitel 14

Chloe erwachte vom schrecklichen Klang von Metall, das gegen Metall schlug. Mit trüben Augen sah sie mehrere Wachen durch den Korridor stolzieren und ihre Schwerter an den Stäben entlangziehen, um den Lärm zu erzeugen.

Chloe schaute schläfrig zu Jesepiahs Zelle hinüber. Sie war bereits wach und große nasse Flecken hatten sich um ihre Achseln herum gebildet, während sie ihre Sit-ups zählte. »Bereit fürs Frühstück, Schlafmütze?«, grinste sie.

Chloe wurde durch die Gänge, die sich durch den Baum wanden, in eine mit Bänken gesäumte Kantine geführt. Sie stand Schlange, erhielt eine Schüssel mit grauem Schlamm (der sie wiederum an den Dreck erinnerte, den sie im Badehaus gesehen hatte) und stocherte in ihm herum, bis er kalt geworden war und die Insassen wieder aus dem Raum gelassen wurden.

Sie wurden in einen separaten Raum geführt, der fast leer war. Es gab ein paar Tische mit Brettspielen und einer kreideartigen Substanz, mit der man an die Wände oder den Boden zeichnen konnte, aber abgesehen davon gab es sehr wenig. Jesepiah fand Chloe und führte sie zu einem kleinen Tisch, an dem zwei schäbig aussehende Frauen tief auf ein Spiel von etwas konzentriert waren, das wie Schach aussah, aber Figuren in Form von Baumblättern und Nüssen hatte.

Jesepiah baute sich über dem Paar auf und sagte nur: »Verschwindet.«

»Verschwinde selbst«, sagte eine von ihnen.

»Genau, wir sind sowieso fast fertig.«

Jesepiah lehnte sich über den Tisch, sodass ihr Geruch sie alle drei erreichte. »Ich sagte, *verschwindet*.«

Die beiden Frauen wandten sich einander zu und knurrten, dann schlichen sie davon. Jesepiah nahm auf einem der Stühle Platz und bot den anderen Chloe an. Sie räumte das Brett auf und sie begannen nach einer Erklärung der Regeln zu spielen.

»Kann ich dir eine Frage stellen?«, begann Chloe und brach eine seltsame Stille, die sie nicht hatte aushalten können.

Jesepiah machte ein kurzes Geräusch, ihre volle Aufmerksamkeit auf dem Spiel.

»Warum bist du so nett zu mir? Du kennst mich kaum.«

Jesepiah blickte kurz zu Chloe auf und konzentrierte sich dann wieder auf das Spiel. »Du bist ein guter Mensch. Das sehe ich. Vom versuchten Mord abgesehen kann ich von den wenigsten der Drecksäcke hier mit Sicherheit sagen, dass sie im Inneren gute Leute sind. Ich bin vielleicht ein harter Brocken, aber ich habe nicht getan, was ich getan habe, um andere zu verletzen. Ich bin moralisch sauber durch und durch. Wenn sich Leute wegen meiner Geschäfte in Schwierigkeiten gebracht haben oder mal explodiert sind, war das nie meine Schuld. Ich war verantwortlich für die *Lieferung*, nicht den Inhalt. Nicht meine Schuld, wenn mal wer gestorben ist.«

Chloe hob eine Augenbraue. »Also, weil wir beide gute Menschen sind, arbeiten wir zusammen?«

»Hey, nicht so laut«, sagte Jesepiah und sah sich ängstlich um. »Der einzige Grund, warum ich es hier drinnen aushalte, ist mein Ruf. Ich hab noch keinen zusammenschlagen müssen, aber meine Größe lässt die Leute hier denken, dass ich es tun werde. Außerdem, wer hat was von Zusammenarbeit gesagt? Nur weil ich nicht will, dass ein Schmetterling zerquetscht wird, heißt das nicht, dass ich ihn neben mir in einem Glas halten muss.«

Chloe stellte sich dieses Bild vor – wie die große, tapsige Jesepiah versuchte, einen Schmetterling zu fangen. Sie lachte leise, machte ihren nächsten Zug und studierte die anderen Häftlinge um sich herum.

Es war ein seltsamer Haufen, obwohl sie sich nicht sicher war, was sie anderes erwartet hatte. An der gegenüberliegenden Wand standen drei Elfen und hatten ihre Köpfe zusammengesteckt, abwechselnd beobachteten sie mehr oder weniger unauffällig die Wachen.

An einem Tisch neben ihrem hatten die beiden Frauen von vorhin ein neues Spielbrett gefunden und warfen gelegentlich giftige Blicke in Jesepiahs Richtung, die ihnen jedoch keine Beachtung schenkte.

Und dann gab es diejenigen, die aussahen, als gehörten sie überhaupt nicht ins Gefängnis. Ein paar unauffällige Frauen, die miteinander tratschten und plauderten, als wären sie Freundinnen auf einem Schulhof. Eine Gruppe dieser Frauen fiel Chloe auf, als sie sich den Wachen an der Tür näherten und anschließend den Raum mit nichts anderem als einem Nicken und einem Lächeln verlassen durften.

»Wie haben die das geschafft?«, fragte Chloe und deutete in ihre Richtung.

Jesepiah würdigte der Tür einen verstohlenen Blick. »Arschkriecher. Frauen, die sich bei den Wachen einschleimen und nett spielen, kommen mit allem davon. Sie dürfen durch das Gefängnis schlendern und die Anlagen der Wachen benutzen und die meisten haben einen Job hier

ANFÄNGERIN

im Knast. Rüstungen polieren, Kochen, die Bibliothek betreiben, so was in der Art.«

»Das klingt nicht gerade fair.«

»Wenn du in einem Gefängnis nach Fairness suchst, denke ich, dass du etwas verrückter bist, als du mich glauben lässt. Ha! Gewonnen!«

Chloe rückte mit ihrem Stuhl zurück, als Jesepiah ihren Gewinn damit feierte, dass sie den Tisch samt Spielbrett umwarf. Die anderen Frauen starrten sie an, als sie um Chloe herumtanzte.

In den nächsten Tagen dachte Chloe viel darüber nach, was Jesepiah gesagt hatte. Wenn die Wachen auftauchten, zeigte sie ihr reizendstes Lächeln und sprach in einem höflichen Ton. Sie schaffte es, sie immer öfter in Gespräche zu verwickeln (was natürlich nichts damit zu tun hatte, dass sie ihre Brust herausstreckte und mehr Ausschnitt zeigte).

Bald häuften sich die Zeiten, zu denen sie ihre Zelle verlassen durfte. Schließlich lachte sogar Jesepiah darüber, wie lange Chloe die Gefängnisblöcke durchstreifen durfte, sehr zum Entsetzen der anderen Häftlinge.

Am dritten Tag wurde sie in den entlegensten Gang auf Ebene 5 geführt, wo ihr mehrere kleine Räume zur Verfügung gestellt wurden. Der erste war das persönliche Badezimmer der Wachen. Der zweite war die Gefängnisbibliothek, ein Raum, der von der Decke bis zum Boden mit Büchern gefüllt war. Der dritte war ein gepolsterter Privatraum, in den Häftlinge gebracht wurden, um sich während gelegentlicher Wutausbrüche zu beruhigen.

»Fühl dich frei, es für Ruhe und Meditation und so'n Mist zu benutzen«, sagte eine der Wachen, der sich Chloe als ›Weed‹, vorgestellt hatte, als er ihr die Tür aufschloss.

Er lehnte sich nah an ihr Ohr. »Es ist auch ein großartiger Ort, um zu vögeln.«

»Danke«, sagte Chloe. Sie wollte die Wache jetzt, wo sie so weit gekommen war, nicht verärgern, aber auch nicht den falschen Eindruck vermitteln. »Ich werde das im Hinterkopf behalten.«

Sie blieb in Kontakt mit den anderen und schickte jeden Morgen und Abend Nachrichten an Gideon, um ihn über ihre Fortschritte auf dem Laufenden zu halten. Gideon meldete sich zurück und schilderte seinen Tag – meist Beschwerden über Tag und wie er die Einheimischen mit seiner ruppigen Persönlichkeit diesmal verärgert oder beleidigt hatte.

Sie kannten sich so langsam recht gut in der Stadt aus, entdeckten nützliche Geschäfte und sprachen mit denen, die kleine Quests hatten, die erfüllt werden mussten. Meistens Dinge wie Nachrichten, die von einer Person zur nächsten gebracht werden sollten oder Situationen, in denen sie den bösen Bullen spielen und bösartige Leute bedrohen mussten, beängstigende Stalker, hasserfüllte Mütter und so weiter.

Am fünften Tag hatte Chloe begonnen, die Grenzen ihrer neu gewonnenen Freiheiten auszutesten. Laut Weed und den anderen sollte über Chloes Strafe für ihre Verbrechen am siebten Tag ihrer Inhaftierung entschieden werden. Dank eines Rückstaus durch eine Welle krimineller Aktivitäten in der Stadt stand bis dahin niemand zur Verfügung, der über ihren Fall entscheiden konnte.

Jesepiah sagte Chloe, dass ihre Strafe wahrscheinlich minimal sein würde. Es müsste aufgrund der Tatsache, dass sie offensichtlich angegriffen worden war, genügend Beweise geben, um die Anklage fallen zu lassen. Es würde vermutlich einfach eine einstweilige Verfügung gegen sie erteilt, um Chloe von Tohken fernzuhalten.

Doch egal, wie ihr Urteil lauten würde, Chloe geriet in Panik. Fünf Tage und sie hatte noch keine Spur von der Rüstung gefunden.

Chloe verzweifelte langsam. Jeden Tag fand sie einen neuen Korridor und erkundete ihn, entdeckte neue Häftlinge und fand neue Sackgassen. KieraFreya gratulierte ihr jedes Mal sarkastisch, wenn dies geschah und Chloe begann sich zu fragen, ob sie wirklich mehr von ihren Teilen finden wollte. Würde mehr Rüstung mehr Persönlichkeit bedeuten?

Ich denke, du solltest vielleicht etwas netter zu mir zu sein, wenn man bedenkt, was ich alles tue, um dir zu helfen, dachte sie.

Oh, wow. Danke, Chloe. Wirklich, ich bin ja so dankbar. Die Dinge, die du auf dich nimmst, was? Durch ein paar Gänge schlendern, als ob das Gefängnis dir gehört, mit den Wachen flirten und eine private Toilette benutzen. Es muss soooo schrecklich für dich sein, dich damit abfinden zu müssen.

Chloe war an diesem Abend bereits auf dem Weg zurück zu ihrer Zelle, als sie beschloss, ein Risiko einzugehen.

Sie näherte sich der Kreuzung, an der sich die Treppe befand, die zu den anderen Stockwerken führte. Chloe winkte den Wachen wie gewohnt zu und zeigte ihnen ein strahlendes Lächeln. Inzwischen war ihr Talent **Charisma** auf Stufe 4 gestiegen und sie fand es sehr viel leichter, die Wachen von ihrer Freundlichkeit zu überzeugen.

Sie näherte sich den Männern, die sich etwas anzuspannen schienen und die Hände auf ihre Waffen legten.

»Guten Abend, Jungs«, sagte Chloe und warf ihre Haare hinter eine Schulter. »Was für ein angenehmer Abend heute, findet ihr nicht auch?«

Die Wache auf der linken Seite, Rocky, scharrte mit den Füßen. »Sicherlich ist er das. Tolle Nacht, um Wache zu stehen. Stundenlang nichts zu tun.« Seine Worte klangen verbittert und leicht sarkastisch. »Solltest du nicht so langsam zurück in deine Zelle gehen?«

Chloe schüttelte den Kopf. »Ich habe die Erlaubnis für einen weiteren Spaziergang erhalten. Um die Durchblutung anzutreiben, versteht ihr? Das Problem ist, dass ich das Gefühl habe, ich werde ein wenig verrückt. Ich kenne dieses Stockwerk bald auswendig und es wurde vorgeschlagen, dass ich einen kurzen Spaziergang durch die unteren Stockwerke mache und mir wirklich mal die Beine vertrete. Als Beispiel dafür, was die anderen erreichen könnten, sollten sie sich hier drinnen gut verhalten.«

Rocky schaute unbehaglich zur anderen Wache. »Wessen Vorschlag war das?«

Chloe beschwor all ihr **Charisma** und war sich sicher, dass sie überzeugend genug sein konnte, um mit dieser Lüge durchzukommen. »Weed.«

»Weed?«, lachte die andere Wache. »Dieser kleine Idiot bietet dir das nur im Gegenzug mit einer schnellen Nummer an. Das verstehst du schon, oder?«

Chloe zuckte mit den Schultern.

Rockys Augen leuchteten auf. »Wie wär's dann mit einem Deal, hübsche Dame? Wir lassen dich durch – nur einmal – und wenn es Nacht wird, findest du einen Weg, um es uns ... zurückzuzahlen.« Er zwinkerte hinter seinem Goldhelm und Chloe musste eine Welle der Übelkeit herunterschlucken.

ANFÄNGERIN

Sie wandte sich von der Treppe zu den Wachen. »Du hast einen Deal, Großer.«

Chloe ließ sie dumm kichernd hinter sich zurück, als sie die Treppe hinunterfegte.

Bei der Treppe handelte es sich um eine Wendeltreppe und Chloe nutzte zum Hinunterlaufen ihre Schleichfähigkeit, um die Wachen auf anderen Etagen zu passieren, bevor sie bemerkten, dass sie überhaupt dort war.

Sie zählte ihren Weg nach unten und erreichte die Ebenen 4, 3, 2, 1. Als sie das erreichte, was sie für das unterste Stockwerk hielt, war sie überrascht, dass die Stufen noch weitergingen.

Sie folgte der Treppe den gesamten Weg nach unten und kam zu einer kleinen Tür mit der Aufschrift ›Privat.‹ Sie warf einen letzten Blick die Treppe hinauf, bevor sie den Griff hinunterdrückte und hinter der Tür verschwand.

Der Raum war pechschwarz und roch nach Erde. Chloe beschwörte **Lila Feuer** in Form einer kleinen Kugel herbei und beleuchtete damit das Innere des Raumes. Er war winzig, nicht größer als ein Wandschrank, aber jetzt, da sie hier war, konnte sie so etwas wie ein seltsames Ziehen tief in ihrer Brust spüren. Die Luft fühlte sich wie in etwas getränkt an, das sie nicht beschreiben konnte.

»Reine, magische Kraft«, flüsterte KieraFreya. Hätte sie einen Mund, könnte Chloe sich vorstellen, wie sie ehrfürchtig lächelte. »Ich kann es fühlen, Chloe. Ich kann einen Teil von mir spüren. Er ruft nach mir.«

KieraFreya übernahm die Kontrolle über Chloes Arme und zwang sie, die kühle Erde der Wände zu berühren. Die Feuerkugel fiel aus ihrer Hand und verlosch, als sie auf den Boden traf.

Chloe kämpfte gegen die Armschienen an und erlangte die Kontrolle über ihre Arme zurück.

»Verfluchte Scheiße, du dummer Trottel«, fluchte KieraFreya und rang mit Chloe. »Komm mal runter und überlass mir die Kontrolle. Vertrau mir. Ich mache das schon.«

»*Dir* vertrauen?«, fragte Chloe ungläubig. »Du hast mir fast die Füße verbrannt. Außerdem ist es nicht so, als hättest du mir je viel Grund gegeben dir zu vertrauen, oder?«

KieraFreya seufzte. »Das Gefühl, dass etwas in der Luft hängt? Das ist ein Ruf. Die Macht der Götter ruft mich. Ruft *uns*. Wir sind unglaublich nah dran, Chloe. Lass deinen Stolz das nicht für mich ruinieren. Für uns, meine ich.«

Ihre Stimme war so süffisant, dass Chloe sie nicht einmal als die von KieraFreya erkannte. Sie wog ihre Optionen ab und mochte die Vorstellung nicht, KieraFreya das Ruder zu überlassen. Aber dann hörte sie, wie sich Schritte näherten, gefolgt von leisen Stimmen. Wachen liefen die Treppe herunter.

Chloe schnappte sich einen kleinen Tisch und klemmte ihn unter die Türklinke. Dann trat sie in die Mitte des Raumes, ließ ihre Arme hängen und sagte: »Okay, alles deins.«

Es war ein seltsames Gefühl, sich von KieraFreya durch den Raum führen zu lassen. Ihre Hände erhoben sich von selbst, klopften auf Oberflächen und schienen ein Gefühl für Dinge zu haben, die Chloe nicht ganz verstand. Einmal stand sie auf Zehenspitzen und streichelte die Decke, dann kroch sie auf allen Vieren und tastete den Boden ab wie ein Sehbehinderter, der nach seiner Brille suchte.

KieraFreya führte sie in Rekordzeit durch den ganzen Raum und fand einen Ort auf dem Boden, wo sie mit Chloes Händen durch den Schlamm grub. Chloe beschwerte sich laut, als ihr ein Fingernagel abbrach.

»Hä?«, sagte ein Wächter und erreichte schließlich die Tür.

»Hast du das gehört?«, fragte ein anderer.

Jemand probierte die Türklinke aus. Der Tisch hielt sie zurück.

»Komm schon«, drängte Chloe.

»Hey! Lass uns rein«, schrie die Wache, jetzt mit Dringlichkeit in seiner Stimme.

Die Tür wackelte in ihrem Rahmen, als die Wachen mit ihren Schultern wiederholt dagegen rannten und begann zu zersplittern.

»Wow«, sagte KieraFreya und hielt mit dem Graben inne. »Chloe, *sieh mal*.«

Sie hatte in härteren Boden gehauene Markierungen freigelegt. Ihre Finger beseitigten noch mehr Schmutz, die Linien wurden deutlicher und strahlten ein schwaches Leuchten aus.

»Jetzt reicht's!«, rief eine der Wachen. »Bereit oder nicht, ich komme!«

Laufende Schritte und ein Sprung. Die Tür brach aus ihrem Rahmen und stürzte zusammen mit der Wache in einer Wolke aus Staub und Schmutz auf den Boden. Weitere Wachen kamen herein und füllten fast den kompletten Raum. Sie husteten und wedelten den Staub weg, um sich im Raum umzusehen.

Aber es gab niemanden mehr zu finden.

Kapitel 15

Chloe hustete, als sie aufschlug und eine Staubwolke in die Luft trat.

»Okay, was zum Teufel ist gerade passiert?«, keuchte sie und tastete in der Dunkelheit nach einer Wand. Als ihre Hand auf eine Wand stieß, stand sie auf und schrie vor Ekel, als sie die Kontur eines gewölbten Schädels in ihrer anderen Hand fühlte. »Ekelhaft!«

»Wir sind gereist«, erklärte KieraFreya sachlich. »Dieses Zeichen markierte eine Art Schnellreisepunkt, ein kleiner Cousin des Moonhoppers. Ideal für kleine Entfernungen und geringe Lasten.«

»Die Wachen werden also jede Sekunde hinter uns herreisen? Verdammt, schnell weg hier.«

Chloe wollte losrennen, aber KieraFreya zog sie zurück. »Beruhige dich. Sie werden nirgendwo hinreisen. Diese Art von Schnellreisepunkt erfordert eine kleine Dosis von Magie und ich bin mir fast sicher, dass die Wachen diese Anforderungen nicht erfüllen können.«

»Woher hatten *wir* die Magie?«, fragte Chloe und verstand sofort, als sie ihr Charakterblatt öffnete und sah, dass ihr ein paar Punkte fehlten.

»Du hast meine Magiepunkte gestohlen?!«

»Ausgeliehen«, antwortete KieraFreya. »Vergiss nicht, sie füllen sich wieder auf. Außerdem musste ich uns da rausholen. Wärst du lieber wieder gefangen genommen und zurück zu deiner Zelle gebracht worden, ohne alle

ANFÄNGERIN

Privilegien? Oder schlimmer noch, wärst du gerne umgebracht worden?«

Chloe ließ ihre Schultern sacken. »Nein.« Sie blinzelte in die Dunkelheit und wartete darauf, dass ihre **Nachtsicht** einsetzte, damit die vagen Umrisse der Tunnelwände sichtbar wurden. »Wir sollten uns aber beeilen. Wenn *wir* uns mit einer kleinen Menge Magie transportieren können, wird es nicht lange dauern, bis sie jemanden finden, der uns folgen kann. Ich kann mir nicht vorstellen, dass die Nauriel-Wachen gerne einen Gefangenen verlieren.«

Sie liefen in zügigem Tempo durch den Tunnel, umgeben von einem Gefühl der Magie, das schwer in der Luft hing. Chloes Handgelenke kribbelten stärker je weiter sie sich vom Schnellreisepunkt entfernten.

»Wo zum Teufel glaubst du, dass wir sind?«, fragte Chloe und wartete nicht auf eine Antwort, bevor sie ihre Karte öffnete. Ihr Herz schlug ihr bis zum Hals, als sie sah, dass ihr Zeichen nur eine Haarbreite vom Siegel der Götter entfernt war.

»Wir müssen immer noch in dem Baum sein«, sagte KieraFreya. »Tief in seinem Herzen.«

»Warum sollte deine Rüstung hier sein? Wenn überhaupt, dann sieht es so aus, als ob dieser Gang seit Tausenden von Jahren nicht mehr benutzt worden ist.«

»Eben. Es gibt eine Legende, die besagt, dass der Naurelische Baum als Friedensangebot zwischen zwei Parteien im Krieg einer längst vergangenen Zeit gepflanzt wurde. Eine große Schlacht folgte, die das Land verwüstete und fast alle Krieger vernichtete. Als die Verluste stiegen und der Krieg nachließ, musste eine Lösung gefunden werden und die Häuser von Nauthala und Tamriel wurden wieder vereint, als der Prinz und die Prinzessin heirateten.«

»Nauthala und Tamriel? Nauriel?«, fragte Chloe, stolz, die Puzzleteile zusammengefügt zu haben.

»Exakt.«

»Eine Sache verstehe ich nicht«, sagte Chloe und trat über ein weiteres Skelett, das wie zufällig im Gang lag. »Wenn du eine Göttin bist, dann würde es bedeuten, dass du vor Anbeginn der Zeit geboren wurdest, richtig?«

»Worauf willst du hinaus?«

»Nun, sicher hast du gesehen, wie das alles passiert ist? Warum redest du so, als wären das alles nur Legenden und Mythen? Kannst du mir nicht einfach sagen, was tatsächlich passiert ist?«

KieraFreya brauchte ein paar Sekunden, um zu antworten. »Die Wahrheit ist oft nicht halb so romantisch wie die Legende. Manche Geschichten reifen mit der Zeit zu einer besseren Version. Die köstlichsten Weine sind die ältesten.«

»Also, was ist wirklich passiert?«

»Der Prinz und die Prinzessin haben's miteinander getrieben, ihre Eltern waren nicht einverstanden und nach einer kleinen Schlägerei in einem ihrer Wohnzimmer legten sie ihre Differenzen bei und pflanzten einen Baum zur Vereinigung, das war's.«

Chloe lachte, der Klang hallte weit durch den Tunnel. Sie schlug sich die Hand vor den Mund.

»Toll gemacht«, schimpfte KieraFreya. »Lass sie ruhig wissen, dass wir kommen.«

»Wen?«

»Denkst du wirklich, dieser Gang wird leer sein? Überleg mal. Dieser Bereich wurde offensichtlich irgendwann genutzt, um die schlimmsten der Gefangenen zu beherbergen.«

»Woher willst du das wissen?«

ANFÄNGERIN

KieraFreya zeigte mit Chloes Armen auf die Wände, wo sie nun die Silhouetten von Gitterstäben und offenen Gefängniszellen erkennen konnten. Chloe steckte ihren Kopf in einen der Räume und sah metallene Handfesseln, die von den Wänden hingen, zusammen mit Ketten und Schlössern.

»Vielleicht sind sie alle einfach an Altersschwäche gestorben und absolut tot geblieben?«, sagte Chloe hoffnungsvoll.

KieraFreya seufzte. »Du bist viel zu optimistisch, um auch nur fünf Minuten in diesem Reich zu überleben. Ich bewundere dich dafür. Das tue ich wirklich. Aber ich denke auch, dass du einer der dümmsten Menschen bist, die ich je getroffen habe.«

»Nun, ob es dir gefällt oder nicht, wir stecken hier miteinander fest«, sagte Chloe. Sie stellte sich mit dem Rücken an die Wand, legte ihre Hände in die Fesseln und tat so, als wäre sie eine der alten Gefangenen. »Hey, sieh dir das an. Hilfe! Hilfe!«

Ihr Kichern dauerte so lange an, bis die Fesseln sich um ihre Handgelenke schlossen.

»Hey? Was ...«

Chloe kämpfte gegen die Ketten, aber ihre Handgelenke waren nun fest eingeschlossen.

»Wie ich schon sagte ...« KieraFreya klang ehrlich enttäuscht.

»Das wird schon«, sagte Chloe und glaubte nicht ganz an ihre eigenen Worte, als sie Schritte außerhalb der Zelle und den Gang hinunter hörte.

»Ich schwöre bei den Göttern, wenn es noch mehr gottverdammte Skelette sind, werde ich ...« *Piep* »... laut schreien.«

Die Schritte wurden lauter und klangen nach mehr als nur einem Paar Füße. Als Chloe sah, wie die Umrisse von

Figuren um die Ecke kamen, entzündete sie eine lilafarbene Kugel als Lichtquelle und bereute es sofort, als sie die verfaulten Kreaturen sah.

»Vielleicht hätte ich mich doch mit Skeletten arrangieren können.«

Mehrere Zombies traten in die Zelle und taumelten auf Chloe zu. Sie humpelten langsam, ihre Kleidung verwest und zerfallen. Das Einzige, was Chloe ein wenig Hoffnung gab, war, dass die Arme der Zombies ebenfalls in Ketten lagen.

Nauriel-Insasse – Zombie (Stufe 6)
115 Trefferpunkte

»115? Das ist fast nichts!«, sagte Chloe. Der Gestank der Zombies traf auf ihre Nasenlöcher. Sie kämpfte noch einmal gegen die alten Fesseln und betete, dass sie zerbrechen würden.

Sie warf einen Blick auf die anderen, alle zwischen den Stufen 5-7. Wenn sie frei wäre, wäre das ein ziemlich einfacher Kampf.

Chloe konzentrierte sich darauf, einen Feuerball zwischen ihren Händen zu beschwören. Sie warf die Kugel wie einen Basketball und beobachtete mit Entsetzen, wie sich das Feuer im alten Heu um ihre Füße verbreitete und ihre Zehen ankokelte.

»Gut gemacht«, schnippte KieraFreya, »Jetzt kannst du dich selbst grillen, bevor sie sich an deinem Fleisch erfreuen.«

Und tatsächlich hatte das Feuer die Zombies nicht annähernd abgeschreckt. Sie waren jetzt in ihrer Reichweite und kratzten an ihren Hosenbeinen. Der Geruch von verkohltem Fleisch stieg in die Luft.

ANFÄNGERIN

Chloe hing ihr ganzes Gewicht an die Handschellen, hob ihre Beine und stieß einen der Zombies weg. Er stürzte in die anderen und warf sie zu Boden, einer von ihnen verwandelte sich in eine Säule aus lilafarbenem Feuer.

»Komm schon!«, rief Chloe, die Füße zurück auf dem Boden, als sie an den Fesseln riss. Die Wand hinter ihr bröckelte und die Fesseln lockerten sich etwas. Sie schrie frustriert auf, zog und zerrte, aber ihr fehlte die nötige Kraft, um sich zu befreien.

»Ich frage mich, ob spezialisierte Klassen einen Bonus an Stärke mit sich bringen?«, murmelte KieraFreya nachdenklich, als Chloe einen weiteren Tritt austeilte. Die Flammen zu ihren Füßen begannen jetzt etwas nachzulassen.

»Wovon sprichst du?«, fragte Chloe angestrengt und beschenkte einen Zombie mit einem weiteren Tritt ins Gesicht. Sie verzog ihr Gesicht bei dem Geräusch des zerbröckelnden Schädels.

»Die besten Entscheidungen sind diejenigen, die in der *Hitze* des Gefechts getroffen werden. Haha. Verstanden?«

Chloe rollte mit den Augen, als mehrere der Zombies wieder aufstanden. Sogar das Feuer war nicht genug, um sie dauerhaft auszuknocken.

In einem spontanen Moment der Inspiration öffnete Chloe ihr Menü, dann ihr Charakterblatt und klickte auf weitere Optionen im Bereich der Klassenauswahl.

Die gleichen fünf Optionen, die sie lange und schmerzlich überdacht hatte, tauchten auf und ohne zu zögern wählte Chloe eine aus. In diesem Moment ergab alles so viel Sinn. Die Frage hatte sich nie wirklich gestellt; sie hatte von dem Moment an, als sie ihre erste Schlacht gewonnen hatte, genau gewusst, was sie sein wollte.

Nachdem Chloe ihre Entscheidung bestätigt hatte, begann ihr ganzer Körper zu leuchten. Die Welt wurde klarer und Wärme durchströmte ihre Adern. Sie fühlte, wie ihr Verstand tausend weitere Möglichkeiten freigab, als zeitgleich mehrere Benachrichtigungen in ihrem Sichtfeld aufleuchteten. Ihre Hände begannen, eine Beschwörungsformel zu formen, die sie nun plötzlich wie selbstverständlich kannte. Sogar die Worte gingen ihr wie von selbst von den Lippen.

Chloes Hände leuchteten auf. Das Glühen breitete sich auf die Fesseln aus, die sie festhielten. Sie kämpfte mit all ihrer Willenskraft und fühlte, wie sie ihre Magiepunkte verbrauchten, während das Metall quietschte und Rost in Flocken von den Ketten abfiel, gegen die sie kämpfte. Chloes Handgelenke lösten sich von Sekunde zu Sekunde mehr.

Mit einem *Schnapp* sprangen die Fesseln auf und Chloe war frei.

Ihr Gesichtsausdruck wurde ernst, als sie die Zombies ansah, die sich vor ihr versammelt hatten. Sie schloss die Augen, sammelte die Kraft der Götter und rief **Himmlisches Licht** herbei, eine gerade Säule aus schillerndem Licht strömte aus ihren Händen und durchdrang die Herzen der Zombies. Sie fielen einer nach dem anderen auf die Knie und als das Licht nachließ, waren alle zu Boden gegangen. Chloe nutzte die letzten ihrer MP, indem sie ihre Hände auf die Ketten richtete. Das Metall knirschte, das Mauerwerk zerbröckelte und bald fiel ihr die ganze Ladung in die Hände. Sie hob die schweren Metallketten an und schlug nacheinander auf jeden einzelnen Zombiekopf, sie genoss die kleinen, blinkenden Symbole, die in ihrem Blickfeld daraufhin erschienen.

»Nimm ... *das* ...«, keuchte Chloe und die letzten Reste ihrer Kraftreserven verschwand. Sie warf die Fesseln zur Seite und begutachtete, was sie angerichtet hatte. Mehrere

ANFÄNGERIN

tote Zombies, das, was vor Jahrhunderten einmal ihr Blut gewesen war und die sterbende Glut ihrer violetter Flammen.

Sie setzte sich an die Wand, atmete mehrere Male tief durch und überprüfte ihre Benachrichtigungen.

Herzlichen Glückwunsch, du hast deine Klasse ausgewählt: Kampfmagierin (Novizin)

Kampfmagier sind im Gefecht nicht zu unterschätzen und haben einen unersättlichen Appetit auf zerstörerische Magie und die Fähigkeit, mit physischen Waffen zu kämpfen.

Als Kampfmagierin hast du jetzt Zugang zu einer Reihe von einzigartigen Anfängerzaubern für deine Klasse. Lösche weiterhin deinen Durst nach Magie, indem du mit experimentellen Zaubersprüchen spielst, an der Magierakademie trainierst oder von einem Zaubermeister lernst.

Nutze die jeweiligen Vorteile der Krieger- und Magierklassen, aber achte genau darauf, in welchen Kreisen du dich bewegst. Es gibt viele, die Kampfmagier beneiden und es gibt ebenso viele, die misstrauisch gegenüber einer Spielerin sind, die ebenso gut zaubern, wie mit dem Schwert kämpfen kann. Es gibt diejenigen in Obsidian, die dich lieber scheitern als triumphieren sehen würden, also lass dir nicht in die Karten schauen.

Um deine Fähigkeiten als Kampfmagierin weiterzuentwickeln, musst du dich stetig verbessern. Erklimme höhere Stufen, um deinen Rang in deiner Klasse zu erhöhen.

Nächster Rang: Kampfmagierin (Lehrling) – Stufe 16

Boni: +15 Intelligenz, +10 ätherisches Potenzial, +15% Glück bei experimenteller Magie, +5.000 Erfahrungspunkte, +300 Magiepunkte, +10% Anstieg bei EP-Gewinnen (24 Stunden)

Neuen (mystischen) Zauber erlernt: Telekinese (Stufe 1)

Betritt das Ätherische, liebe Magierin und manipuliere die Welt um dich herum mit nichts außer einem Gedanken. Metall beugt sich deinem Willen, Flüsse hören auf zu fließen, Feuer frieren ein …

Irgendwann jedenfalls. Im Moment kannst du das Verhalten von kleinen Dingen verändern.

Anforderungen: n × 40 Magiepunkte (wobei n gleich der Anzahl der Sekunden ist, die benötigt werden, um den Zauber zu wirken)

Neuen (zerstörerischen) Zauber erlernt: Eissplitter (Stufe 1)

Eis mag nicht wie die zuverlässigste Waffe wirken, aber wir können garantieren, dass es einigen Schaden anrichten kann, bevor es schmilzt.

Der ultimative Zauber für heimliche Morde. Feuere einen Eissplitter in das Herz deines Feindes und beobachte die verblüfften Gesichter der Ermittler, wenn die Mordwaffe spurlos verschwunden ist.

Anforderungen: n × 10 Magiepunkte pro Splitter (wobei n gleich der Anzahl der Sekunden ist, die benötigt werden, um den Zauber zu wirken)

Neuen (heilenden) Zauber erlernt: Heilende Hände (Stufe 1)

Ein fleißiger Magier wäre nicht komplett ohne ein wenig Heilkraft. Lege einem verletzten Kameraden die Hände auf und hilf ihm, wieder gesund zu werden. Leg dir selbst die Hände auf, um ein paar Beulen und blaue Flecke zu beheben und in die Schlacht zurückzukehren, als wäre nichts passiert.

ANFÄNGERIN

Anforderungen: (auf andere angewendet) n × 15 Magiepunkte (wobei n gleich der Anzahl der Sekunden ist, die benötigt werden, um den Zauber zu wirken)
(auf sich selbst angewendet) n × 18 Magiepunkte (wobei n gleich der Anzahl der Sekunden ist, die benötigt werden, um den Zauber zu wirken)

Stufe erhöht! Du bist jetzt Stufe 11.
Herzlichen Glückwunsch! Indem du deine Klasse bestätigt und den Rotz aus deinen Feinden getreten hast, hast du eine neue Stufe erreicht. (Das hört wohl nie auf, eh?) Nutze deine neu entdeckte Spezialisierung und probiere die neue Kombinationen von Zaubersprüchen und Angriffen aus, um schnell in den Reihen aufzusteigen und zu Höhen zu gelangen, die in Obsidian bislang ungesehen waren.
+4 Attributpunkte
(Attributpunkte müssen innerhalb von 24 Stunden im Spiel vergeben werden. Wenn sie nach 24 Stunden nicht vergeben werden, werden die verbleibenden Punkte zufällig vergeben.)

Monster besiegt: Nauriel-Insasse – Zombie (Stufe 6)
+60 Erfahrungspunkte
Monster besiegt: Nauriel-Insasse – Zombie (Stufe 5)
+60 Erfahrungspunkte
Monster besiegt: Nauriel-Insasse – Zombie (Stufe 6)
+60 Erfahrungspunkte
Monster besiegt: Nauriel-Insasse – Zombie (Stufe 6)
+60 Erfahrungspunkte
Monster besiegt: Nauriel-Insasse – Zombie (Stufe 7)
+60 Erfahrungspunkte

Die Kraft eines Zaubers wurde erhöht: Lila Feuer (Stufe 2)

Du hast gerade deine erste fortgeschrittene Stufe in einem Zauber verdient. Die ständige und genaue Anwendung eines Zaubers wird dir helfen, dein ätherisches Potenzial zu verbessern. Nutze deine zusätzliche Kraft, um zwei einzelne Kugeln lilafarbener Flamme gleichzeitig mit beiden Händen zu werfen, um den Schaden gegen deine Feinde zu verdoppeln. Oder kombiniere ihn mit einem anderen Zauber, um eine schwebende Kugel aus Licht zu erschaffen, die dich durch die dunklen Ecken der Welt begleitet.

Boni: +1 ätherisches Potenzial, reduzierter MP-Verlust beim Zaubern (n × 19 MP)

Chloe konnte nicht glauben, was sie da las. Warum zum Teufel hatte sie so lange gewartet, um ihre Klasse auszuwählen? Die Vorteile waren unglaublich!

Erfahrungspunkte, zusätzliche Attributpunkte, *drei* neue Zauber und eine neue Stufe! Sie grinste von einem Ohr zum anderen. *Wow, wenn dieses Spiel einen belohnt, belohnt es einen* tatsächlich.

Sie las die Informationen erneut und ihr Lächeln verschwand, als sie erkannte, wie viele MP die neuen Zauber kosten würden. Das bedeutete nun, da sie Stufe 11 erreicht hatte, dass der Einsatz von **Eissplitter** mit 10 MP pro Splitter sie 110 MP pro Angriff kosten würde. In Anbetracht der Tatsache, dass Chloes nicht gerade viele Magiepunkte hatte, würde sie ihre neuen Zaubersprüche nur selten nutzen können.

Moment mal, meine MP haben sich auch erhöht? Was bedeutet das?

KieraFreya antwortete: *Es bedeutet, dass sich deine MP ebenfalls erhöht haben, du Genie.*

ANFÄNGERIN

Chloe lud ihr Charakterblatt und staunte über den enormen Anstieg an MP.

Biografie
Charaktername: Chloe
Stufe: 11
Klasse: Kampfmagierin (Novizin)
Rasse: Mensch

Statistiken
Trefferpunkte: 325/325
Magiepunkte: 540/540
Ausdauerpunkte: 375/375
Aktive Effekte: Keine
Vorteile: +15% Glück bei experimenteller Magie

Attribute
Stärke: 22 (+21)
Intelligenz: 10 (+33)
Geschicklichkeit: 20 (+17)
Ausdauer: 25 (+18)
Ätherisches Potenzial: 9 (+32)
Verfügbare Attributpunkte: 4

Talente
Sprachen: menschlich
Akrobatik: Stufe 3
Bewaffneter Kampf: Stufe 3
Charisma: Stufe 4
Experimentierfreudigkeit: Stufe 1
Fischen: Stufe 1
Hand der Götter: Stufe 1

Handwerk: Stufe 1
Kampf mit zwei Waffen: Stufe 2
Kochen: Stufe 2
Kreaturenidentifikation: Stufe 4
Kräuteridentifikation: Stufe 2
Nachtsicht: Stufe 4
Schleichen: Stufe 4
Schwimmen: Stufe 1
Verwegenheit: Stufe 4

»Wow!«, sagte sie und ihr Lächeln kehrte zurück. »Hast du das *gesehen*?«

»Ja. Ich kann sehen, was du siehst.«

Chloe konnte es nicht glauben. Vor noch nicht allzu langer Zeit war sie besorgt gewesen über ihren Mangel an *ätherischem Potenzial* und *Intelligenz*. Jetzt konnten sie mit 43 respektive 41 Punkten mit dem Rest ihrer Attribute locker mithalten, nur noch leicht übertroffen von ihrer *Stärke* und *Ausdauer*, die mit jeweils 43 Punkten stark blieben.

Chloe packte einen ihrer verfügbaren Punkte auf die *Intelligenz* und die anderen drei auf *ätherisches Potenzial* und spürte die Zauberkraft durch ihren Körper wirbeln, als sie selbstgefällig auf ihre aktualisierten Statistiken schaute.

Attribute
Stärke: 22 (+21)
Intelligenz: 10 (+34)
Geschicklichkeit: 20 (+17)
Ausdauer: 25 (+18)
Ätherisches Potenzial: 9 (+36)
Verfügbare Attributpunkte: 0

ANFÄNGERIN

»Nimm das, Spiel! Nichts mehr davon zu sehen, dass du mein ätherisches Potenzial am Anfang kleingehalten hast«, sagte Chloe und lehnte ihren Kopf gegen die Wand. »Ein weiterer Beweis dafür, dass Chloe Lagarde mit allem klarkommt, was dieses verdammte Spiel mit ihr anstellt.«

Kapitel 16

Mia erstarrte. Sie fühlte sich, als hätte ihr jemand einen Eiswürfel hinten in den Hemdkragen gesteckt. Sie starrte auf den Bildschirm, ihre Kaffeetasse dampfte zwischen ihren Händen.

»Ein weiterer Beweis dafür, dass unsere Chloe Lagarde mit allem klarkommt, was dieses verdammte Spiel mit ihr anstellt.«

Chloe hatte das gesagt.

Scheiße, dachte sie.

Mia durchquerte die Wohnung, die sie den ganzen Morgen lang aufgeräumt hatte und griff nach ihrem Laptop. Der Sturm war lange vorbei und ein stetiger Sonnenstrahl strömte durch die Jalousien. Nach einigen Tagen, an denen sie Demetri wenig zu berichten gehabt hatte, war sie unruhig geworden und hatte sich nun entschieden, den Mann, dem sie verfallen war, zu überraschen, indem sie die Wohnung vorzeigbar machte.

Immerhin hatte das dazu geführt, dass der Laptop viel leichter zu finden war.

Bonus.

Stufenaufstieg!

Mia gab ihr Passwort ein und lud die Obsidian-Website in ihrem Browser. Es war kurz nach Mittag, was bedeutete, dass Demetri erst in ein paar Stunden nach einem weiteren Tag voller Meetings und Sitzungen mit Patienten nach Hause kommen würde.

ANFÄNGERIN

»Komm schon, komm schon«, murmelte sie, als die Website schwerfällig lud. Eine Flut neuer Zuschauer und Kommentatoren hatte die Server der Website an ihr Limit gebracht und Gespräche mit den Entwicklern von Praxis hatten gezeigt, dass die Kapazität der Server erhöht werden musste, um die neue Last bewältigen zu können.

Das ›Wir werden nach Bedarf upgraden‹ des CEOs schien jetzt wie eine dumme Idee.

Schließlich gelang es Mia, die Live-Stream-Seite zu laden. Sie hämmerte Chloes Benutzernamen mit eifrigen Fingern ein und öffnete ihr Video.

Das Display-Symbol in der Ecke zeigte, dass 28 Zuschauer gerade Chloe beim Spielen zusahen. Das bedeutete, dass 28 Zuschauer (27, wenn man Mia ausschloss) Chloe ihre wahre Identität enthüllen gehört hatten.

Mia öffnete die Kommentare, das Herz schlug ihr bis zum Hals.

WhizzeeWizard15: 12:07
Ha! Was für eine Anfängerin. Wie schafft man es, in einem verlassenen Gefängnis in Handschellen gelegt zu werden?

Princ3ssCapric0rn: 12:07
Lass sie in Ruhe. Manchmal hat man halt Pech, okay?

WhizzeeWizard15: 12:08
Hat deine Mutter das bei deiner Geburt gesagt?

Princ3ssCapric0rn: 12:08
Nein, aber Pech war es, als du dir in der Schule in die Hose gekackt hast, Phil

WhizzeeWizard15: 12:08 Uhr
Wer ist Phil, du niedere Kröte?

Princ3ssCapric0rn: 12:09
Ich weiß, dass du es bist, du Dödel. Ich erkenne sich an deinem peinlichen Benutzernamen. Er ist der gleiche wie auf deinem Spotify-Konto, das du mit mir geteilt hast, erinnerst du dich?

Und so gingen die Kommentare weiter. Mia ließ ihren Blick über sie alle schweifen und sah kein Anzeichen davon, dass jemand den Lagarde-Kommentar verstanden hatte. Sie hoffte, dass dies bedeutete, dass die Zuschauer zu sehr auf diesen Streit fokussiert waren, um in dem Moment überhaupt aufzupassen.

Vor allem klang es so, als ob sich diese beiden User kannten. Könnte das bedeuten, dass sich alle von Chloes Zuschauern derzeit auf ein Konsortium von Menschen innerhalb einer kleinen Gemeinschaft beschränkten? Eine Schulklasse vielleicht?

Sie seufzte erleichtert, schloss den Laptop und beobachtete Chloe auf dem großen Bildschirm, als sie sich aufrappelte und ihren Weg durch den alten, verlassenen Gefängnisblock fortführte.

»Du dummes Mädchen«, murmelte sie, schob eine Hand durch ihre Haare und versuchte sich einen Plan einfallen zu lassen, um Chloe sagen zu können, sie solle vorsichtiger sein.

Es waren nicht mehr nur Demetri und Mia. Die Welt wachte langsam auf. Über fünftausend Augen beobachten nun die Live-Streams und saugten das Reich von Obsidian in sich auf.

ANFÄNGERIN

✶ ✶ ✶

Chloe arbeitete sich durch das Gefängnis, während KieraFreya als eine Art Wünschelrute fungierte und der Spur von magischer Kraft folgte, die mit jedem Schritt stärker wurde. Sie folgten abzweigenden Gängen, bekämpften die übergebliebenen Zombies und schlugen sich durch, bis sie einen Ort erreichten, an dem irgendwann in der Geschichte des Gefängnisses ein großes Loch in die Wand geschlagen worden war.

Sie kletterten hindurch und tauchten in einer großen Kammer auf, deren Wände von verknoteten und knorrigen Wurzeln durchbrochen waren. Das Bild erinnerte Chloe an die Kabelage, die sich unter ihrem Schreibtisch zu Hause vermutlich bis in alle Ewigkeit verfangen hatte, nur eben aus Holz.

»Was für ein Chaos hier drin«, sagte Chloe, kletterte mit etwas Mühe über eine große Wurzel und sprang auf der anderen Seite herunter. Sie kam sich vor wie ein winziger Käfer, der über den Waldboden rannte. »Hey, schau mich mal an. Ich bin eine Ameise.«

Chloe fiel auf alle Viere und kroch weiter und imitierte das Insekt so gut sie konnte.

Zu ihrer Überraschung lachte KieraFreya. »Ich kann nur wiederholen: Du bist eine Idiotin«, sagte sie, diesmal nicht ganz so unfreundlich.

»Ich kann nur wiederholen: Das ist mir egal«, antwortete Chloe und kratzte sich am Kopf, als sie wieder auf die Beine kam. »Wohin jetzt?«

KieraFreya zeigte mit Chloes Arm. »Da entlang. Siehst du das grünliche Leuchten?«

Chloe streckte ihren Hals und konnte gerade so das Glühen zwischen den dicken und verkeilten Wurzeln erkennen, auf das KieraFreya gezeigt hatte.

»Warum leuchten deine Sachen immer grün? Wenn sie verborgen bleiben wollen, sollten sie doch besser überhaupt nicht leuchten?«, fragte Chloe, traf auf eine weitere Wurzel und scheiterte bei ihren ersten Versuchen, über sie zu springen. Bei Sprung Nummer vier fanden ihre Finger einige Kerben und krallten sich daran fest, als sie sich mit ganzer Kraft nach oben zog.

»Es war nie die Absicht, dass ich nicht wiedergefunden werden sollte«, sagte KieraFreya. »Es wäre eine äußerst grausame Strafe, meine Einzelteile so gut zu verstecken, dass niemand sie jemals wiederfinden würde. Nein, es geht darum, dass nur die Würdigen es sollen. Die Hürden erzeugen Interesse. Obwohl die Rüstung leuchtet und ihre Position damit offenbart, bedeutet das nicht, dass keine Hürden eingebaut wurden, um die Stärke derer zu testen, die darauf hoffen mich wiederzufinden.«

Chloe setzte sich auf die hohe Wurzel und konnte nun sehen, wie sich das schwebende Stück Rüstung auf einem erhöhten Podest in einiger Entfernung langsam drehte.

»Das ist also die Herausforderung? Mal sehen, ob die Würdigen die Wurzeln des großen Baumes erklimmen können?«, fragte Chloe. »Scheint mir ein bisschen langweilig verglichen mit dem letzten Ort, an dem ich dich gefunden habe. Erinnerst du dich? Plattformen, die über einem Abgrund schweben, riesige Trolle, ein schwerer Sturz in die Dunkelheit.«

»Nicht zu vergessen das Reich des Feuers, der unnachgiebige See und das fraktale Labyrinth des Todes. Oh, warte. Das hast du alles übersprungen, nicht wahr?«, bemerkte KieraFreya.

»Du kannst mich mal.« Chloe zwinkerte ihren Armschienen zu.

ANFÄNGERIN

»Es ist ja nicht so, dass es einen Sinn hätte, den Helden zu testen oder dass die eigentliche Herausforderung darin bestand, die Aufgaben zu bewältigen. Stell dir vor, wie viel stärker du wärst, wenn du diese Herausforderungen gemeistert hättest.«

»Wie viel toter ich wäre, meinst du? Denk dran, ich war nur Stufe 1.«

Zu ihrer Überraschung lachte KieraFreya – ein *echtes* Lachen. »Ich weiß. Ich kann es immer noch nicht glauben. Vielleicht findest du auch einen Weg, dich aus dieser Situation heraus zu betrügen? Was denkst du? Du konntest einen schwarzen Magier nicht besiegen, aber du kannst sicherlich einen Weg finden, um über ein paar Wurzeln zu kriechen.«

Chloe ignorierte ihren Kommentar und machte langsame Fortschritte in Richtung Rüstung. Die Anziehungskraft des Ätherischen wurde mit jedem Schritt stärker. Ein Glockenspiel klimperte, wo sich die schwebende Rüstung in ihrem grünen Schein drehte.

Endlich hatte Chloe die letzte Hürde genommen – eine Wurzel, die sie erst nach einigen Versuchen bewältigen konnte. Sie war so groß, dass sie für den Anlauf einige Ausdauerpunkte verbrauchen musste und dann nur an ihr hochklettern konnte, indem sie mehrere Eissplitter in kleinen Abständen entlang ihrer Länge einstach. Sie kletterte an ihrer provisorischen Leiter hoch und lachte, als sie bäuchlings auf der Wurzel lag.

Es war jedoch sehr viel unangenehmer, auf der anderen Seite wieder herunterzukommen.

»Autsch«, jammerte Chloe, öffnete ihren Gesundheitsbalken und sah, dass sie bei ihrem Sprung zu Boden 15 Trefferpunkte verloren hatte.

»Wenn 15 Trefferpunkte alles sind, was du bei diesem Unterfangen verlierst, bin ich sehr beeindruckt«, sagte KieraFreya.

Sie überquerten den letzten Abschnitt und standen vor der Rüstung. Chloe hielt inne und bewunderte die unglaubliche Handwerkskunst der wunderschönen Beinschienen, die sich langsam in der Luft vor ihr drehten.

»Wirklich schade«, sagte Chloe. Sie fühlte sich wie magnetisch angezogen und musste darum kämpfen, stehen zu bleiben. »Ich hätte es wirklich sehr geschätzt, ein Stück Rüstung zu bekommen, das meine Brust bedeckt. Ich schwöre bei den Göttern, wenn ich einen Weg finden könnte zu verhindern, dass meine Brüste jedes Mal, wenn ich sterbe, zur Schau gestellt werden, würde ich all mein Geld dafür hergeben.«

KieraFreya zerrte an Chloes Armen. »Wirklich lustig. Jetzt hör auf mit dem Quatsch.«

Chloe zog in die andere Richtung, ihre Hände nur wenige Zentimeter von den Beinschienen entfernt. »Warte mal. Gute Dinge kommen zu denen, die warten. Du wirst es mehr zu schätzen wissen, wenn wir uns noch ein paar Minuten Zeit lassen.« Sie lächelte süßlich.

»Du bist ein richtiges Arschloch«, sagte KieraFreya und zog mit einem Ruck, kam aber nicht sehr weit, da Chloe diesmal vorbereitet war.

»Nur noch ein bisschen länger«, forderte Chloe. »Ich habe es genossen, diese Zeit hier mit dir zu teilen. Das Letzte, was wir tun wollen, ist etwas zu übereilen. Was ist, wenn wir diese Beinschienen anziehen und ... ich weiß nicht recht. Du verwandelst dich in ein kolossales ...« *Piep.*

»Miststück?«, fragte KieraFreya.

»Sicher. Welches Wort auch immer du da reinschreiben willst. Meins war besser.« Sie zwinkerte.

ANFÄNGERIN

»Danke für die Lektion in der Verwendung von Sprache zum Zweck des Degradierens«, erwiderte KieraFreya. »Können wir jetzt aufhören rumzualbern und *mir meine Rüstung zurückholen?*«

Sie zog Chloe noch einmal und fluchte dabei laut. Es war jedoch unnötig, denn Chloe war selbst mehr als bereit und erlaubte KieraFreya ihren Moment.

Ihre Hände berührten die Beinschienen. In einem Moment schwebten sie in der Luft, im nächsten hatten sie sich an Chloes Beinen befestigt. Die archaischen Beinschienen glänzten mit schillernden Smaragden und Gold, sie passten zu den Armschienen und ergänzten diese perfekt.

Chloe schloss ihre Augen und fühlte, wie sich die magische Kraft über sie ergoss. Elektrizität durchfuhr sie, als ob die Arm- und Beinschienen über einen stark geladenen Draht miteinander kommunizierten. Sie schnitt eine Grimasse, als der Prozess seinen Höhepunkt erreichte, öffnete ein Auge, nachdem es vorüber war und sah auf ihre Füße herab.

»Wie fühlst du dich?«, fragte Chloe.

KieraFreya reagierte, indem sie die Kontrolle über ihre Beine übernahm und nacheinander mit ihnen in die Luft vor sich trat. »Ich fühle mich *großartig*. Wunderbar. Mächtig!«

Die Göttin trat ein weiteres Mal mit Chloes Beinen, bevor diese ihre Kraft nutzte und sie zurück zur Erde zog. »Genug davon«, befahl Chloe. »Hör auf zu versuchen, die Kontrolle über mich zu übernehmen. Ich versuche nur, dir zu helfen.«

KieraFreya ignorierte Chloe und hob ihr Bein wieder an. Für ein paar Minuten rang Chloe gegen diese Bewegung, ging in seltsamen Gänseschritten im Kreis, packte nach ihren Beinen, wenn sie hoch genug waren und schob sie wieder zu Boden.

Schließlich hatte Chloe eine Idee, fiel auf die Knie, setzte sich auf ihre Beine und drückte sie so nieder. Sie kämpften und Chloe klemmte auch ihre Arme zwischen die Knie, dann seufzte KieraFreya, als sie sich mit einer weiteren Niederlage abfand.

»Du bist ätzend«, rief KieraFreya. »Das ist nicht so, wie es sein sollte! Wie konnte ich *wieder* von einem einfachen Sterblichen übermannt werden!«

Chloe rollte mit den Augen. »Du erkennst schon, dass je mehr du solche Dinge sagst, desto unwahrscheinlicher wird es, dass ich dir bei dieser Quest helfe? So langsam fühle ich mich, als würdest du mich nur ausnutzen. Ist das so? Bin ich nur ein Stück Fleisch für dich?«

»Nein«, murmelte KieraFreya und klang wie ein schmollendes Kind. »Du hast auch Knochen, an denen das Fleisch hängt.«

Chloe setzte sich auf ihren Hintern, brachte ihre Knie nach vorn und hielt sie fest.

»Hier ist der Deal. Du willst deine anderen Rüstungsteile zurück. Ich möchte stärker werden und diese Quest meistern. Zum allerletzten Mal, wenn wir das tun, tun wir es auf meine Weise. Du bist fast nutzlos, wenn ich dich einfach meinen Körper kontrollieren lasse. Weißt du, ich könnte mich einfach umbringen und du würdest im Nichts feststecken und darauf warten, dass ich wieder auftauche … und wieder … und wieder … und wieder ….«

»Das würdest du nicht tun. Du hättest zu viele Schmerzen.«

»Hätte ich das?«, sagte Chloe und hob eine Augenbraue an. »Im Gegenzug dafür, dass ich meinen eigenen Charakter kontrollieren kann und nicht von einem Fragment einer Göttin übermannt werde? Ich denke, das könnte ich.«

ANFÄNGERIN

KieraFreya wurde still.

»Gut, so ist es besser.« Chloe öffnete ihre blinkende Benachrichtigung und las:

Erhaltener Gegenstand: Beinschienen von KieraFreya
Du hast die verlorenen Beinschienen einer gefallenen Göttin gefunden. Hergestellt aus von den Göttern geschmiedeten Metallen, sind diese Beinschienen praktisch unzerstörbar, obwohl einige sagen, dass sie einen eigenen Willen haben.
Boni: +5 Stärke, +10 Geschicklichkeit, +5 ätherisches Potenzial
Seltenheit: mythisch

Eine recht knappe Beschreibung, nicht unähnlich zu den Armschienen, aber nun ja.

Chloe lächelte und überprüfte die Boni, dann atmete sie aus, stand wieder auf, starrte auf das Labyrinth aus Wurzeln vor ihr und freute sich überhaupt nicht darauf, den Weg wieder zurück zu klettern.

Noch weniger freute Chloe sich, als sie das Klicken von Unterkiefern hörte und Dutzende von glitzernden, schwarzen Augen sah, die sie von den Wurzeln herab anstarrten.

Kapitel 17

»Oh!«, beschwerte sich Chloe. »Warum kann nie irgendetwas einfach sein?«

Die Insekten krochen auf sie zu, ihre schwarzen Augen strahlten im Licht der violetten Feuerbälle, die Chloe in ihren beiden Händen geformt hatte.

Es wäre alles in Ordnung gewesen, wenn es sich um ein paar winzige Kreaturen in Käfergröße gehandelt hätte, die sie einfach totstampfen könnte. Wäre es ein *Schwarm* winziger Käfer gewesen, wäre das natürlich etwas nerviger. Aber als sie sich langsam näherten, fühlte Chloe, wie ihr das Herz in die Hose rutschte. Die kleinste der seltsam aussehenden Insektengestalten war etwa so groß wie ein Kleinwagen.

»Ich nehme nicht an, dass du Insektenschutzmittel dabeihast?«, fragte Chloe KieraFreya.

»Ich finde dich abstoßend genug. Also hör endlich auf herumzuspinnen.«

»Oh, also bist du jetzt nicht mehr nur gemein, sondern auch *witzig*? Diese Beinschienen haben dir deinen Sinn für Humor zurückgegeben?«

KieraFreya schwieg.

»Ach, du kannst mich mal«, sagte Chloe. »Außerdem sind Spinnen gar keine Insekten.« Sie ließ die Feuerbälle in jeder Hand zu ihrer maximalen Größe wachsen und schoss sie nacheinander auf das Insekt, das das Rudel anführte. Es war geformt wie eine Gottesanbeterin und hatte zusätzlich

Flügel, die sich ausbreiteten. Es stieg auf seine Hinterbeine und seine rasiermesserscharfen Unterkiefer klickten wütend, als sein Bein in Brand geriet und die Flammen begannen, an seinem Körper hochzuwandern.

»Also brennen Käfer. Ist notiert.«

»Das musstest du erst herausfinden?«, fragte KieraFreya.

Anstatt sich zurückzuziehen, stürzte die Gottesanbeterin auf Chloe zu und überbrückte den Abstand zwischen ihnen in einem einzigen Sprung. Chloe rollte gerade noch rechtzeitig aus dem Weg und ein lilafarbener Feuerblitz blendete sie vorübergehend, als sie zwei weitere Feuerbälle beschwor und auf die anderen sich nähernden Käfer zielte.

Ein klobiger Hirschkäfer ragte über ihr, mit Beinen, die dünn im Vergleich zum Rest seines Körpers, jedoch immer noch so groß wie Setzlinge waren. Er bereitete sich auf den Angriff vor und stürzte sich, mit einem seltsam glucksenden Schrei, auf die Stelle, an der Chloe sich kurz zuvor noch befunden hatte. »Das nenn ich mal 'nen Platzhirsch, was?«, sagte Chloe und sprintete aus dem Weg, als sich weitere Käfer auf die Erde herabfallen ließen.

»Einen was?«, fragte KieraFreya.

»Schon gut.« Chloe atmete tief durch. »Siehst du irgendwelche Schwachstellen? Irgendwelche Schwächen oder sonst etwas, das mir hier helfen könnte?«

»Vielleicht würde dir eine gewisse Geschwindigkeit guttun? Du könntest jederzeit weglaufen.«

Gerade da ertönte ein ohrenbetäubendes Summen von oben, als ein Wind aufkam und Staub und Schmutzpartikel zu einer Art Sturm verwirbelte. Chloe versuchte, ihre Augen zu schützen, als eine riesige Bummel über ihr auftauchte, die Augen auf Chloe gerichtet, als sie im Sturzflug mit dem Stachel voran auf die Abenteurerin zukam.

Chloe sprang zur Seite, aber der Stachel erwischte ihre Beinschienen. Die Kraft des Aufpralls war enorm, sodass Chloe überrascht war festzustellen, dass sie keinen Schmerz spürte. Ihre Trefferpunkte waren vom Schock nur leicht gesunken und der Bummelstachel steckte nun in der Erde neben ihr. Sie flog wütend zurück, ihr Stachel verbog sich und ein kleines Stück der Spitze blieb im Boden stecken, als sie es schaffte sich zu befreien.

»Wow, du bist wirklich stark«, sagte Chloe und bewunderte die Tatsache, dass ihre Beinschienen nicht mal eine Beule hatten.

»Stimmt, stimmt. Aber der da auch.«

Der Hirschkäfer scharrte mit seinen Vorderbeinen über den Boden und schnaubte wie ein Trickfilm-Nashorn. Er rannte auf Chloe zu, den Kopf geneigt, während die Gottesanbeterin von der anderen Seite kam.

Chloe drehte sich im Kreis und floh in Richtung der nächsten Wurzel. Sie wechselte gerade noch rechtzeitig die Richtung, um zu hören, wie der Hirschkäfer kopfüber gegen die Wurzel prallte und sein riesiger Körper sich wie eine Ziehharmonika zusammendrückte. Sie schaute nicht einmal zurück, heilte sich nur schnell selbst mit **Heilende Hände**, um ihre Trefferpunkte aufzufüllen, bevor sie eine Spalte zwischen den Wurzeln erreichte, die gerade groß genug war, um Schutz zu bieten.

Chloe streckte die Zunge heraus, einen Daumen in jedem Ohr, dann duckte sie sich schnell wieder in die Höhle, als die Gottesanbeterin in die Luft flog und wütend aufkreischte.

Chloe ließ sich auf den Bauch fallen und rollte in die kleine Aushöhlung, bis sie nicht mehr weiterkam. Ihr Herz raste, als sie mehrere Beinpaare der Insekten an ihrem Versteck vorbeigehen sah.

ANFÄNGERIN

»Großartiger Plan, Genie«, sagte KieraFreya trocken. »Und jetzt?«

Chloes runzelte die Stirn. »Weißt du was? Wie wäre es, wenn du mir ein einziges Mal hilfst, anstatt mich zu beschimpfen? Erinnerst du dich daran, was du im Kerker mit den Skeletten getan hast? Als du mir geholfen hast, **Himmlisches Licht** zu benutzen? Wie wäre es, wenn du das nun wiederholen würdest? Es muss doch einen Zauber in Richtung **Saurer Regen** geben oder irgendetwas, das uns tatsächlich aus dieser Situation helfen könnte.«

»Chloe, Chloe, Chloe…«, seufzte KieraFreya. »So funktioniert das nicht. Wenn ich dir aus jeder Klemme heraushelfen würde, in der du dich befindest, würdest du nie als Person wachsen und dich weiterentwickeln. Diese Situationen bilden den Charakter. Außerdem, seh's positiv: Wenn du stirbst, wirst du meilenweit von hier weggebracht.«

»Oh. Mein Gott«, sagte Chloe.

»Was?«

»Du weißt nicht, wie du es gemacht hast, oder?«

Die Gottesanbeterin kreischte, schlug nach Chloe und verfehlte sie um fast einen Meter, als sie damit kämpfte, ihren massiven Körper so auszurichten, damit sie Chloe erreichen konnte.

»Natürlich weiß ich das«, behauptete KieraFreya.

»Nein. Nein, das tust du nicht! Wenn du es wüsstest, würdest du helfen. Das Letzte, was du willst, ist, dass ich sterbe und unsere Quest dadurch verlangsame. Weißt du, was ich auch glaube? Wenn ich verletzt werde, verletzt dich das auch.« Sie schlug eine Hand über ihre Augen. »Jetzt ergibt alles so viel Sinn. Wir sind mit Geist und Körper verbunden. Du kannst körperliche Schmerzen spüren und ich schätze, das hast du als Göttin nie.«

Der Boden zitterte, als der Hirschkäfer sich auf seine Hinterbeine stellte und wieder fallenließ. Ein Mistkäfer begann, seinen Kopf in den Boden zu schlagen. Ein langes, faseriges Bein griff nach unten und berührte den Boden neben Chloes Wurzel.

»Halt die Klappe«, forderte KieraFreya schnippisch.

»*Ding ding ding!* Da haben wir's!«, rief Chloe triumphierend. Sie feierte ihren Sieg, bis sie an etwas zurückdachte, was KieraFreya gesagt hatte. »Warte mal. Wie kommt es, dass ich, als ich deine Armschienen gefunden habe, von dem Ort wegtransportiert wurde und diesmal hier festsitze? Sicherlich hätte ich doch wieder hier weggebracht werden sollen?«

»Diese Welt ist nicht auf linearen Prämissen aufgebaut«, antwortete KieraFreya und schien erfreut, wieder die intellektuelle Oberhand zu haben. »Bei der letzten Quest bestand die Gefahr und Herausforderung darin, den Gegenstand am Ende der Höhle überhaupt erst zu erreichen. Falls du es nicht bemerkt hast, diesmal stand uns nichts im Weg, die Beinschienen zu greifen. Die Herausforderung kam, *nachdem* wir den Gegenstand gefunden hatten.«

»Du sagst also, alles, was wir tun müssen, ist, diese Viecher zu besiegen und wir werden wegtransportiert?«

»Überhaupt nicht. Was ich meine, ist …«

»Dann auf geht's!«, rief Chloe und übertönte KieraFreyas Warnungen.

Chloe rollte aus ihrer Höhle und beschloss, mit ihren Zaubersprüchen einen neuen Trick auszuprobieren. Sie duckte sich leicht und sprintete auf den Hirschkäfer zu, bis sie direkt unter ihm war. Sie fiel auf die Knie, rutschte ein Stück weiter, legte sich auf den Rücken und rief dann mehrere Eissplitter herbei, die zwischen ihren Handflächen in der Luft erschienen. Einen nach dem anderen feuerte Chloe sie ab und schaffte es so, die Haut des Hirschkäfers zu durchbohren. Schwarze Flüssigkeit tropfte auf sie herab.

Der Käfer brüllte vor Schmerzen und stampfte mit den Füßen. Chloe rappelte sich auf und sprang außer Reichweite, kurz bevor die Kreatur zu Boden fiel.

»Einer weniger!« Chloe lachte etwas wahnsinnig, überprüfte ihre MP und blieb kurz stehen, als sie sah, dass sie fast zwei Drittel ihrer Gesamtsumme verbraucht hatte. »Ich wünschte, die Kampfmagierklasse hätte auch eine schnellere MP-Regeneration eingebaut.«

Chloe wirbelte herum, sah die riesige Bummel direkt über sich, ihr Stachel mal wieder auf sie gerichtet. Sie straffte sich, formte zwei Feuerbälle in ihren Händen und schleuderte sie senkrecht nach oben. Der erste verfehlte, aber der zweite traf einen Flügel der Bummel und das Tier begann mit brennendem Flügel zu Boden zu sinken.

Chloe sprintete zur Bummel hinüber, sich bewusst, dass die anderen Insekten auf sie zusteuerten. Sie formte einen weiteren **Eissplitter** und schaffte es, ihn in den Körper der Bummel zu stoßen, wo sie das Herz vermutete.

Während die Bummel ihre letzten Atemzüge machte, sprang Chloe auf sie, landete in der Nähe des Stachels und schwankte unsicher, als sie sich nach unten beugte, den Rumpf ergriff und es schaffte, den übriggebliebenen Stachel abzubrechen.

Später würde Chloe die Benachrichtigung über ihre neuerlangte Waffe mit merkwürdiger Freude lesen.

Du hast eine neue Waffe gefunden: Bummelstachel (Riesig)
Gibt es etwas, das man nicht als Waffe benutzen kann? Die Bummel ist eine der letzten edlen Insekten der Antike.

Sie enthalten ein so tödliches Gift, dass ein Stich einen Mann in sechs Sekunden töten kann. Benutze dies, um deinen Feinden große Schmerzen zuzufügen, aber achte darauf, das richtige Ende zu halten.
Schaden: 28 (Hiebschaden), + Giftschaden
Haltbarkeit: 4/5

Der Stachel fühlte sich seltsam in ihrer Hand an, glatt. Er war recht schwer zu greifen, als ob er sich weigerte, für etwas anderes als den vorgesehenen Zweck verwendet zu werden.

Chloe wog nur eine Sekunde lang die neue Waffe in ihrer Hand, bevor sie wieder das Summen der Flügel hörte. Die Gottesanbeterin sprang auf sie zu, schwang ihre sensenähnlichen Krallen, verfehlte aber Chloe um weniger als einen Meter. Stattdessen schnitt sie in den Körper der Bummel.

Mit ernster Entschlossenheit stieß Chloe den Stachel in die Gottesanbeterin und trieb ihn tief in ihre Brust. Seltsame, violette Blasen schwebten von der Wunde auf und deuteten vermutlich darauf hin, dass die Kreatur vergiftet worden war.

Tausende von Stunden Entwicklung, um dieses Spiel so realistisch wie möglich zu gestalten und sie fügen einen Giftblaseneffekt aus einem 80er Looney Tunes *Cartoon ein?*

Aber die Gottesanbeterin war noch nicht besiegt. Ihre Unterkiefer klickten und ein weiterer Schlag ihrer Krallen traf Chloes Oberschenkel, wo sie eine große Wunde ins Fleisch rissen.

Chloe schrie vor Schmerz und versuchte, zurück auf die Beine zu kommen. Jeder Schritt tat weh, aber im Augenwinkel sah sie ihr vorheriges Versteck und rannte so schnell sie konnte in Richtung Sicherheit. Sie hatte die Gottesanbeterin vergiftet, das war vorerst genug, oder? Bald würde sie sterben und es gäbe ein Tier weniger, um das sie sich Sorgen machen müsste.

Chloe öffnete ihre Gesundheitsanzeige und bemerkte einen negativen Statuseffekt aufgrund ihrer Blutung, der überraschend schnell an ihren Gesundheitspunkten nagte. Sie rannte schneller, die Zähne zusammengebissen gegen den Schmerz. Ihr fehlten nur noch wenige Meter, als sie abrupt innehielt.

Vor ihr stand eine Spinne, die größer war, als jede andere, die sie je gesehen hatte. Sie hatte lange, dünne Beine und einen Körper, der im Vergleich dazu winzig war. Chloe hatte sich nie viel mit Spinnen auseinandersetzen müssen, da ihre Lofts und Häuser immer penibel sauber gehalten worden waren, aber die kleine Version von dieser hier hatte sie schon einmal gesehen. Ihre Geschwister hatten sie in Gärten unter Steinen gesucht, ›Weberknechte‹, genannt und Chloe mit den Kreaturen auf ihren Handflächen gejagt.

Weberknecht, ja genau, dachte Chloe. *Wenn das die Knechte waren, dann ist das hier wohl der Chef vom Chef vom Chef vom Chef vom…*

Hör auf damit und lauf! schrie KieraFreya in ihrem Kopf.

Als Chloe sich umdrehte, sah sie, wie die Gottesanbeterin auf sie zu humpelte. Sie bewegte sich deutlich langsamer als zuvor. Der Mistkäfer kam von rechts getaumelt, seine riesige Masse diesmal eindeutig von Nachteil. Die Spinne tauchte über ihr auf und zu ihrer Linken sah sie einen Tausendfüßler über den Wurzeln erscheinen, über dem wiederum eine riesige Hausfliege auf der Stelle flog und nur darauf wartete, endlich angreifen zu dürfen.

Chloe schaute kurz zu ihrer Höhle, dann richtete sie sich auf. Ihre MP hatten sich um ein paar Punkte regeneriert, also verwendete sie **Heilende Hände** erneut auf sich selbst und beobachtete, wie ihr Körper sich alle Mühe gab, die Haut ihres Oberschenkels wieder zusammenzuflicken.

»Irgendwelche guten Ideen?«, fragte KieraFreya.

»Eine«, antwortete Chloe. »Aber das wird verdammt riskant.«

Sie atmete tief durch und fand ihren Fokus nach nur einem kurzen Moment. Mit einem plötzlichen Sprint setzte sie all ihr Vertrauen in ihre neu angestiegene Kraft und Geschicklichkeit. Sie spürte, wie ihre Muskeln reagierten, als sie auf die Wurzel trat und in die Luft sprang.

Ihre Hände fanden Halt an der Spinne und sie geriet in Panik, als deren Körper unter ihrem Gewicht nach vorne taumelte. Die Spinne zog ihr Bein zu ihrem Gesicht, eine dicke, dunkle Flüssigkeit brodelte in ihrem Mund, mit der Chloe sich nicht näher bekanntmachen wollte.

Sie schwang ihre Beine, löste den Griff, fand an einer anderen Stelle Halt und erklomm die Spinne wie ein Seil. Ein weiterer Schwung und sie war in der Nähe der Rückseite des Spinnenkörpers. Die Spinne stieß ein anderes Bein nach ihr, aber Chloe hatte bereits losgelassen. Sie duckte sich und umarmte die Oberseite einer Wurzel, als der Tausendfüßler wie aus dem Nichts kam, gegen die Spinne stieß und sie so zurückschubste.

Chloe hörte ihren Zusammenstoß und konnte die verwickelten Körper in der Dunkelheit erkennen.

»Das nennt man ›zwei Fliegen mit einer Klappe schlagen‹«, sagte Chloe und kämpfte um wieder zu Atem zu kommen.

Ohne eine weitere Sekunde zu verschwenden, drehte sich Chloe im Halbkreis und sprang in Richtung der Fliege. Ihre Finger schafften es, die Fliegenbeine zu ergreifen. Sie kämpfte zitternd, um Halt zu finden. Die Fliege wackelte in alle

Richtungen, als Chloe ihr Gewicht verlagerte, es schließlich schaffte, ein weiteres Bein zu ergreifen und auf den Rücken ihres unfreiwilligen Reittieres zu klettern.

Unter ihr schnappte die Gottesanbeterin mit ihren Unterkiefern und stieß ein schreckliches Kreischen aus, als das Gift endgültig ihren Tod herbeiführte. Sie kippte um und blieb still liegen.

»Okay, mein Großer. Hüa!«, rief Chloe, presste ihre Beine in die Seiten der Fliege und klammerte sich an ihr fettiges Fell. Die Fliege brummte panisch, raste im Zickzack durch den Raum und schlug Chloe sowie sich selbst gegen die Decke.

Unter ihnen sprintete die Spinne, die anscheinend nicht aufgeben wollte, über die Wurzeln, schoss seidige Schnüre aus ihrem Hinterteil und kletterte an ihnen hoch.

»Oh, verdammt …«, fluchte Chloe und versuchte irgendwie die Flugrichtung der Fliege zu steuern. »Ich dachte, Weberknechte können gar keine Netze spinnen!«

»Solange du sonst nichts an dieser mutierten Riesenspinne auszusetzen hast«, ätzte KieraFreya.

Eine weitere ungeplante Flugkurve und die Fliege verfehlte gerade so einen der Spinnenfäden, die sich nun vom Boden bis zur Decke durch den Raum erstreckten. Die Spinne machte schnelle Fortschritte und hatte bald die Grundlagen für ein Netz geschaffen.

Chloe durchsuchte ihr Gehirn nach Ideen. Sie war schon so weit gekommen und jetzt würde sie es noch vermasseln und sich selbst ins Jenseits befördern.

Doch dann erinnerte sie sich an etwas. Die Idee war ein wenig fantastisch, aber sie war einen Versuch wert.

Chloe schloss die Augen und hielt sich mit ihren Knien gut fest, sodass ihre Hände sich umeinanderdrehen und tanzen konnten, während zwischen ihnen ein Glühen entstand. Das Licht wanderte von Chloe zur Fliege und beruhigte sie langsam. Sie wusste, dass sie nur den Bruchteil einer Sekunde Zeit haben würde, aber es war einen Versuch wert.

Die Fliege beruhigte sich, ihre vielen Augen wurden glasig. Chloe übernahm die Kontrolle, benutzte ihren **Telekinese** Zauber und lenkte die Fliege vorwärts.

Der Zauber hielt weniger als eine Sekunde an, bevor die Fliege aufwachte und verwirrt summte. Die MP-Kosten waren viel zu hoch, als dass Chloe sie im Moment länger hätte kontrollieren können.

Aber das war genug. Chloe hatte es geschafft, die Fliege in die richtige Richtung zu lenken, hoch über den Wurzeln auf den kleinen Eingang zu, durch den sie den Raum betreten hatte.

Die Fliege duckte und drehte sich, flog auf und ab und wirbelte wie ein Flugzeug, das kurz vor dem Absturz stand. Im letzten möglichen Moment trieb Chloe den Stachel der Bummel in den Rücken der Fliege, sprang von ihr ab und fiel die letzten zehn Meter durch die Luft.

»Auf die Landung vorbereiten«, rief sie und bereitete sich mental auf die Schmerzen vor.

Sie wurde nicht enttäuscht. Als ihre Füße den Boden erreichten, versuchte sie sich abzurollen, schlug aber stattdessen der Länge nach auf ihr Gesicht.

Ein kupferner Geschmack breitete sich in ihrem Mund aus. Ihre Sicht war verschwommen und ihre Trefferpunkte niedrig, aber sie lebte noch.

Chloe begann wahnsinnig zu lachen, Blut tropfte von ihrer Nase. »Mann, dieses Ungeziefer ist echt nicht mein *Fall*.«

»Ha ha. Genug rumgealbert. Es ist noch nicht vorbei«, warnte KieraFreya.

Chloe drehte den Kopf und konnte nun den Weberknecht sehen, der sich schnell über sein Netz näherte. Der Tausendfüßler stürzte aus der anderen Richtung auf sie zu. Die Fliege neben ihr zuckte, ihre Flügel vibrierten ein letztes Mal, bevor sie still dalag.

»Lauf!«, drängte KieraFreya.

Chloe versuchte aufzustehen und erkannte mit einem schmerzhaften Ruck , dass etwas gebrochen sein musste. Sie rappelte sich mit ihren Armen auf, aber es war alles zu viel.

»Ich kann nicht«, murmelte sie und spuckte einen Mund voller Spucke und Blut aus. »Ich kann nicht.«

»Zum Teufel kannst du nicht«, sagte KieraFreya mit grimmiger Entschlossenheit. »Wir sind nicht so weit gekommen, um jetzt zu scheitern.«

Chloe schrie vor Schmerz, als ihre Handgelenke und Beine sich aus eigenem Antrieb bewegten. Ihr Körper erhob sich, als wäre sie eine Marionette, die von einem Riesen gesteuert wurde. Erst schwang ihr rechtes Bein nach vorne, die Schmerzen waren so gleißend, dass weiße Blumen in ihrem Blickfeld aufblühten.

Ein weiterer Schritt.

Noch mehr Schmerz.

Mehr Schmerzen als Chloe je zuvor empfunden hatte, wiederholte Ausbrüche von etwas so Unbeschreiblichem, dass sie keinen Gedanken mehr fassen konnte. Sie sah nichts als Weiß.

Chloe wartete darauf, den kleinen Schreibtisch und das Telefon vor sich zu sehen, während ihr Verstand den Schmerz vergaß. Aber sie sah nichts als das Licht.

Kapitel 18

Als Chloe zu sich kam, war es mit einem verstörenden Gefühl von Déjà-vu. Mit trüben Augen blickte sie auf die erdige Decke über sich und eine winzige Neigung ihres Kopfes zeigte ihr die Gefängnisstäbe einer Zellentür.

Oh, nein. Es war alles nur ein Traum, war ihr erster Gedanke, als sie das Bewusstsein langsam zurückerlangte. Aber dann versuchte sie ihr Bein zu bewegen und ein stechender Schmerz schoss ihren Körper hinauf.

»Du wünschst dir wohl, es wäre nur ein Traum«, sagte KieraFreya, ihre Stimme seltsam beruhigend in der Dunkelheit. »Gern geschehen, übrigens.«

Chloe versuchte, den Kopf zu heben, aber jede Bewegung führte zu Schmerzen. »Gern geschehen? Wofür?«

»Dafür, dass ich dich da rausgeholt habe, Dummkopf. Wenn ich nicht gewesen wäre, wärst du jetzt Insektenfutter, tief im Magen eines dieser Viecher.«

»Du ... hast mich gerettet?«

»Du musst deswegen nicht gleich *weich* werden. Ich kann auch manchmal nett sein, weißt du. Du hast schließlich diese wunderbaren Beinschienen für mich wiedergefunden.« Chloes gutes Bein wurde angehoben und schüttelte sich. »Jetzt mach dein magisches Ding und heil dich selbst. Du bist immer noch in einem schrecklichen Zustand und ich kann dich nicht ewig wie eine Puppe herumschleppen. Selbst ich habe Grenzen.«

ANFÄNGERIN

Natürlich, dachte Chloe, öffnete ihre Statistiken und fühlte ein Flattern der Freude, als sie sah, dass sich die meisten ihrer MP regeneriert hatten, während sie bewusstlos gewesen war.

Chloe formte **Heilende Hände** und schnitt eine Grimasse, als der Effekt einsetzte. Obwohl es ihren Körper heilte, betäubte es nichts von dem Gefühl, wie Knochen wieder an ihre Stelle rückten und Muskelfasern an ihrem Platz befestigt wurden.

Als Chloe fast geheilt war, musste sie pausieren und eine Weile warten, bis sich ihre Magiepunkte erneut regeneriert hatten, damit sie den letzten Heilungsprozess abschließen konnte. Vielleicht hätte sie schon vorher weitergehen können, aber nach ihren jüngsten Kämpfen mit den Käfern wollte sie es vermeiden, einer neuen Gefahr zu begegnen und nicht 100% in Form zu sein.

In der Zwischenzeit gelang es ihr sogar, ein anständiges Gespräch mit KieraFreya zu führen. Die Göttin schien bester Stimmung zu sein, nachdem sie sich mit einem weiteren Stück ihrer selbst verbunden hatte. Sie scherzten über die Kreaturen, die sie gerade besiegt hatten und erfreuten sich an Chloes neuen Benachrichtigungen und Boni.

Monster besiegt: Hirschkäfer – Mutant (Stufe 19)
+1.180 Erfahrungspunkte
Monster besiegt: Bummel – Mutant (Stufe 18)
+1.020 Erfahrungspunkte
Monster besiegt: Gottesanbeterin – Mutant (Stufe 23)
+1.450 Erfahrungspunkte

Du hast ein neues Talent freigeschaltet: Sattler (Stufe 1)
Du hast deine erste Kreatur gezähmt und auf ihrem Rücken dein Talent demonstriert. Es gibt Hunderte von

reitbaren Kreaturen in Obsidian. Zähme die Wildesten von ihnen für Erfahrungspunkte und erschließe eine ganze Welt des schnelleren Reisens.

Anforderungen: Nutze eine Kreatur für einen Ritt
Boni: +1 Geschicklichkeit

BONUS
Talenterhöhung: Sattler (Stufe 5)
Du hast das Unmögliche gezähmt, indem du einen Weg gefunden hast, ein legendäres Tier zu reiten und es nach deiner Pfeife tanzen zu lassen. Du hast dir zusätzliche Punkte für dieses Talent verdient, um deine Tapferkeit zu belohnen und dich auf deinem Weg weiter zu stärken, auf dem du die mächtigsten Kreaturen Obsidians zähmen wirst.

Boni: +5 Geschicklichkeit

Das Talent wurde erhöht: Verwegenheit (Stufe 5)
Riesige Käfer reiten, sich auf mutierte Spinnen stürzen. Ich meine, was?
Boni: +14 Stärke, +8 Ausdauer
(HINWEIS: Erhöhungen des Talentes überschreiben alle vorherigen Boni, die durch das Talent gewonnen wurden).

Monster besiegt: Stubenfliege – Mutant (Stufe 15)
+670 Erfahrungspunkte

Chloe betrachtete stolz ihr Charakterblatt und lachte mit KieraFreya, als sie über die Arten von Kreaturen diskutierten, die wahrscheinlich in Obsidian gezähmt werden konnten.

Nachdem Chloes MP sich weit genug regeneriert hatten, um auch noch den Rest ihrer Gesundheit wiederherzustellen, erhob sie sich vorsichtig vom Bett und entdeckte, dass sie sich noch immer im verlassenen Teil des Naurelischen Baumes befand.

Eine Spinne kroch über den Boden und ließ Chloe zurückzucken. »Du glaubst doch nicht, dass die Mama die Babys auf uns gehetzt hat, oder?«

KieraFreya lachte. »Nur wenn sie den Babys gesagt hat, sie sollen vor uns weglaufen. Schau, es ist ihr vollkommen egal, dass wir hier sind.«

Chloes Wangen erröteten. Sie senkte ihren Kopf und ging den Gang zurück, durch den sie gekommen waren.

Es fühlte sich an, als wären sie schon seit Ewigkeiten unterwegs, bevor sie aus dem Tunnel vor ihnen Stimmen hörten. Die beiden verstummten und gingen langsam voran. Chloe schielte in die Dunkelheit, wo sie den Umriss mehrerer Nauriel-Wachen erkannte, die vorsichtig durch die Tunnel gingen, angeführt von …

»Jesepiah?«, fragte Chloe ungläubig. Sie konnte sich nicht zurückhalten.

Jesepiah blieb stehen und hielt eine Hand über ihre Augen, als ob Sonne sie blendete. »Chloe?«

Die Wachen begannen alarmiert zu reden und sprangen mit erhobenen Waffen vor Jesepiah.

Chloe wurde plötzlich klar, was los war. Sie suchten nach ihr, konnten aber im Dunkeln nichts sehen. Außerdem wollten sie sie wieder einfangen, ob sie freiwillig kam oder nicht.

Chloe hob ihre Hände in die Luft und rief: »Es ist okay. Ich ergebe mich.«

Die Wachen wurden langsamer, Verwirrung auf ihren Gesichtern.

»Schaut her, ich bin's«, sagte Chloe, formte einen kleinen Feuerball in ihrer Hand und erhellte damit ihr Gesicht.

»Sie feuert einen Zauberspruch! Angriff!«, schrie eine der Wachen.

Chloes Augen weiteten sich, als die Männer auf sie stürzten. Sie ließ den Feuerball erlöschen, aber nicht, bevor sie den bedauernden Ausdruck auf Jesepiahs Gesicht sah.

Chloe fühlte den blendenden Schmerz zurückkehren, als silberne Waffen aus allen Richtungen in ihren Körper fuhren. Sie bereute, sich selbst geheilt zu haben. Vielleicht hätte sie sich etwas von den Schmerzen ersparen können, bevor ihre Gesundheit auf Null fiel.

Das kleine, weiße Zimmer mit dem winzigen Schreibtisch kam in Sicht.

* * *

»Verdammter, dreckiger ...« *Piep*!

Chloe warf ihre Hände in die Luft, genervt, dass selbst im weißen Raum die Zensurfunktion in Betrieb war.

Sie stemmte ihre Hände in die Hüften und tappte ungeduldig mit einem Fuß auf den Boden, während sie darauf wartete, dass das Telefon klingelte. Es dauerte ein paar Sekunden, aber dann schnappte Chloe sich den Hörer, bevor er zu viel Aufhebens machen konnte.

»Ihr müsst die Dynamiken in eurem Spiel überarbeiten«, schimpfte Chloe. »Ich wurde gerade von den *Wachen* ermordet. Ich hatte mich ergeben! Ich wollte mich nicht einmal wehren!«

Mias Stimme ertönte über die Leitung, viel ruhiger als die von Chloe. »Chloe, du hast es geschafft, dich von ihnen wegzuschleichen und mit Magie einen versteckten Teil des Gefängnisses zu öffnen. Wie wird sich das auf den Ruf der Wachen auswirken? Wenn das rauskäme, gäbe es ein riesiges Chaos.«

ANFÄNGERIN

»Aber ich habe mich ergeben. Ich habe mich gestellt!«

Mias Stimme war verständnisvoll. Warm. »Versuch es von ihrer Seite zu sehen. Die NSCs in diesem Spiel sind recht primitiv, gesteuert von der KI. Wenn sie das Gefühl haben, dass eine Gefahr droht, werden sie sich verteidigen. *Wir* wissen, dass du es ernst gemeint hast, als du dich gestellt hast ...«

»Hi, Chloe!«, kam Demetris Stimme aus der Ferne.

»Sei still, du.« Mia lachte leise. »Aber Leute greifen an, wenn sie sich bedroht fühlen. So ist es nun mal.«

Chloe warf sich in den Stuhl, schmiss ihre Beine auf den Tisch und schnaufte. »Nun, das ist ja einfach großartig. Jetzt muss ich zwei Stunden warten, um wieder aufzuerstehen, nur um meilenweit von den anderen aufzutauchen. Weißt du, wie lange es dauern wird, bis ich meinen Weg zurückgefunden habe?«

Mia lachte.

»Was? Was ist so lustig?«

»Du bist im Gefängnis, Chloe. Glaubst du wirklich, dass wir keine Funktion eingebaut hätten, um Gesegnete festzuhalten? Es wird schon alles gut. Du wirst in deiner gemütlichen, kleinen Zelle aufwachen, wo du dein Abenteuer fortsetzen kannst. Natürlich vorausgesetzt, dass deine Strafe nicht entschieden und erhöht wurde.«

»Wurde sie das?«

»Ich weiß nicht.«

Chloe atmete tief durch. Sie war es nicht gewohnt, sich über irgendetwas so aufzuregen. In ihrem früheren, kosmopolitischen Leben hatte sie für nichts eine solche Leidenschaft verspürt, als dass sie wütend geworden wäre, wenn etwas ihren Fortschritt blockierte.

Natürlich hatte sie im Laufe der Jahre Phasen gehabt, in denen sie Hobbys ausprobierte – alles vom Schneekugeln sammeln bis hin zum Baseball spielen, aber das hier war anders. Zum ersten Mal hatte Chloe das Gefühl, dass sie hier im weißen Raum am Telefon mit Mia und Demetri eine virtuelle Realität betreten hatte und ihre Abenteuer in *Obsidian* die reale Welt waren. Diejenige, in der sie alles klar sehen und fühlen und berühren konnte.

Die Welt, in der sie etwas verändern konnte. Wo sie einen sinnvollen Zweck hatte.

»Hast du dich ein wenig beruhigt?«, kam die Stimme des Docs über die Leitung und brachte ein Lächeln auf Chloes Gesicht.

»Ja. Ich schätze schon«, sagte Chloe und entspannte sich. »Gott, es fühlt sich an, als wäre ich ewig nicht mehr hier gewesen.«

»Ich weiß. Ich hätte nie gedacht, dass ich deine schrille Stimme vermissen würde«, neckte Demetri.

»Schrill? Es ist besser als dein ›Ich bin ein ernstzunehmender Arzt‹ Tonfall.«

Demetri lachte. »Wer hätte gedacht, dass du es schaffen würdest, für eine so lange Zeit nicht zu sterben? Es hat sich schon für uns wie eine Ewigkeit angefühlt, ich kann mir nicht vorstellen, wie du dich fühlst, in einer Welt zu leben, die doppelt so schnell läuft wie diese.«

»Doppelt so schnell?«, fragte Chloe. »Ich dachte, wir wüssten nicht, in welchem Verhältnis die Zeit steht?«

Demetri lachte. »Oh, komm schon. Da das Spiel jetzt öffentlich ist, sind die Foren voller solcher Informationen. Es dauerte nicht lange, bis die Leute das Uhrensystem des Spiels verstanden hatten.«

Chloe fühlte, wie ihr eigenes Gesicht eine Reihe von Ausdrücken durchlief. »Hast du gesagt, das Spiel ist jetzt öffentlich? Wie kommt es, dass ich davon erst jetzt höre?«

ANFÄNGERIN

Die Leitung raschelte, als der Doc den Hörer an Mia weitergab. »Darüber wollten wir eigentlich mit dir reden. Solange du im Spiel bist, bekommst du keine solchen Updates von uns oder irgendjemandem, es sei denn, ein Spieler erzählt dir etwas direkt im Spiel. Du weißt, dass wir dich da drin nicht kontaktieren können, oder?«

»Natürlich. Das war Regel Nummer eins. Etwas seltsam, dass das die erste war, aber aus irgendeinem Grund habe ich zugestimmt.«

»Nun, hier draußen hat sich viel verändert. Das Spiel ist in den USA explodiert, mit mehreren tausend Spielern, die jetzt beteiligt sind. Noch keine anderen Vollzeit-Spieler, aber wir sind sehr zuversichtlich, so gut wie dein Experiment läuft.«

»Ich bin froh, dass ich eine nützliche Laborratte sein kann«, sagte Chloe. »Und das Unternehmen?«

»Wächst. Alle Erwartungen wurden übertroffen. Wir haben Wege gefunden, den Umsatz durch Sponsoren, Promotionen und einer Mischung aus Influencern und berühmten Let's Playern zu steigern. Die unteren Sprossen der Technologie-Welt drehen durch wegen *Obsidian*.«

»Das sind tolle Neuigkeiten!«, sagte Chloe, echte Aufregung in ihrem Gesicht. »Also, was sind die schlechten Nachrichten?«

Eine Pause in der Leitung.

»Komm schon, ich bin's. Die jüngste Lagarde. Ich weiß, wenn alles rosig und sonnig aussieht, muss irgendwo anders etwas schiefgehen. Also, was ist es?«

Chloe hörte, wie Mia und Demetri am anderen Ende der Leitung etwas miteinander nuschelten, bevor die Stimme des Docs ertönte. »Es geht genau darum, Chloe.«

»Worum? Meinen Pessimismus?«

»Nein, um deinen Namen. Dir ist klar, dass du ihn im Spiel gesagt hast, oder? Deinen vollen Namen?«

»Habe ich das?« Chloe kratzte sich am Kopf und versuchte, sich an den Moment zu erinnern. »Wann?

»Nicht lange nachdem du die Beinschienen aus dem Raum mit den Wurzeln geholt hast. Du hast es laut gesagt, in einem Witz gegenüber KieraFreya.«

Chloe kicherte. »Na und? Große Sache. Das ist eben mein Name. Wo liegt das Problem?«

Ein weiteres Rascheln, bevor Mias Stimme wieder in die Leitung kam. »Chloe, das Spiel ist veröffentlicht worden. Live. Die Live-Stream-Funktion steht nun jedem zur Verfügung, der sich einschalten möchte und alle Spieler sind auffindbar.«

»Kurz, bevor du gerade gestorben bist, hattest du 39 Zuschauer, die sich dein Abenteuer angesehen haben. Das ist auf 6 gesunken, weil die Leute auf andere Kanäle gewechselt sind, bis du wiederauftauchst oder sie haben ihre Computer bis zu deiner Rückkehr ausgeschaltet – aber es ist jetzt wichtiger denn je, deine öffentliche Identität zu schützen. Sonst haben wir eine riesen PR-Krise vor uns und das ist das Letzte, was deine Eltern wollen.«

Chloe war völlig baff. Leute hatten sie live beobachtet? Während sie ihr Spiel spielte? Welche seltsame Art von Menschen war das, die einen schönen Abend der Freiheit damit verschwendeten, anderen Menschen beim Spielen zuzusehen?

»Ich weiß, dass ist ziemlich seltsam und bestimmt schwer zu verdauen. Du musst nur wissen, dass du nach dem Wiederbeleben vorsichtiger sein musst. Du kannst *nicht* deinen vollen Namen sagen. Du kannst nicht einmal das Wort ›Lagarde‹ erwähnen. Es tut mir leid, dass es so lange gedauert hat, bis ich die Nachricht zu dir bekommen habe. Ich habe den ganzen Tag lang nach Wegen gesucht, dich zu erreichen, aber erst dann kam die Gelegenheit, um ...«

Mia sprach weiter, aber Chloe unterbrach sie, ihre Aufmerksamkeit durch Mias Wortwahl erregt.

»Warte eine Sekunde«, sagte sie und dachte sorgfältig nach. »Was meinst du damit, du musstest auf die Gelegenheit warten?«

Mia stotterte und Demetri schwieg im Hintergrund. Chloe fragte sich, ob er von irgendetwas gewusst hatte.

»Ich meinte ... Tja, es ist nur ...«

Kapitel 19

Es dauerte eine Weile, bis Chloe sich beruhigen konnte, nachdem sie wieder in *Obsidian* gelandet war und mit einem weichen Aufprall auf dem Bett in ihrer Zelle landete.

Sie konnte nicht glauben, dass Mia so dreist gewesen war, sich in ihr Spiel zu hacken und den Verlauf zu verändern. Nachdem Chloe Tausende und Abertausende von Dollar in ihr Startup gesteckt hatte, zahlte Mia ihr das so zurück?

Sie lag einige Zeit im Bett und ignorierte die Pfiffe und Kommentare der Wachen über ihren nackten Oberkörper – all ihr Gepäck außer ihren Armschienen, Beinschienen und Hosen waren ihr abgenommen worden, als sie starb – und dachte darüber nach, was Mia ihr gesagt hatte.

Leute konnten sich jetzt das Spiel anschauen.

Echte Leute.

Jeden Tag sahen sie ihr beim Spielen zu.

39 Zuschauer hatten sich für ihr Abenteuer interessiert und gesehen, wie sie die mutierten Käfer bekämpft hatte. Sie hatten ihre Interaktionen mit KieraFreya und den Zombies zur Unterhaltung beobachtet.

Es war schwer zu begreifen. Auch jetzt konnte sich Chloe kaum vorstellen, dass sie beobachtet wurde. Obsidian war zu ihrer eigenen kleinen Welt geworden, zu ihrem Testlabor voller Spaß, Wunder und Abenteuer.

Für ihr eigenes Gefühl war sie noch immer allein.

Und das war auch besser so.

ANFÄNGERIN

»Pssst. Hey. Nackedei ...«

Chloe fühlte, wie ihr Blut noch einmal hochkochte, als sie Jesepiahs Stimme durch die Gitterstäbe rufen hörte.

»Was?«, zischte sie zurück.

»Autsch. Ich schätze, ein wenig Feindseligkeit habe ich verdient. Hier, ich habe dir ein Geschenk mitgebracht.«

»Nichts, was du mir gibst, kann wiedergutmachen, was du getan hast.« Chloe hörte auf zu reden, als sie sah, wie Jesepiah eine Faust durch die Gitterstäbe streckte. Sie hielt ein Stück weißen Stoff in der Hand.

»Was machst du hier draußen?«, fragte Chloe, verwirrt darüber, wie Jesepiah aus ihrer Zelle entkommen war und nun mutig durch die Flure schlendern durfte. Jesepiah zuckte mit den Schultern. »Es war nichts Persönliches. Die Wachen brauchten, um dir folgen zu können, jemanden, der mit Magie umgehen konnte, ich war diejenige, die dem Gesuch geantwortet hat. Ich kann immer noch nicht glauben, dass du eine geheime Kammer im Gefängnis gefunden hast.« Sie klatschte betont langsam. »Mutige Aktion.«

Chloe starrte sie nur an.

Jesepiah fuhr fort: »Wie auch immer, ich dachte, wenn ich den Wachen helfe, hätte ich vielleicht eine kleine Chance auf ein minimal angenehmeres Leben hier drin. Ein wenig Freiheit, um meine Beine zu strecken. Ich habe nicht die Geduld, mich den ganzen Tag bei den Wachen einzuschleimen wie du, aber ein einziger *großer* Akt der Freundlichkeit? Das war genug, um sie etwas weichzuklopfen.«

Jesepiah schnaubte tief und übertrieben durch ihre Nase. »Mann, so riecht Freiheit.«

Chloe lächelte. »Das ist der Geruch dieser verdammten Müllhalde. Tu nicht so, als wäre alles Sonnenschein und Rosen.«

Jesepiah schaute betont trübselig. »Ich habe vergessen, wie Sonnenschein überhaupt aussieht.« Sie zwinkerte.

»Kannst du mich auch rausholen?«, fragte Chloe und hielt die Stäbe mit beiden Händen.

»Machst du Witze? Die Wachen beobachten dich wie Falken. Wenn du mich fragst, stehen dir dank deines kleinen Abenteuers mindestens sechs Monate zusätzliche Knastzeit bevor. Weißt du, wie schlecht das für den Ruf der Wachen war? Sie sind auf ihr Ego angewiesen. Du bist am Arsch.«

Chloes Augen weiteten sich, als sie erkannte, welchen grundlegenden Fehler sie gemacht hatte. In ihrem wahnsinnigen Versuch, die fehlende Rüstung zu finden, hatte sie nicht ein einziges Mal durchgeatmet und ihren Fluchtplan in Betracht gezogen.

Das ist so typisch für mich, dachte Chloe, während ein Fotoalbum voller Ex-Freunde und beschisseneR Geschäftsinvestitionen an ihrem inneren Auge vorbeilief. *Mich mit der erstbesten Möglichkeit zufriedenzugeben, die sich mir bietet und nicht einmal an die Folgen zu denken. Vielleicht gibt es hier noch eine weitere Lektion für mich zu lernen.*

Wie wäre es mit, zeig weniger Haut? Und denke nach, bevor du von einer riesigen Hausfliege springst? riet KieraFreya.

Äußerst hilfreich. Danke, erwiderte Chloe.

Als die Wachen wieder an ihrer Zelle vorbeikamen, trat Jesepiah von den Gitterstäben weg, grüßte die Wachen kränklich süß und verschwand aus Chloes Blickfeld. Sie zog das dünne Hemd über, das Jesepiah ihr gegeben hatte, sehr zur Enttäuschung der Wachen.

Eine beträchtliche Zeit später erlosch das Licht. Chloe blätterte durch ihre Statistiken, die bittersüß waren bei all den Boni, die sie bekommen hatte. Sie suhlte sich in

Selbstmitleid und entschied, dass karmische Kräfte am Werk sein mussten und sie für etwas bestraften, das sie nicht ganz verstand.

Sie öffnete ihre Nachrichten und sah eine ungelesene von Gideon.

Chloe,
Ich habe heute versucht, Zugang zum Gefängnis zu bekommen. Kein Glück, fürchte ich. Anscheinend sind die Besuchszeiten von 14:00 bis 18:00 Uhr (Lügnerin!), aber selbst dann dürfen nur Gefangene, die ihr Urteil schon erhalten haben, Besucher empfangen und dazu gehörst du nicht.

WAS ZUM TEUFEL HAST DU GETAN?

Tag wird langsam ungeduldig beim Warten und hat ein Chaos verursacht, aus dem wir uns fast nicht mehr herausreden konnten. Er hat ein Glas mit Eidechsenaugen aus einer Apotheke gestohlen aus keinem anderen Grund als ›Ich dachte, es wäre lustig‹ und wir kamen gerade noch so davon, bevor der Bruder der Ladenbesitzerin uns erwischen konnte.

Ben scheint einen Sport daraus zu machen, keine zwei Nächte im selben Bett zu verbringen und hat viel Spaß daran, alles zu verführen, was nicht bei drei auf den Bäumen ist. (Wusstest du, dass es dafür ein Talent gibt?) Ich habe ihn seit ein paar Stunden nicht mehr gesehen, aber irgendwann taucht er immer wieder auf. Wie Unkraut.

Ich habe das Irrlicht seit einiger Zeit nicht mehr gesehen. Ist es bei dir?

Wie auch immer, schreib mir. Ich verbringe meine Zeit mit so vielen Magiern, wie ich finden kann, auf der Suche nach Quests und in der Hoffnung, meine Magie zu verbessern. Sie sind ein freundlicher Haufen, aber ziemlich schwer zu finden.

Lass mich wissen, wie lange du noch im Knast sitzt. Wir könnten jederzeit einen Ausbruch arrangieren, wenn nötig ;)
Gid

Chloe lächelte, zu müde, um zu antworten.

Sie merkte gar nicht, dass sie eingeschlafen war, bis sie am nächsten Morgen aufschreckte. Sie wurde von einem harten Geräusch geweckt, das sie ihre Ohren zuhalten ließ. Als Chloe aufblickte, warteten die Wachen auf sie.

»Aufstehen. Es ist Zeit.«

Sie packten jeweils einen Arm, ihr Griff unnötig fest. Chloe konnte es ihnen nicht verübeln. Sie hatte bereits bewiesen, dass sie aalglatt sein konnte. Das Letzte, was die Wachen wollten, war, sie auf dem Weg zu ihrer Verurteilung zu verlieren.

Sie wurde zum Treppenhaus geführt, Runde um Runde die Wendeltreppe hinauf zu einem Stockwerk, das als ›Saal des Urteils‹ gekennzeichnet war.

Der Raum war kreisrund mit langen Reihen von erhöhten Bänken, die sich an den Wänden entlangkrümmten. Chloe wurde vor eine Art Bühne geführt, auf der drei offiziell aussehende Elfen mit tintenschwarzer Haut und leuchtend weißen Augen hinter verzierten Podien standen. In die hohe Wand hinter ihnen war das Bild einer Frau geschnitzt, die Chloe aus ihrer Vision bei dem Schamanen in Oakston erkannte.

Das bist du, dachte Chloe überrascht.

Ich bin die Göttin der Vergeltung. Was hast du erwartet? sagte KieraFreya grimmig. Allerdings *haben sie nicht gerade meine Schokoladenseite getroffen.*

ANFÄNGERIN

Chloes Aufmerksamkeit wandte sich zurück zu dem Podest, als der Elf in der Mitte sich räusperte.

»Dein Name ist Chloe, ist das korrekt?«

»Das ist richtig. Äh, Euer Ehren?«

Der Elf hob eine Augenbraue an, die anderen blickten unbeeindruckt auf Chloe hinab. Es gab ein oder zwei Zuschauer im Publikum, woher auch immer sie gekommen waren, aber insgesamt fand Chloe diese ganze Angelegenheit bemerkenswert enttäuschend.

Der Elf las Chloes Liste von Anschuldigungen vor, vom versuchten Mord an Tohken über die Zerstörung seines Eigentums bis hin zum Versuch, der Gefangenschaft zu entkommen.

Als der Elf fragte, ob Chloe sich schuldig bekannte, baute sie sich gerade auf und hob ihr Kinn. »In jeder Hinsicht schuldig, ich will ehrlich sein. Aber meine Motive waren gut. Ich meine, ich wette, ihr hattet alle keine Ahnung, dass es unter euch einen versteckten Kerker gab …«

Der Elf schlug mit einem Hammer auf das Podium. »Ich habe genug gehört. Ein klares Schuldeingeständnis macht dies zu einer eindeutigen Angelegenheit.«

»Moment, ich war noch nicht fertig …«

»Ich verurteile dich zu 12 Monaten Haft. Du darfst deine Zelle auf Ebene 5 behalten.« Sie wandte sich an die Wachen. »Chloe ist beschränkt auf den Zugang zu den normalen Einrichtungen, keine besonderen Privilegien und sie muss streng bewacht werden. Jemand, der so leicht entkommen konnte, wird es wieder versuchen.«

»Und erfolgreich sein«, sagte Chloe und fand große Freude an dem Ausdruck, der über das Gesicht des Elfen lief.

Sie wurde mit wenig Tamtam zurück in ihre Zelle geworfen und hustete, als ihr Gesicht auf den schmutzigen

Boden traf und sie Staub einatmete. Sie rappelte sich auf, umfasste die Gitterstäbe und drückte ihr Gesicht zwischen das Metall.

»Oh, kommt schon. Bitte? Ich bin ein guter Mensch, wirklich. Es war nicht meine Schuld. Es war Tohkens. *Tohkens!*«, schrie Chloe den Flur hinunter, als die Wachen weggingen. Chloe konnte mehrere Gefangene in benachbarten Zellen sehen, die mit den Augen rollten.

Chloe seufzte und kletterte zurück auf ihr Bett.

Wenigstens hast du dich an den Geruch gewöhnt, tröstete sie KieraFreya. *Das ist immerhin etwas.*

Kapitel 20

Mia beschäftigte sich in der Kochnische und kratzte Butter auf eine Scheibe Toast, die leider ihre bevorzugte Zeit im Toaster überschritten hatte. Schwarze Krümel, die sich auf dem Messer mit der Butter vermischten, erzeugten einen seltsam gesprenkelten Effekt auf dem Toast.

Nicht, dass Mia groß darauf geachtet hätte. Sie war seit ihrem Gespräch mit Chloe bemerkenswert ruhig geblieben, hatte sich vor Demetris Fragen gedrückt und mit Arbeitsmails beschäftigt. Glücklicherweise hatte Demetri einen Anruf annehmen müssen und man hörte ihn seit einer knappen Stunde gedämpft im Schlafzimmer sprechen.

Als sich die Schlafzimmertür öffnete und Demetri wieder hereinkam, trug er seine Freizeitkleidung. Mia hatte ihm einmal gesagt, dass sein altes College T-Shirt ihn schlanker aussehen ließ als seine endlosen Arbeitshemden. Agiler. Ein seltsames Kompliment, das besser funktioniert hatte als die schmutzigen und aus irgendeinem Grund hatte es zu dem besten Sex geführt, den sie bisher gehabt hatten.

Jetzt wich sie seinen Blicken aus, füllte stattdessen zwei Tassen mit Instantkaffee und wartete auf den Wasserkocher, während sie auf dem Toast herumkaute.

»Ist alles okay?«, fragte Demetri, echte Sorge in seiner Stimme.

Mia nahm einen Lappen und schrubbte einen Schmutzfleck von der Arbeitsfläche. Einen Moment später stand

Demetri direkt hinter ihr, seine Hände an ihren Hüften. Sie hielt inne und atmete tief durch.

»Du kannst mit mir reden, weißt du? Hör auf mit all den Geheimnissen. Ich verstehe, dass es dir nicht immer leichtfällt, Menschen zu vertrauen. Aber wenn das mit uns funktionieren soll, musst du ehrlich sein. Bitte hör auf, Dinge vor mir zu verbergen.«

Mia drehte sich um und legte ihre Hände auf die Arbeitsfläche hinter sich. Sie starrte Demetri einen Moment lang mit glänzenden Augen an.

»Ich musste einen Weg finden, ihr zu sagen, dass sie vorsichtig sein soll.«

»Wir hätten warten können bis …«

»Es steht zu viel auf dem Spiel«, sagte Mia, trat von Demetri weg und fuhr mit der Hand durch ihr Haar. »Schau, als Praxis bekannt gab, dass das Spiel live geht, war ich begeistert. Ekstatisch. Etwas, bei dessen Entwicklung ich geholfen hatte, ging viral.

Aber dann erinnerte ich mich, dass Chloe im Spiel steckt, sowohl als Investor *als auch als* Spieler und ihre Bedeutung hat mich getroffen. Es liegt nicht nur auf meinen Schultern, sie zu beschützen. Es ist genauso deine Verantwortung. Ich habe gesehen, wie sehr es dich stresst, zu diesen verdammten, wöchentlichen Berichtstreffen mit den Lagardes zu gehen. Ich habe auch gesehen, wie gestresst du danach bist. Ich wollte es uns beiden einfacher machen.«

Demetri legte den Kopf schief, ein Lächeln auf den Lippen. »Trotzdem hätten wir warten können. Du könntest in Schwierigkeiten geraten, weil du an dem Spiel rumgebastelt hast. Das weißt du. Was nützt dir weniger Stress, wenn du rausgeworfen wirst?«

Er trat wieder zu ihr und legte seine Arme um ihren Körper, gab ihr einen Kuss auf die Stirn.

»Ich würde es wieder tun«, murmelte sie. »Wir hatten keine Ahnung, wann sie das nächste Mal sterben würde. Es war wichtig. Sie ist wichtig und *du* bist mir wichtig.«

Demetri hielt Mias Schultern und blickte sie an. »Du bist mir auch wichtig.« Er lachte. »So wie du über Chloe sprichst ... es ist, als wäre sie deine Tochter.«

»Unsere Tochter«, grinste Mia.

Demetris Augen wurden groß.

»Ich mache nur Spaß! Ich mache nur Spaß!«, lachte Mia.

Sie umarmten sich noch einmal und küssten sich für eine lange Zeit dort in der Küche, der Kaffee zwischenzeitlich vergessen.

»Keine Lügen mehr. Keine Geheimnisse«, sagte Demetri.

Mia nickte, ihr Lächeln erleichtert.

»Es sei denn ...«, begann Demetri und tippte gegen sein Kinn.

»Es sei denn was?« Mia hob eine Augenbraue.

Demetris Blick wurde nachdenklich. »Es sei denn, wir drücken noch ein Auge zu und schauen uns ein letztes Mal im Spiel um? Ich habe eine Idee.«

✶ ✶ ✶

Ein kleiner Teil von Chloe hatte sich immer gefragt, wie sich das Gefängnisleben anfühlen würde. Dieser kleine, rebellische Teil von ihr, der sie gerade noch von dem inneren Kreis der Familie Lagarde fernhielt.

Sicher, sie hatte in ihrem Leben recht gute Entscheidungen getroffen – abgesehen von dem vielen Trinken und Geldverschwenden – aber der Gedanke, ein Verbrecher zu sein, hatte immer eine gewisse Romantik gehabt. Sie hatte Fernsehsendungen und Filme gesehen und immer gedacht, dass sie im Gefängnis klarkommen könnte. Es sah nie so schwierig aus.

Aber nach einer Woche, in der sie in einer Zelle eingesperrt gewesen war, nichts tun zu können, außer ihre täglichen Spaziergänge durch die Kantine und dem ›Freizeit‹-Raum, stellte Chloe fest, dass die Romantik schwer nachgelassen hatte.

Das einzig Gute an ihrer Verurteilung war, dass ihr nun Besucher erlaubt wurden. Jeden Tag zur gleichen Zeit kam Gideon vorbei. Dank der Vorschriften des Gefängnisses war nur ein Besucher pro Tag erlaubt.

»Anscheinend ließen sie einmal drei Besucher herein, um mit diesem wirklich großen, knallharten Krieger zu reden. Sie schlossen sich zusammen, knockten die Wachen aus und er brach aus«, erzählte Gideon, eine flüchtige Note der Bewunderung in seiner Stimme.

Chloe lachte. »Wo hast du das gehört? Vier Leute können nicht gegen alle Wachen an diesem Ort antreten.« Sie versuchte, sich vorzustellen, wie mächtig diese Leute gewesen sein müssten.

»Ich wiederhole nur, was mir erzählt wurde«, antwortete Gideon.

»Von wem?«

»Francesca«, sagte Gideon, als wäre es die logischste Sache der Welt. Als er Chloes leeren Blick sah, fügte er hinzu: »Oh, Entschuldigung. Ich vergesse immer, dass du fast die ganze Zeit hier drin warst, die wir in Nauriel verbracht haben. Francesca ist die Minotaurin, die ›Fabeln und Fabelhaftes‹ betreibt. Die Apotheke.«

»Apotheke.« Chloe dachte nach. »Ist das nicht der Laden, von dem ihr abhauen musstet, weil Tag ein paar Sachen gestohlen hat?«

»Eidechsenaugen, richtig.« Gideon lachte. »Das war er. Ich fühlte mich schuldig wegen der Schwierigkeiten, die Tag verursacht hatte und brauchte einige Zutaten, um neue Tränke auszuprobieren. Ich konnte mich bei Francesca und ihrem Bruder entschuldigen und wir kamen schnell ins Gespräch. Jetzt sehe ich sie jeden Tag, helfe im Laden aus und erledige kleine Aufgaben, um Erfahrungspunkte zu sammeln und neue Rezepte zu lernen.«

Chloe lächelte und schüttelte ungläubig den Kopf. »Sieh dich an. Als ich dich das erste Mal traf, konntest du nicht einmal Zutaten in einen Topf schmeißen, ohne ein verdammtes Haus in Brand zu setzen. Jetzt lernst du das Handwerk von einem Minotauren.«

Gideon lachte leise. »Es hilft sehr, wenn man sich spezialisiert.« Er grinste Chloe schüchtern an.

»Du hast Stufe 10 erreicht? Wann?«

»Gestern«, antwortete Gideon. »Nachdem ich erfolgreich einen Schlaftrank gebraut und Francescas Tochter dazu gebracht habe, ruhig zu schlafen – sie zahnt und falls du noch nie einen Minotaurus schreien gehört hast, glaub mir, es ist ohrenbetäubend. Wie auch immer, ich habe mich für die Magierklasse entschieden und hier bin ich nun. Mit erhöhtem ätherischem Potenzial, Intelligenz und einer Vielzahl neuer Zauber sowie Boni, die meine Magie verbessern.«

Chloe sagte Gideon, wie stolz sie auf seine Fortschritte war. Wie sehr sie sich wünschte, draußen bei ihnen zu sein und die Stadt zu erkunden.

Gideon nickte, aber in seinem Kopf ging eindeutig etwas vor, das er nicht ganz bereit war zu teilen. Chloe hakte nach, ohne Erfolg und bald waren die Besuchszeiten vorbei. Bevor er ging fragte Gideon die Wache, ob er die Toilette benutzen könne und wurde durch eine Seitentür geführt, während Chloe in ihre Zelle zurückgebracht wurde.

Es war gegen Abend, als Chloe spürte, dass im Gefängnis etwas nicht stimmte.

Sie erhob sich aus ihrem Bett und lauschte dem vertrauten Ruf zum Abendessen. Zuerst erwog sie, ihn zu ignorieren, ohne viel Appetit auf grauen Schlamm. Als Jesepiah aber vor ihrer Zelle erschien, drehte Chloe sich zu ihr um und beobachtete, wie alle anderen Häftlinge den Gang entlangliefen.

»Psst. Komm schon. Du willst doch nicht das ... Abendessen verpassen.« Jesepiah zwinkerte, ein kleiner weißer Zettel fiel aus ihrer Hand und landete auf dem Boden in Chloes Zelle.

Chloe wartete darauf, dass die Insassen an ihr vorbeigelaufen waren. Jesepiah verschwand mit ihnen. Sie hob die Notiz auf und las:

Iss nichts vom Essen.
Jetzt iss mich.

Chloe blickte mit wild klopfendem Herzen den Flur auf und ab, als sie die letzte der Wachen kommen hörte, die überprüfte, ob alle Zellen leer waren.

Sie schob sich den Zettel in den Mund und flitzte zur Essenshalle.

Die Schlange für das Essen war fast verschwunden, als sie sich anstellte, eine Schüssel ergriff und die Köche den Brei hineinschlagen ließ. Sie wollte keinen Verdacht erregen und nahm ihren gewohnten Platz neben Jesepiah ein – sie hatte ihr verziehen und sich für das Hemd bedankt – und spielte mit dem Essen, rührte darin herum und ließ die dicke zementartige Paste zurück in die Schüssel klatschen.

Überall um sie herum unterhielten sich die Häftlinge lauthals. Ihre Münder waren voller Schleim, als sie lachten, schrien und scherzten und Spritzer der Masse im Raum verteilten. Auch die Wachen saßen an einem separaten Tisch und aßen, obwohl ihre Teller eine Millionen Mal appetitlicher aussahen als der Mist, den sie den Häftlingen vorsetzten.

Nach einer Weile, in der nichts passierte und Chloe anfing, Jesepiah misstrauisch zu beäugen, schaute Jesepiah mit einem Grinsen zu ihr hinüber. Ihr eigener Brei war unberührt.

»Und drei ... zwei ... eins ...«

Es geschah in genau dem Augenblick. Der Häftling vor Chloe hickste, dann fiel er um. Sein Kopf schlug in die Schüssel und spritzte Brei in alle Richtungen, als er anfing, laut zu schnarchen.

Ein anderer Häftling auf dem Tisch hinter ihnen ließ seinen Kopf fallen, dann noch einer und noch einer. Eine der Wachen stand alarmiert auf, dann wurden seine Beine zu Gelee, er kippte um und schlief auf dem Boden ein.

Wie seltsame Dominosteine fielen die Häftlinge weiter um. *Bong, Bong, Bong.* Schließlich schnarchten alle mit Ausnahme von ein oder zwei besonders mageren Häftlingen, die ihr Abendessen nicht angerührt hatten und so aussahen, als befänden sie sich im Hungerstreik.

»Wow, ich wusste immer, dass die Qualität des Essens hier irgendwann jemanden umhauen würde, aber alle auf einmal?« Chloe grinste.

»Der war nicht schlecht. Jetzt, Chloe. Bewegung«, drängte Jesepiah und stand auf.

Chloe lächelte, als sie vorangeschoben wurde. Ihr Lächeln verrutschte, als sie sah, dass noch mehrere Wachen im Eingang standen.

»Dein Plan für die?«

»Die gehören zu uns«, sagte Jesepiah lächelnd.

Die Wachen blieben so still wie Statuen, nur ihre Augen folgten ihnen, als sie durch den Flur eilten.

»Wie hast du ...«

»Jetzt ist nicht die Zeit für Fragen. Weitergehen.«

Sie schafften es bis zur Treppe, aber, bevor sie hinunterliefen, zog Jesepiah ein großes Stück Stoff hervor, so dünn, dass es hätte reißen müssen. Jesepiah warf es über sie beide und fügte hinzu: »Achte drauf, dass es dich vollständig bedeckt. Wenn auch nur ein winziger Teil deiner Haut sichtbar ist, bist du am Arsch. Wir gehen zum Erdgeschoss, folgen dem Korridor und biegen an der Gabelung rechts ab. Wir vermeiden die Wachen und versuchen uns am Ausgang. Verstanden?«

Chloe stählte sich. »Ich glaube schon.«

»Nicht glauben. Machen«, sagte Jesepiah und zog sie an der Hand hinter sich her und die Treppe hinunter.

Als die beiden sich dem Ende der Treppe näherten, traten sie vorsichtig in den Flur hinaus. Chloe nutzte all ihr Wissen über das Talent **Schleichen** und bewegte sich mit kaum einem Flüstern. Sie zwang sich auch dann kein Geräusch zu machen, als sie mit Schrecken bemerkte, dass sie keinen Schatten auf den Boden warf.

Sie bogen ohne Probleme an der Gabelung rechts ab, gingen dann durch eine angelehnte Tür und tauchten in einer großen Halle auf – den Ort, den Chloe als den Eingangsbereich des Gefängnisses erkannte und in den sie vor fast zwei Wochen geschleppt worden war.

Wachen säumten die Wände, Speere fest in ihren Händen. Einige Zivilisten bildeten eine Schlange vor einem Schreibtisch, an dem eine strengaussehende Frau auf einem hohen Stuhl saß, mit ordentlich gestapelten Papieren um sich herum. Eine Frau weinte laut, als die Pförtnerin sich weigerte, ihr Eintritt zu gewähren, damit sie ihren Mann besuchen konnte .

»Aber es ist schon drei Wochen her!«, bat sie.

Die Pförtnerin blickte ohne Mitleid an ihrer Nase herab. »Wenn Ihr Mann sich weiterhin schlecht verhält und Ärger macht, werden wir ihm weiterhin seine Privilegien entziehen. Rehabilitation basiert auf Bestrafung, nicht auf Belohnung.«

Jesepiah begann durch die Halle zu gehen und zog Chloe mit sich. Ihre Hand wurde klamm. Wenn sie eine verlängerte Strafe für ihren Ausflug in das geheime Verlies erhalten hatte, was würde dann passieren, wenn sie dabei erwischt würde, während sie durch die Haustür spazierte?

Nicht nur das, Jesepiah schlenderte mit gehobenem Kopf voran, als ob es die natürlichste Sache der Welt wäre.

Eine Erinnerung tauchte in Chloes Kopf auf von einer ihrer ersten Sitzungen mit dem Doc. Er hatte ihr einen Ratschlag gegeben, aber sie hatte ihn bis jetzt als pathetisch abgetan.

»Der Trick im Leben ist, sich selbstbewusst zu verhalten. Nicht jeder auf der Welt weiß, wer du bist. Wenn du einen Raum einnehmen willst, tu so, als würde er dir gehören. Wenn du in den Personalraum von Starbucks einbrechen möchtest, betrete ihn einfach, als ob du dorthin gehörst. Die Leute sehen nur das, was sie sehen wollen.«

War es das, was gerade geschah? Ein Klumpen Selbstvertrauen und die Wachen ignorierten die dünn verschleierten Frauen? Jesepiah steigerte ihr Tempo, als sie die Tür ansteuerten.

Sie waren ein paar Meter entfernt, als eine der Wachen die Augen hinter seinem Helm zusammenkniff und in ihre Richtung schaute. Jesepiah flüsterte: »Ablenkung!«

In einem Moment des Wahnsinns griff Chloe zur Wache neben ihr und zog seine Hose herunter. Jesepiah zog sie von ihm weg, als sich beide ihr Lachen verkniffen.

Die Wache errötete, beugte sich dann nach unten und zog seine Hose wieder hoch, die um ihn herum stehenden Menschen kicherten und sahen sich nach dem Täter um. Die misstrauisch gewordene Wache lachte mit ihnen.

Mehrere Wachen wandten sich dem Geräusch der Schritte in der Halle zu, die so schnell wie möglich durch die Tür und dann die Stufen herunterliefen. Einige von ihnen verließen ihre Posten, um nach der Quelle des Lärms zu suchen, aber sie konnten nichts sehen.

Nach ein oder zwei Augenblicken kehrten sie auf ihre Posten zurück und lachten immer noch über den Kollegen, der für einen Moment seine Hose verloren hatte. Keiner wusste, dass sie zwei ihrer Gefangenen hatten flüchten lassen.

Kapitel 21

Jesepiah zog Chloe an der Hand durch die Hinterhöfe Nauriels und gab ihr keine Zeit zum Verschnaufen. Sie wanden sich durch Gassen und Höfe, als könnte Jesepiah sich im Schlaf durch sie navigieren.

Chloe entdeckte im Vorbeigehen eine zwielichtig aussehende Gruppe nach der anderen, scheinbar ohne im Gegenzug von ihnen bemerkt zu werden.

Der Mond schien hell über ihnen. Mit jedem Schritt lernte Chloe, Jesepiah zu vertrauen, atmete die saubere Luft tief ein und genoss den Wind auf ihrem Gesicht. Es waren erst zwei Wochen vergangen und sie wusste, dass der Wind technisch gesehen nicht real war, aber oh, wie sie ihn vermisst hatte.

Schließlich bog Jesepiah in eine schmale Gasse ein, klopfte dann dreimal an eine Holztür und machte ein seltsames Geräusch hinten in ihrer Kehle, das Chloe an die Vögel erinnerte, die früher auf ihrem Balkon genistet hatten.

Die Tür knarrte und ein einziges Auge blickte hinaus. Mit einem bestätigenden Nicken öffnete sich die Tür weiter und sie traten ein.

Sie standen nun in einem kleinen Raum mit einem Feuer, das warm im Kamin brannte. Chloe blickte in das vertraute Gesicht der Elfin und rief: »LeavenHawk! Ich dachte wirklich, ich würde dich nie wiedersehen.«

»Das gilt auch für mich, obwohl es scheint, dass du im Vorteil bist. Ich kann dich immer noch nicht sehen.« Sie lächelte.

Chloe hob eine Augenbraue, als Jesepiah ihnen den Stoff vom Kopf riss.

»So. Das ist besser«, sagte LeavenHawk.

Chloe beäugte den Stoff in Jesepiahs Händen misstrauisch. Als sie noch unter ihm verdeckt gewesen war hatte es so geschienen, als ob... Aber jetzt konnte sie ihn klar sehen.

Jesepiah lachte. »Hier«, sagte sie und warf das Material wieder über sich selbst.

Chloe musste etwas hysterisch lachen. In dem Moment, als das Material sie bedeckte, verschwand Jesepiah vor Chloes Augen. Sie konnte direkt durch sie hindurch bis zur Tür sehen, durch die sie den Raum betreten hatten. Chloe streckte die Hand aus und erwartete, nichts als Luft zu greifen, aber ihre Hand fand etwas Weiches.

»Bist du bald fertig damit, mich zu befummeln?«, lachte Jesepiah, zog den Umhang wieder aus und erschien an der gleichen Stelle.

»Was ist das für eine Magie?«, fragte Chloe voller Ehrfurcht und ließ das Material durch ihre Finger gleiten. Es war kühl, als würde sie eine Mischung aus Wasser und Seife über ihre Hände laufen lassen. »Wie ist das möglich?«

Chloe blickte auf, leicht verärgert über die lächelnden Gesichter ihr gegenüber, während ihr Gehirn sich um Antworten auf die Tausenden von Fragen bemühte, die sie jetzt hatte.

»Warte, was zum Teufel ist hier los? Wie hast du ... mit den Wachen. Und ... was?«

»Eine Frage nach der anderen«, sagte LeavenHawk. »Das ist eine lustige Geschichte. Ich will sichergehen, dass ich nichts vergesse.«

Und so setzten sie sich an das knisternde Feuer, damit die Elfe alles erklären konnte. Wie ihre Spione bei der

Auktion anwesend gewesen waren und Chloe aufmerksam beobachtet hatten, als sie mit Tohken im Hinterzimmer verschwand. Obwohl sie in Panik geraten waren, als sie allein mit ihm gegangen war, hatten sie erleichtert gesehen, wie die Wachen in das Hinterzimmer gestürzt und mit Chloe zwischen ihnen zurückgekehrt waren.

»In diesem Moment wurde uns klar, dass wir Tohken unterschätzt hatten. Seine Spione übertrumpfen tatsächlich unsere. Ich bin immer noch überzeugt, dass er einen Maulwurf irgendwo in unserer Organisation haben muss. Wie auch immer, von diesem Moment an wussten wir, dass wir dich da rausholen mussten. Du wurdest dazu gebracht, für eine Tat zu büßen, mit der wir dich beauftragt hatten und das war nicht fair.«

»Hey, ich hatte mich freiwillig gemeldet«, sagte Chloe. »Es ist nicht so, als hättest du mich gefesselt und geknebelt und zu irgendetwas gezwungen.«

Jesepiah zwinkerte ihr zu.

»Dennoch«, fuhr LeavenHawk fort, als hätte sie nichts gesehen. »Du hast Ehre und Tapferkeit bewiesen. Das ist etwas, das nicht vergessen oder ignoriert werden kann.«

LeavenHawk erzählte Chloe, dass *Peregrins Bekenntnis* in der gesamten Stadt ihre Leute hatten. Wo immer möglich pflanzten sie ihre Wurzeln und sammelten Informationen. Mehrere ihrer Mitglieder waren sogar Teil der Wachtruppe, die das Gefängnis von Nauriel leitete.

Chloe drehte sich mit offenem Mund Jesepiah zu. »Du? Du gehörst zum Bekenntnis?«

»Oh, Himmel, nein.« Jesepiah lachte, vielleicht ein wenig zu lange für LeavenHawks Geschmack. Als sie den Blick der Elfe bemerkte, räusperte und beruhigte sie sich. »Nein. Ich habe dir von Anfang an gesagt, dass ich seltene

Tränken und magische Ware schmuggle. Jeder Teil davon war wahr. Egal wo ich bin, ich bin in der Lage, das Illegale zu finden und alles zu schmuggeln, was nötig ist, um den Job zu erledigen.«

»Der Tarnumhang«, sagte Chloe.

Jesepiah nickte. »Unter anderem. Es nennt sich das ›Tuch des Nicht-Sehens‹. Es ist ein unbezahlbares Artefakt. Eines, das ich hoffentlich für einen verdammt hohen Preis verkaufen werde, sobald ich meinen Arsch aus dieser Stadt und in die nächste befördert habe.«

»Das Tuch des… machst du Witze?« Chloe lachte. »Es ist ein Tarnumhang. Belassen wir es dabei.«

LeavenHawk setzte die Geschichte fort, bevor Jesepiah antworten konnte.

Sie erzählte Chloe, dass die eingeweihten Wachen jeden Tag bei ihr Bericht erstattet hatten und sich Sorgen machten, als sie in dem versteckten Kerker verschwunden war. Nach ihrer Rückkehr wussten sie, dass Chloes Gefängnisstrafe länger ausfallen würde, also benutzte LesavenHawk ihre Spione, um Jesepiah einzubeziehen (nachdem sie erfahren hatte, dass diese Chloe helfen wollte) und brütete einen Befreiungsplan aus.

»Also haben deine Spione die Wachen und die anderen Häftlinge vergiftet?«

LeavenHawk wog Chloes Worte ab. »Ähm, vergiftet ist ein bisschen heftig formuliert. Wir haben sie einfach… einschlafen lassen. Wir haben einen Riesenbottich voll Schlaftrunk gebraut und sie alle ins Land der Träume geschickt.«

»Schlaftrunk?«, sagte Chloe und fragte sich, warum bei ihr da etwas klingelte. Sie erinnerte sich plötzlich an ihren Besuch von …

»Gideon!«, rief sie aus.

»Ja?« Gideons Stimme kam von einer Tür auf der anderen Seite des Raumes.

Chloes Augen leuchteten auf und sie eilte durch den Raum, um ihre Arme um den Hals ihres Freundes zu werfen. »Du hinterhältiger ...«, meckerte sie und gab ihm einen nassen Kuss auf die Wange.

Gideon trat zurück und wischte sich den Kuss von der Wange. »Gern geschehen.«

»Gideon war unser Ass im Ärmel«, schwärmte die Elfe mit einem bewundernden Blick im Gesicht. »Er hat ein vertrauenswürdiges Gesicht, findest du nicht auch? Die Wachen hatten keine Ahnung, dass er, als er ihre Toilette benutzte, tatsächlich den Trank versteckt hat, der sie alle einschläfern würde.«

»Dann musste nur noch einer meiner Männer den Trank finden, einen Koch ablenken und den Trank in den Topf rühren. *Boom*. Job erledigt.«

Chloe schaute LeavenHawk an. Eine Elfe, die ›Boom‹ sagte? Sie entschied sich, es durchgehen zu lassen.

»Es ist so schön, dich zu sehen«, sagte Chloe. »Nun, als *freie* Frau jedenfalls. Ich kann euch allen nicht genug für eure Hilfe danken. Ich fing schon an, da drinnen meschugge zu werden.«

»Inwiefern wäre das eine Veränderung zu deinem normalen Zustand?«, neckte Gideon und zwinkerte. »Nette Beinschienen, nebenbei bemerkt.«

Chloe boxte ihm gegen den Arm und bemerkte, dass sich ein gewisses *etwas* an ihm verändert zu haben schien. Er hielt sich aufrechter. Er schien weniger schlaksig zu sein. Vielleicht war es nur ein neu entdecktes Selbstvertrauen durch die Wahl seiner Klasse, aber es war erfreulich zu sehen.

»Wer sagt, dass du eine freie Frau bist?«, fuhr Leaven-Hawk fort. »Du bist noch nicht über den Berg. Die Wachen werden auf die Straße rennen, sobald sie merken, dass ihr beide weg seid. Wir müssen dich hier rausbringen und zwar schnell. Gibt es einen Ort, an den du gehen kannst, der sicher ist?«

Chloe überlegte einen Moment und schüttelte dann den Kopf. »Eine andere Stadt. Jede andere Stadt. Wir haben eine Quest zu erfüllen.«

»Was ist mit Tohken?«, fragte Gideon. »Ich dachte, ihn zu beseitigen ist, warum wir überhaupt hergekommen sind?«

Eine Welle der Schuld überkam Chloe. Er hatte Recht. Das war es, was sie ihren Freunden gesagt hatte und das war der Grund, warum sie zusammen hergereist waren – um Erfahrungspunkte für die ganze Gruppe zu verdienen. Ben und Tag waren ihr nur aufgrund dieses Versprechens gefolgt.

In der Zwischenzeit hatte Chloe ihre ganze Aufmerksamkeit darauf gerichtet, an die Beinschienen zu kommen, die sie jetzt trug.

Konnte sie wirklich einfach zu ihrem nächsten Ziel rennen, ohne den anderen den Abschluss dieser Reise zu geben, den sie erwartet und verdient hatten?

»Du musst gehen. Du hast keine Wahl«, sagte Leaven-Hawk. »Peregrins Bekenntnis kann dich nur bis zu einem gewissen Punkt beschützen, bevor du geliefert bist. Verlasse die Stadt. Finde einen sicheren Ort. Das ist deine neue Quest.«

Chloe blickte zu Gideon, wollte tausend Dinge sagen, wusste aber, dass jetzt nicht der richtige Zeitpunkt dafür war.

»Schön«, sagte der Magier. »Lass uns Tag und Ben schnappen und von hier verschwinden.«

»Wo sind sie?«, fragte Chloe.

ANFÄNGERIN

Gideon sah sie an, als wollte er sagen: ›Das musst du wirklich fragen?‹

Sie fanden Tag in der Taverne eine Straße weiter, einem zwielichtigen Ort namens ›Überschwappender Kessel‹. Wie üblich war er ausgeknockt und schnarchte unter einem Tisch mit einem tropfenden Krug Bier, den er schief in einer Hand hielt. Sein Bart war von Bierschaum verfilzt.

Sie schafften es nach mehreren Versuchen, ihn zu wecken. Als er Chloe sah, lachte Tag laut auf, umarmte sie fest und drückte seinen nassen Bart an ihre Schulter. »Ich *wusste*, dass sie dich rausholen würden!«

»Wie viele Leute wussten von diesem Plan?«, fragte Chloe. »Ich dachte, ihr arbeitet im Geheimen? War es eine kluge Idee, einem großmäuligen Zwerg davon zu erzählen?«

LeavenHawk lächelte. »Er mag großmäulig sein, aber er ist dir gegenüber so loyal, wie ich es bei den besterzogensten Hunden nicht gesehen habe.«

Tag sah aus, als könnte er sich nicht entscheiden, ob das ein Kompliment oder eine Beleidigung gewesen war, aber entschied sich für ersteres. »Danke!« Er hob seinen Krug und tränkte seinen Bart in noch mehr Schaum.

»Wenn du hier bist, wo ist dann Ben?«, fragte Chloe.

Gideons Augen bewegten sich zur Decke, wo Chloe nun gedämpft hören konnte, wie Bettpfosten gegen eine Wand schlugen.

»Im Ernst?«, fragte Chloe, ihre Mundwinkel heruntergezogen. »Das muss doch langsam als Fetisch zählen, oder? Braucht er Hilfe?«

»Ich bin sicher, dass ihm deine zusätzliche Gesellschaft nichts ausmachen würde«, sagte Tag und verschluckte sich an seinem eigenen Lachen.

Sowohl Gideon als auch Chloe riefen »Igitt!«, bevor Chloe ihre Worte neu formulieren konnte.

»Ich meinte *psychologische* Hilfe.«

Tag zuckte mit den Schultern. »Wahrscheinlich auch einiges davon.«

Kapitel 22

Tag, Ben und Gideon gingen voran, während Chloe, LeavenHawk und Jesepiah folgten, von Kopf bis Fuß mit dem Tarnumhang bedeckt.

Die Gassen waren eng und in Lumpen gehüllte Gestalten saßen an die Häuser gelehnt und husteten in ihre Fäuste. Chloe hatte Mitleid mit ihnen – den Ausgestoßenen, die keinen Platz in Nauriels Gesellschaft finden konnten.

Gideon schaute um die Ecke und hielt sich gebeugt. Als er sich davon überzeugt hatte, dass die Luft rein war, winkte er die anderen weiter und sie schlossen sich dem dichten Verkehr die Straße hinunter an.

In Anbetracht der späten Uhrzeit war Chloe überrascht, wie geschäftig die Stadt war. LeavenHawk erklärte, dass Nauriel beide Arten von Kreaturen beherbergte, die nachtgenauso wie die tagaktiven. Chloe schaute sich genauer um und konnte einige seltsamen Wesen entdecken. Manche hatten lange Ohren oder riesige Augen wie Fledermäuse, humanoide Wesen, die perfekt für die Nacht gerüstet waren.

Ihr ungewohnter Anblick bereitete Chloe eine Gänsehaut.

»Schnell, hier entlang«, zischte Gideon, huschte auf die andere Straßenseite und hielt den Kopf gesenkt, als mehrere mit Gold geschmückte Wachen die Straße entlanggingen. Gideon stolperte leicht über einen kleinen Stein. Chloe musste sich ein Lachen verkneifen.

Nachdem die Wachen fort waren, zogen sie ihr Tempo wieder an und liefen weiter durch die Straßen. Jedes Mal, wenn die Wachen ihre Runden drehten, duckten sie sich und schafften es, sich an den Rand der Menge zu drängen. Sogar Tag hielt seine Stimme gesenkt und verhielt sich so unauffällig, wie er nur konnte – was für den Zwerg eine enorm große Leistung war.

Sie drängten sich an immer mehr Leuten vorbei, die Gassen hinunter, fanden Treppen und arbeiteten sich stetig höher hinauf in die Stadt. Als sie zwischen zwei Häusern auf eine neue Straße traten, blieb Chloes Herz fast stehen. Sie war wieder dort, wo sie vor zwei Wochen gewesen war, am Fuß der Treppe zur Auktionshalle. Das letzte Mal war sie wie für einen Märchenball gekleidet gewesen, begleitet von Neville und auf ihre Chance zum Angriff wartend.

Bis Tohken sie erwischt und ihr alles entrissen hatte.

Gideon winkte sie weiter, aber Chloe blieb stur stehen. LeavenHawk und Jesepiah beschwerten sich, als ein Teil des Umhangs hochrutschte und ihre Beine enthüllte.

»Was machst du da?«, knurrte Jesepiah.

Ein kleines Mädchen auf der anderen Straßenseite sah für einen Moment ihre Knöchel, aber es lachte nur und spielte einfach weiter mit seinem Spielzeug auf den Stufen eines Wohnhauses.

»Ich habe noch eine offene Rechnung«, flüsterte Chloe leise. »Ich entschuldige mich im Voraus, aber das muss jetzt sein.«

LeavenHawks Augen weiteten sich, als sie die Entschlossenheit in Chloes Gesicht sah. »Chloe, *nein*!«

Sie dachte nicht einmal darüber nach. Sie riss das Tuch von Jesepiah und LeavenHawk, hielt sich selbst so weiterhin versteckt und ließ die beiden anderen ungeschützt hinter sich.

Die beiden schrien auf, als sich verwirrte Gesichter zu ihnen drehten und die Neuankömmlinge auf der Straße entdeckten. Gideon, Tag und Ben drehten sich und ihre Augen weiteten sich, als sie die anderen beiden sehen konnten.

»Chloe ist abtrünnig geworden«, sagte Tag, dann zuckte er zusammen von der Berührung des kühlen Stoffes, mit dem Chloe alle drei bedeckte.

Sie zwinkerte. »Nennen wir es wie *Freelancer* arbeiten.«

»Oh, ja bitte!«, sagte Ben. »Endlich geht die Party richtig los!«

Chloe grinste, als sie ihr Team in Richtung Auktionshalle steuerte. »Folgt mir.«

Sie brachte sie die schwungvolle Treppe hinauf zu den Geräuschen einer laufenden Auktion und warf einen letzten Blick zurück. Jesepiah und LeavenHawk waren schon verschwunden.

Sie bahnten sich einen Weg nach hinten in die Halle. Chloe bekam ein seltsames Gefühl von Déjà-vu, als sie zusah, wie der Auktionsleiter auf der Bühne die zu verkaufenden Artikel ankündigte und in die Versteigerung überging.

»Wo sind wir?«, fragte Ben.

»Licht, Kamera und *Action*«, flüsterte Chloe und zeigte auf Tohken auf seinem Mini-Thron rechts in der Halle.

»*Das* ist Tohken?«, grummelte Tag.

Eine Frau in der Nähe drehte ihren Kopf halb zu ihnen und schaute wieder nach vorne, als sie dort niemanden sah.

»Nicht mehr lange. Mal sehen, ob er es schafft cool zu bleiben«, sagte Chloe und hob den Stoff gerade genug an, um eine freie Schussbahn auf Tohken zu bekommen. Der Eissplitter schoss aus ihren Händen und flog über die Köpfe der versammelten Menge in Richtung Tohken.

Ben, Tag und Gideons Augen weiteten sich.

Jemand schrie auf.

Das reichte schon.

Tohken duckte seinen Kopf und der Splitter verfehlte ihn um nur wenige Zentimeter. Er suchte nach der Quelle des Angriffs und sah gerade noch Chloes neue Beinschienen Gold und Grün glänzen, bevor sie unter dem Tarnumhang verschwanden.

»Schnappt sie euch«, brüllte er, stand auf und zeigte den Wachen die Richtung, ohne zu wissen, dass Chloe und die anderen sich bereits bewegt hatten, versteckt unter ihrem Umhang.

Die Köpfe der Menge drehten sich in einer Welle, niemand war sich ganz sicher, wo er suchen sollte.

Tohken sprang von seinem Sitz herunter, als die Menge panisch wurde und aufsprang. Die Besucher schrien und begannen, zu den Ausgängen zu rennen, voller Angst vor dem unsichtbaren Angreifer, der auf ihren geschätzten Sponsor geschossen hatte.

Chloe bewegte sich so schnell sie konnte, ohne den Tarnumhang von den anderen wegzuziehen. Sie folgte Tohken, als er zur Tür an der Seite des Raumes rannte und dabei Besucher zur Seite stieß.

Als er es zur Tür geschafft hatte, warf er einen letzten Blick zurück und schlug die Tür hinter sich zu. Chloe wirkte einen weiteren Zauber und benutzte **Telekinese,** um das Schloss dazu zu bringen ihr Eintritt zu gewähren. Das Metall bewegte sich, die Tür entriegelte von selbst.

»Wo zum Teufel hast du das alles gelernt?«, fragte Ben. Er war verblüfft, aber er hatte ein Lächeln im Gesicht. Er genoss es, auf diesen kleinen Ausflug mitgenommen worden zu sein.

»Man lernt so einiges im Gefängnis«, grinste Chloe.

Tag lachte. »Wo kann ich mich anmelden?«

ANFÄNGERIN

Chloe antwortete nicht, ihr Fokus lag erneut auf Tohken. Der Raum hinter dem Auktionssaal war ruhig. Tohken hatte sich vermutlich bereits in seiner Schatzkammer versteckt. Chloe erinnerte sich gut an den Weg dorthin von ihrem letzten Besuch bei Tohken.

Chloe ging durch mehrere Türen und erreichte schließlich den Saal, der mit Tohkens Sammlung gefüllt war. Ihre Gefährten machten überraschte Geräusche und murmelten, als Chloe sie an seinen Schmuckstücken und Schätzen vorbeiführte. »Das ist schon eine beeindruckende Sammlung«, sagte Gideon und beäugte die Rüstungen und Waffen aus längst vergangenen Zeiten.

»Beeindruckend? Ja. Verdient? Nein«, kommentierte Chloe und ging weiter, bis sie Tohkens Schlafzimmertür fand – das Zimmer mit seinem Alarmsystem. Schon jetzt konnte sie sich vorstellen, wie er an der Schnur für den Alarm zerrte, ein armseliger Wurm, der sich hinter seinen Handlangern versteckte.

»Wie sollen wir …«, begann Gideon.

Chloe, die nicht mehr zum Scherzen aufgelegt war, rief einen Feuerball herbei und feuerte ihn auf die Tür, die prompt mit einer beeindruckenden Explosion aus den Scharnieren krachte. Tohken quiekte wie ein kleines Schwein, duckte sich hinter sein Bett und tauchte eine Sekunde später mit einem Breitschwert auf, das viel zu schwer aussah, um von ihm gehalten zu werden.

»Oh,«, sagte Gideon. »Das ist natürlich recht effektiv.«

»Genug davon«, schnappte Tohken. Seine Haare standen in albernen Winkeln ab. »Verlasse sofort diesen Raum und ich werde dein Leben verschonen.« Er drehte sich wild um die eigene Achse und suchte nach der unsichtbaren Frau.

Chloe trat unter dem Material hervor, ein Eissplitter schwebte über ihrer offenen Handfläche. »Oh, jetzt sind wir also bereit Geschäfte zu machen? Das scheint normalerweise ganz gut für dich zu funktionieren, aber bei uns hast du geringere Chancen.«

»Uns?«, sagte Tohken und sah sich hektisch um. »Du bist noch verrückter, als ich dachte.«

Gideon, Ben und Tag erschienen und bauten sich hinter Chloe auf. »Das Letzte, was ich Chloe nennen würde, ist verrückt«, sagte Tag und tätschelte seinen Hammer mit einer Handfläche.

»Kommt schon«, lächelte Tohken, suchte nach Worten. »Verschont mich, ich bitte euch.« Seine Augen bewegten sich zu Chloes Beinschienen und Eifersucht löschte sein erzwungenes Gejammer aus. »Ich bin nur ein bescheidener Adliger, jemand, mit dessen Unterstützung man in dieser Stadt sehr gut zurechtkommen könnte... wenn man auf der richtigen Seite steht - nämlich meiner. Ich nehme eine gewisse Position ein und habe Macht und Einfluss. Ich kann dafür sorgen, dass ihr in Nauriel verehrt werdet!«

Chloe lachte leise. »Nach alledem, was du mir angetan hast? Dem Gefängnis? Dem Versuch, mich umzubringen? Den Lügen? Welche Chance habe ich, in dieser Stadt zu überleben?«

Tohken explodierte in animalischer Wut und versuchte, Chloe mit seinem Schwert zu erwischen. Er stürzte sich auf sie und fiel der Länge nach zu Boden, nachdem Bens Pfeil die Mitte seiner Stirn durchbohrt hatte.

Ben zuckte mit den Achseln, als sie ihn anschauten. »Was? Er hat mich genervt.«

Tag senkte seinen Hammer, sein Mund stand offen. »Du *Erfahrungspunktedieb*!«

ANFÄNGERIN

Chloe lachte und bemerkte das blinkende Symbol in ihrem Augenwinkel. Sie beschloss, sich das für später aufzuheben.

»Die paar Bonuspunkte fürs Abschließen der Quest hätte ich gar nicht ... – Ach, wer hätte das kommen sehen können?«

Tags Frust war ihm deutlich anzusehen, als Ben vom Boden gehoben wurde und in goldenem Licht badete, während die musikalische Benachrichtigung, die seinen Stufenanstieg ankündigte, laut erklang.

»Ah, wie angenehm«, sagte Ben. »Ooh, ich kann mich jetzt auch spezialisieren!«

»Besser, du bewahrst dieses kleine Vergnügen für später auf«, sagte Chloe, rollte die Augen und bedeckte alle wieder mit dem Tarnumhang. »Die Wachen sind auf dem Weg.«

Tatsächlich tauchten die Wachen einen Moment später auf. Sie rannten mit gezogenen Waffen in den Raum und fanden nichts außer Tohken, der tot auf dem Boden lag.

»Ausschwärmen. Durchsucht die Stadt. Findet diese Ratten«, schrie der Anführer die anderen an.

Chloes Herz hatte lange nicht so freudig geschlagen wie in dem Moment, als sie die vordere Treppe hinunterstürzten. Auf den Straßen herrschte das totale Chaos. Diejenigen, die vor der Auktion geflohen waren, hatten sich mit den Nachtaktiven und den ausgeschwärmten Wachen vermischt und die ganze Straße war brechend voll.

Chloe und die anderen schlängelten sich durch die Menge so gut sie konnten, quetschten sich in dunkle Ecken, versuchten, nicht über Nauriels Obdachlose zu stolpern und wichen nur knapp Ellbogen und Stiefeln aus.

»Weiter«, drängte Chloe und trat nach links, um einem Trio von Wachen auszuweichen, das auf sie zukam. »Wir kommen hier schon raus.«

»Meine Beine sind zu kurz«, keuchte Tag und hielt sich so gut er konnte von dem Mantel bedeckt.

»Und sein *ganzer* Körper ist in Proportion«, kommentierte Ben.

»Woher willst du das wissen, Loverboy?«, erwiderte Tag. »Du scheinst dich für die Proportionen von so ziemlich jedem Einwohner dieses Landes mehr zu interessieren als für meine. Wann hättest du Gelegenheit gehabt, mein... Zeug zu sehen?«

»Halt die Klappe«, zischte Gideon, als sie sich in eine Gasse drängten und den Atem anhielten. Ein Paar Wachen kamen von hinten und hielten an der Stelle an, an der sie gestanden hatten, bevor sie wieder davonstürzten, um eine weitere Treppe hinaufzusteigen. Sie folgten den Wachen vorsichtig.

Sie erklommen die Straßen und Treppen immer höher, bis das Chaos langsam hinter ihnen verschwand. LeavenHawk hatte ihnen eine Transportmöglichkeit versprochen, also bahnten sie sich ihren Weg zu den höchsten Ebenen von Nauriel, wo sie sie hatte hinführen wollen.

Über ihnen krächzten und flogen riesige Vögel, schossen senkrecht am Baum herab, schlugen mit den Flügeln und erhoben sich wieder. Chloes Nacken schmerzte, als sie zu der Plattform aufblickte, zu der sie unterwegs waren.

Das Falkennest, so hatte LeavenHawk es genannt, ein großer Sockel in den Höhen von Nauriel, den Cowladiten bewohnten, menschenähnliche Kreaturen mit den Eigenschaften von Greifvögeln und einer Intelligenz, für die sie selbst von den klügsten Magiern Obsidians beneidet wurden.

Ein großer Cowladit streckte einen dunkel gefederten Flügel aus, um ihnen den Weg zu versperren, als sie die letzten Stufen erklommen hatten und nach Atem rangen.

ANFÄNGERIN

»Haltet ein, Abenteurer. Entfernt euren Umhang, bevor ihr eintretet.«

Chloes Augen wurden groß, als sie die Kreatur durch den Stoff beobachtete. Er hatte einen langen Schnabel mit gezackten Kanten, dunkle Augenbrauen und bernsteinfarbene Augen. Die Spannweite seiner Flügel betrug mindestens zwei Meter in beide Richtungen, er verfügte über menschliche Hände und einer unglaublichen Menge langer Federn, die den Boden berührten.

Chloe wandte sich den anderen zu, zuckte mit den Achseln und zog den Umhang herunter, unsicher, was sie sonst tun sollte. Sie waren schon so weit gekommen. Jetzt konnten sie LeavenHawks Plan genauso gut bis zum Ende vertrauen.

»Ein mutiger Schritt, euch in Gegenwart eines Fremden von eurem einzigen Vorteil zu trennen«, sagte der Vogelmann. »Es wäre mir ein leichtes, euch umzubringen.«

»Du könntest uns nicht alle erwischen«, antwortete Chloe und ignorierte Gideons Ellenbogen in ihrer Seite.

Der Schnabel des Cowladiten öffnete sich leicht, anscheinend seine Version eines Lächelns. »Ich habe schon von deiner scharfen Zunge gehört, Gesegnete Chloe. Kommt, eure Freunde sind schon eingetroffen.«

Kapitel 23

Die Luft im Falkennest war frisch und der kalte Wind durchdrang sie alle bis aufs Mark. Chloes Zähne klapperten, ihre Arme fest um ihren Oberkörper geschlungen, als sie über Bretter gingen, die viel zu dünn aussahen, um sicher zu sein.

Die Welt war hier oben anders. Cowladiten klickten mit ihren Schnäbeln und blickten interessiert auf, wenn sie an ihnen vorbeigingen. Es gab kleine Zelte, in denen Kinder spielten, herumrannten, mit den Flügeln schlugen und lachten. Verschiedene Kisten mit seltsamen Gegenständen und Schmuckstücken stapelten sich vor den Zelten und Hütten, die aus Flechtwerk und verschiedenen Sorten geschnitztem Holz bestanden.

Chloe konnte es nicht glauben. Die Cowladiten lebten in der gleichen Stadt wie alle anderen, aber sie hatten ihr eigenes kleines Ökosystem hier oben in der Höhe. Sie fragte sich, warum sie sich selbst überlassen wurden.

»Wir bekommen hier oben selten Besuch«, sagte der Cowladit, dem sie folgten, seine Stimme rau. »Wir verbringen auch nicht oft Zeit da unten. Es ist eine Frage des Respekts von Grenzen. Die Stadtbewohner überlassen uns unseren Geschäften und wir überlassen sie den ihren.« Er zeigte auf den Boden viele hundert Meter unter ihnen, zum Trubel der Stadt. »Ihr könnt euch glücklich schätzen, dass ihr so weit gekommen seid.«

In der Abenddämmerung funkelten die Lichter. Chloe versuchte, die Auktionshalle und die Straßen zu erkennen, die sie zurückgelassen hatte, aber es war fast unmöglich irgendetwas zu erkennen.

»Klingt nach einem guten Arrangement«, antwortete Chloe. Hinter ihr klammerte sich Tag an Bens Arm, seine Knöchel weiß. »Es ist auszuhalten für diejenigen, die nichts gegen Höhen haben, nehme ich an.«

»Tag'kir, übrigens«, sagte der Vogelmann.

»Gesundheit«, sagte Gideon.

Der Cowladit lachte, ein krächzendes Geräusch. »So heiße ich.«

Gideon sah aus, als würde er darüber nachdenken, den Abgrund ein wenig genauer auszukundschaften.

»Robuster Name«, sagte Tag.

Tag'kir führte sie noch eine Treppe hinauf und auf einen Ast des Baumes, wo es zu Tags Erleichterung ein Geländer gab. An der einzigen Lücke ragte ein Brett ins Freie. Der Anblick erinnerte sie alle an Piratenfilme.

Schließlich kletterten sie die letzten Stufen hoch und Chloes Gesicht brach in ein Lächeln aus, als sie die Schar der vertrauten Gesichter auf der Plattform vor ihr sah.

Jesepiah und LeavenHawk erwarteten sie dort und sprachen mit jemandem, den Chloe sofort für das Oberhaupt der Cowladiten hielt. Sein Gefieder war besonders prächtig und er war einen guten halben Meter größer als jeder Cowladit, den sie bisher gesehen hatten. Große Narben zierten Schnabel und Gesicht.

Und dort, neben den dreien schwebend, war–

»Decaru! Ich dachte, wir hätten dich verloren!« Chloe rannte voraus, die Arme ausgestreckt in Richtung der schwebenden Kugel.

Sie war nur ein paar Zentimeter entfernt, als sie etwas im Gesicht traf. Schmerzen explodierten an ihrer Nase und sie fand sich auf dem Boden liegend wieder. Als Chloe aufblickte, schüttelte Jesepiah gerade ihre Hand aus, ihre Knöchel waren blutig und sie beugte sich herunter, um Chloe aufzuhelfen.

»Das war dafür, dass du meinen Umhang gestohlen hast, weggelaufen bist und uns zum Sterben zurückgelassen hast«, sagte Jesepiah.

»Zum Sterben?« Chloe umklammerte ihre Nase und rief **Heilende Hände** herbei, sodass das Blut verschwand und ihre Nase wieder in Position rückte. »Etwas dramatisch, findest du nicht auch?«

Sie lachten, Jesepiah zog Chloe in eine kräftige Umarmung und sie gab den Umhang zurück. »Danke, du hast keine Ahnung, wie nützlich er war.«

»Ich kann es mir vorstellen«, antworte Jesepiah.

LeavenHawk unterbrach ihr Gespräch mit dem Oberhaupt. »Ich nehme an, die Tat ist vollbracht? Tohken ist tot?«

»Woher weißt du das?«, fragte Chloe und lächelte die anderen unschuldig an.

»Es war nicht gerade schwer zu erraten, nachdem du dich direkt vor der Auktionshalle so äußerst unhöflich verhalten hast.« LeavenHawk lächelte freundlich.

Chloe fühlte zum ersten Mal keine Reue, aber Scham darüber, dass sie ihre Verbündeten so im Stich gelassen hatte. »Bist du sauer auf mich?«

LeavenHawk schien darüber nachzudenken. »Ich glaube nicht, dass ich es einer Frau nachtragen kann, dass sie nichts davon abhält, ihren Job zu erledigen. Es gibt nicht viele da draußen, die ihre Verpflichtungen bis zum Ende durchziehen.« Sie streckte eine Hand aus.

Chloe nahm sie an.

»Herzlichen Glückwunsch, Chloe. Du hast heute Mut gezeigt und du hast diese Stadt von einem ihrer vielen Flüche befreit. Hoffentlich können sich nun die vielen Menschen, die unter Tohkens repressiver Herrschaft standen, befreien und wieder zur Normalität zurückkehren.«

»Ich bezweifle es«, sagte Jesepiah. »Wo du ein Unkraut ausrupfst wird schnell ein weiteres wachsen, um seinen Platz einzunehmen.«

LeavenHawk nickte ernst und schien für einen Moment in Gedanken versunken. Sie kehrte in die Realität zurück, als der Stammesführer hinter ihr in eine gefiederte Hand hustete. »Oh, wo sind meine Manieren? Chloe, ich möchte dir einen Freund vorstellen, Dang'thor von den Cowladiten. Cowladiten sind eine ganz besondere Rasse hier in Nauriel. In ganz Obsidian, genauer gesagt. Sie bieten unserer Welt einen großen Nutzen und es ist eine Ehre, dass ihr heute vor ihm stehen dürft.

Dang'thor, ich präsentiere dir, Chloe, Gideon, Ben und Tag, Abenteurer aus dem Reich der Gesegneten.«

»Gesegnete?«, krächzte Dang'thor. »Wie interessant. Ich habe gehört, dass sich eure Art über unser Land ausbreitet, sich niederlässt und in unsere Gesellschaften einfügt. Einige vergleichen euer Erscheinen in unserem Land mit einer Plage, aber ich kann schon jetzt erkennen, dass wir von eurer Art profitieren können. Ist es nicht so?«

Er lehnte sich vor und sah Chloe und die anderen misstrauisch an. »Aber zuerst sagt mir, was wollt ihr von unserem Reich?«

Chloe wusste nicht, wie sie antworten sollte. Sie hatte sich nie als Fremdkörper in Obsidian betrachtet, aber sie musste zugeben, dass sie es war. Während die NSCs und Schöpfungen von Obsidians KI alle in die Welt eingebettet waren und der Tod für einen NSC eine ewige Schwärze in der digitalen Leere bedeutete, hatten die gesegneten Spieler aus der realen

Welt, die das Spiel besuchten, das größte Geschenk von allen erhalten, das ewige Leben.

Sie konnte verstehen, wie das die Bewohner Obsidians verärgern könnte. Besonders jetzt, da ihre Zahl zunahm.

Chloe wandte sich an Dang'thor. »Wir wollen nur aufstehen, aufeinander zugehen...«

Ben und Tag hoben ihre Augenbrauen.

»Voneinander lernen ...«

Gideon legte seinen Kopf in die Hände.

Chloe konnte ihr Grinsen nicht verbergen. »Miteinander, tja, umzugehen.«

Dang'thors Nackenfedern stellten sich auf. LeavenHawk sah zutiefst enttäuscht aus.

»Was *sagt* sie da?«, fragte Dang'thor beunruhigt.

Chloe lachte und machte eine abwinkende Geste. »Es tut mir leid, ich konnte nicht widerstehen. Ihr seid beide so ernst.« Sie wandte sich an LeavenHawk, die missbilligend den Kopf schüttelte. Chloe räusperte sich und zwang sich, wieder ernst dreinzublicken.

»Schaut, wenn Ihr es wirklich wissen wollt, unsere Mission ist die gleiche wie die aller Abenteurer. Wir wollen nur das, was jeder Abenteurer hier wollen würde. Wir suchen versteckte Höhlen und die verlorenen Schätze dieser Welt. Wir wollen in keiner Weise anderen schaden oder das Gleichgewicht dieser Welt stören, sondern sie mit den einheimischen Völkern in Frieden teilen und das Reich von den Schrecken befreien, die sie befallen.«

Sie blickte zu den anderen, auf der Suche nach Unterstützung und sie nickten. Ben meldete sich zu Wort. »Was Chloe sagt ist wahr. Wir wollen weder Euch noch Eurem Volk schaden. Wir sind wohlwollend. Dasselbe kann man von einigen Bewohnern Eures Reiches leider nicht behaupten.«

Dang'thor sah sie noch einen Moment lang an, dann nickte er leicht mit dem Kopf. Er sah so aus, als würde er noch etwas sagen wollen, aber stattdessen stieß er ein gewaltiges Krächzen aus. Das Geräusch erinnerte Chloe an Fingernägel, die jemand über eine Tafel zog.

Chloe und die anderen zuckten zusammen.

»Wir werden sehen, wie euer Urteil ausfällt«, sagte Dang'thor und trat zurück, als eine der hässlichsten Kreaturen, die Chloe je gesehen hatte, hinter seiner riesigen Form auftauchte.

Es sah aus wie eine Kreuzung zwischen einem Goblin und einem Geier. Sein langer Hals hing wie ein verwelkter Blumenstiel herab und zwischen der Krone seines Kopfes und seiner Brust fehlten ihm alle Federn. Einen Fuß zog er kratzend über den Boden hinter sich her, als er näher humpelte und seinen Kopf mit scheinbar großer Anstrengung Dang'thor zudrehte.

»Meine Talente sind gewünscht, Sir?«, krächzte die Kreatur, die Stimme von jeglicher Emotion befreit.

Dang'thor nickte. Die Kreatur humpelte näher an die Gruppe heran und öffnete ein Auge weiter, um damit jeden von ihnen nacheinander anzustarren, ohne auch nur einmal zu blinzeln. Bernsteinringe umrandeten seine blutroten Pupillen.

Chloe fühlte sich, als würde ihre Seele durchsucht werden. Sie fühlte sich nackt. Verwundbar. Sichtbar. Jede Sekunde des Augenkontaktes dehnte sich unendlich. »Sachte«, sagte sie leise, als sich die Geier-Kreatur herablehnte und an ihren Schultern und ihrem Hals schnüffelte.

Chloe drehte sich halb zu Tag. »Ich glaube, er hat einen Schulterfetisch.«

Tag unterdrückte ein Lachen. »Vielleicht könnten er und Ben eine Gruppe von Anonymen Fetischisten bilden. Er mag Schultern, er vögelt gerne NSCs.«

Gideon lachte und brach abrupt ab, als der Geier mit einem Ruck seines Halses seine Aufmerksamkeit auf ihn richtete. Er schauderte und verspannte sich, als die Kreatur ihr Ding machte, sich irgendwann später zu Ben umdrehte und dann zu Tag, der unbehaglich von einem Fuß auf den anderen trat, unsicher, wo er hinschauen sollte.

Die Kreatur klickte mit dem Schnabel, humpelte zu Jesepiah hinüber und schnaubte durch die Nasenlöcher.

Schließlich schob sie seinen Kopf zurück zu Dang'thor und nickte. »Sie sind rein.«

Dang'thor nickte und die geierartige Kreatur humpelte davon. Die Abenteurer stießen einen Seufzer der Erleichterung aus.

LeavenHawk flüsterte Dang'thor etwas zu, der ein Geräusch des Verständnisses machte und wieder nickte. Sie trat auf die Gruppe zu. »Ihr habt die Prüfung der Cowladiten bestanden und geltet als würdig und reinen Herzens. Aus diesem Grund werden die Cowladiten euch eine sichere Reise zu eurem nächsten Ziel ermöglichen.« Ihre Augen verengten sich. »Ich hoffe, du weißt, was für eine Ehre es ist, vom Oberhaupt der Cowladiten selbst eine Reisemöglichkeit gewährt zu bekommen.«

Chloe und die anderen murmelten ihren Dank an Dang'thor. LeavenHawk lachte und sagte: »Kommt.«

Sie führte sie an den Rand der Plattform, wo die Sonne nun in einem herrlichen Reichtum von Pastelltönen aufging. Von hier oben aus konnten sie atemberaubend weit sehen. Chloes Blick glitt über die Berggipfel, von denen sie sich fragte, ob sie schon auf ihnen gestanden hatte, Oakston vermutlich irgendwo hinter ihnen versteckt.

Sie konnte den sich windenden Fluss, der hinter einem Hügel verschwand, sowie kleine Baumgruppen erkennen.

ANFÄNGERIN

Irgendwo in dieser Richtung stellte Chloe sich vor, wie die Bummeln um ihre Stöcke herumschwirrten.

Weit in die andere Richtung war ein Flickenteppich aus Hügeln, Wäldern und Städten zu sehen und fast am Horizont ragte die neblige Fassade eines großen Gebäudes in den Himmel.

»Warum konnten wir Nauriel nie sehen?«, fragte Gideon. Die anderen wandten sich ihm fragend zu. »Als wir dort drüben waren und in die Ferne blickten? Der Baum ist riesig. Es scheint unmöglich, dass wir ihn übersehen haben. Sicherlich kann man Nauriel aus jeder Ecke Obsidians sehen?«

Ben und Tag murmelten ihre Zustimmung.

»Magie«, antwortete Chloe. »Wie immer liegt es an Magie. Richtig?«

LeavenHawk lächelte. »Genau. Nauriels Geschichte geht zurück auf die Zeit jenseits jeder Erinnerung. Sein Baum wurde damals gepflanzt und jahrtausendelang geschützt. Um ihn sicher und gepflegt zu halten, wurde ein Zauber auf die Wurzeln des Baumes gelegt, der sich bis zu jedem Blatt und jedem Ast ausbreitete. Ist man einmal außerhalb der Stadtgrenzen, verschwindet der Baum vor den Augen, nur die Häuser und Gebäude bleiben sichtbar.«

»Das ist unglaublich. Das muss eine sehr mächtige Magie sein«, sagte Chloe.

Sie starrten noch eine Weile in die Ferne und Chloe beobachtete, wie mehrere der Cowladiten sich in Sturzflügen von den unteren Plattformen stürzten und in großen, weitläufigen Bögen über die Stadt flogen. Wie befreiend es sein musste, einfach mit den Flügeln schlagen und fliegen zu können, zu reisen, wohin man wollte mithilfe von nichts anderem als seinem eigenen Körper.

»Ich bin froh, dass sie dich beeindrucken«, sagte LeavenHawk und hatte genau gesehen, wohin sich Chloes Blick gerichtet hatte. »Der erste Schritt zum Reiten von Cowladiten ist der Wunsch zu fliegen.«

Chloes Augen weiteten sich, als sie bemerkte, dass, während sie die Vögel bewundert hatte, ein Paar von ihnen in der Nähe der Plattform erschienen waren und sich zu ihnen gesellten. Diese schienen von einer anderen Art zu sein als die Cowladiten, die Chloe zuvor gesehen hatte und ähnelte mehr den Falken, die sie kannte. Ihre Körper waren doppelt so groß wie selbst der von Dang'thor.

»Du weißt, wie man reitet, ja?«, fragte Dang'thor.

»Das tue ich.« Chloes Herz begann vor Aufregung zu schlagen. »Stufe 5.«

»Wann ist das denn passiert?«, fragte Gideon.

»Es ist eine lustige Geschichte. Irgendwann erzähle ich euch mal davon.«

Tags Augen wurden riesig. »Das ist nicht euer Ernst? Wir klettern auf *diese* Dinger?«

Die Falken hockten sich hin, sodass ein kleines Team von Cowladiten auf sie klettern und mehrere Gurte anlegen konnten. Nachdem sie fertig waren, trug ein Vogel zwei Geschirre, der andere drei.

»Wer ist der andere Reiter?«, fragte Chloe.

Ben trat stolz vor. »Zu euren Diensten.«

Chloes Mund fiel auf. »Ha! Du machst Witze. Wann bist du in deinem Leben schon mal was geritten? Bist du sicher, dass du mit diesen Bestien umgehen kannst?«

Einer der Falken krümmte seinen Hals und krächzte wütend in Richtung Chloe.

»Tut mir leid! Entschuldigung. *Majestätische* Kreaturen.«

»Eigentlich ist es irgendwie eine lustige Geschichte«, sagte Ben und kletterte auf einen der Falken, um sich auf den vorderen Platz zu setzen. »Ihr wisst doch, wie dieses

Spiel einem Punkte für die Ausführung von Aktionen gibt, die manchmal nur vage mit den Talenten zu tun haben?«

»Sicher?«

Ben zwinkerte, biss sich auf die Unterlippe und begann, seine Hüften zu bewegen und seinen Hintern auf dem Sattel zu reiben.

Chloe und die anderen explodierten vor Lachen. »Du hast das Talent **Sattler** verdient, indem du von Bett zu Bett gehüpft bist?«, brachte sie heraus mit schmerzendem Bauch und musste sich vornüberbeugen.

»Was soll ich sagen? Reiten ist gleich reiten.«

Als sie endlich wieder reden konnten, ging Chloe zu dem anderen Falken hinüber und nahm sich einen Moment Zeit, eine Hand über seinen gefiederten Körper gleiten zu lassen. Sogar durch die Federn hindurch konnte sie die kräftigen Muskeln darunter spüren und der Falke lehnte sich erfreut in Richtung ihrer sanften Berührung.

LeavenHawk und Jesepiah traten zu ihr.

»Nochmals vielen Dank, Chloe«, sagte die Elfe. »Ich bete dafür, dass es euch auf eurer weiteren Reise gut ergeht. Ich kann bereits sehen, dass ihr große Dinge vollbringen werdet. Lasst dies nicht unser letztes Treffen sein.«

»Das kommt darauf an, ob die Stadt mich jemals zurückkommen lässt«, antwortete Chloe. »Du erinnerst dich, dass ich gerade aus dem Gefängnis geflohen bin und einen Kerl umgebracht habe, richtig? Ich bin mir nicht sicher, ob sie mir das so schnell verzeihen werden.«

»Die Zeit erodiert jeden Groll, so wie sie Berge niederreißen kann. Hier, das ist für dich – ein Abschiedsgeschenk von *Peregrins Bekenntnis*. Es ist eine Schande, dass du nicht länger bleiben und dich unseren Reihen anschließen konntest. Du wärst eine wertvolle Bereicherung gewesen.«

LeavenHawk präsentierte ihr das schönste Schwert, das Chloe je gesehen hatte. Es schien elfisches Handwerk zu sein und die Klinge steckte in einer goldenen Scheide, die mit Blattmustern verziert war. Als Chloe es zog, sah sie gefiederte Schnitzereien am Griff und die Klinge lag unerwartet leicht in ihrer Hand.

»Die Grundausstattung bei Peregrins Bekenntnis«, sagte LeavenHawk. »Der hochwertigste Stahl in Obsidian. Möge dies ein angemessener Ersatz für die Klingen sein, die du in Nauriels Gefängnis verloren hast.«

Chloe band die Scheide an ihre Taille und hielt das Schwert in beiden Händen, als sie die Mitteilung las.

Du hast eine neue Waffe erhalten: Klinge des Peregrins
Du hast die Klinge des Peregrins erhalten. Indem du dich in ihren Kreisen bewiesen hast, erwarbst du ein bleibendes Andenken, das dir in der Hitze des Gefechts hilfreich sein wird.
Hergestellt aus feinstem Nauriel-Stahl ist diese Waffe immun gegen Abnutzung und Verschleiß.
Schaden: 14-21 (Hiebschaden)

»Danke«, sagte Chloe, streckte die Hand aus und zog die Elfe in eine Umarmung. Diese reagierte zögerlich, gab aber schließlich nach.

»Und du.« Chloe wandte sich an Jesepiah. »Danke auch dir für alles.«

Jesepiah trat hektisch zurück, die Hände abwehrend erhoben. »Ähm, nein, danke. Ich mache dieses klebrige Zeug nicht. Ich könnte anbieten, dir noch einmal ins Gesicht zu schlagen?«

Chloe lachte. »Ich passe.«

ANFÄNGERIN

»Und außerdem«, fuhr Jesepiah fort, »Warum verabschiedest du dich? Du bist noch nicht fertig mit mir.«

Chloe sah die anderen verwirrt an. Sie zuckten mit den Achseln, Tag kletterte gerade unsicher auf den Falken hinter Ben und Gideon kämpfte damit, sich auf den anderen zu heben.

Jesepiah kniff ihren Nasenrücken und sah frustriert aus. »Denkst du wirklich, dass ich zurückbleibe, während du in Richtung Horizont galavierst? Ich muss diese Stadt auch verlassen, wenn du dich erinnerst. Ich habe Waren zu schmuggeln und Handel abzuschließen. Ich bleibe nicht hier, um mich schnappen zu lassen dafür, dass ich *dich* aus dem Gefängnis geholt habe.«

Chloe strahlte. »Dann komm an Bord.«

Sie bestiegen die Falken und stellten fest, dass die Sitze alles in allem eigentlich ziemlich bequem waren. Um den Schnabel jedes Falken herum befand sich ein Paar Zügel und die Passagiere hatten jeweils einen erhöhten Sattelgriff zum Festhalten.

»Passt auf euch auf, Chloe, Tag, Ben, Gideon und Jesepiah.« LeavenHawk hielt inne, als die glühende Kugel, die gerade wieder um das Stammesoberhaupt herum schwebte, in der Luft auf und ab sprang und sich ihnen anschloss. »Und du natürlich auch.« Sie lächelte.

»Danke für alles«, sagte Chloe.

Sie neigte ihren Kopf, packte entschlossen die Zügel und schnalzte mit der Zunge. Der Falke krächze und stieß sich mit einem enormen Kraftschub von der vorstehenden Plattform ab. Chloes Magen drehte sich, als der Vogel sich für einige Zeit fallenließ, bevor sich seine Flügel weit ausbreiteten und die Luft auffingen.

Hinter ihnen hörten sie Ben jubeln und Tag schreien.

Sie glitten tief über die Stadt und Chloe riskierte einen seitlichen Blick hinab, wo der Wind an ihnen vorbeipfiff und ihr Tränen in die Augen schossen. Nauriels Bürger blickten herauf und zeigten auf die riesigen Vögel und mehrere Wachen schüttelten ihre Speere, während sie über die Landschaft flogen. Die Vögel brachten sie schnell in Richtung der aufgehenden Sonne.

Kapitel 24

Das Feuer knisterte laut, ein winziges Exemplar bestehend aus kleinen Stöcken und Ästen, die sie in dem kleinen Wald hatten finden können. Sie waren umgeben von den Geräuschen der Natur und dem Rauch des Feuers, der sich mit dem saftigen Duft von geröstetem Wild vermischte. Der Himmel öffnete sich über ihnen.

»Ah, so lässt es sich aushalten«, sagte Tag, legte sich auf den Rücken und streichelte seinen Bauch. Er hatte sich mehr als zweimal bedient. Bens Leistungen im Bogenschießen waren so beeindruckend geworden, dass er nur für einen Moment weg gewesen war, bevor er mit seiner Tasche voller Köstlichkeiten für die Gruppe zurückkehrte.

Chloe und Gideon hatten sich damit beschäftigt, die Fleischstücke aufzuspießen und ein paar Kräuter hinzuzufügen, die sie zwischen den Bäumen gefunden hatten. Chloe rutschte unbequem auf dem Felsen herum, auf dem sie jetzt saß. Sie würde von dem Flug auf dem Falken noch lange etwas haben.

Die Vögel waren schnell satt gewesen und schliefen nun am Rand der Lichtung, so regungslos, dass sie Statuen hätten sein können. Ihre Köpfe waren unter ihren Flügeln versteckt und hinterließen nur einen beeindruckenden Haufen Federn.

»Ja, das stimmt wirklich«, sagte Jesepiah. Sie saß auf einem Felsen neben Tag. Ihre Augen huschten immer wieder zu ihm herüber.

Chloe versteckte ein Lachen hinter ihrer Hand. Während des gesamten Flugs hatte Jesepiah nichts anderes getan, als sich laut Sorgen zu machen und über Tag zu reden, sich von ihrem Falken umzusehen und zu überprüfen, ob der Zwerg, der sich wütend an Ben klammerte, in Ordnung war.

Nun, da sie wieder auf dem Boden waren wirkte Jesepiah zum ersten Mal, seit Chloe sie kannte, fast schüchtern. Jedenfalls weniger laut. Ihre Augen hatten nach seinen gesucht, als Tag fast einen ganzen Fuchs allein verschlang und sich auch an den Eichhörnchen bediente. Er wirkte völlig unberührt von den Wellen der Zuneigung, die Jesepiah in seine Richtung schickte.

»Ich kann dir nicht sagen, wie lange es her ist, dass ich die offene Landschaft gesehen habe«, sagte Jesepiah. »Alles ist so sauber und ruhig hier draußen. Es ist nicht zu vergleichen mit dem Treiben in den Städten.«

»Das ist, was das Gefängnisleben mit einem macht«, bemerkte Chloe.

»Nicht nur das Gefängnisleben«, antwortete Jesepiah. »Ich habe für einige Jahre in dieser Stadt gelebt, geschmuggelt, gehandelt und mein Ding gemacht. Es ist schon Jonken her, dass ich das letzte Mal Rasen gerochen, fließendes Wasser gehört und frischen Wind in meinem Haar gespürt habe.«

»Jonken?«

Jesepiah rollte mit den Augen. »Ihr wisst schon. *Ewigkeiten.*«

Ben tauchte irgendwann später mit noch mehr Fleisch auf. Seinen Berichten zufolge waren die Bäume ein wahres Sammelsurium an Köstlichkeiten, wobei die Tiere dank des Geruchs von zubereitetem Essen näher an der Lichtung herumstreunten und eine leichte Beute für seinen Pfeil und Bogen waren.

ANFÄNGERIN

»Wir sollten wachsam bleiben«, sagte Ben. Er hatte ein Bündel Stoff geschultert, das mit seiner Beute gefüllt war. »Mein Talent **Fährtensuchen** hat da draußen etwas Großes ausgemacht. Ich bin mir nicht sicher, aber ich habe das komische Gefühl, dass wir beobachtet werden.«

»Aye aye, Captain.« Chloe salutierte und nutzte die Gelegenheit, um aufzustehen und nahm Ben sein Gepäck ab. »Wo wir gerade von unseren Talenten sprechen, ich habe gehört, ihr seid jetzt alle Stufe 10?«

Ben grinste, seine Augen blitzten zu Tag. »Das ist richtig. Wir sind *alle* Stufe 10. Meister Gideon, jetzt ein Magier. Ich, jetzt ein Waldläufer. Und ... oh, was warst du nochmal, Tag?«

Piep »... dich«, grummelte Tag.

»Oh, das ist richtig. Nicht alle von uns *sind* schon Stufe 10, was, Kumpel?«

Chloe lachte und war jetzt neugierig, da sie wusste, welche Vorteile Gideon als Magier bekommen hatte – da ihr diese Klasse selbst angeboten worden war – aber keine Ahnung hatte, was die Waldläuferklasse Ben brachte.

Bens Augen wurden glasig, als er seine Klassenbeschreibung aufrief. Die Waldläuferklasse bietet Vorteile für diejenigen, die ihre Talente Bogenschießen und Spurensuchen perfektionieren und eins mit der Natur werden wollen. Waldläufer können sich leicht in die natürliche Umgebung einfügen, besser als die meisten anderen jagen, spurensuchen, auskundschaften und sie sind tödliche Bogenschützen.

Die Klasse brachte auch einen netten zusätzlichen Schub für Bens Geschicklichkeit und Intelligenz, sowie zusätzliche Hilfe bei der Verwendung seiner Talente **Schleichen**, **Kreaturenidentifikation** und **Volltreffer**, wobei letzteres die finale Belohnung für die Auswahl der **Waldläuferklasse** war.

»Trotzdem«, meinte Tag und setzte sich auf, »ist es ein Trost, dass zumindest ich und Chloe unsere Klassen zusammen aussuchen können. Du wirst auf mich warten, nicht wahr, Chloe? Ich will nicht der Letzte sein, der sich für eine Klasse entscheidet.«

Chloe vermied Tags Blick.

»Nein!«

»Machst du Witze?«, fragte Ben. »Natürlich hat sie sich ihre Klasse ausgesucht. Hast du nicht gesehen, wie sie bei Tohken diese verdammten Türen gesprengt und seltsamen Kram mit dem Schloss gemacht hat? Du bist jetzt auch eine Magierin, nicht wahr, Chloe?« Er drehte sich zu Gideon. »Du kannst noch viel von ihr lernen.«

Chloe errötete und winkte verzweifelt mit den Händen, als Gideon enttäuscht seufzte. »Nein, nein, nein, ich bin keine Magierin, ich schwöre. Es gibt nur für einen Magier Platz in dieser Gruppe und das ist Gideon. Nicht wahr, Kumpel?«

Gideon nickte halbherzig.

»Was hast du dann gewählt?«, fragte Ben fasziniert.

»Ha! Berserker! Ich wusste, dass du es in dir hast, Mädchen«, freute sich Tag.

»Nichts dergleichen«, antwortete Chloe. Sie stemmte die Fäuste in die Hüften und nahm ihre beste Wonder Woman-Pose ein. Mit der Stimme eines Stadionsprechers sagte sie: »Ihr steht dem neuen Kampfmagier der Gruppe gegenüber. Sie kann kämpfen, sie kann Magie beschwören, sie kann zwei Waffen gleichzeitig schwingen *und* außerdem sieht sie dabei immer umwerfend aus. *Es iiiiiiiist* Chloe!«

Sie formte ihre Hände zu einem Trichter um ihren Mund, jubelte und hob eine Faust in die Luft. »Yeah!«

Die anderen brachen in Gelächter aus. Sogar Gideon konnte sich nicht helfen. Einer der Falken hob den Kopf, blickte sie missbilligend an und ließ sich wieder nieder.

»Was meinst du, Decaru?«, fragte Chloe und rief das Irrlicht herbei, das in der Nähe der Falken schwebte.

Das Irrlicht hüpfte aufgeregt, seine Stimme erschien in ihrem Kopf.

Eine weise Entscheidung, Chloe. Für jemanden wie dich hat es keinen Nutzen, seine Fähigkeiten einzuschränken. Ich freue mich darauf zu sehen, was du zaubern kannst.

Es wird nicht vergleichbar sein mit dem, was du *zauberst,* schickte sie in seine Richtung.

Jedenfalls noch nicht, antwortete der Schamane.

Wenn ihr damit fertig seid, euch gegenseitig die Schwänze zu lutschen, wollt ihr dann anerkennen, dass all das ohne mich nicht passiert wäre? ›Jemand wie Chloe.‹ Als wäre ich gar nicht hier, kommentierte KieraFreya.

Chloe rollte mit den Augen und machte eine mentale Notiz, KieraFreya später richtig zu danken. Vielleicht, wenn sich die anderen abgemeldet hatten.

»Also, sind die Beinschienen ein Bonus dafür, Kampfmagier zu werden oder ist das nur etwas, das du auf der Straße aufgesammelt hast?«, fragte Ben, ein Funkeln in seinen Augen.

Chloe drehte sich zu Gideon, dessen Mund aufklappte. »Ich habe nichts verraten.«

Bens Gesicht wandelte sich vom spielerischen Necken zu Neugierde. »Oh? Habe ich da etwa einen Nerv getroffen? Was verschweigst du uns?«

Chloe fühlte, wie sie errötete. Tag setzte sich erneut auf mit interessiertem Blick. Jesepiah schielte von Tag zu Chloe herüber. Sie konnte ihnen vertrauen. Oder nicht? Schließlich hatten sie gerade das verdammte Land für sie durchquert. Sie hatten ihr vertraut zurückzukehren, nachdem sie sich weggeschlichen hatte, um ihre Mission zu erfüllen. Sie waren jetzt hier bei ihr, bereit, sie zu beschützen, wenn sie es brauchte. Sie war selbst bereit, für sie zu sterben, nicht wahr?

Nun, vielleicht noch nicht für Jesepiah. Sie kannte die Frau kaum. Aber wenn sie eins bewiesen hatte in der kurzen Zeit, dann war es, dass sie Geheimnisse für sich behalten konnte.

Ihre Augen fanden die von Gideon wieder. Er nickte kurz, ein Zeichen dafür, dass er dasselbe dachte. Wenn es eine Person in diesem ganzen Reich gab, der Chloe vertraute, dann war es Gideon. Er hatte sein Versprechen gehalten, niemandem zu sagen, was er wusste und sie vertraute diesen manchmal anstrengenden Typen von ganzem Herzen. So seltsam zusammengewürfelt ihre kleine Gruppe war, sie hatten sich immer gegenseitig den Rücken freigehalten und das schon seit Jahren.

Chloe atmete tief durch und erzählte ihnen alles, von ihrem ersten Moment in Obsidian bis zum Fund von KieraFreyas Armschienen, von ihrem Treffen im Wald bis zu ihrem Abenteuer im Nauriel-Gefängnis, um die Beinschienen zu finden. Der Kampf mit den Käfern. Die vielen kleinen Lügen, um ihnen nicht verraten zu müssen, was es mit ihren Armschienen auf sich hatte. Alles.

Sie verschüttete alles in einem Schwung von Ehrlichkeit, der sich gleichzeitig gut und schrecklich anfühlte. Sie starrte auf den Boden, als sie von ihren Notlügen erzählte, aus Angst, ihre enttäuschten Gesichter zu sehen. Warum sollten sie eine Lügnerin in ihrem Team haben wollen? Warum sollten sie ihr weiterhin vertrauen, nachdem sie sie benutzt hatte, um zu ihren eigenen Zielen zu gelangen?

Aber als sie aufblickte, hatten sie alle ein kleines Lächeln im Gesicht. Jesepiah hatte sogar völlig ihr Interesse an Tag verloren, während Chloe ihre Geschichte erzählt hatte. Tags Unterkiefer lag praktisch auf dem Boden.

»Und das bringt uns hierher«, sagte Chloe. »Ich habe zwei Stücke ihrer Rüstung gefunden. Ich habe die grobe Position der anderen auf meiner Karte und ich habe eine Welt zu durchqueren, um sie alle zu finden.« Sie senkte ihren Blick wieder und konzentrierte sich auf einen kleinen Käfer, der mit etwas Mühe über einen langen Grashalm kroch. »Ich verstehe, dass ihr enttäuscht seid. Diese Quest war meine eigene. Ich wusste nicht, wem ich vertrauen konnte.«

Sie hörte Bewegung und Rascheln im Gras. Als sie aufblickte, hatte sich Ben vor ihr auf ein Knie niedergelassen, seinen Kopf gebeugt.

»Ich fühle mich geehrt, dich auf deiner Mission bisher begleitet zu haben und ich schwöre bei den Göttern, dass ich deinen Mut ehren und dir helfen werde, deine Quest zu erfüllen.«

Tag kämpfte sich an seinem vollen Magen vorbei auf die Beine und stellte sich neben Ben, wobei sie nun ungefähr dieselbe Größe hatten. »Auch ich fühle mich geehrt und schwöre, bei dir zu bleiben, bis diese Quest erledigt ist.«

Obwohl sie ein bisschen über den dramatischen Moment lachen musste, füllten sich Chloes Augen mit Freudentränen. Sie sah ihre beiden Gefährten an und fühlte eine Wärme, die sie noch nie zuvor gekannt hatte. In all den Jahren, in denen sie das Nesthäkchen der Familie Lagarde gewesen war, hatte sie anscheinend nie wirklich gewusst, wie sich Freundschaft anfühlte. Sie dachte immer, ihre Freunde hätten sie von ihrer Familie abgelenkt und zu etwas Besonderem gemacht. Aber Leute, die dein Geld annehmen und sich wöchentlich in deinem Namen besaufen, ohne auch nur ein ›Wie geht es dir‹, zu erwidern, hatten den Titel wohl nicht verdient.

Jetzt stand sie zwei Männern gegenüber, die ihre Waffen zu ihren Füßen legten, Chloe ihre Fehler verziehen und versprachen, ihr ins Unbekannte zu folgen. Sie sah Gideon an, der ihr zuzwinkerte.

Tag drehte den Kopf, starrte Gideon an und versuchte, ihn herzuwinken. »Komm schon, Mann. Du bist dran.«

Gideon rollte mit den Augen. »Chloe weiß, dass ich hinter ihr stehe.«

Tag verstand endlich. »Du *wusstest davon*?«

»Nun, größtenteils.«

Jesepiah rappelte sich ungeschickt auf. »Ähm, ich werde ehrlich sein, ich *würde* mit dir auf deine Quest gehen, aber ich kenne dich kaum.« Sie ging zum Feuer und griff nach einem gerösteten Eichhörnchen. »Also, wäre jemand beleidigt, wenn ich mir eines von denen hier genehmige, während ihr euren kleinen Freundschaftsmoment habt? Nein? Okay, na dann.«

Sie lachten alle, Chloe umarmte Ben und Tag, winkte dann Gideon zu sich und zwang sie alle zu einer Gruppenumarmung. Chloe fühlte sich inmitten dieses lachenden Haufens mehr zu Hause als jemals zuvor in ihrem Leben. Sie hatte drei neue Brüder adoptiert und das war etwas, was sie nie erwartet hätte.

Sie wischte ihre Tränen vom Gesicht, grinste und lachte weiter, während Jesepiah sich mit dem Eichhörnchen beschäftigte und gelegentlich Knorpelstücke ausspuckte.

»Also dann«, sagte Ben und klatschte in die Hände. »Wir haben die Muskeln, du hast die Karte und, nun ja, auch die Muskeln und– hey! Ich habe eine neue Quest.«

ANFÄNGERIN

Ben, Tag und Gideon bestätigten alle, dass sie Benachrichtigungen für eine Quest erhalten hatten, um Chloe auf ihrer Mission zu helfen. Die Belohnungen waren viel niedriger als die von Chloe, aber sie waren immer noch riesig im Vergleich zu dem, worauf sie bisher hingearbeitet hatten. Jedem von ihnen war so ziemlich garantiert, mindestens eine neue Stufe zu erreichen, wenn er Chloe half.

Sie lachten und gaben sich alle dramatische High-Fives.

Erst dann hörten sie das Knurren und etwas Großes kam auf die Lichtung gerannt.

Kapitel 25

Chloe und die anderen sprangen aus dem Weg, sodass die Großkatze über den Boden rutschte und um ihren Halt auf dem Waldboden kämpfen musste.

»Was ist das für ein Ding?«, rief Gideon.

Chloe benutzte ihre **Kreaturenidentifikation**, um zu sehen, was auf der kleinen Anzeige über dem Tier stand.

Flachland-Jaguar (Stufe 9)
320 Trefferpunkte

»Es ist ein Jaguar«, sagte Chloe und war fast überrascht, dass sie tatsächlich einem nicht-mutierten Gegner gegenüberstand. Sie zog ihr Schwert und die anderen um sie herum nahmen ihre Angriffspositionen ein. »Nur ein großes Kätzchen, wirklich. Ben, kannst du nicht irgendwas mit ihr anstellen? Haben Waldläufer kein Händchen für Tiere?«

»Ich muss dich enttäuschen. Obwohl ich mich geehrt fühle, dass du mir zutraust, mich spontan mit einem Jaguar anzufreunden.«

Das Tier stand wieder auf sicheren Beinen, wandte sich ihnen zu und sprintete los, seine Reißzähne und Krallen entblößt, als es die Lichtung in kürzester Zeit überquerte.

Chloe formte einen Eissplitter, schleuderte ihn auf das Tier und verfehlte es nur um Zentimeter. Tag griff nach seinem Hammer und ging in Angriffsposition. Der Jaguar sprang auf sie alle zu, sein Gesicht traf auf Tags Hammer, der den Schädel des Tieres wie einen Baseball schlug und den kreischenden Jaguar aus seiner Flugbahn warf. Sein Gesundheitszustand sank um ein Drittel.

»Homerun!«, schrie Tag.

Jesepiah klatschte begeistert. »Alle Augen auf Tag!«

»Oh, hör schon auf«, sagte Chloe und zielte auf die Katze, die unsicher wieder auf die Tatzen kam, den Kopf schüttelte und zu Tag schielte.

Ben schloss ein Auge, atmete ein und ließ seine Pfeile los. Zwei von ihnen trafen den Jaguar in die Flanke.

Sein Gesundheitszustand sank auf 30%. Der Jaguar knurrte, stolperte und sprintete zurück in die Bäume. Chloe trat zu Tag, ein weiterer Eissplitter bereit und sie warteten darauf, dass das Tier zurückkehrte. Gideon, Ben und Jesepiah schlossen sich ihnen an, sie stellten sich Rücken an Rücken und beobachteten die Lichtung um sie herum.

Die Falken hatten nun ihre Köpfe gehoben, obwohl sie von der Anwesenheit des Jaguars unbeeindruckt schienen. Chloe war nicht überrascht. Mit ihrer Größe und Muskulatur könnten sie ihn wohl mit einem Tritt ausschalten.

»Wo ist er?«, fragte Chloe. »Ben?«

Ben blinzelte und schien mit großer Anstrengung sein Talent **Fährtensuchen** einzusetzen. Sie konnten alle das Tier hören, obwohl durch eine Art akustische Illusion der Klang von überall herzukommen schien. Chloe hoffte nur, dass es nicht seine Freunde waren, die sich dem Kampf anschließen wollten.

»Ich krieg ihn einfach nicht festgenagelt«, sagte Ben.

Chloe verkniff sich einen Witz und winkte dem Irrlicht. »Decaru? Kannst du irgendwie helfen, bitte?«

Decaru schwebte kurz auf und ab und verschwand dann zwischen den Bäumen. *Sicher, vertraue dem Schamanen dein Leben an*, sagte KieraFreya. *Vertraue dem Kerl, der ständig davonläuft und euch alle eurem Schicksal überlässt. Wo geht er überhaupt immer hin?*

Nicht jetzt, dachte Chloe scharf.

Obwohl die Bäume im Schatten lagen, erschien nun ein weißes Licht zwischen ihnen. Sie beobachteten, wie Decaru die Lichtung umkreiste und plötzlich anhielt, als der Jaguar sichtbar wurde. Er geriet in Panik, verließ sein Versteck und stürzte wieder auf sie zu um das zu beenden, was er begonnen hatte.

»Meiner«, sagte Ben, einen Pfeil bereit zum Abschuss, mit dem er die Bewegungen des sich nähernden Jaguars verfolgte.

»Vergiss es. Das ist meiner!«, rief Tag und stieß Ben mit dem Ellbogen in dem Moment aus dem Weg, als der losließ und seinen Pfeil dadurch in Richtung Baumwipfel schoss. Tag stürmte auf den Jaguar los, seinen Hammer hoch in der Luft.

»Nur noch ein einziger Kill, um mich auf Stufe 10 zu bringen«, murmelte Tag, ein intensiver Ausdruck auf seinem Gesicht. »Nur noch einer …«

Er war nur wenige Augenblicke vom Jaguar entfernt, die Kreatur blutete an ihrer getroffenen Flanke und hob die Pfoten, um sich auf Tag zu stürzen. Der holte mit seinem Hammer aus, bereit, ihn noch einmal gegen den Kopf der Kreatur zu schmettern und ihr Leben zu beenden. Sein Gesichtsausdruck war voller Vorfreude.

Der Jaguar brüllte plötzlich vor Schmerz auf. Tags Hammer traf eine Sekunde später auf den Körper, das Tier fiel zu Boden und rutschte ein gutes Stück davon.

ANFÄNGERIN

Tags Blick wurde unscharf, als er seine Erfahrungspunkte aufrief und auf die Benachrichtigung wartete.

Aber es kam nichts.

»Hä?«, sagte er. »Das ergibt keinen Sinn. Ich...«

Und dann sah er es – die kleine, runde Wunde in der Haut des Jaguars. Ein perfekter Kreis mit einem Eissplitter, der aus ihm herausragte und nun in der Hitze des Körpers langsam schmolz.

Tag stieß ein paar Sätze aus, die mehr aus Pieptönen bestanden als aus Worten. Sein Gesicht wurde langsam tiefrot.

»Du hast meine Beute geklaut!«

Chloe zuckte mit den Schultern, ihr Gesicht eine Maske der reinen Unschuld. »Du hast so lange gebraucht, da dachte ich, er würde dich kriegen. Was sollte ich sonst tun, wenn mein Freund in Gefahr ist? Einfach dastehen und zusehen, wie du zerfleischt wirst? Nein, nein.«

Ben lachte hinter einer Hand und versuchte, Tags Blick auszuweichen.

Tag griff nach seinem Hammer, schleuderte ihn frustriert tief in den Wald und brüllte. Jesepiah war die Einzige, die weniger amüsiert und tatsächlich etwas mitleidig wirkte.

Als Tag mit dem Schreien fertig war, ließ er sich auf seinen Hintern fallen, die Arme trotzig verschränkt. Chloe fragte sich gerade, wie lange er es aushalten würde zu schmollen und nicht mit ihnen zu reden, als Tag überrascht den Kopf hob. Er wurde von Licht umhüllt und durch eine unsichtbare Kraft vom Boden gehoben. Die anderen schauten sich verwirrt um und Decaru schwebte zurück auf die Lichtung, um sich ihnen wieder anzuschließen.

»Wa ...«, war alles, was Tag herausbekam, bevor er das ekstatische Gefühl spürte, mit dem der goldene Schein ihn füllte. Sein Bart fächerte sich in alle Richtungen auf und die Glocken läuteten, um seine neue Stufe anzukündigen. Sein Lachen ertönte durch den Klang eines Orchesters auf der Lichtung und er wurde schließlich sanft wieder auf den Boden abgesenkt.

»Was zum Teufel sollte das denn?«, fragte Gideon und kratzte sich am Kopf.

Tag las seine Benachrichtigungen, ein Lächeln auf seinem Gesicht und sagte: »Ich habe anscheinend einen Fuchs getötet? Drüben in den Bäumen. Der gute, alte Hammer muss ihn am Kopf erwischt und das letzte bisschen Erfahrung ausgelöst haben, das ich brauchte.«

Ben klemmte sich Tag unter einen Arm und gab ihm liebevoll eine Kopfnuss. »Du bist ein unverdienter Glückspilz, weißt du das?«

Tag strahlte. »Und ihr dachtet, ihr könntet mich davon abhalten.« Er streckte Chloe seine Zunge raus. »Es braucht mehr als das, um zu verhindern, dass dieser Zwerg ein Champion wird.« Ein hungriger Ausdruck kreuzte sein Gesicht. »Nun, was gibt das Menü denn her...«

Sie plünderten den Körper des Jaguars und beendeten ihre Mahlzeit, während Tag über seine Klassenwahl nachdachte. Jesepiah saß treu neben ihm, während er leise murmelte und seine Entscheidungsmöglichkeiten wiederholt las, unsicher, was er wählen sollte. Das Spiel hatte ihm drei Klassen zur Auswahl gestellt: Tank, Krieger und Paladin.

Laut Tag würde ihm Tank Verteidigungsfähigkeiten im Kampf verleihen und ihn zum Magneten für Feinde werden lassen, damit er seine Kameraden schützen könne. Er wäre geschickt mit einem Schild und in der Lage, großen Schadensmengen standzuhalten.

Die Beschreibung für Krieger war ähnlich zu Chloes, aber Paladin war eine einzigartige Klasse und bot etwas

Besonderes. Er kämpfte nun mit der Entscheidung zwischen Tank und Paladin.

»An eine heilige Mission gebunden? Was bedeutet das überhaupt?«, murmelte Tag. »Eine heilige Mission? Ich? Zum Wohle der Götter arbeiten? Das klingt irgendwie falsch, oder?«

Jesepiah drückte seinen Arm und lehnte sich so weit herunter, dass ihr Mund fast sein Ohr berührte. »Ich wette, du könntest *alles* tun, was du dir vornimmst.«

Chloe ging zu ihnen herüber und trat Tag gegen ein Knie. Er streckte seine Beine und rappelte sich auf. »Wofür war das denn?«

»Die Entscheidungszeit ist vorbei. Wir müssen weiter.«

»Jetzt schon?«

»Tja, während du über deine Klasse nachgedacht hast, haben wir die Karte erkundet und nach unserem nächsten Standort gesucht. Scheint so, als wären wir nicht allzu weit weg von einem Ort, wo wir anhalten und nach weiteren Körperteilen suchen können.«

Nicht Körperteile, Rüstungsteile, beschwerte sich KieraFreya.

»Also, was soll's sein?«, fragte Chloe. »Hast du dich entschieden?«

Tag schwankte auf seinen Füßen, ein Moment der Benommenheit, weil er zu schnell aufgestanden war. Jesepiah lehnte sich herüber, um ihn zu stützen.

»Mir geht es gut, mir geht es gut«, sagte er und schlug sie weg. Sein Gesicht wurde entschlossen, als hätte das Blut, als es wieder seinen Kopf erreichte, eine Entscheidung mit sich gebracht. »Das habe ich. Ich weiß, was zu tun ist.« Tag schloss seine Augen, öffnete sie wieder und lächelte.

»Was hast du genommen?«, rief Ben von den Falken herüber, wo er die Sättel überprüfte.

»Da darfst du jetzt noch eine Weile drüber nachdenken«, verkündete Tag selbstgefällig und flüsterte, als er an Chloe vorbeilief, »Siehst du? Du bist nicht die Einzige, die Geheimnisse haben kann.«

Sie bestiegen die Falken wieder, hoben ab und reisten in Richtung Horizont. Die Sonne ging langsam unter, aber der Himmel war noch immer ein strahlendes, perfektes Blau. Von ihren geflügelten Mitfluggelegenheiten aus konnten sie weit über die Landschaft blicken, während das Grasland von unfruchtbarem Schlamm durchbrochen wurde und schließlich im Sand zu verblassen begann. Unter ihnen schimmerten Teiche und Seen und einmal entdeckte Chloe eine Herde von elefantenähnlichen Tieren, die mit ihren Rüsseln in Richtung der Vögel trompeteten.

Auf einem Falken zu fliegen war mit nichts zu vergleichen, was sie je erlebt hatte. Jeder Schlag der Flügel verursachte eine Welle in ihrem Bauch, die nicht unangenehm war. Der Vogel kreischte, schnitt mit seinem Schnabel durch den Himmel und raste mit einer unvorstellbaren Geschwindigkeit, während die Welt unter ihnen verschwamm.

Chloes Gesicht schmerzte vom Lächeln und ihr Hintern vom Sitzen, aber ihr Herz war leichter als die Flügel, als sie zu sinken begannen und die Falken langsam ihren Weg hinunter zur Spitze einer hohen, windgepeitschten Sanddüne kreisten. Der Ort bildete die Grenze zwischen einer Landschaft voller Seen und Gewässer und dem Beginn der Wüste.

Chloe stieß den Hals des Falken mit dem Knie an, sodass er (oder sie?) wieder aufsteigen und weiterfliegen würde, aber der Falke hatte andere Pläne.

Eine Wolke aus Staub und Sand wirbelte auf, als sie von der Rückseite des Falken sprangen. Die untergehende Sonne in ihrem Rücken, blickten sie über den Sandabschnitt, in dessen Mitte sie gelandet waren.

»Warum sind wir gelandet?«, fragte Gideon und raffte seine Robe hoch, um zu verhindern, dass sie zu viel Sand abbekam. »Das war ein furchtbarer Ort, um zu landen. Es gibt meilenweit nichts zu sehen.«

»Ich weiß nicht«, sagte Chloe, umkreiste den Vogel und streichelte über sein Kinn. Er stieß sie sanft in Richtung Sand und sah wieder in den Himmel. »Spricht hier jemand die Vogelsprache?«

Ben hob die Hand.

»Wenn du auch nur einen Witz übers Vögeln machst«, drohte Chloe.

»Sie sehen aus, als wären sie nicht bereit, weiter zu fliegen«, sagte Jesepiah, die letzte, die dem Falken vom Rücken sprang. »Es ist, als hätten sie ihre Grenze erreicht. Vielleicht fliegen Vögel einfach nicht gerne über Wüsten, besonders wenn sie so verdammt groß sind.«

»Jesepiah! Nicht loslassen!«

Aber es war zu spät. In der Sekunde, als Jesepiah die Zügel losließ und in den Sand hüpfte, stießen sich die beiden Falken vom Boden ab und erhoben sich in den Himmel. Sie kreisten mehrmals über ihnen, dann schossen sie zurück in die Richtung, aus der sie gekommen waren.

Die ganze Gruppe beobachtete, wie die Falken von großen Gestalten zu kleinen schwarzen Punkten wurden, die im Licht der untergehenden Sonne verschwanden.

Eine lange Stille fiel über sie herein, die schließlich von Gideon gebrochen wurde: »Tja und jetzt?«

Kapitel 26

»Ich schätze, wir gehen zu Fuß«, sagte Tag und gab ein ulkiges Bild ab, wie er sich mit seinen dicken Stiefeln bei jedem schweren Schritt in den Sand grub. »Wir haben wenig andere Möglichkeiten, oder?«

Ben, der angesichts seiner Kombination aus Rasse, Klasse und Talenten einen leichten Schritt hatte, ging unbeschwert über den Sand und hinterließ kaum Spuren. »Du hast die Karte. Warum sagst du uns nicht, wohin wir gehen sollen, Chloe?«

Chloe erinnerte sich erst jetzt an ihre Karte und öffnete sie. Die Orte, die sie besucht hatten, zeigten sich in voller Farbe, wobei Gebäude und Bereiche beschriftet und hervorgehoben waren. Durch die grauen Teile der Welt, die sie nur überflogen hatten, bahnte sich ein kleiner Pfad nach Nordosten über das Land in Richtung des vertrauten Siegels der Götter.

Sie konnte ihren Weg leicht verfolgen, obwohl Chloe glaubte, dass sie noch nicht einmal die Hälfte der Karte auch nur aus der Ferne gesehen hatten. In den Spielen, die Blake gespielt hatte, waren die Karten immer enttäuschend klein gewesen und hatten nur so viel enthalten, wie die Entwickler dem Spieler zeigen wollten.

War die KI von *Obsidian* wirklich so fortschrittlich, dass sie diese ganze Welt geschaffen und implementiert hatte? Wo endete sie? Chloe hoffte, dass sie nicht bis in alle vier Ecken reisen müsste, um die Rüstung von KieraFreya zu finden.

ANFÄNGERIN

»Die gute Nachricht ist, dass die Falken uns nicht allzu weit von den Siegeln entfernt abgesetzt haben«, sagte Chloe.

»Und die schlechte Nachricht?«, fragte Jesepiah.

»Die schlechte Nachricht ist, dass ich keine Ahnung habe, wie weit sich diese Wüste erstreckt. Sie könnte endlos sein oder nach einem Kilometer aufhören. Ich habe keine Ahnung, ob es hier irgendeine Art von Zivilisation gibt oder nicht. Ich weiß nur, dass wir in, ähm«, Chloe öffnete ihre Karte erneut und drehte sich im Kreis, bis ihr kleiner Avatar in Richtung Siegel zeigte, »in diese Richtung gehen müssen.«

»Nun, keine Zeit zu verlieren, was?«, sagte Gideon und begann zu laufen. »Wenn wir irgendwo ankommen wollen, bevor die Sonne untergeht, sollten wir uns beeilen.«

Chloe stimmte zu und sie traten ihre Wanderung an. Die Landschaft voraus wirkte karg, aber Chloe hatte genug Naturdokumentationen gesehen, um zu wissen, dass die Wüste tagsüber schlief, um nachts dann zum Leben zu erwachen.

Keiner schien überrascht, dass sie nur langsam voran kamen, da sie die Dünen einzeln hinaufmarschieren und hinunterrutschen mussten. Chloe korrigierte den Kurs regelmäßig. Obwohl die Sonne unterging, war die Hitze des Tages im Sand gespeichert und er kochte ihre Füße von unten. Sie tranken ihre Wasserhäute aus, ohne bewusst darüber nachzudenken und alle waren erleichtert, als es schließlich dunkel wurde und ein kalter Wind wehte.

Sie gaben einen seltsamen Anblick ab, ihre kleine Gruppe von Abenteurern, die sich über die Dünen auf und ab bewegten wie Boote. Während ihres Marsches versuchte Tag Ben weiter mit der Tatsache zu ärgern, dass er noch nicht wusste, was seine Klasse war. Nicht, dass Ben sich darum zu kümmern schien. Er hielt seinen Blick scharf, in Alarmbereitschaft für Feinde.

Gideon lief neben Chloe her und die beiden sprachen über Gideons ›echtes‹ Leben, als Chloe danach fragte, wie sein Bruder das Spiel genoss. Gideon erzählte ihr, dass nun, da mehrere Wochen vergangen waren, sein Bruder sich immer weniger darum scherte. Der Spaß daran, Gideon leiden zu sehen, schien nachzulassen.

»Ehrlich gesagt melde ich mich mittlerweile einfach vom Spiel ab, hol mir mein Abendessen, erledige meine Aufgaben im Haushalt und bin wieder eingeloggt, sobald das alles erledigt ist, weißt du?«

»Deine Aufgaben?«, fragte Chloe. »Ich dachte du wärst immerhin…«

»Ich bin 22«, sagte Gideon und schaute auf seine Füße. »Aber ich spare für meine eigene Wohnung. Meine Mutter weiß, dass ich ausziehen werde, sobald ich eine Art Sponsoringvertrag fürs Spielen bekommen habe. Viele Leute tun das jetzt. Werbetreibende wissen, wie viel Gewinn sie mit Let's-Playern machen können, die ihre Spiele oder Marken bewerben. Es ist nur eine Frage der Zeit, bis mich jemand entdeckt. Ich bin mir ganz sicher.«

Chloe dachte daran, wie Mia und Demetri gesagt hatten, sie würden nun alle beobachtet. 39 Personen hatten ihren Fortschritt im Gefängnis beobachtet. Wie wäre es, wenn sie 500 Zuschauer hätten? 10,000? 50,000? Könnte das von selbst passieren, ohne dass sie irgendeine Werbung für sich machten? Könnte Gideon tatsächlich seinen Lebensunterhalt damit verdienen oder genug, um aus dem Haus seiner Mutter auszuziehen, nur durchs *Spielen*?

»Ich sehe es vor mir«, sagte Chloe. »Gideon, gesponsert von Pepsi.«

»Igitt, nein. Ich bin Team Coca Cola.«

Chloe nickte zustimmend. »Gute Wahl.« Sie überlegte und sagte dann: »Und sie glaubt an dich? Deine Mutter, meine ich?«

Gideon zuckte mit den Schultern. »Manchmal denke ich, dass sie das tut. Manchmal habe ich das Gefühl, dass ich ihr nur leid tue. Mein Bruder scherzt ständig beim Essen darüber und sie verteidigt mich nicht mehr so oft wie früher.«

Chloe fragte sich, wie die Reaktion ihrer Eltern gewesen wäre, hätte sie sich für eine Karriere als Vollzeit-Gamerin entschieden. Dürfte Chloe jemals etwas anderes tun, als in Aktien und Unternehmen zu investieren? Würde ihre Familie sie unterstützen, wenn sie das Lagarde-Geld für anderes verwenden würde als globale Investitionen, die den Familiennamen in die Höhe trieben? Könnte Chloe jemals einfach irgendjemand sein, der das Leben genoss, das er führte und dabei anständige Freunde fand, die sich tatsächlich um sie kümmerten?

»Ich denke, du wirst es schaffen«, sagte sie und plante in Gedanken schon das Gespräch, in dem sie ihren Vater bitten würde, Geld in Gideons Karriere zu investieren. Die Unterstützung durch die Lagardes war beinahe unübertrefflich und wenn jemand eine Art von Erfolg verdiente, war es nicht Gideon?

Chloe wurde aus ihren Gedanken gerissen, als sie den Gipfel einer weiteren Düne erreichte.

Ben hatte oben innegehalten und starrte in die Ferne. Chloe holte auf und benutzte ihre **Nachtsicht**, um zu verstärken was sie sah. Dort unten in einem kleinen Tal befand sich der mondbeleuchtete Umriss eines einfachen Dorfes und daneben ein kleines Gewässer.

Chloe wurde plötzlich bewusst, wie durstig sie tatsächlich war. »Und da dachte ich schon, ich müsste meine **Eissplitter** aufspießen und sie wie Eis am Stiel essen.«

»Wissen wir, dass es dort sicher ist?«, flüsterte Gideon.

»Es wird sicherer sein als hier draußen«, antwortete Ben. »Diese Wüste hat Einwohner. *Große* Einwohner. Ich beobachte sie seit einiger Zeit in der Ferne. Wir sollten Schutz suchen.«

»Außerdem«, fügte Chloe hinzu und tätschelte ihr Schwert, »wer wird sich mit einer Gruppe von Gesegneten anlegen?«

Jesepiah runzelte die Stirn.

»Oh und Jesepiah natürlich«, korrigierte Chloe.

Und Schamane Decaru, meldete sich das Irrlicht.

Natürlich. Wie könnte ich dich vergessen? schickte Chloe zurück.

Der Mond stand hoch, als sie das Dorf erreichten. Sie hatten vor einiger Zeit aufgehört zu reden und versuchten, sich leise zu nähern. Chloe führte die Gruppe an, ging am ersten Gebäude vorbei und blickte in die Fenster.

Die Hütten waren alle aus Sandstein gefertigt, dickwandige Bauten mit Holzläden statt Glas in den Fenstern. Im Mondlicht sahen sie so gebleicht aus wie Knochen. Chloe steckte ihren Kopf durch ein offenes Fenster, sah aber niemanden. Die Räume waren kahl, abgesehen von ein paar Tongeschirrteilen. Es befand sich niemand in den Schlafzimmern oder sonstwo.

Sie teilten sich auf, untersuchten die umliegenden Häuser und fanden sie ebenso verlassen vor. Sie trafen sich am Rand des Dorfes wieder, wo der See hätte sein müssen und fanden das, was von weitem als schimmernde Wasseroberfläche erschienen war, als trockenen, rissigen Schlamm vor. Chloe konnte sich nicht einmal vorstellen, wann dieses Gebiet das letzte Mal einen Regenfall gesehen haben könnte.

»Eine Fata Morgana?«, fragte Gideon.

ANFÄNGERIN

»Das wäre unglaublich! Mein Hals bringt mich noch um. Die hattest du die ganze Zeit dabei?«, sagte Tag.

»Nicht *Fanta*, Fata«, korrigierte Gideon, sehr zur Freude von Chloe.

Ben seufzte. »Ich kann nicht glauben, dass dieser ganze Ort verlassen ist.«

»Ich kann es«, antwortete Gideon trocken. »Stell dir vor, du lebst hier draußen, wo die Welt so trocken und heiß ist? Würdest du nicht auch woanders hinziehen wollen, wo du nicht kilometerweit für Wasser reisen musst?«

»Ja, vermutlich«, sagte Chloe. »Trotzdem ist es überraschend, dass die Häuser in einem so guten Zustand sind wie diese, als wäre die gesamte Bevölkerung gerade erst auf und davon. Der ganze Sand würde schnell Schaden anrichten, das kann noch nicht lange her sein.«

Ben blickte zu den Hütten. »Da sie leer sind, macht es ihnen wohl nichts aus, wenn wir ein Zimmer nehmen und uns für die Nacht ausruhen? So langsam müssten meine Schwester und ihr Freund mit ihrem neuen Kind unterwegs sein, Onkel Ben will die Zeit mit seinem Neffen nicht verpassen.«

Chloe lachte. »Uncle Ben? Wie der Reis?«

Ben wirkte schockiert. »Dann vielleicht nur Onkel *oder* Ben?«

»Das ist wahrscheinlich besser.«

Schamane Decaru führte sie alle in eine der größten Hütten. Dort suchten sie sich alle ein Schlafzimmer und Chloe beanspruchte eines im ersten Stock, das einen tollen Blick auf … nun, Sand hatte.

Sie lauschte, wie die anderen herumstöberten und es sich bequem machten. Sie hatte sich immer gefragt, warum es jedesmal eine Riesenaktion war, wie sie es sich bequem machten, wenn sie sich abmelden wollten. Es war ja nicht so, als würden sie irgendetwas spüren, während sie von ihren Avataren weg waren – im Gegensatz zu Chloe und ihren verdammten Schmerzrezeptoren.

Chloe seufzte und legte ihren Kopf auf einen gefalteten Haufen von Stoff, den Jesepiah ihr gegeben hatte. Der Boden war hart, aber es war schön, nicht mehr auf den Beinen zu sein. Vom Laufen durch den Sand schmerzten Muskeln, die ihr bisher gar nicht bekannt gewesen waren. Bald hörte sie die letzten gemurmelten Gespräche von Gideon, Tag und Ben, bevor sich die drei abmeldeten und wieder in die Realität zurückkehrten.

Chloe lag einige Zeit in der Stille, während eintausend Gedanken durch ihren Kopf rasten. Sie fragte sich, wie sie alle im wirklichen Leben waren. Ob sie sich persönlich getroffen oder sie nur online zusammen gespielt hatten – Freundschaften zusammengehalten durch nichts als Glasfaserkabel und WLAN. Sie stellte sich Gideon als 55-jährigen Mann in Feinripp-Unterwäsche vor, der in der Dunkelheit seines Kellers saß und nur von dem grellen Licht seines Computerbildschirms erhellt wurde.

Sie kicherte in ihre Faust und atmete tief durch.

»Du weißt, dass ich immer noch alles sehen kann, was du siehst, oder?«, fragte KieraFreya und ihre Stimme hallte durch den Raum.

»Shhh! Sei leise«, sagte Chloe. »Jesepiah ist ein NSC, schon vergessen? Sie meldet sich nicht ab wie die anderen.«

»Was zum Teufel ist ein NSC?«, fragte KieraFreya und passte ihre Stimme nicht annähernd an.

»Ein Nicht-Spieler-Charakter«, antwortete Chloe. »Jemand, der vollständig von der KI des Systems kontrolliert wird. Wie zum Beispiel auch du und der Schamane?«

ANFÄNGERIN

»*Entschuldigung?*«, fragte KieraFreya und klang angepisst. Mehr als sonst. »Denkst du wirklich, jemand anderes hat die Kontrolle über mich? Dass ich nicht im vollen Besitz meiner Fähigkeiten bin und ein Puppenspieler seine Hand in meinem Arsch hat? Wer zum Teufel ist dieser Kai überhaupt?«

Chloe brauchte einen Moment, um zu verstehen, was KieraFreya gesagt hatte. Als sie es registrierte, rollte sie vor lauter zurückgehaltenem Gelächter über den Boden.

»Hey, was ist so lustig?«

»Im Ernst, du musst leiser reden.« Chloe wischte eine Träne weg. »Es ist nicht ›Kai‹, es ist ›KI‹. Künstliche Intelligenz. Erst damit kann ein Computer seinen eigenen intelligenten Code erstellen, der auf einer Reihe von Annahmen basiert, die Ergebnisse umsetzen und dabei lernen, wie sich etwas entwickelt und wächst.«

»Okay, hier ist meine zweite Frage«, sagte KieraFreya. »Was um alles in der Welt ist ein Computer?«

Chloe, die erkannte, dass dies zu einer langen Fragerunde werden könnte, wechselte das Thema. »Es ist schön, deine Stimme wieder laut zu hören, weißt du? Verdammt, ich hasse, dass ich das gerade gesagt habe. Schade, dass Decaru nicht dabei ist.«

»Oh, du kennst diesen Besserwisser doch. Er ist wahrscheinlich irgendwo unterwegs, nachdem er uns wieder einmal zurückgelassen hat. Du weißt, dass er sich einen Scheißdreck um uns schert, oder? Er benutzt dich, um reisen zu können zu bestimmten ...«

Ein Blitz blendete sie, als der Schamane in der Ecke des Raumes erschien mit seinen Beinen im Lotussitz. Natürlich schwebte sein Körper mehrere Meter vom Boden entfernt.

»Ein Schamane *benutzt* seine Gefährten für nichts«, informierte er sie, sein Gesicht ausdruckslos. Rauchringe strömten aus seinem Mund, die Wasserpfeife hatte er fest in seinen Händen. »Ein Schamane paart sich symbiotisch mit anderen und findet Wege, um von den Situationen zu profitieren, in denen er sich befindet.«

KieraFreya machte ein ungläubiges Geräusch. »Wenn das so ist, warum verlässt du sie dann jedes Mal in letzter Minute? Warum verschwindest du stundenlang, tagelang, ohne auch nur ein Wort zu verlieren? Wir denken immer wieder, dass wir dich verloren haben und dann *bumm*, bist du wieder da. Du bist wie ein verdammter Blutegel, den wir nicht abschütteln können.«

Chloe dachte darüber nach. KieraFreya hatte schon Recht. So sehr sie den Schamanen auch mochte, er hatte nie seine Absichten erklärt. Aber andererseits, war das nicht die Vereinbarung gewesen? Dass er ihr folgen würde, wohin sie gehen wollte, um dort zu tun was er tun wollte? Hatte er nicht schon damit genug getan, ihnen in den bisherigen Situationen zu helfen? Die Skelett-Höhle? Der Jaguar?

»Wenn du wissen willst, womit ich meine Zeit verbracht habe, musst du nur fragen.«

KieraFreyas Stimme zitterte. »Ich *habe* gerade gefragt!«

Jesepiah bewegte sich im anderen Raum herum und Chloe drängte KieraFreya noch einmal, ihre Stimme leise zu halten.

Der Schamane grinste böse. »Du hast nicht *bitte* gesagt.«

Chloe kam KieraFreya zuvor. »*Bitte* sag uns, wo du gewesen bist?«

»Ich will es von *ihr* hören«, antwortete der Schamane.

Es gab einen Moment der Stille, in dem sie nichts hörten als das sanfte Schnarchen von jemandem den Flur herunter und den Windböen, die über die Wüste fegten. Schließlich sagte KieraFreya mit deutlicher Überwindung: »*Bitte.*«

ANFÄNGERIN

Der Schamane nickte, füllte seine Lungen mit Rauch und begann zu erzählen.

Kapitel 27

Chloe wälzte sich auf dem Boden herum. Das Konzept ›Schlaf‹, schien weit entfernt nach all dem, was sie in den letzten 24 Stunden Spielzeit erlebt hatte. Vor wenigen Augenblicken hatte sich ihr Körper noch erschöpft angefühlt, aber sie hatte festgestellt, dass **Heilende Hände** auch Muskelschmerzen und sonstige kleine Beschwerden heilte.

Jetzt war ihr Körper völlig erholt, aber ihr Verstand wollte trotzdem schlafen.

Sie drehte sich noch einmal um und starrte an die Decke. Die Geschichte des Schamanen - seine Reisen als herumfliegende Energiekugel, voller Bücher und Gespräche und das damit verbundene Versteckspiel - war interessant. Hätte sie auch nur einen Bruchteil der Kräfte, die er besaß… Es könnte ihre Reise erleichtern, einfach auch als Energiekugel herum zu fliegen.

Der Schamane hatte ihnen davon erzählt, wie viel er gelernt hatte. Dass er einfach jeden Apotheker und magischen Laden besucht hatte, den er hatte auftreiben können, um mit den Besitzern zu sprechen, neue Zaubersprüche zu lernen und sein Wissen zu erweitern. Er wollte vor seinem Tod ein Buch schreiben, dicker als das, das er Chloe gegeben hatte (und das nun Gideon besaß), das diese Welt so detailliert wie möglich erklärte.

Chloe wusste nicht, wie viel Zeit ihm das noch gab – oder wie lange die durchschnittliche Lebenserwartung in

Obsidian überhaupt war – aber sie nahm an, dass er nicht mehr viele Jahre vor sich hatte.

Natürlich hatte KieraFreya ihn verspottet, wann immer sie konnte und sich alle Mühe gegeben, Fehler in seinem Plan zu finden. Der Schamane war dem mit der ruhigen Anmut begegnet, die Chloe mittlerweile von ihm erwartete. Je ruhiger er wurde, desto wütender wurde KieraFreya und während Chloe ihre Armschienen noch unter ihren Armen verstummen lassen konnte, bedeuteten die neuen Beinschienen, dass KieraFreya nun eine Stimme hatte, wann immer sie wollte.

Es war ermüdend.

Chloes Verstand überschlug sich beinahe bei dem Gedanken daran, was es sonst noch in dieser Welt geben konnte. Sie hatte eine der großen Städte – Nauriel – gesehen und war nun auf der Flucht. Sie hatte im Stammesdorf Oakston gelebt und sich entschieden, trotz der Einladung dort zu bleiben, ihr Abenteuer fortzuführen.

Chloe fragte sich, was sie jetzt in der großen Learianischen Wüste begrüßen würde, deren Name sie von Decaru erfahren hatte. Er hatte ihr alles über diesen Ort erzählt, was er in Nauriel hatte erfahren können. Aber irgendwie konnte Chloe das Gefühl nicht loswerden, dass an diesem Ort noch mehr dran war. Dass um sie herum etwas *Lebendiges* war, das sie einfach nicht sehen konnten.

Sie blinzelte die Karte auf, verfolgte ihren Weg mit einem Finger in der Luft und tippte auf die Stelle, an der die Karte das naheliegendste Siegel zeigte, direkt über all ihren Charaktersymbolen. Sie waren angekommen. Was auch immer das nächste Stück Rüstung war, es war hier in diesem toten, verlassenen Wüstendorf. Es war *genau hier*.

Ein Gedanke kam Chloe – was, wenn die Rüstung unter dem Schutz der früheren Einwohner dieses Dorfes gestanden hatte und nun, da sie weitergezogen waren, mit ihnen verschwunden war? Konnte ein simples Dorf wie dieses die glühende Rüstung verehrt haben? Konnte die Rüstung überhaupt von der Stelle entfernt werden, an der die Götter sie platziert hatten?

»Weißt du, es ist lustig, deinen Gedanken zuzuhören«, flüsterte KieraFreya in die Dunkelheit. In der Ecke leuchtete Decarus Irrlicht schwach. Vermutlich schlief er.

»Mir wäre es lieber, wenn du das nicht tust.«

»Es ist, als würde man einem Hund zuschauen, der sich selbst wachfurzt. So viel Verwirrung, so wenig Verständnis.«

»Und wieder frage ich, sollte eine Göttin dieses Reiches nicht die Antworten auf viele dieser Fragen kennen? War es nicht deine *Aufgabe*, über die Bürger von Obsidian zu wachen und sie zu beschützen? Sie anzuleiten? Bei denjenigen für Vergeltung zu sorgen, die es verdient haben?«

KieraFreya hob Chloes Arm in die Luft und ließ ihn dann fallen. Das Metall traf Chloe hart ins Gesicht.

»Hey! Wofür war das?«

»Nur zum Spaß.« KieraFreya lachte leise. »Hörst du mir *nie zu*? Ich bin seit buchstäblich *Tausenden* von Jahren in Einzelteilen zerstreut. Glaubst du wirklich, dass sich eine Welt in dieser Zeit nicht verändert? Hat sich *deine* Welt in tausend Jahren nicht verändert? Ich *wusste mal* von allem, das hier passierte. Verdammt, ich könnte dir tausende von Geschichten über die Welt damals erzählen. Aber *jetzt*? Vergiss es. Dieser Ort ist für mich genauso fremd wie für dich. Dies war in der Tat einmal ein riesiger See. Ja. Voller Killerkalmare und tausend durchsichtiger Oktopoden …«

»Was? Meinst du Oktopusse?«, unterbrach sie Chloe.

KieraFreya dachte für einen Moment nach. »Es heißt ›Oktopoden‹.«

»Ich bin mir ziemlich sicher, dass es ›Oktopusse‹ heißt.« Chloe blickte zum Schamanen auf der Suche nach Unterstützung und vergaß, dass er eingeschlafen war. Als würde er sie beide verspotten, änderte sich seine Form kurzzeitig in die Form eines Oktopus, aber ansonsten blieb er stumm.

»Jedenfalls«, sagte KieraFreya, »ist mein Punkt, dass du nicht erwarten kannst, dass ich mich an alles erinnere, wenn ich seit Tausenden von Jahren unter der Erde begraben …«

Chloe setzte sich mit einem Ruck auf und unterbrach KieraFreyas Worte. »Unter der Erde«, flüsterte sie.

»Was hast …«

Chloe war im Handumdrehen aufgestanden, aus der Hütte gelaufen und ließ ihre schlafenden Freunde hinter sich zurück. Die Nachtluft war kalt geworden und sie wickelte ihre Arme um ihren Oberkörper, um warm zu bleiben. Es war jetzt stockfinster, ihr kleines Tal nur von den wenigen Sternen beleuchtet, die sich durch die Wolkendecke kämpften.

»Wohin gehst du?«, fragte KieraFreya. Chloe fühlte einen gewissen Widerstand in ihren Beinen, als sie durch den Sand lief.

Chloe nutzte ihre **Nachtsicht** und zog einen Fuß im Sand hinter sich her, um eine Spur zu hinterlassen, auch wenn sie nicht lange halten würde.

»Verstehst du nicht?«, fragte Chloe. »Du bist *unter der Erde begraben*. Das hier war mal ein *See*. Irgendwann in der Geschichte dieses Reiches musst du darunter begraben worden sein. Unter den Kalmaren. Unter all den Oktopussen …«

»*Oktopoden* …«

»*Oktopussen!* Du musst irgendwo hier unter uns sein. Auf der Karte steht, dass du hier bist. Wo zum Teufel sollst du sonst sein, wenn nicht unter dem Sand begraben?«

»Das ist eine großartige Hypothese, Chloe. Aber sag mir, wenn das wahr ist, *wie sollen wir dann unter den Sand kommen?*«, fragte KieraFreya. »Wenn ich mich nicht irre, hast du weder den Zauber **Tieftaucher** gelernt, noch kannst du mit nichts als deinen Händen Sand wegschaufeln und riesige Löcher graben. Es könnte *überall* sein.«

Chloe kratzte sich am Kopf und tat ihr Bestes, scharf nachzudenken. Überall, wo die Rüstungsteile bisher gewesen waren, hatte es einen Eingang gegeben. Die Höhle in den Wäldern nahe Oakston, die geheimen Gänge im Naurelischen Baum. Das Spiel hatte hier sicherlich eine Art Öffnung versteckt. Ein Weg, um dorthin zu gelangen, wo der Schatz vergraben war. Sie mussten einfach nur eine Art Tür finden und *zack*, sie wären tief unter dem Sand.

»Lass uns einfach weitersuchen«, sagte Chloe. »Wir werden sicher bald *etwas* finden.«

»Und die anderen?«

»Sie schlafen oder sind abgemeldet, nicht wahr? Wir können jederzeit zurückkommen und sie holen, wenn wir den Eingang gefunden haben.«

»Bist du sicher?«, fragte KieraFreya. »Nach dem, was ich bisher gesehen habe, ziehst du es vor, solo auf Abenteuer zu gehen.«

Chloe zwang sich, die Provokation zu ignorieren.

Sie suchten bis tief in die Nacht, schauten auf hohen Dünen und in Gruben, durchsuchten jedes Haus, das sie finden konnten und fanden doch nichts als Sand, Sandstein und noch mehr Sand. KieraFreya redete ununterbrochen, obwohl Chloe sich weigerte, auf ihren Hohn zu reagieren. Schließlich fanden sie sich am Rande des Dorfes wieder und blickten auf die aufsteigenden Dünen um sie herum. Sie fragten sich, ob es wirklich etwas unter der dichten

Sandschicht gab oder ob Chloes Gedankengang einfach falsch gewesen war.

»Ich hasse natürlich sehr, sagen zu müssen, dass du dich geirrt hast«, begann KieraFreya, Sarkasmus klar in ihrer Stimme. »Aber du hast dich... huch.«

»Wie war das?«, fragte Chloe. Sie hielt inne, als sie auch etwas zu spüren begann. Es ähnelte der seltsamen Welle der Macht, die sie gespürt hatte, als sie die Position der Beinschienen in Nauriel suchten. KieraFreya hatte einmal gesagt, dass eine Art magischer Anziehungskraft von ihrer Rüstung ausging, sowohl als Köder, als auch wegen ihrer eigenen Verzweiflung, die fehlenden Teile zu finden.

Chloe trat ein paar Schritte vorwärts und fühlte, wie sich das Gefühl verstärkte. Noch ein paar Schritte und es verblasste wieder.

Sie blickte auf ihre Füße. Ihre Beine sahen ein wenig lächerlich aus, mit den wertvollen Beinschienen über einem einfachen Paar Gefängnisschuhe. Sie schob ihren Fuß hin und her durch den Sand und begann, ein kleines Loch zu graben, aber ihr Fuß war bald im Sand verschwunden.

Sie zog ihren Fuß mit etwas Mühe heraus und war enttäuscht. Sie standen direkt darüber, da war sie sich sicher. Aber wie zum Teufel sollte sie jemals tief genug im Sand graben, um ihre Suche richtig zu starten? Sicher, die Rüstung war nun wohl ganz in der Nähe, aber wo zum *Teufel* war dieser Eingang?

»Ähm, Chloe?«, sagte KieraFreya leise.

»Nicht jetzt, ich denke nach«, schnappte Chloe.

KieraFreya führte Chloes Arme und drehte sie in eine andere Richtung, sodass sie auf die Sanddünen schaute, von wo sich mehrere dunkle Gestalten auf sie zubewegten. Chloe blinzelte und konnte große Flossen erkennen, die durch den

Sand schwammen und tiefe Rillen hinterließen. Sie steuerten in einer dreieckigen Formation direkt auf sie zu.

Chloe benutzte ihre **Kreaturenidentifikation**, verfehlte die ersten paar Kreaturen, schaffte es aber, eine der anderen zu erfassen, die kurzzeitig ihren Kopf aus dem Sand hob.

Sherikan (Stufe 12)
256 Trefferpunkte

Chloe entschied sich deutlich gegen einen Kampf, wirbelte herum und versuchte zu rennen. Ihre Füße sanken bei jedem Schritt tief in den Sand, der noch weicher geworden zu sein schien, als sie stillgestanden hatte. Es brauchte einen riesigen Kraftaufwand, um sich auch nur ein paar Meter zu bewegen.

»Tag! Ben! Gideon! Jesepiah«, schrie sie. Die Kreaturen holten sie ein und zwar schnell. Hatten die Jungs ihre Bildschirme ausgeschaltet? Könnte ihr Geschrei darüber zu hören sein?

Chloe hatte gerade die erste Hütte erreicht, als sich Finger um ihre Knöchel schlossen. Sie schlug der Länge nach zu Boden und wurde zurückgezogen, ihre Beine sofort im Sand verschwunden.

Chloe sah, wie Jesepiah eine Hütte umrundete und sich fragend umblickte. Chloe rief nach ihr, Jesepiah sprintete in Chloes Richtung und hechtete zu Boden, um nach ihrer Hand zu greifen.

Chloe trat, als ob sie schwimmen würde, aber es fühlte sich an, als hätte sich der Sand in Schlamm verwandelt. Ihre Hand rutschte aus Jesepiahs und eine Sekunde später waren sie und das Dorf verschwunden, als Chloe unter den dunklen Sand gezogen wurde.

Kapitel 28

Mia beendete ihre Codezeilen. Ihre Augen begannen zu verschwimmen, als sie die letzten paar Klammern und Abkürzungen in verschiedenen Farben auf dem hellen blauen Bildschirm überprüfte, um sicherzugehen, dass alles funktionieren würde wie es sollte.

»Wow, du bist wirklich gut darin«, bewunderte Demetri sie und nippte an seiner fünften Tasse Kaffee an diesem Morgen.

In der realen Welt war es Samstag und draußen hingen die Wolken wie eine dicke Wolldecke über der Stadt. Demetri hatte seine Termine für heute bewusst verschoben, um bei Mia sitzen zu können, während sie ihr Projekt beendete. Er verstand zwar nichts von dem, was sie konzentriert auf dem Bildschirm tippte, aber als moralische Unterstützung konnte er dienen.

»Es ist fast so, als hätte ich mehr als nur ein Talent.« Mia zwinkerte und ließ Demetri an die vergangene Nacht zurückdenken. Es war keine feste Verabredung, dass sie, wenn er vorbeikam, miteinander schliefen. Das bedeutete aber nicht, dass es nicht trotzdem jedes Mal passierte. Sie konnten einfach nicht anders. Ihre frische Beziehung sorgte noch immer für ein dauerhaftes Lächeln auf ihren Gesichtern.

Mia tippte ein paar letzte Zeichen, drückte Enter und lehnte sich dann zurück. Ein Textfenster ploppte auf und scrollte automatisch an ihnen vorbei. Mia beobachtete es intensiv. Beim letzten Mal, als sie ihr Skript ausgeführt hatte, waren mehrere Fehlermeldungen aufgetaucht begleitet von vielen, vielen Ausrufezeichen.

»Wie sieht es aus?«, fragte Demetri.

»Warte …«

Und das taten sie, während das Skript reibungslos vor ihnen vorbeilief und sich bis zur letzten Zeile des Codes vorarbeitete. Als es fertig war, erschien ein kleines Häkchen, um zu bestätigen, dass der Code funktionierte.

Mia seufzte erleichtert. »Da haben wir's endlich.«

»Ja?«

Mia grinste, entfernte den USB-Stick und hielt ihn hoch. »Oh, ja. Los geht's.«

Sie durchquerten die Wohnung zu Chloes Kapsel im anderen Raum. Demetri blickte durch das kleine Fenster in Briefkastengröße, das ihnen erlaubte, hineinzusehen. Chloe sah so friedlich aus. So ruhig.

Es war tatsächlich fast morbide. Es gab kaum eine Bewegung von der Frau im Inneren der Kapsel. Es war, als wäre sie nichts als eine Schaufensterpuppe.

Mia legte sich auf den Rücken, rutschte unter die Kapsel und fühlte nach der Stelle, an der der Großteil der Schaltung verbaut war. Sie hatten bestimmte Funktionen in den Prototypen fest verdrahtet, um Änderungen zu ermöglichen, aber es war eine Tatsache, die die Bürokraten bei Praxis nicht anerkennen wollten.

»Bereit?«, fragte Mia und schaute an Demetri hoch, bevor sie völlig unter Chloe verschwand.

Demetri nickte und schaute wieder hoch zu Chloes geschlossenen Augen. Er achtete auf jede Bewegung oder Anzeichen von Unbehagen, während Mia den Stick einsteckte und begann, ihre Magie zu wirken.

ANFÄNGERIN

* * *

Chloe hielt den Atem an, solange sie konnte und hoffte, es wäre lange genug. Sand fand seinen Weg bis unter ihre Kleidung und sie fragte sich, wie lange sie sie noch haben würde.

Der Griff um ihre Knöchel war fest, aber Chloe war mehr besorgt darüber, dass der Sand um sie herum flüssig wirkte. Gelegentlich war er kratzig, aber insgesamt fühlte es sich an, als würde sie durch einen Bottich mit Karamell gezogen.

Mmm, Karamell...

Sogar KieraFreya schrie auf, als der Sand plötzlich verschwand und sie für ein paar Sekunden durch die Luft fielen, bevor Chloe auf etwas Hartem landete.

Sie beschwerte sich laut, rieb sich den Hintern und benutzte dann **Heilende Hände**, um den gerade entstandenen Schaden zu reparieren. Danach konnte sie immerhin aufstehen.

Alles in Ordnung?, fragte KieraFreya.

»Nett von dir, tatsächlich mal Mitgefühl zu zeigen«, sagte Chloe und bemerkte gar nicht, dass sie laut gesprochen hatte, bis sie eine Bewegung sah. Sie ging ein paar Schritte rückwärts, wo sie auf eine feste Wand traf.

Vor Chloe standen einige der seltsamsten Kreaturen, die sie je in Obsidian gesehen hatte. Ihre Körper waren größtenteils fischartig, bis auf die menschenähnlichen Beine und Arme, aber ihre Köpfe wurden nach oben hin schmaler und enthüllten brutale Mengen rasiermesserscharfer Zähne. Im Licht der Fackeln, die die Höhle erhellten, wurde Chloe erst langsam auf die mehreren Dutzend Sandhaie aufmerksam, die sie jetzt ansahen. Ihre Färbung lies sie fast mit den Sandsteinwänden verschmelzen.

Die Haie murmelten und knurrten zueinander und stupsten sich gegenseitig, als ihre Diskussion hitziger wurde.

Chloe konnte nicht anders, als zu lachen, als sie bemerkte, dass sie sich aufgrund der Positionierung ihrer Augen auf beiden Seiten ihrer Köpfe seitlich drehen mussten, um genau zu sehen, mit wem sie sprachen.

Schließlich trat einer der Haie aus der Menge heraus – nun, er wurde herausgeschubst – und nahm eine defensive Haltung ein, als er sich Chloe näherte.

»Du«, sagte er und zeigte mit einer Flosse auf Chloe, »Mensch?«

Chloe zögerte mit ihrer Antwort, bis sie verstand, dass das die vollständige Frage war. »Ähm, ja?«

Der Hai kehrte zu den anderen zurück und die Diskussion setzte sich in einer Sprache fort, die Chloe nicht identifizieren konnte.

Nach einer Welle des Nickens trat der Hai wieder vor. »Du... essen Fisch?«

Chloe dachte an all die Arten von Meeresfrüchten, die sie in ihrem Leben gegessen hatte. Hummer, Tintenfisch, Forelle, Thunfisch, Seehecht, *Hai*. Sie errötete, als sie ahnte, dass es nur eine richtige Antwort auf diese Frage geben konnte. Sie wollte zwar nicht lügen, erinnerte sich aber dann daran, dass sie *technisch gesehen* keinen Fisch mehr gegessen hatte, seit sie in Obsidian war.

»Nein?«, antwortete sie.

Der Hai nickte und schien zu einer Art Schlussfolgerung zu kommen. Er kehrte zu den anderen Haien zurück, wobei das Geschwätz nun eine fieberhafte Intensität annahm.

Chloe rollte mit den Augen und wurde ungeduldig.

Der Hai kehrte noch einmal zurück und zeigte mit einem Finger in Richtung Decke. »Du... nicht sicher... oben.«

Chloe folgte dem Finger und erkannte zum ersten Mal, dass sie nicht wirklich in einer Höhle war. Die Wände waren zu glatt und gut definiert, als dass dies eine Höhle wäre. Es war, als ob sie sich in einem Art Gebäude befanden. Es gab Türen an jeder der vier Wände, obwohl der Boden nur aus losem Sand bestand.

Sie wandte ihre Aufmerksamkeit wieder in Richtung Hai, dessen Maul offen stand und alle rasiermesserscharfen Zähne zeigte. »Ich habe nicht das Gefühl, dass ich hier unten viel sicherer bin, um ehrlich zu sein.«

Der Hai legte seinen Kopf schief, drehte sich dann langsam zu den anderen um und hielt Chloes Augen bis zum letzten möglichen Moment, bevor er zu den noch plappernden anderen zurückkehrte.

»Oh, *könnt ihr nicht einfach direkt mit mir reden!*«, rief Chloe und schmiss beide Hände in die Luft. »Wo zum Teufel bin ich?«

Die Haie verstummten im Nu, ihre Aufmerksamkeit jetzt ganz auf Chloe gerichtet. Es folgte Stille, bevor Chloe eine Bewegung von hinten in der Gruppe sah. Einen Moment später kam ein Hai, der doppelt so breit war wie die anderen, durch die Gruppe und streckte seine Brust heraus, als er auf Chloe zukam. »Verzeiht, dürfte ich kurz«, sagte er mit perfekter Aussprache und gab Chloe etwas Hoffnung.

»Es tut mir so leid«, sagte der dicke Hai und fuhr mit der Hand über seinen Kopf. Er schien sich besser zu artikulieren als Chloe selbst und erinnerte sie an englische Butler aus den Filmen, die sie als Kind gesehen hatte. »*Menschlich* ist nicht ihre Muttersprache, sehen Sie. Es dauert oft eine Weile, bis sie erkennen, dass die Kommunikation vielleicht viel günstiger verlaufen würde, wenn jemand anwesend wäre, der tatsächlich die Muttersprache des Gefangenen spricht.«

Der Hai streckte eine Hand aus. »Schorsch-Kai.«

»Chloe.« Sie unterdrückte mit großer Mühe ein Lachen und nahm seine Hand in ihre. Die anderen Haie wichen in der Sekunde zurück, in der ihre Hände sich berührten.

»Oh, beruhigt euch, ja?«, rief Schorsch-Kai über seine Schulter zurück. »Es ist ja nicht so, als würde sie mich erstechen, nur weil ich einen Flossenschlag angeboten habe.« Er lachte leise. »Hmm, ›Flossenschlag.‹«

»Können wir nochmal über den Teil mit der ›Gefangenen‹ sprechen?«, fragte Chloe und versuchte immer noch herauszufinden, was zum Teufel hier los war.

»Oh, bitte entschuldigen Sie vielmals, Chloe. Sehen Sie, ›gefangen‹ ist das Schlüsselwort für das, was du für meine Freunde hier bist, aber es fasst in keiner Weise zusammen, was in der Beziehungsdynamik zwischen uns vor sich geht. Wir haben Sie vor einem sehr feindlichen Tod bewahrt, indem wir Sie in die Sicherheit des verlorenen Palastes von Irizeth gebracht haben.«

»Der verlorene Palast von… wow!« Chloe sah sich noch einmal in dem großen Raum um, in dem sie standen.

»Das ist richtig.« Schorsch-Kai lachte. »Noch eine Stunde da draußen und wer weiß, was Sie vielleicht in einem Stück verschlungen hätte? Es gibt einen Grund, warum das oberirdische Dorf verlassen wurde, wissen Sie.«

Chloes Augen weiteten sich. »Meine Freunde. Sie sind immer noch da oben. Wir müssen sie holen.«

Schorsch-Kai winkte mit der Hand: »Keine Sorge, liebe Chloe. Wir würden Ihre Gefährten nie einem brutalen Tod durch Sandwürmer oder Dünengoblins aussetzen. Überlassen Sie die Rettung unseren Leuten und wir bringen Ihre Freunde im Handumdrehen zu Ihnen zurück.«

Chloe versuchte, sich die Kreaturen vorzustellen, die angeblich im Sand lebten. Wenn sie halb so bizarr waren wie die Kerle vor ihr, wären die anderen in Schwierigkeiten.

Waren Dünengoblins dieselbe Art von Kreatur, der sie in ihren ersten Stunden in Obsidian begegnet war, nur mit gelber Haut und dickeren Fußsohlen?

Und was zum Teufel waren Sandwürmer? Chloe dachte an die Angelphase ihres Bruders zurück, Köderboxen voller Würmer. Könnten tausend Tiere dieser Größe eine Person in Stücke reißen?

Schorsch-Kai legte eine Hand auf Chloes Rücken und fing an, sie in die Richtung der anderen Haie zu führen. »Machen wir uns vorerst keine Sorgen. In der Zwischenzeit zeige ich Ihnen das Gebäude. Der verlorene Palast von Irizeth ist ein Ort voller Schönheit und ich spüre, dass Sie eine Abenteurerin sind, die vor Neugierde platzt, nicht wahr?«

Chloe nickte und schluckte hart. Ihre Gedanken waren voller Sorge um ihre Freunde hoch über ihr und boten nicht viel Platz für sie selbst, als sich die Menge der Haie teilte, um sie passieren zu lassen. Einige der muskulöseren Haie schnappten mit dem Kiefer.

»Keine Sorge«, sagte Schorsch-Kai, ein kleines Lachen in seinen Worten, als er Chloes Blick sah. »Die Sherikane sind im Grunde genommen ein friedliches Volk. Wir haben uns jahrelang unter der Oberfläche versteckt und Abenteurern und Wanderern auf ihren Reisen geholfen. Hier waren früher eigentlich überall Seen, wissen Sie? Vor langer, langer Zeit.«

KieraFreya schnaubte in Chloes Kopf. *Hab ich dir doch gesagt.*

Daran habe ich doch gar nicht gezweifelt!

Trotzdem konnte Chloe das Gefühl nicht abschütteln, als sie die anderen Sherikane passierten, dass sie in ihr nicht einfach eine Freundin sahen. Hungrige Blicke kreuzten ihre Gesichter, als Chloe aus dem Raum und tiefer in den Palast geführt wurde.

Kapitel 29

Der verlorene Palast von Irizeth war ein Anblick, den Chloe in ihrem Leben nie erwartet hätte. Auf Schorsch-Kais Tour besichtigte sie die massive, unterirdische Behausung und staunte Treppe für Treppe immer mehr, in was für einem riesigen Gebäude die Sherikaner hier lebten.

»Das oberste Stockwerk ist hauptsächlich der Unterhaltung gewidmet«, erklärte Schorsch-Kai und wedelte mit einer Hand durch einen Raum voller seltsam aussehender Musikinstrumente. »Es ist das Oberste, um Besuchern einen allzu weiten Weg zu ersparen, wenn sie herabkommen wollen und es hält diejenigen, die schlafen oder sich ausruhen wollen, vom Lärm entfernt. Sherikaner können eine mürrische Spezies sein, wenn sie müde sind.«

»Gibt es hier viele Besucher?«, fragte Chloe.

Schorsch-Kais Gesicht verlor seinen Ausdruck. »Nicht mehr so viele, wenn ich ehrlich bin. Die Wüste zieht heutzutage nicht mehr viele an. Die meisten können die Hitze nicht ertragen, wissen Sie? Und viele ziehen es vor, den Umweg von vielen Kilometern um die Wüste herum zu nehmen, als durch sie hindurchzugehen und sich den Gefahren zu stellen, die nachts auftauchen.«

»Danach wollte ich noch fragen«, hakte Chloe ein. »Sie erwähnen diese Gefahren, aber ich habe fast eine ganze Nacht oben in diesem verlassenen Dorf verbracht und habe nichts gesehen. *Buchstäblich* nichts. Sie sagen, es gibt hier

Sandwürmer und Dünengoblins, aber wo? Wo verstecken die sich?«

Schorsch-Kai nickte, ein wissendes Lächeln berührte seine Mundwinkel. »Tarnung ist der wichtigste Schutzmechanismus für alles, was im Sand lebt.«

Er hielt inne, wie zur Betonung. »*Im* Sand, Chloe. Sie mögen vielleicht gerade Glück gehabt haben, dass letzte Nacht nichts in Ihrer Nähe war. Nahrung ist heutzutage jedoch knapp und ein guter Geruchssinn würde alle möglichen Kreaturen dazu bringen, Sie früher oder später einzuholen.«

Chloe stellte sich Tausende von dunklen Kreaturen vor, die unter den schweren Sandschichten schwammen. Wenn die vielen Sherikaner hier unter der Erde überleben konnten, war es definitiv nicht unmöglich, dass andere Wesen dasselbe taten.

»Moment«, sagte Chloe, als Schorsch-Kai sie eine breite Treppe hinunterführte, die Wände von riesigen Fackeln beleuchtet. Sie passierten noch einige weitere Haie, die Chloe ein wenig zu neugierig ansahen. »Wenn auch andere Kreaturen im Sand schwimmen, was hält sie dann davon ab, euch den Palast streitig zu machen?«

Schorsch-Kai öffnete seinen Mund, um zu sprechen und blieb dann stehen, als der Boden zu zittern begann. Dann kam ein lautes Geräusch, das Chloe an Rümpfe großer Schiffe denken ließ, die in seichtem Wasser über den Grund schabten. Die Fackeln flackerten, als Staub und Schmutzbrocken von der Decke herabregneten.

Schorsch-Kai schloss die Augen, als ob er die Sekunden zählte. Chloe fühlte, wie sie dieses seltsame Gefühl der Macht wieder überkam und leicht an ihren Bein- und Armschienen zerrte.

Fast so schnell wie es gekommen war, verschwand das Geräusch wieder. Chloe blickte sich um und sah mehrere Sherikaner, die flach auf den Bauch gefallen waren und sich nun wieder aufrichteten.

»Was zum Teufel war das?«, fragte Chloe.

Schorsch-Kai wartete ein paar zusätzliche Sekunden und beantwortete die Frage erst, als er sicher schien, dass die Störung vorbei war. »Sandwurm«, sagte er einfach, als ob das eine ausreichende Erklärung wäre.

Er setzte ihre Tour unbeirrt fort. »Die Mauern dieses Palastes sind dicker, als man es sich vorstellen kann und wurden aus komprimiertem und geformtem Stein gefertigt, sodass sie fast undurchdringlich sind. Der Palast steht seit Jahrhunderten als Symbol für die unglaublichen architektonischen Meisterleistungen, die unser Volk vollbringen kann und nur wenige kennen die genauen Stellen, an denen man den Palast betreten kann.«

»Und andere stolpern nicht einfach darüber?«

Schorsch-Kai zuckte mit den Schultern und führte Chloe nun durch eine Reihe von Räumen, in denen Geschirr auf langen Tischen verteilt war. An ihnen saßen ein paar Sherikaner, die sich seltsames, schleimiges Essen in den Mund schaufelten. »Wir haben immer wieder Fälle von Goblins und Echsen, die durch die Eingänge stolpern aber die sind in der Regel schnell beseitigt.«

Chloe warf ihm einen Blick zu, als wollte sie sagen: »Wie?«

Schorsch-Kai zwinkerte ihr zu, leckte die Lippen und tätschelte seinen Bauch.

Chloe versuchte, sich ihren Ekel nicht anmerken zu lassen.

»Sie schmecken hervorragend zu scharfer Sauce.« Schorsch-Kai lachte.

Er führte sie durch Speisesäle, Schlafräume und einen zum größten Teil kahlen Raum, den Schorsch-Kai den ›Ballsaal‹, nannte. Chloe konnte sich kaum vorstellen, dass diese Haifischmenschen sich gelegentlich zum Tanzen auf Ballsälen trafen.

Die Reihe von Räumen, für die Chloe sich am meisten interessierte, befand sich jedoch im sechsten Stockwerk von oben. Als sie die Treppe hinuntergingen, erreichte der vertraute Geruch von Tierparks und Bauernhöfen Chloes Nase. Sie hörte seltsame Rufe und begann schneller zu laufen. Schorsch-Kai lachte nur hinter ihr, als sie vorauslief und vom Anblick von Dutzenden von Kreaturen begrüßt wurde, die aussahen, als gehörten sie in einen Science-Fiction-Film.

Im ersten Gehege, an dem sie vorbeikam, lebten große, gefiederte Kanarienvögel, die groß wie Strauße waren. Ihre Köpfe waren riesig, die Schnäbel spatenförmig und Chloe sah, dass der Sand zu ihren Füßen zu Nestern um große Eier herum geformt worden war.

»Sie ist eine wahre Schönheit, nicht wahr?«, ertönte eine Stimme aus ihrer Nähe. Chloe zuckte zusammen. Sie war von den Kreaturen so fasziniert gewesen, dass sie den Sherikaner neben sich nicht einmal bemerkt hatte.

Wo Schorsch-Kai übergewichtig war, war dieser Sherikan unglaublich dünn. Seine Rippen waren durch die schuppige Haut sichtbar und seine Färbung war viel dunkler als die von denen, die sie in den oberen Ebenen gesehen hatte.

»Was ist sie?«, fragte Chloe, streckte die Hand aus und streichelte vorsichtig die Federn der Kreatur.

Von dem Sherikaner ertönte eine plötzliche Serie von Knurren und Zähnefletschen, bevor das Lächeln auf sein Gesicht zurückkehrte. »Oder zumindest nennen wir sie so. Kai, wie heißen diese Dinger auf menschlich?«

»Ich glaube man nennt sie ›Scooper‹, Flosse«, antwortete Schorsch-Kai. »Die besten Exemplare in diesem Teil der Wüste.« Er lachte und klatschte eine Hand auf Flosses Rücken.

»Die *einzigen* Exemplare in diesem Teil der Wüste«, korrigierte Flosse und wedelte einen Finger durch die Luft.

Chloe sah die Beiden ungläubig an. »Im Ernst? *Kai? Flosse?* Ihr macht euch nur über mich lustig, oder?«

»Was?«, sagte Schorsch-Kai.

Chloes Mund hing offen. »Flossen? Haie? Als nächstes wollt ihr mir sagen, eure Eltern heißen ›Haidrun‹ und ›Flipper‹.«

Schorsch-Kai protestierte. »Nein, nein. Flipper ist die Mutter von Kiemberley. Wir wollen die beiden nicht verwechseln.«

Flosse und Schorsch-Kai sahen sich an und teilten sichtbar eine Art Insiderwitz, den Chloe nicht kannte. Chloe schüttelte ungläubig den Kopf und richtete ihre Aufmerksamkeit wieder auf die Tiere. »Sie sind wirklich niedlich.«

»Niedlich?« Schorsch-Kai schien darüber nachzudenken. »Ich nehme an, in gewisser Weise sind sie das. Sie schmecken großartig mit einer Beilage von Höhlenpilzen.«

»Die werden *gegessen*?«, fragte Chloe und trat automatisch vor die Scooper, als ob sie sie schützen wollte. »Arme Kreaturen.«

»Nur manchmal.« Flosse sprang über den Zaun und streckte die Hände aus, um die Scooper zu beruhigen, die nervös mit den Flügeln schlugen. Er sprach leise mit ihnen und bewegte sich langsam, bis seine Hand einen berührte. Der Vogel senkte seinen Kopf, als ob er sich entspannen würde. »Manchmal reiten wir sie«, sagte Flosse, schwang ein Bein über den Scooper und hob sich auf seinen Rücken.

ANFÄNGERIN

Der Vogel reagierte positiv auf die Berührung, wölbte seinen Hals zur Decke hin und stieß ein seltsames, metallisches Geschrei aus. Chloe wich vor Schreck einen Schritt zurück, als etwas Seltsames passierte.

Die Federn, die den Kopf und Hals des Vogels bedeckten, begannen sich zu entfalten und schufen eine Form, die einem großen, breiten Bohrer nicht unähnlich war. Der Schnabel bildete die Spitze und die Augen sanken tiefer in ihre Höhlen.

Flosse grinste vom Rücken des Scoopers herab und beobachtete Chloe, die das Tier anstarrte, ohne auch nur zu blinzeln. Sie konnte nicht fassen, was sie vor sich sah.

Flosse hob seine Stimme, damit sie ihn über das Kreischen hören konnte. »Sie sind gemacht, um durch den Sand zu reisen.« Er zeigte auf das Ende der Flügel und Chloe sah nun, dass sie in großen, schaufelförmigen Händen mit Krallen endeten. »Scooper können durch den Sand rasen und Tunnel bauen, fast so schnell wie wir Sherikaner.«

Der Vogel begann sich zu setzen, seine Federn glätteten sich nun wieder.

»Die Federn werden stahlhart und der Reiter kann sich hinter ihrem Schirm verstecken, sodass sie sich hervorragend für den Transport von Gästen und Abenteurern eignen.« Er zwinkerte. Der Scooper bockte, aber Flosse schaffte es geschickt, sitzen zu bleiben. »Man braucht ein wenig Übung, aber wenn man den Dreh raus hat, steht einem in der Wüste nichts im Weg.«

»Nun, zumindest solange die Sandwürmer einen nicht kriegen«, scherzte Schorsch-Kai und ließ Flosse in Gelächter ausbrechen. Er hüpfte vom Scooper herunter, ließ das Tier zu seinen Artgenossen zurückkehren und kletterte wieder zurück über den Zaun.

»Da hast du Recht«, sagte er, immer noch grinsend.

»Okay, kann mir bitte jemand erklären, was ein Sandwurm ist?«, fragte Chloe, verärgert.

Schorsch-Kai lachte weiter und legte eine Hand auf ihre Schulter. Seine Haut war kalt und rau wie Schleifpapier und ließ einen Schauer über ihren Rücken laufen.

»Alles zu seiner Zeit«, sagte er. »Es gibt noch viel zu sehen.«

Die Ställe dehnten sich über eine unvorstellbare Anzahl an Stockwerken unter dem Sand aus. Chloe war überwältigt von den seltsamen Kreaturen, die die Sherikaner in ihrem unterirdischen Palast züchteten. Es gab alle möglichen Eidechsen, einige so klein wie ihr kleiner Finger, andere so groß wie ein Krokodil.

Es gab Vögel, die in einer Voliere herumflogen. Sie kreischten und zwitscherten, als sich Schorsch-Kai, Flosse und Chloe näherten. Ein freundlich aussehender Sherikaner errötete, als er Schorsch-Kai erblickte und Chloe fragte sich, was die Geschichte zwischen den beiden war.

Es gab hunde- und katzenartige Kreaturen, etwas, das mit Kühen vergleichbar war, einige wenige Arten größerer Vögel, die den Scoopern ähnlich waren, aber weniger Federn hatten und unglaublicherweise...

»Das ist nicht euer Ernst!«

Schorsch-Kai lächelte, als er Chloe eine Reihe von Stufen hinunter in eine der größten Höhlen führte, die Chloe je gesehen hatte. Die glatten, geschnitzten Wände um sie herum schmolzen zur Decke hin zu rauem Felsen. Stalaktiten und Stalagmiten streckten sich mit aller Mühe einander entgegen.

Und da, inmitten des Ganzen, befand sich ein riesiger, unterirdischer See. Das Wasser war so klar, dass Chloe an allen Schulen von fantastisch aussehenden Fischarten vorbei bis auf den Grund sehen konnte. Brücken und Gehwege waren darüber gebaut worden und an den Kreuzungen hielten Sherikaner Angelruten, die im Wasser schaukelten und darauf warteten, dass die Fische anbissen.

»Was Sie hier sehen ist alles, was von den Gewässern übrig geblieben ist, die einst in diesem Teil Obsidians existierten«, erklärte Schorsch-Kai und ging mit Chloe zum Ufer. »Dieser See erstreckte sich kilometerlang in alle Richtungen, aber als der Sand kam und die Sonne das Wasser an der Oberfläche austrocknete, wurden kleine Gewässer darunter begraben.«

»Das ist unglaublich«, sagte Chloe. Ihr Mund stand offen, als sie ins Wasser blickte und mehrere Arten von regenbogenfarbenen Fischen zählte. »Wie habt ihr es geschafft, ihn zu erhalten?«

Schorsch-Kai lachte und schüttelte den Kopf. »Die Natur bewahrt sich selbst, Chloe. Wir können so viel wie möglich tun, um unsere Lebensqualität zu verbessern, aber manchmal brauchen solche Dinge keine Rettung. Manchmal findet die Natur selbst einen Weg. Die Zeit wird letztendlich alles bewegen, aber in diesen Bereichen unserer Existenz dürfen wir nichts anderes tun, als wertzuschätzen, was die Welt uns an dem Zeitpunkt bietet, an dem wir existieren.«

»Hm.« Chloe lachte. »Sie klingen wie ein Freund von mir. Sie kennen ihn nicht zufällig? Etwa so groß, schwebt in der Luft und fliegt als leuchtende Kugel herum? Schätzt die Wasserpfeife sehr.«

»Da müssten Sie genauer sein. Ich kenne viele, die die Wasserpfeife schätzen.«

Chloe lachte. »Ihr scheint hier wirklich ein angenehmes Leben zu führen.« Sie sah die haifischähnlichen Menschen staunend an, die ihre Füße ins Wasser gestreckt hatten, während sie geduldig darauf warteten, dass etwas anbiss. Etwas weiter weg zog ein großer Sherikaner mit dunklen Streifen seine Angelrute ein und kämpfte mit etwas im Wasser. Als sein Haken die Oberfläche durchbrach, sah Chloe einen Fisch hoch in die Luft springen und mit einem Platscher wieder im See landen, wo er sich von der Angel löste.

»Ach, *manno!*«

Chloe konnte sich ihr Lachen nicht verkneifen. »Ich versteh's nicht«, sagte sie und konnte nicht aufhören zu grinsen, als sie den Kopf schüttelte. »Wissen Sie, wie absurd es ist, Haie beim Angeln zu sehen? Sollten nicht alle einfach ins Wasser springen und dort unten jagen?«

Flosse und Schorsch-Kai wichen gleichzeitig einen Schritt zurück, der Schrecken war klar auf ihren Gesichtern.

»Gute Güte, nein!«, rief Flosse und ließ ein paar Sherikaner in der Nähe aufblicken.

Schorsch-Kai erschauderte. »Wissen Sie nicht, dass es gegen die Natur der Sherikaner ist, zu schwimmen? Wir würden keine fünf Sekunden im Wasser überleben. Wir sind gebaut, um durch den Sand zu reisen. Stolpert einer der unsrigen ins Wasser würde er sinken wie ein Stein.«

»Im Ernst?« Chloe konnte nicht fassen, was sie da hörte. »Sie... können nicht... Was ist, wenn... *Ernsthaft*?«

Beide nickten.

»Nun, ich nehme an, dann bringen wir Sie beide besser vom Ufer weg«, schlug Chloe vor und drehte sich zum Ausgang.

Nur einmal auf dem Weg zurück, im Essbereich, mussten Chloe und die anderen innehalten, als ein weiteres gewaltiges Geräusch von der anderen Seite der Palastmauern kam.

ANFÄNGERIN

Wieder einmal rieselten Staub und Schmutz von der Decke und Sherikaner lagen flach auf dem Boden, aber der Lärm verschwand schnell.

Noch einmal fühlte Chloe, dass dieser seltsame Stromstoß über sie kam und ihre Armschienen und Beinschienen zitterten, als der Lärm nachließ.

»Was ist...«, begann Chloe, aber unterbrach sich selbst. Sie erkannte, dass sie keine Antwort von Schorsch-Kai bekommen würde, als er die Treppe vor ihr hinauftrottete. Flosse hatte sich bei den Gehegen wieder von ihrer Tour verabschiedet.

Als sie durch die Türen zum Essbereich traten, war der Anblick völlig anders als zuvor. Zum ersten Mal seit langem war Chloe unglaublich hungrig. Der Geruch von zubereitetem Fleisch und anderen Lebensmitteln ließ ihr das Wasser im Mund zusammenlaufen. Der Saal war gefüllt mit Hunderten von Sherikanern, die lautstark in ihrer kehligen, knurrenden Sprache plauderten.

Es gab Dutzende von Tischreihen und Chloe war überrascht zu sehen, dass nicht alle plappernden Wesen Sherikaner waren. Sie erkannte auch ein paar Kreaturen, von denen sie annahm, dass sie Dünengoblins waren und fragte sich, warum sie mit den Sherikanern zusammensaßen.

»Maulwürfe«, erklärte Schorsch-Kai. »Sie beobachten die wandernden Dünengoblins an der Oberfläche und teilen uns ihre Pläne und Ideen mit, wenn sie uns zu finden versuchen. Dafür ernähren wir sie und sorgen für Reichtum in ihren Familien.«

»Ich wusste nicht einmal, dass Goblins Familien haben. Jedenfalls nicht in dem Sinne, wie wir das tun«, sagte Chloe.

»Alle Kreaturen sind verschieden. Nur weil sich ein paar Goblins auf eine Weise verhalten, erwarten Sie nicht, dass alle Goblins das gutheißen. Vergessen Sie das nicht. Eine realistischere Einstellung könnte Ihnen auf Ihrer weiteren Reise noch nützlich sein.«

»Sie meinen, es ist so ähnlich wie die Tatsache, dass Sie Haie sind und nicht schwimmen können?«

»Im Ernst«, fragte Schorsch-Kai, »*was* sind Haie?«

Chloe klopfte ihm auf die Schulter. »Ich erkläre es Ihnen später.«

»Gut. Ich werde Sie daran erinnern. Wir sind nämlich da.«

»Wo?«

»Chloe!«, rief Tag durch einen Mund voller Essen. »Da bist du ja, du glitschige Schlange!« Große Fleischstücke flogen durch die Luft und landeten mit jedem Wort auf dem Boden.

Gideon saß gegenüber von Tag, mit Ben und Jesepiah neben sich. Ben war bereits tief im Gespräch mit einem Sherikaner, neben dem er zufällig saß, während Jesepiah beim Essen nie ihre Augen von Tag nahm.

»Was ist mit ihm los?«, fragte Chloe besorgt. Gideon sah kränklich aus. Er war wie auf seinem Sitz erstarrt, seine Augen glasig und auf nichts fokussiert.

»Immer noch ausgeloggt, der Gute«, erklärte Tag.

»Oh.« Chloe lachte erleichtert. »Warum ist er dann hier?«

»Hai-Typen haben uns verschleppt«, antwortete Tag und stopfte sich mehr Essen in den Mund, als vernünftig schien. Chloe entdeckte eine kleine, gelbe Feder auf seinem Teller und ihr Hunger ließ plötzlich nach. »Sie haben uns geschnappt, während wir abgemeldet waren. Ich hatte mich gerade wieder eingeloggt, als wir vom Sand verschluckt wurden und konnte nicht viel machen. Ich habe gerade noch ein riesiges Monster-Dingsda gesehen, dann war alles dunkel. Das nächste, woran ich mich erinnere?« Er streckte seine Schüssel aus. »Voila!«

Mehrere Sherikaner, die am selben Tisch saßen, nahmen an dem Gespräch teil. Chloe erkannte einen von ihnen als denjenigen, der nervös versucht hatte, mit ihr zu sprechen, als sie im Palast angekommen war.

»Sehr einfach«, knurrte ein Sherikaner mit einer dicken Narbe, die von seiner Oberlippe bis zum Auge reicht. Sein Vokabular war nicht so gut wie das von Schorsch-Kai, aber er war leichter zu verstehen als viele andere. »Wir nehmen deine Freunde. Sie leise. Ist gut.«

»Nicht sie«, sagte ein Sherikaner mit fast weißer Färbung und schob seinen Finger in Richtung Jesepiah. »Sie wackelt wie Fisch. Rutschig wie nass.«

»Nun, zumindest sind wir jetzt alle hier«, sagte Chloe. Sie zählte die Köpfe ihrer Freunde und kam nur auf fünf. Es dauerte eine Sekunde, bis sie erkannte, wer fehlte. »Wo ist Decaru?«

»Dein erleuchteter Freund?« Ben hatte seinen Arm auf seine Stuhllehne gelegt und wandte seine Aufmerksamkeit kurz von dem Sherikaner ab, der ihn bereits deutlich sichtbar anhimmelte.

»*Unser* erleuchteter Freund«, korrigierte Chloe.

»Lichtball?«, fragte der vernarbte Sherikaner. »Er schwebt davon. Konnte nicht fangen. Nicht einmal versucht. Sterne fallen. Auf Erde sterben sie.«

Chloe öffnete ihren Mund, um zu antworten und entschied sich dagegen. Die Sherikanerer mussten nicht wissen, dass sie mit einem Schamanen in Irrlichtgestalt reisten. Sie wusste schließlich nicht, wie sehr das Leben dieser Kreaturen hier unten von der Außenwelt getrennt war. Chloe schätzte sich glücklich, dass ihre anderen Gefährten in einem Stück hierhergebracht worden waren. Decaru würde seinen eigenen Weg finden, da war sie sich sicher.

»Na dann«, sagte Chloe und bedankte sich bei einem Sherikaner, der eine Schale mit Essen vor sie stellte. Sie studierte es kurz nach irgendwelchen Anzeichen von Federn und als sie keine vorfand, nahm sie mit ihrem gabelartigen Besteck einen großen Bissen. »Während wir darauf warten, dass unser lieber Freund Gideon wieder zurückkommt, können wir die Zeit nutzen und ordentlich satt werden.«

»Ich bin dir *weit* voraus.« Tag lachte und mehr Essen flog aus seinem Mund. Er kaute ein paar Mal und sagte dann: »Wenn wir fertig sind, können wir ihn dann irgendwie reinlegen? Seinen Finger in die Nase stecken oder seine Hand in warmes Wasser legen und schauen, ob er sich einpinkelt.«

»Glaubst du wirklich, dass das hier funktioniert?«, fragte Ben.

Chloes Augen strahlten vor Aufregung. »Ich habe eine bessere Idee. Glaubt mir, das wird *episch!*«

Kapitel 30

Als sich Gideon wieder bei *Obsidian* einloggte, war es mit dem bekannten Gefühl von Übelkeit, das damit einherging, aus einer Welt herauszuspringen und in die nächste einzutauchen.

Er hatte seinen Bruder und seine Mutter zurückgelassen und sich aus dem Raum geschlichen, als sich der Fokus des Streits von ihm abgewandt hatte und sein Bruder zum Ziel der Enttäuschung seiner Mutter geworden war. Als Alleinerziehende hatte sie oft ihre Probleme damit gehabt, zwei Jungen alleine großzuziehen – zumal das ältere Kind die meiste Zeit damit verbrachte, sich bei jeder Gelegenheit über Gideon lustig zu machen und ihn aufzuziehen.

Gideon hatte ruhig gesessen und gelegentlich seinen Mund geöffnet, um Fragen zu beantworten, bevor er unterbrochen wurde. Dann schwieg er wieder. Seine Gedanken waren sowieso woanders gewesen.

Sie waren seit Wochen gefüllt mit den Wundern und Bildern aus *Obsidian* und alles, was er wirklich hatte tun wollen, war, seiner Mutter für das köstliche Curry zu danken und wieder in seinem Zimmer zu verschwinden. Er konnte an nichts anderes denken als an die Herausforderungen und Quests, die in der Wüste auf ihn warteten.

Vielleicht, wenn wir Magie nutzen, um etwas von dem Sand herumzubewegen, könnten wir den Eingang zu einer Höhle finden, hatte er sinniert und sich daran zu erinnern versucht, ob sich irgendwelche Zauber aus dem Wälzer des Schamanen dafür anboten.

Schließlich war sein Moment gekommen, er hatte sich in seine halboffene Kapsel gesetzt und an den letzten Ort zurückgedacht, an dem er gewesen war, als er sich abgemeldet hatte. In der Anleitung wurde darauf hingewiesen, dass es am besten war, seinen Verstand langsam mit dem Ort in Einklang zu bringen, an den man transportiert werden würde, um den Übergang in seinem Gehirn reibungsloser zu gestalten.

Aber als er die Augen schloss, das Spiel initiierte und sie wieder öffnete, hätte er sich nicht verlorener und verängstigter fühlen können. Sein Mund öffnete sich in einem stillen Schrei, sein Körper verkrampft so sehr, dass sich seine Muskeln anfühlten als würde er unter Strom stehen. Er war umzingelt von Haien mit blitzenden Zahnreihen und gab den leisesten Schrei der Welt von sich, bevor er ohnmächtig wurde.

Gideon kam kurze Zeit später wieder zu sich, hatte erneut einen Hai vor dem Gesicht und wurde wieder ohnmächtig.

Als er zum dritten Mal aufwachte, öffnete er seine Augen so vorsichtig wie nur möglich. Das Einzige, was ihn dazu brachte, sie vollständig zu öffnen, war der Anblick von Chloe zwischen den Kreaturen, ihre Hände in der Luft wie zwei Bärentatzen. Sie knurrte ihn an.

»Chloe?«, fragte Gideon. Er konnte seine Gliedmaßen kaum fühlen.

Im völligen Einklang schlossen sich alle Münder der Haie und ihre Mundwinkel kräuselten sich zu einem Lächeln, als Chloe und die anderen in raues Gelächter ausbrachen.

»Du hättest dein Gesicht sehen sollen!«, brachte Chloe zwischen schweren Atemzügen heraus. Die Gruppe der

Haie löste sich auf, aber manche von ihnen krümmten sich weiter vor Lachen und wischten ihre eigenen Tränen vom Gesicht. Gideon, der nun ihre Körper vollständig sah, erkannte, dass es sich nicht um echte Haie handelte, sondern um menschenähnliche Kreaturen mit haiartigen Zügen.

»Was *sollte* das?«, fragte Gideon, sein Gesicht weiß, als er sich aufsetzte und versuchte, sich zu orientieren. »Wer sind all diese Leute?«

Schorsch-Kai trat vor, um zu antworten. Sein runder Bauch beugte sich zu Gideon herab. »Verzeihen Sie mir, Meister Gideon. Ihre Freunde bestanden darauf, dass es eine fantastische Idee wäre, Sie – entschuldigen Sie meine Wortwahl – zu verarschen.« Er lachte hinter vorgehaltener Hand: »Ich muss zugeben, dass sie nicht Unrecht hatten.«

Bei Gideons verblüfftem Gesicht richtete er sich auf und räusperte sich. »Es ist jedoch nicht üblich, dass wir unsere Gäste so begrüßen und dafür entschuldige ich mich. Willkommen im verlorenen Palast von Irizeth, der Heimat der Sherikaner.«

Schorsch-Kai spielte die gleiche Laier ab, die er Chloe geboten hatte. Tags und Bens Ohren spitzten sich, um die Informationen auch aufzunehmen. Es schien, dass Schorsch-Kai wirklich der beste Übersetzer unter den Sherikanern war und sich niemand sonst die Mühe gemacht hatte, Tag und Ben darüber zu informieren, wo sie waren.

Das hatte sie natürlich nicht davon abgehalten, einen Haufen Essen von fremden Haien anzunehmen.

»Warum sind wir dann hier?«, fragte Gideon, dieselbe Frage, die Chloe sich schon seit einiger Zeit stellte.

Wie durch Gideons Frage ausgelöst, begann ein Rumpeln um sie herum und das durchdringende Dröhnen kehrte vorübergehend zurück, während alle Sherikaner Orte fanden, um sich zu verstecken. Gideon, Tag und Ben standen verwirrt auf und Chloe kämpfte noch einmal mit der magnetischen Macht, die sie durchströmte.

Als es vorbei war, erhob sich Schorsch-Kai unsicher vom Boden und versuchte, ein Lächeln auf sein Gesicht zu zaubern. »Nun, wo war ich?«

»Was war das?«, fragten Tag, Ben und Gideon unisono und starrten Chloe und Schorsch-Kai an.

Chloe zuckte mit den Schultern. »Ich weiß es nicht. Das passiert hin und wieder und dieser Kerl«, sie deutete mit dem Daumen in Richtung Schorsch-Kai, »will mir nicht sagen, was es ist. Obwohl, es ist ein *Sandwurm*, habe ich Recht?«, fragte Chloe sarkastisch.

Schorsch-Kai nickte, sein Gesicht entschlossen. »Sie haben recht, aber ich kann Ihnen nicht mehr sagen, als Sie bereits wissen. Zumindest nicht hier. Kommen Sie. Folgen Sie mir.«

Chloe sah die anderen an und zuckte noch einmal mit den Schultern, bevor sie Schorsch-Kai durch die Menge der Sherikaner folgten, die sich noch langsam erholten. Der Lärm im Speisesaal erreichte langsam hinter ihnen wieder das vorherige Niveau, als sie die Räume hinter sich ließen und einige Treppen hinunter stiegen.

Schorsch-Kai führte sie alle zu den untersten Ebenen des Palastes. Sie passierten einen Raum mit einem großen Schrein, der von Kerzen erhellt wurde. Chloe hielt kurz inne und erkannte den Schnellreisepunkt. Sie war angenehm überrascht, eine Benachrichtigung zu erhalten, dass er zusätzlich als Wiederbelebungspunkt diente.

»Die gibt es also doch noch«, kommentierte Tag.

Schorsch-Kai wartete geduldig und führte sie dann zu einem Raum weiter hinten auf dem Stockwerk, wo die Lichter schwach und der Geräuschpegel niedrig waren. Er navigierte sie fachkundig durch eine Reihe von Gängen gesäumt von offenen Bögen statt Türrahmen.

Chloe steckte ihren Kopf in mehrere der Räume und hörte das Schnarchen von Sherikanern in der Dunkelheit. Das waren eindeutig Schlafzimmer, obwohl sie nicht vergleichbar waren mit dem, was sie normalerweise darunter verstand.

Anstelle der weichen Pracht von Bettdecken und Kissen, die Chloe erwartet hatte, gab es breite Bäder, die bis zum Überlaufen mit Wasser gefüllt waren – vermutlich aus den Seen des Palastes – und Sherikaner hatten sich ungeschickt in die Wannen gelegt. Das Wasser schaukelte und schlug kleine Wellen, während sie schliefen und ihre Atmung ließ das Wasser in ihren Wannen aufsteigen und sinken.

Chloe konnte es nicht verstehen. Eine Spezies, die die Idee des Schwimmens hasste und Angst vor dem Ertrinken hatte - warum *schliefen* sie in Wasserbädern?

Und, was noch wichtiger war, warum konnten diese Haie nicht schwimmen?

Du denkst wie ein Mensch, der nicht aus dieser Welt stammt, sagte KieraFreya zu ihr, als Chloe die anderen einholte und sie schweigend weiterliefen. *Du darfst Obsidian nicht ständig mit deiner Heimat vergleichen. Erinnere dich, Obsidian ist* nicht *dein Zuhause. Wenn du so weitermachst, verärgerst du noch jemanden. Wenn überhaupt, dann finde ich es seltsam, dass diese ›Haie‹, von denen du sprichst schwimmen können. Würde das Wasser nicht direkt durch ihre Finger fließen?*

Sie haben keine Finger. Sie haben große, paddelartige Anhängsel, die Flossen genannt werden und aus den Seiten ihres Körpers ragen, antwortete Chloe und bemerkte selbst, wie verrückt das klang.

Wie ein Fisch? KieraFreya lachte. *Wer ist jetzt der verdammte Spinner?*

Schorsch-Kai hielt vor einem Durchgang gegen Ende des Flures an und schaute in beide Richtungen, bevor er sie hineinführte.

Sie waren allein in dem Raum. An der hinteren Wand befand sich ein mit Wasser gefülltes Bad. Die Wand an einer Seite war mit Büchern gesäumt und an der anderen stand ein Schreibtisch mit einer Reihe von Federkielen und Tintenfässchen, die aus Ton geformt zu sein schienen.

Schorsch-Kai bat sie hineinzukommen, durchquerte den Raum und durchsuche das Bücherregal. Er klopfte mit seinen Händen auf die Knie, während er seinen Kopf schief legte und die Titel auf den Buchrücken leise murmelte.

»Hey! Das ist also nicht nur ein seltsames, menschliches Suchding«, sagte Tag. »Ich sehe genauso aus, wenn ich nach einer DVD suche.«

»Du hast noch *DVDs*?«, fragte Ben überrascht.

Tag ruderte sofort zurück. »Naja, nein, die gehören meiner Mutter, ich schwöre. Sie kann das mit Streams und so nicht so gut wie wir. Sie mag es, Filme physisch zu besitzen, aber der DVD-Player ist sowieso bald hinüber.«

»Natürlich ist er das.« Ben zwinkerte und ließ Tags Gesicht rosa leuchten.

»Was machen wir hier?«, fragte Chloe und beobachtete Schorsch-Kai mit Interesse. »Warum konnten Sie uns das da oben nicht sagen?«

Schorsch-Kai wandte sich nicht von den Büchern ab, als er antwortete. »Weil es keine Worte für das gibt, was ich Ihnen jetzt zeigen werde. Sobald Sie es sehen, werden Sie es verstehen. Selbst mein Vokabular ist begrenzt und es ist am besten, Ihnen einen Indikator dafür zu geben, welche Gefahr wirklich da draußen im Sand lauert.

»Ah! Da haben wir's.«

Er zog einen dünnen, ledergebundenen Band heraus und legte ihn auf den Schreibtisch. Der Sherikaner griff nach zwei Steinen, schlug sie zusammen und erzeugte Funken, die die Fackel über dem Schreibtisch entzündeten. Eine verirrte Glut rollte auf das Buch zu, nach der Schorsch-Kai mit einer Faust schlug und sie alle zusammenzucken ließ.

»Verzeihung. Wertvolle Texte. Ich vergesse immer wieder, wie leicht entzündlich sie sind.«

Er blätterte durch die Seiten, jedes Blatt Papier knirschte und knitterte von ihrem Alter. Schließlich fand er eine Skizze auf einer Doppelseite, die im Vergleich zu den Seiten selbst noch recht neu wirkte. Er lehnte sich zurück, sodass sie alle einen guten Blick auf das dargestellte Monster werfen konnten.

Der Sandwurm war abscheulich, ein monströses, schlangenartiges Wesen mit einem Maul, das eher einer Höhle ähnelte. Seine Lippen waren von spitzen Zähnen gesäumt und das Bild zeigte Sand, der in seinen Mund strömte, als er durch das Sandmeer raste. Chloe fuhr ein kalter Schauer über den Rücken.

»Hübsches Ding, was?«, scherzte Ben.

Chloe fuhr mit dem Finger über die Seiten, über jeden einzelnen Teil des Wurms. Sie fragte sich, wie so etwas überhaupt existieren konnte. Wie es sich ernährte und wie es unter dem Sand verborgen blieb. War das wirklich die Kreatur, die die Mauern des Palastes zum Erzittern brachte?

»Wie groß?«, fragte sie.

»Niemand weiß es genau«, antwortete Schorsch-Kai. Er blätterte zur nächsten Seite und zeigte auf Textzeilen, die unterstrichen und mit Notizen versehen worden waren. »Er wurde nur ein einziges Mal gesehen und selbst dann nur für einen kurzen Moment. Der Sherikaner, der den Wurm entdeckte und dieses Bild zeichnete, entkam nur knapp mit seinem Leben.

Es ist Jahre her. Das Monster jagte Flosse durch den Sand.«

»*Flosse?*« Ben hob eine Augenbraue. »Wie in ...«

»Genau,«, sagte Schorsch-Kai und nickte ernst. »Kurz für Florian.«

Chloe rieb eine Hand über ihr Gesicht. Wenigstens hatte sie vermutlich richtig erraten, dass Flosse ein Mann war, falls Sherikaner in solchen Rubriken dachten.

»Wie ich schon sagte«, fuhr Schorsch-Kai fort, »Das Monster jagte Flosse durch den Sand. Er war damals ein Krieger. Ein Champion. Einer der schnellsten Sandschwimmer, die wir Sherikaner je unter uns hatten.

Er schwamm so schnell er konnte in scharfen Kurven und versuchte so, dem Tier zu entkommen. Sein Kopf schnitt durch den Sand, aber der Sandwurm verschluckte denselben einfach hinter ihm. Flosse umkreiste den Palast und suchte nach den Eingangspunkten, war aber bald hoffnungslos im Sand verloren.«

Gideon, völlig gefesselt von der Geschichte, lehnte sich näher heran. »Also, was ist passiert? Wie ist er entkommen?«

»Flosse jagte blind durch den Sand, lauschte dem eindringlichen Gebrüll des Sandwurms und versuchte verzweifelt, sein Zuhause zu finden. Sein Herz schlug hart und die Zähne des Sandwurms kamen seinen Beinen immer näher, während er schwamm.

Und dann kamen die Trommeln. Sehen Sie, unser Volk hat schon lange eine Passion für die Musik und in den Tagen unserer Ältesten, als wir am Ufer lebten, bauten sie riesige Trommeln, um die anderen Musiker zu begleiten und die Welt mit Musik zu füllen.«

»Florians Geliebte, Lady Haidrun …«

»Das *kann* nicht Ihr Ernst sein!«

»Sie wartete verzweifelt auf ihren Partner. Sie forderte, dass die Trommeln gespielt werden sollten. Die Sherikaner stritten über diese Entscheidung, einige ersehnten Flosses Rückkehr, während andere um ihr eigenes Leben fürchteten, falls der Klang den Sandwurm in Richtung Palast ziehen würde.«

Schorsch-Kai hielt inne und starrte in das grelle Licht der Fackel, als ob er selbst Flosses Geschichte wiedererleben würde. Chloe konnte sich nicht daran erinnern, sich bewegt zu haben, aber sie saßen alle im Schneidersitz auf dem Boden, als würden sie ihrem Opa am Lagerfeuer zuhören.

»Doch die Trommeln wurden angeschlagen, der Rhythmus laut genug im Sand, um Flosse nach Hause zu locken. Der Sandwurm jagte hinterher, schnappte nach unserem Helden und erwischte dabei einen Teil des Felsens, genau wo unser Höhlensee liegt. Es entstand eine Öffnung, durch die ein Teil des Wassers in den Sand abfloss.«

»Ein See? Hier unten?«, fragte Tag ungläubig.

Chloe übernahm diese Erklärung und beschrieb den See, den sie gesehen hatte, das Wasser so klar, dass man den Grund sehen konnte. Es war schwer vorstellbar, dass es jemals ein Loch am Boden gegeben hatte. Er war so riesig, wie groß mochte er vor diesem Vorfall gewesen sein?

»Das Wasser erzürnte den Sandwurm. Es drückte ihn nieder und erzeugte mehr Widerstand. Florian nutzte dies aus und tauchte durch das Loch, wo er verzweifelt gegen das Wasser anschwamm. Unsere Leute ließen all unsere Seile und Anker in den See fallen, um ihn zu retten. Es war knapp, aber schließlich konnte er an die Oberfläche gezogen werden.

Das ist also nun die Geschichte, die in diesem Buch der Helden erzählt wird. Der Überlebende des Sandwurms. Eine große Geschichte über Heldentum und Triumph.«

Schorsch-Kai schloss das Buch sanft, seine Augen glasig, als wäre er noch nicht ganz aus seiner Erzählung in den Raum zurückgekehrt.

»Was ist mit dem See passiert?«, fragte Gideon und rutschte auf dem Boden herum. »Sie sagten, das Wasser begann abzulaufen. Wie haben Ihre Leute das verhindert?«

Schorsch-Kai drehte sich um und blickte Gideon an. Chloe konnte deutlich sehen, wie Gideons Unbehagen zurückkehrte und sie tat ihr Bestes, ein Lächeln zu verbergen. Gideon schien immer ein wenig länger zu brauchen, um sich an Neues zu gewöhnen, trotz seiner großen Spielerfahrung.

»Unser Volk warf Felsen und Steine in den See und arbeitete so schnell wie möglich, um das Loch zu blockieren und den Sandwurm in Schach zu halten. Der Abfluss wurde verschlossen, aber wir haben an diesem Tag viel verloren.« Seine Augen blickten wieder ins Leere, als er sich zurückerinnerte. »Unsere kostbaren Wasserjuwelen gingen für immer verloren, begraben unter all dem Stein.«

Chloes Kopf schnappte hoch. »Juwelen? Welche Juwelen?«

Schorsch-Kai zuckte mit den Schultern. »Die Legende erzählt von einer großen, leuchtenden Masse von Juwelen in der Mitte des Seebodens. Es traute sich nie jemand so tief zu tauchen und sie zu bergen, aber sie strahlten und funkelten in einem eigenen Licht, als wären sie lebendig . Ein Überrest der alten Welt, schätze ich. Trotz aller Bemühungen konnten unsere Haken die Juwelen nie zurückholen, also ließen wir sie im Wasser, um die Wunder des Sees zu erhellen.«

ANFÄNGERIN

Chloe sah Gideon eifrig an, der ihren Blick entgegnete.

»Du denkst nicht...«, fragte sie.

»Vielleicht?«, antwortete Gideon und lächelte über ihren plötzlichen Ausbruch von Begeisterung.

»Schorsch-Kai, könnten Sie uns bitte zurück zum See bringen?«, fragte Chloe. »Ich denke, wir sollten schwimmen gehen.«

Kapitel 31

Du willst das wirklich tun?«, fragte Gideon.

Chloe nickte. »Ja.«

»Du willst da wirklich runter?«

»Jaha.«

Gideon blickte über Chloes Kopf hinweg, die schon an der anderen Seite des Brückengeländers saß, ins Wasser. »Irgendeine Idee, wie tief das geht?«

»Nope.«

Tag drehte den Kopf und erkundete den Gehweg. Er hob einen Kieselstein von der Größe seiner Handfläche auf. »Hier.«

Er ließ den Stein ins Wasser fallen, der mit einem kleinen *Platsch* auf die Oberfläche traf. Sie alle lehnten sich über das Geländer und beobachteten, wie der Stein tiefer sank. Weiter und immer noch weiter, bis er nach ein paar Augenblicken so klein war, dass sie sich anstrengen mussten, um den winzigen Fleck zu sehen, dessen Form sich durch die unruhige Wasseroberfläche verzogen hatte. Schließlich erreichte er den Boden und setzte sich inmitten großer Felsbrocken ab.

»Quasi nur ein Teich«, bemerkte Ben.

Chloe winkte mit der Hand. »Es wird alles gut, da bin ich mir sicher. Ich habe ein Talent im Schwimmen.«

»Wirklich?«

»Ja.«

»Schön!«, sagte Tag. »Dann mach schon.«

ANFÄNGERIN

Chloe fühlte, wie Tags Stiefel ihren Rücken traf, als er sie von der Brücke stieß. Sie hatte noch genug Zeit, ein kurzes »Nein!«, auszustoßen, bevor das Wasser sie umgab.

Als Chloe in Oakston gewesen war, hatte sie sich ihre erste Stufe im Schwimmen verdient. Sie hatte den Bewohnern geholfen, Kleidung in umliegenden Flüssen zu waschen, in Seen zu tauchen und nach Fischen zu jagen. Das Wasser dort war noch ziemlich trüb gewesen, ihre Technik ungeschickt.

Hier unten konnte Chloe kaum glauben, dass sie unter Wasser war. Trotz der Tatsache, dass sie nicht atmen konnte, war das Wasser glasklar. Einige der größeren Fische näherten sich neugierig, pickten und zogen an dem Stoff ihres Hemdes.

Sie lächelte und streckte die Hand aus, um sie zu streicheln, aber sie wichen ihr aus.

Sie ließ sich von dem Gewicht ihrer Kleidung nach unten ziehen und sah jetzt, wie tief der See tatsächlich war. Sie konnte sich kaum vorstellen, wie viel Wasser einst darin gewesen sein musste, bevor der Sandwurm ein Loch hineingenagt hatte. Sicherlich gab es irgendwo in der Tiefe noch mehr Schätze, als Schorsch-Kai erahnt hatte.

Weitersinken, dachte KieraFreya. *Bring den Preis nach Hause, komm schon. Hol mir meinen Schatz.*

Chloes Hände begannen von selbst zu paddeln, geleitet von KieraFreyas Eifer, ihr fehlendes Teil zu finden. Chloe richtete ihre Augen auf die Felsen am Grund und fragte sich, ob die Rüstung hier tatsächlich seit tausenden Jahren begraben lag und nur darauf wartete, dass ein Held kam und sie sich holte.

Eine Benachrichtigung blinkte in der Ecke von Chloes Blickfeld auf. Sie ignorierte sie und beobachtete stattdessen eine Schule von Fischen, die zum Grund tauchten, großen Algenschwärmen auswichen und in der nächsten Sekunde verschwanden. Ihre Schuppen hatten das perfekte Grün, um sie vor Raubtieren zu tarnen.

Es ist so schön, dachte Chloe. *Kannst du glauben, dass es all das unter einer Wüste gibt?*

Das ganze Wasser muss schließlich irgendwo hin, antwortete KieraFreya. *Konzentriere dich, Chloe. Denk daran, du hast nur eine begrenzte Zeit im Wasser.*

Chloe geriet plötzlich in Panik. KieraFreya hatte recht. Als sie in den Oakston-Seen getaucht war, hatte sie nur eine kurze Zeit gehabt, bevor ihr der Sauerstoff ausgegangen war und sie wieder an die Oberfläche gemusst hatte.

Aber nun protestierten ihre Lungen nicht. Ihr Kopf hämmerte nicht. Wenn überhaupt fühlte sie sich, als könnte sie den ganzen Tag unter Wasser verbringen.

Du glaubst nicht vielleicht, dass es ... ein magischer See ist?

KieraFreya lachte in ihrem Kopf. *Ein magischer See?*

Was denn? Chloe hielt inne, um zuzusehen, wie ein Fisch mit einem abgeflachten Rücken und einer langen, mit Widerhaken versehenen Schwanzflosse anmutig unter ihr her schwamm. *Der Naurelische Baum ist magisch. Dieses ganze Reich ist magisch. Warum kann der See nicht magisch sein? Warum kann er einen nicht ewig unter Wasser bleiben lassen, ohne Konsequenzen? Wenn die Hai-*

Sherikaner.

-so ängstlich vor dem Ertrinken sind, haben sie es vielleicht nie versucht. Woher sollten sie dann wissen, dass man hier schwimmen kann, ohne auch nur einen Atemzug zu machen?

Hmm. KieraFreya dachte nach. *Das ist ein gewisses Argument.*

Danke.
Nicht wirklich ein Kompliment.
Chloe schwamm tiefer, jetzt schockiert über die Leichtigkeit, mit der sie es tat. Sie blickte zur Oberfläche auf, wo sie ein paar Striche erkennen konnte, die die Beine ihrer Gefährten sein mussten. Sie fragte sich, worüber sie gerade sprachen. Ob sie ausflippten, dass sie so lange unter Wasser blieb.

Die Benachrichtigung blinkte weiterhin. Sie würde sich später darum kümmern.

Als Chloe sich dem Grund näherte, bemerkte sie, dass ihr Sichtfeld verschwommen war. Ihre Hände berührten einen der großen Felsen, sie schüttelte den Kopf und versuchte, den Schleier abzuschütteln.

Muss nur etwas in meinem Auge sein. Oder?

Sie ging wie eine Astronautin auf dem Mond über die Felsen, machte große Schritte und benutzte ihre Arme, um sich nach vorne zu treiben. Doch je mehr sie versuchte, sich zu konzentrieren, desto verschwommener wurde ihr Blick. Bald darauf kämpfte sie darum, überhaupt etwas zu sehen.

Chloe öffnete ihr Menü und überprüfte ihre Statistiken, wobei sie in Panik geriet, als sie sah, dass ihre Gesundheit nur noch sieben Trefferpunkte zeigte und sie jede Sekunde weiter zurückging.

Ihre Augen wurden weit (nicht, dass es geholfen hätte, besser zu sehen) und sie tat das Einzige, was ihren Instinkten in diesem Moment einfiel. Sie öffnete ihren Mund, ließ einen Strom von Blasen herausströmen und begann verzweifelt mit den Beinen zu treten und zur Oberfläche zu schwimmen.

Chloe hatte nur den halben Weg zurück geschafft, bevor sich ihr Blick verdunkelte und Obsidian vor ihr verschwand.

* * *

Demetri hatte gerade ein Omelett in der Pfanne, als er zu Chloes Telefon gerufen wurde. Er geriet in Panik und kämpfte mit der Entscheidung, ob er die Herdplatte anlassen oder die Pfanne jetzt vom Feuer nehmen sollte.

Verbrannte Eier oder rohe Eier?

»Komm schon!«, rief Mia aufgeregt.

Demetri stellte den Ofen ab, die Pfanne zur Seite zu einigen anderen gescheiterten Versuchen und versuchte, sich nicht zu sehr über die Störung zu ärgern. Er vermutete, dass es sich ungefähr so anfühlen musste, Kinder zu haben – ständig unterbrochen zu werden und Dinge nur halbfertig zu kriegen.

Gott, stell dir vor, sechs *Kinder zu haben wie die Lagardes.*

Er ließ sich in den Sessel fallen und legte seinen Arm um Mia. Sie waren beide begeistert, ihre Neuigkeiten zu teilen und hatten es kaum erwarten können, mit Chloe darüber zu sprechen.

»Wie ist sie gestorben?«, fragte Demetri, der in der Küche abgelenkt gewesen war. Er hatte vor kurzem herausgefunden, dass Mia eine Schwäche für japanisches Omelett hatte und nach einigen Kochvideos geglaubt, die Technik zu beherrschen.

Es stellte sich heraus, dass es sehr viel einfacher gesagt als getan war.

»Ertrunken«, sagte Mia. »Sie ist einfach weitergeschwommen, bis sie den Grund des Sees erreicht hat und ist ertrunken.«

»Das ist seltsam.« Demetri hob eine Augenbraue. »Hätte sie nicht bemerken sollen, dass ihr die Luft ausging?«

»Hey, Chloe!«, sagte Mia ins Telefon mit einer Fröhlichkeit in ihrer Stimme, die im Gegensatz zu der mürrischen

Chloe stand, die sie auf ihrem Bildschirm sehen konnten. »Wie war die Abkühlung?«

Chloe kratzte sich am Kopf, ihr Gesicht eine Mischung aus angepisst und verwirrt. Mia hatte sich so langsam an Chloes Ärger gewöhnt, wenn ihr Charakter starb. Sie fragte sich, warum sie es nicht früher akzeptiert hatte. Sie selbst hatte beim Spielen schon den ein oder anderen Wutanfall gehabt, wenn sie sich in eine Stufe hineingesteigert hatte und im letzten Moment umgebracht worden war. Warum sollte das bei Chloe anders sein?

Chloe erzählte davon, wie wundervoll der See gewesen war, aber dass sie nicht verstehen konnte, was passiert war. Sie hatte keine Gefahr gespürt. Es hatte keine Anzeichen dafür gegeben, dass ihr der Sauerstoff ausgehen würde.

»Nicht einmal Benachrichtigungen?«, fragte Mia.

»Ich habe abgestellt, dass sie sich einfach so öffnen. Weißt du, wie gefährlich es ist, mitten im Kampf zu sein und eine Nachricht vor dem Gesicht zu haben?«

Demetri nahm den Hörer. »Hey, vergiss es, Chloe. Wir haben gute Nachrichten!«

Chloes Gesichtsausdruck änderte sich von Verärgerung zu purer Begeisterung. Demetri erkannte ihn als den inszenierten Ausdruck, den sie immer dann herauskramte, wenn sie sich für die Erfolge ihrer Geschwister freuen musste. Chloe war nicht gut darin, Begeisterung vorzutäuschen.

»Nein! Ihr bekommt ein *Baby*! Das ist fantastisch.« Sie klatschte und quietschte wie ein Schulmädchen.

Demetris Augen öffneten sich so weit, dass sie ihm fast aus dem Kopf kullerten. Der Hörer rutschte fast aus seinen Händen. »Nein. Nein. Nein, nein. Nein?«, rief er aus und wandte sich an Mia zur Bestätigung.

Sie schüttelte den Kopf, ihre Augen so weit wie seine.

»Von beiden Seiten nein«, beendete Demetri.

Chloe winkte ihnen auf dem Bildschirm mit der Hand zu. Demetri war sich nicht sicher, ob Chloe den Winkel der Übertragung irgendwie kannte oder ob sie nur gut geraten hatte. »Entspannt euch, ich mach doch nur Quatsch. Ist aber schön zu wissen, dass ihr tatsächlich zusammen seid. Ihr habt es geschafft, das ziemlich unterm Radar zu halten.«

Sie hatte recht. Weder Mia noch Demetri hatten Chloe offen gesagt, was zwischen ihnen passiert war. Sie hatten es kaum jemandem gesagt, um ehrlich zu sein. Da sie beide erwachsen waren und wenig Familienmitglieder hatten, die sich um sie scherten, hatten sie sich einfach in ihrer kleinen, glücklichen Blase voller Bettlaken, Pheromonen und Zuneigung vergraben.

Demetri lächelte. »Wie lange weißt du es schon?«

»Dass du ...« *Piep?*

Demetri war dankbarer als je zuvor für die Zensurfunktion.

»So ziemlich seit du sie mir vorgestellt hast«, sagte Chloe, setzte sich auf den Stuhl und lehnte sich zurück, die Füße auf dem Tisch in ihrer gewohnten Position. Sie klemmte sich den Hörer zwischen Ohr und Schulter und studierte ihre Fingernägel. »Mia war übrigens auch nicht gerade subtil mit den Blicken, die sie dir zugeworfen hat.«

»*Hey*, ich bin auch noch hier«, beschwerte sich Mia, musste aber ihr Lächeln hinter einer Hand verbergen.

»Ihr seid schlimmer als Ben«, sagte Chloe. »Tiere, alle beide. Ich dachte, es wäre eure Aufgabe, ein Auge auf mich zu haben? Mich zu beschützen. Woher weiß ich, dass ihr nicht jedes Mal, wenn ich in das Spiel eintauche, ins Schlafzimmer verschwindet und ich auf mich allein gestellt bin?«

Mia errötete und ihr Mund klappte auf und zu, als sie versuchte, eine Antwort zu formulieren.

»Weil wir dir den Rücken freihalten, Chloe«, sagte Demetri. »Das weißt du doch, oder? Wir haben dir noch nicht einmal die *wirklich* guten Nachrichten erzählt.«

»Dann haut raus.« Chloe lehnte sich nach vorne und legte ihr Kinn in eine Hand.

Mia schnappte sich wieder den Hörer, ihr Grinsen erstreckte sich von Ohr zu Ohr. »Deine Schmerzprobleme sind behoben! Du musst dir keine Sorgen mehr machen, wenn du fällst oder gebissen oder aufgespießt wirst. Wir haben es geschafft, deine Schmerzrezeptoren zu reparieren, damit du endlich das Spiel in Ruhe genießen kannst!«

»Machst du Witze?«, fragte Chloe aufgeregt, sprang aus ihrem Stuhl und hob eine Faust in die Luft. »Das ist unglaublich!«

»Ich weiß, oder?«

»Das ist fantastisch.«

»Nicht wahr?«

»Das ist…« Chloe erstarrte, ihr Lächeln verrutschte, »der Grund, warum ich gerade *ertrunken bin!*«

»Hä?«, sagte Mia, aber so langsam verstand sie auch.

»Ohne Schmerzen zu spüren, hatte mein Körper keine Ahnung, dass ich langsam ertrunken bin.« Chloe sprach jetzt wie zu sich selbst und testete die Länge der Telefonschnur, während sie durch den weißen Raum schritt. »Normalerweise hätte ich Schmerzen in meiner Lunge gespürt. Ein brennender Wunsch nach Sauerstoff, aber da war nichts. Ich habe nicht einmal etwas gespürt, als ich gestorben bin. Ich bin einfach… eingeschlafen.«

»Schmerzlos«, fügte Mia hinzu und schien zu hoffen, dass Chloe auch etwas positives an der Sache sehen würde.

Sie seufzte. »Es tut mir leid, Chloe. Ich dachte, das wäre eine rundum gute Sache.«

Demetri überkam eine Welle des Mitgefühls für Mia. Egal wie sehr sie versuchte zu helfen, es schien immer etwas schief zu laufen. Sie hatte die besten Absichten, aber es schien, dass sie bei Chloe einfach kein Glück hatte.

»Nein, nein, nein.« Chloe winkte mit den Armen in der Luft herum. »Machst du Witze? Es *ist* eine gute Sache. Eine *großartige* Sache sogar. Ich meine, ich war in der Lage, *ewig* unter Wasser zu bleiben und keine Schmerzen zu spüren. Das ist unglaublich! Nicht toll, wenn man nicht weiß, dass man gerade ertrinkt, aber es ist definitiv besser, als meine Lunge explodieren zu spüren.

Vielleicht könntest du die Schmerzen nur einen Millimeter hochdrehen, damit ich zumindest fühlen kann, *wenn* etwas passiert. Das Letzte, was ich will, ist, von einem Skelett im Kampf in den Rücken gestochen zu werden und nichts davon mitzubekommen.«

Mia lachte. Demetri fühlte einen Ansturm der Zuneigung zu ihr, als sich die Erleichterung über ihr Gesicht ausbreitete. »Ich bin mir sicher, dass ich das arrangieren kann.«

»Das bin ich mir auch«, rief Demetri.

Chloe und Mia lächelten.

»Wie hast du das überhaupt gemacht? Ich dachte, du darfst das Spiel nicht verändern? Verstößt das nicht gegen eine Art Klausel in deinem Vertrag?«

Mia schluckte. Es war ein riskantes Manöver gewesen, aber nachdem sie über die Schmerzsituation wochenlang berichtet und nichts erreicht hatte, war das Maß voll gewesen. Chloe war mittlerweile ein wichtiges Element in ihrem Leben genauso wie in ihrer Arbeit und Mia hatte sich gedacht, dass eine kleine Modifikation unentdeckt bleiben und Chloe zumindest helfen könnte, das Spiel ein wenig mehr zu genießen.

»Es war gar nichts. Ehrlich«, sagte Mia. »Vielleicht solltest du es aber nicht im Spiel erwähnen.«

Chloe lachte und nickte eifrig.

Als die große Uhr weiter bis zu Chloes Wiederbelebung herunterzählte, sprach sie mit dem Doc über die reale Welt und stellte Fragen über ihre Brüder und Schwestern. Sie erzählten ihr knapp die Neuigkeiten aus der Stadt (oder zumindest die, die bis zu ihnen selbst vorgedrungen waren) und berichteten von ihren aktuellen Followern in *Obsidian*.

»Du bist jetzt bei 67 Stammgästen, Chloe«, sagte Demetri, ein Hauch von Stolz in seiner Stimme, den Chloe nie von ihren Eltern gehört hatte. »Das sind fast doppelt so viele wie beim letzten Mal.«

Mia sagte laut in Richtung Telefon: »Ich schätze, die Leute sind so langsam interessiert an deiner Quest, die Göttin der Vergeltung wiederzubeleben.«

»Komm schon, so interessant kann das nicht sein. Bestimmt gibt es viele andere Spieler auf viel aufregenderen Abenteuern als diesem? Mit Drachen und Königen und weniger humanoiden Haien?«

Mia tippte auf ihre Nase und zwinkerte Demetri zu. »Du hast bestimmt recht, Chloe. Warum sollte jemand zusehen wollen wie eine Spielerin versucht, die Rüstung einer verlorenen Göttin wieder zu vereinen und sich täglich mit dieser Zicke streiten muss, während sie mit einem selbstzweifelnden Magier, einem Zwerg mit der Stimme eines Gottes, einem sexuell äußerst freien Elfen, einem Irrlicht mit eigener Agenda und einer ruppigen Frau reist, die eine Schwäche für den Zwerg hat und magische Objekte schmuggeln kann?«

»Wenn du es so sagst, klingt es schon nach verdammt viel Spaß«, sagte Chloe, stand auf und machte sich bereit, als die Uhr zehn Sekunden erreichte.

»Okay, Leute. Wünscht mir Glück.«

Mia und Demetri taten genau das, als der Bildschirm schwarz wurde. Dann zoomten sie heraus und Chloe rappelte sich vom Boden des Speisesaals im Verlorenen Palast von Irizeth auf.

Demetri sah Mia mit einem sanften Ausdruck an. »Sie hat wirklich viel Spaß, nicht wahr?«

Mia nickte. »Genau wie ich.«

Demetri öffnete den Mund, um zu antworten. Genau dann erinnerte er sich daran, was er vor der Unterbrechung getan hatte. Er schob Mia von seinem Schoß und rannte zurück zur Küchenzeile. »Das kann ich noch retten!«

Kapitel 32

Als Chloe nach Obsidian zurückkehrte, warteten die anderen an einem nahegelegenen Tisch auf sie. »Wo ist Schorsch-Kai?«, fragte sie und bemerkte erst dann, wie leer der Saal im Vergleich zum letzten Mal hier war.

»Er sagte etwas darüber, dass es mitten in der Nacht wäre und ging zu seinem Quartier«, antwortete Gideon. »Wir sagten, du würdest nicht lange weg sein, aber er wollte nicht warten. Anscheinend haben Sherikaner seltsame Schlafrhythmen.«

»Wie auch immer die überhaupt wissen wollen, dass es Schlafenszeit ist«, fügte Tag hinzu und schaute sich im Raum um. »Keine Uhren, kein Sonnenlicht, nichts.«

»Was ist da unten passiert, Chloe?«, fragte Ben, seine Stimme besorgt. »Du warst ewig Unterwasser. Konntest du etwas finden, bevor du gestorben bist?«

Chloe erzählte ihnen von allem, was sie im unterirdischen See gesehen hatte, von den Fischen über die Felsen bis hin zu den Algen. Es gab nichts zu berichten, was ihnen einen Hinweis auf die Juwelen gegeben hätte. Sie übersprang auf Mias Rat hin den Teil mit ihren Schmerzrezeptoren und entschied sich stattdessen, die Wahrheit ein wenig zu biegen.

»Ich war einfach so überwältigt von dem, was da unten war, dass ich nicht einmal an meinen Sauerstoff dachte, bis es zu spät war.«

Tag hob eine Augenbraue und sah Chloe an, als ob sie den Verstand verloren hätte. »Wie kann sowas überhaupt passieren?«

Sie zuckte mit den Schultern. »Du hast nicht gesehen, was da unten alles ist.«

Sie saßen einen Moment lang in nachdenklicher Stille und gaben Chloe die Möglichkeit, schnell ihre Mitteilungen durchzusehen. Eine Reihe von Nachrichten hatte versucht, sie zu warnen:

Achtung: Auch die besten Schwimmer müssen irgendwann einmal zu Atem kommen.
-10 Trefferpunkte
Achtung: Auch die besten Schwimmer müssen irgendwann einmal zu Atem kommen.
-10 Trefferpunkte
Achtung: Auch die besten Schwimmer müssen irgendwann einmal zu Atem kommen.
-10 Trefferpunkte
Achtung: Auch die besten Schwimmer müssen irgendwann einmal zu Atem kommen.
-10 Trefferpunkte

Und so ging es für eine Weile weiter, als Chloe durch ihre Benachrichtigungen scrollte und noch einmal schriftlich beobachten konnte, wie ihre Trefferpunkte ihr langsam ausgegangen waren. Zwischendurch tauchten ein paar Nachrichten auf, die sie dazu brachten, ein Lachen hinter ihrer Hand zu verbergen.

Das Talent wurde erhöht: Schwimmen (Stufe 2)
Du tummelst dich im Wasser wie eines dieser Dinger mit Schuppen und Flossen und bist auf dem besten Weg, selbst zum Fisch zu werden. Gut gemacht?

ANFÄNGERIN

Boni: +2 Geschicklichkeit
(HINWEIS: Erhöhungen des Talentes überschreiben alle vorherigen Boni, die durch das Talent gewonnen wurden).
Die Fertigkeit wurde erhöht: Schwimmen (Stufe 3)
Du wirst immer schneller und immer glitschiger. Das Wasser liebt dich. Ich frage mich, welche Freuden du in den Tiefen von Obsidian finden wirst!
Boni: +3 Geschicklichkeit
(HINWEIS: Erhöhungen des Talentes überschreiben alle vorherigen Boni, die durch das Talent gewonnen wurden).

Nicht schlecht, dachte Chloe. Zwei weitere Stufen im Schwimmen. Vielleicht kamen diese ein wenig zu spät, aber es könnte definitiv nützlich sein, wenn sie sich nochmal im See umschauen würde.

Sie fragte sich jedoch, ob das Sinn machte. Was konnte sie da unten tun, außer sich zwischen den Felsen umzuschauen? Sie waren so riesig, dass Chloe unter Wasser kaum in der Lage sein würde, sie anzuheben. Sie dachte daran, Magie zu benutzen, erkannte aber dann, dass sie keine Ahnung hatte, ob ihre aktuellen Zauber unter Wasser wirken würden.

»Worüber lächelst du?«, fragte Gideon und durchbrach die Stille.

Chloe hatte nicht einmal bemerkt, dass sie gegrinst hatte. »Ich hab ein paar Talente erhöht bekommen. Ich schwimme jetzt auf Stufe 3, Leute!«

Gideon nickte, beeindruckt. »Nicht schlecht, das ...«

Er verstummte, als das gewaltige Geräusch des sich nähernden Sandwurms ertönte. Nun, da Chloe ein Bild von der Kreatur hatte, war das Geräusch umso beängstigender. Sie stellte sie sich draußen im Sand vor, blind und wütend, wie sie sich um den Palast herumschlängelte und schwamm und doch keinen Weg fand, einzudringen und ihre Beute einzufordern.

Der Klang wurde lauter und schüttelte die Wände um sie herum. Chloe schlug die Hände über ihre Ohren und da war wieder das mystische Kribbeln, das sie schon einmal gespürt hatte, als sie ihre Beinschienen entdeckte. Wieder einmal begann die Rüstung zu vibrieren, als ob sie von einem seltsamen Magneten angezogen werden würde.

»Ich frage mich, ob es immer noch danach sucht, was ihm entkommen ist, Florian, seine verlorene Liebe«, sagte Ben und beobachtete die Außenwand, die langsam aufhörte zu schwingen.

»Chloe? Was ist?«, fragte Gideon, als er sah, wie konzentriert Chloe ihre Armschienen untersuchte.

Sie blickte überrascht auf und schien wie aus einem Traum in den Raum zurückzukehren.

»Nichts. Naja, es ist diese seltsame Sache. Jedes Mal, wenn dieser Wurm vorbeikommt, fühle ich die Macht von KieraFreya.«

Tag, Ben und Jesepiah sahen sie verwirrt an.

»Es ist schwer zu erklären. Als ich den versteckten Kerker im Gefängnis fand, wurde ich von einer Art Sog zu den Beinschienen geführt, den ich von ihnen spüren konnte. Durch die *Armschienen*. Es war, als würden sie mir sagen, wo das fehlende Stück Rüstung war. Jedes Mal, wenn der Palast rumpelt, ist es fast so, als wäre…«

Chloes Worte verstummten, als ihr Blick auf den von Gideon traf. Er hatte denselben Schluss schon viel früher gezogen, als sie ihren eigenen Gedankengang verdauen konnte.

»Nein«, sagte Chloe.

Gideon nickte.

»Was? Was ist es?«, fragte Tag. Jesepiah wiederholte seine Worte, während Bens Gesicht zeigte, dass er das Problem auch erkannt hatte.

Tags Augen weiteten sich. »Auf keinen Fall. Ihr meint, der nächste Teil der Rüstung ist *im* Wurm?«

* * *

Ihre Schritte hallten wie Donner, obwohl sie ihr Bestes gaben, möglichst geräuschlos durch die Palasthallen zu rennen. Sie trafen kaum Sherikaner, als sie die Treppe hinunter rannten mit Herzen, die vor Aufregung rasten.

Nun, vielleicht war letzteres nur bei Tag und Ben der Fall. Chloe und Gideon waren vor allem besorgt darüber, was sie tun mussten und unsicher, wie genau das klappen sollte.

Chloe tat ihr Bestes, um sich an den Weg zu den Hallen zu erinnern, die sie jetzt liebevoll als ›Streichelzoo‹, bezeichnete. Sie bog ein paar Mal falsch ab, dann ein paar Mal nach links, ein paar Mal nach rechts und konnte schließlich die verräterischen Rufe der gefangenen Tiere hören.

»Wow«, stieß Gideon aus und bewunderte die Menge und Vielfalt der Tiere, die die Sherikaner hier unter Tage hielten.

»*Oh, mein Gott!*«, quietschte Jesepiah und biss auf ihre Faust.

Chloe starrte sie verärgert an, weil sie so viel Lärm gemacht hatte.

»Es tut mir leid«, flüsterte sie und schien fast vor Aufregung zu explodieren.»Ich *liebe* Tiere!«

Bens Stimme war geschmeidig wie geschmolzene Schokolade. »Du bist eine Tierfreundin? Ich wette, du würdest tierisch viel Spaß haben mit mir... im...«

Er verstummte, als Jesepiah ihm offensichtlich nicht zuhörte und freudig zu einem der Ställe lief. Der Anblick der katzengroßen, flauschigen Kreaturen mit großen, fledermausartigen Ohren und Hasenzähnen schien Jesepiah glücklicher zu machen, als Chloe sie jemals gesehen hatte.

Chloe rollte mit den Augen und lief zu der großen Umzäunung, wo sie zuvor mit Schorsch-Kai und Flosse gesprochen hatte. Sie legte ihre Hände auf den Zaun, ließ ihren Blick über das Gehege schweifen und fand die Handvoll Scooper, die in einem riesigen Ball aus gelben Federn zusammen schliefen.

Ohne zu zögern schwang Chloe ein Bein über den Zaun und versuchte sich langsam zu nähern. Sie ahmte das nach, was sie zuvor bei Flosse gesehen hatte.

»Wow, du gehst sofort aufs Ganze. Okay!«, rief Ben aus, der halb beeindruckt von Chloe und halb verärgert über Jesepiahs Gleichgültigkeit wirkte.

»Shhh…«, flüsterte Chloe und spürte Schweiß auf ihrem Rücken, als sie sich den Scoopern näherte. Eine der Kreaturen streckte ihren Hals aus und beobachtete sie neugierig. Sie klapperte schläfrig mit dem Schnabel, die Augen auf Chloe gerichtet.

»Sachte«, murmelte sie und trat näher. Sie griff nach vorn und ihre Fingerspitzen erreichten fast den Schnabel des Scoopers, doch der schnappte sanft in die Luft und veranlasste Chloe, ihre Hand wieder zurückzuziehen. Sie griff noch einmal zu, fühlte den harten Schnabel unter ihrer Handfläche und zuckte zusammen, als ihr eine Stimme zurief.

»Es geht nur um Selbstvertrauen.«

Das Blut verschwand aus Chloes Gesicht, als sie Flosse auf der anderen Seite des Pferches sah, die Arme verschränkt und an den Zaun gelehnt.

ANFÄNGERIN

»Hilfe gefällig?«

Chloe stammelte, konnte die Worte nicht finden. Flosse sprang mit geübter Leichtigkeit über den Zaun und näherte sich ihr und den Scoopern. Die anderen Tiere hoben ihre Köpfe, als sie die Stimme ihres Meisters erkannten.

»Du weißt, dass du sehr viel Glück hast, oder?«, meinte Flosse und streichelte einen der gefiederten Köpfe. »Scooper zu erwischen, wenn sie müde sind, ist ein Glücksfall. Als Spezies sind sie zu faul, um anzugreifen, wenn sie lieber schlafen würden. Hättest du sie verärgert vorgefunden? Das wäre ganz anders ausgegangen.«

»Es tut mir leid«, sagte Chloe. »Ich hatte nicht vor ... Ich meine ...«

»Glaubst du, ich hätte diesen Funken in deinen Augen nicht erkannt, als du die Scooper vorhin beobachtet hast?« Flosse hatte ein verspieltes Lächeln auf seinem Gesicht. »Sie sind schwer im Griff zu behalten, aber Gottverdammt macht es Spaß, sie durch den Sand zu reiten.«

Chloe entschied, dass es an diesem Punkt besser war, die Wahrheit zuzugeben. Zumindest einen Teil davon.

»Ich dachte nur, wir könnten es vielleicht mal ausprobieren? Um zu sehen, wie es ist, sich selbst im Sand zurechtzufinden. Du weißt schon, im Gegensatz ...«

»Im Gegensatz dazu, von Sherikanern durch den Sand geschleppt zu werden. Ich verstehe schon.«

Flosse sah sich verschwörerisch im Raum um und lehnte sich näher an Chloe heran: »Ich kann euch helfen, aber nur eine Runde um den Palast.« Er hob einen Finger vor Chloes Gesicht. »Das ist *alles,* was ihr bekommt. Du weißt, dass das Biest da draußen ist und er kommt immer für seine gewohnte Runde vorbei. Das Letzte, was ich will ist, dass ihr alle verdautes Sandwurmfutter werdet.«

Chloe lachte, vermied aber Flosses Blick. Sie bedankte sich und half ihm, die Scooper zu wecken, während sie ihre Leinen nahmen und die Tiere zu einem Durchgang neben dem Gehege führten.

ANFÄNGERIN

Kapitel 33

Die Scooper klapperten erwartungsvoll mit ihren Schnäbeln und schabten ungeduldig mit den Krallen im Sand.

Flosse hatte den anderen erklärt, dass die Scooper im Moment nicht oft Auslauf bekamen. Die meisten Sherikaner zogen es vor, selbst durch den Sand zu schwimmen, wenn sie die Chance dazu hatten. Nun waren sie mehr als bereit herauszukommen. Sie streckten ihre Flügel aus, legten sie wieder an und plusterten ihre Federn an Kopf und Hals auf, als die Gruppe auf den Ausgang starrte.

Sie hatten sich in drei Gruppen aufgeteilt. Ben lenkte einen Scooper mit Gideons Armen eng um seine Mitte geschlungen. Jesepiah hatte Tag überredet, sich ihr anzuschließen, obwohl der Zwerg die Wellen der Zuneigung, die sie ihm entgegenbrachte, noch immer nicht wahrzunehmen schien. Er grummelte vor sich hin, dass er sich wie ein Kind behandelt fühlte, während Jesepiah es sichtbar genoss, wie er vor ihr saß und sie um ihn herum die Zügel ergriff. Chloe lenkte ihr eigenes Tier und übernahm die Führung.

»Was ist, wenn wir uns verirren?«, fragte Chloe.

»Scooper haben einen angeborenen Orientierungssinn. Es liegt ihnen im Blut, sich im Sand zurechtzufinden. Das wird schon«, antwortete Flosse.

Jetzt starrte Chloe auf die Tür. Nun, es sah kaum nach einer Tür aus. Es war eher ein rechteckiger Block in Form einer Tür. Wo der Durchgang gewesen wäre, da war weicher

Sand. Strandsand im Gegensatz zu dem gehärteten Sandstein, aus dem die Wände des Palastes bestanden.

»Also, einfach … anspornen?« Chloe blickte herab und drückte ihre Füße gegen den Körper des Vogels. Ihre Hände umklammerten die Zügel, die Flosse den Scoopern angelegt hatte.

Flosse schüttelte den Kopf. »Sie sind keine Pferde. Pfeif einfach und sie werden loslaufen. Ein Scooper hat die inhärente Fähigkeit, sich mit seinem Reiter zu verbinden. Das, was ihr von ihnen wollt, wird passieren.«

Chloe schürzte ihre Lippen und stieß einen schwachen Pfiff aus. All drei Scooper stellten ihre Federn leicht auf und legten sie dann wieder an ihre Körper.

Sie atmete tief durch und versuchte es erneut, diesmal laut und schneidend. In einem Augenblick fächerten sich die Federn ihres Scoopers weit auf, um den schützenden Schirm zu formen, hinter dem Chloe sich nun duckte. Sie wollte, dass sich der Vogel in Richtung Sand bewegte und er tat es sofort.

Mit halsbrecherischer Geschwindigkeit.

Der Vogel tauchte in den Sand ein, als wäre es Wasser. Chloe konnte die anderen gerade noch überrascht schreien hören, als deren zwei Vögel ihr hinterherjagten.

Der Scooper schob mit seinem mächtigen Schnabel den Sand zur Seite und grub so einen Tunnel durch den Sand. Er bewegte sich mit einer Geschwindigkeit, die Chloe nicht ganz begreifen konnte. Als sie von den Sherikanern verschleppt worden war, war sie überrascht worden, unfähig zu verstehen, was geschah und hatte sich nur auf ihr Überleben konzentriert.

Nun war ihr Ausritt freiwillig. Chloe hielt ihren Oberkörper niedrig und fühlte, wie der Sand in Wellen an ihr vorbeiflog.

»Wohooo!«, schrie sie und bekämpfte den Drang, ihre Arme wie auf einer Achterbahnfahrt zu heben.

Der Scooper tauchte herab, dann stieg er auf. Er rannte – schwamm? – nach links und rechts im Slalom, offensichtlich überglücklich, frei zu sein und das tun zu dürfen, was er am besten konnte. Seine kraftvollen Beine traten hinter ihm, während er den Sand teilte und Platz für die anderen beiden Scooper hinter sich machte.

»Weniger Schreien, mehr aufs Festhalten konzentrieren«, beschwerte sich KieraFreya. Chloe war überrascht, Nervosität in ihrer Stimme zu hören.

»Du hast doch keine Angst, oder?« Sie grinste.

»Nein. Es ist nur so, dass ich das hier noch nie gemacht habe.«

Chloe rollte mit den Augen. »Die Götter erschaffen eine Welt, aber interessieren sich nicht dafür, auszuprobieren, was sie zu bieten hat? Was für eine Schande.« Sie überlegte, welche Manöver sie ausführen könnte, um KieraFreya zu erschrecken und vergaß dabei, dass die Göttin ihre Gedanken lesen konnte.

»Wage es *ja nicht*.«

Chloe brach in wildes Gelächter aus, als sie allein mit Willenskraft den Scooper in einen geraden, vertikalen Tauchgang lenkte. Ihr Magen stieg hoch bis zu ihrem Hals, ihr Herz hämmerte wild, Tränen prickelten in ihren Augen. Es war gut, dass sie nicht klaustrophobisch war, dachte sie, als sie weiter durch die schmalen Sandtunnel rasten.

Chloe hörte die anderen etwas hinter sich schreien. Sie hörte Bens Lachen; er genoss die Fahrt offensichtlich. Sie versuchte sich nach ihnen umzudrehen, konnte aber hinter dem Sand, der zurückgeschleudert wurde, kaum den Schnabel des zweiten Scoopers erkennen.

Dann hörte sie es kommen – das große Rumpeln, als würde eine U-Bahn bald in eine Station einfahren. Chloe spitzte ihre Ohren, als ihr Verstand sich wieder darauf konzentrierte, was sie zu erreichen versuchte. Wozu sie eigentlich hier war. Ihre Arme und Beine begannen mit dem magnetischen Summen zu vibrieren.

Das Geräusch war überall um sie herum, ein Echoraum, in dem die Schallquelle nicht zu erkennen war. Sie fühlte das Zucken des Scoopers und tat ihr Bestes, es mit ihrem Verstand zu beruhigen.

»So ist gut«, sagte sie mit knirschenden Zähnen. »Wo bist du, Kleiner?«

Der Scooper begann sich in die entgegengesetzte Richtung dessen zu bewegen, was Chloe wollte, als sein Überlebensinstinkt an die Stelle seines tief verwurzelten Gehorsams trat. Chloe zog die Zügel fester und tat ihr Bestes, um den Scooper auf Kurs zu halten. Sie schaffte es gerade noch, die Kontrolle wiederzuerlangen.

»Brav«, sagte sie und streichelte den Körper des Vogels, lehnte sich noch weiter vor und umarmte ihn. »Nur noch ein bisschen weiter.«

Der Lärm verwandelte sich in ein betäubendes Quietschen, vergleichbar mit Zugbremsen. Chloe hörte Schreie hinter sich und drehte sich halb, wo sie sah, dass der Sand um sie herum lockerer denn je war, in kleinere Partikel zerfiel und scheinbar nach hinten gesaugt wurde.

Chloe fühlte, wie ihr Scooper fast stolperte, als hinter ihnen plötzlich eine monströse Höhle erschien. Das Maul des Sandwurms. Sand strömte hinein und jetzt konnte sie die anderen auf ihren Scoopern sehen. Die leuchtend gelben Vögel kämpften um ihr Leben und verdoppelten ihre Geschwindigkeit, um dem Sandwurm zu entkommen.

Sie holten Chloe ein und positionierten sich neben ihr, wo Ben zu ihr herüberschaute und verstreute Sandpartikel wegblinzelte. Er deutete mit dem Daumen zurück zum Sandwurm. »Wer hat deine Mutter eingeladen?«

»Wow«, rief Chloe. »Das ist dein erster nicht-dreckiger Witz seit Wochen. Ich bin stolz auf dich!«

Ben nickte. »Vielen Dank. Ich dachte mir, ein Penis-Witz wäre zu offensichtlich.«

Chloe lachte und drückte sich näher an den Vogel, um möglichst stromlinienförmig zu sein. »Komm schon, bieten wir diesem riesigen Penis eine Herausforderung.«

Die Vögel schalteten noch einen Gang hoch und der Sandwurm kaute weiterhin alles, was er erwischen konnte, hinter ihnen weg. Der Lärm war schrecklich, wenn auch beeindruckend. Wieder einmal konnte Chloe nicht verstehen, wie so etwas unter dem Sand leben konnte. Wie etwas von solch monströser Masse sich mit der Geschwindigkeit bewegen konnte, in der es das tat.

Sie schlugen einen Haken und rasten weiter in Richtungen, die der Sandwurm nicht erraten konnte, drehten und wanden sich und versuchten alles, um der Kreatur zu entkommen. Der Wurm stürzte und zappelte ihnen hinterher, sein Mund nie ganz geschlossen. Chloe fragte sich, wo der ganze Sand hin ging. Wenn so viel hereinkam, musste es einen Ausweg …

Chloe bekam eine Idee.

»Jesepiah! Ben!«

Die beiden sahen sie an. Gideon klammerte sich an Ben und Tag an den Vogel, beide konnten ihre Köpfe nicht heben, aus Angst, loszulassen und herunterzufallen.

»Das wird jetzt verrückt klingen, aber …«

Ben grinste. »Verrückt ist perfekt!«

Chloe fuhr fort: »Ich will, dass ihr eure Vögel loslasst. Wir müssen uns vom Wurm fressen lassen.«

»Was!« Tag schrie auf, Unglaube im Gesicht. »Bist du *verrückt*?«

Chloe drehte sich um und konnte nicht glauben, was sie von ihnen verlangte. »Sag ich doch! Aber all dieser Sand muss irgendwo rauskommen. Wer sagt, dass wir nicht auch auf der anderen Seite heraus können? Die Vögel werden ohne uns schneller sein, weil sie leichter sind und sie haben dann vielleicht eine Chance zu entkommen. Außerdem, was ist das Schlimmste, das passieren kann? Dass wir sterben? Dann tauchen wir einfach wieder im Palast auf. Wir haben nichts zu verlieren.«

»Sprich für dich selbst!«, schrie Jesepiah herüber.

Chloe schlug sich eine Hand vors Gesicht und griff schnell wieder nach den Zügeln. Sie hatte vergessen, dass Jesepiah ein NSC war und sie tatsächlich für immer verschwunden wäre, wenn sie starb. Allem zufolge, das Chloe bisher gesehen hatte, gab es kein Wiederbeleben für von der KI geschaffene Figuren.

Ihre Zweifel ließen sie einfrieren. Chloe wollte nicht für den Tod eines Teammitglieds - vielleicht sogar einer Freundin - verantwortlich sein. Wie sicher war sie sich, dass ihr Plan funktionieren würde?

Sie nickte entschlossen und kam zu einem Schluss. »Tag, wir haben keine Wahl. Beschütze sie mit deinem Leben.«

Tag seufzte, nickte aber.

»Bei drei. Bereit?«

»Bereit.«

»Eins ...«

Das Monster riss hinter ihnen das Maul weiter auf und näherte sich schneller, als würde es sich auf das vorbereiten, was sie vorhatten.

ANFÄNGERIN

»Zwei …«

Die Scoßoper traten härter denn je und versuchten, die Führung zu behalten.

»Drei!

Chloe ließ ihren Scooper los und er raste von ihr weg. Sand wirbelte um ihren Körper, stieß und kratzt sie rundherum. Sie schloss ihre Augen und ihren Mund und wartete darauf, aufzuschlagen, bis sie die kühle Nässe im Maul des Sandwurms spürte, das sich über ihr schloss. Das metallische Kribbeln in ihrer Rüstung war fast überwältigend, als sie fiel.

Der Lärm war ohrenbetäubend. Durch all das konnte sie Gideons Schreie erkennen. Sie wagte es nicht, ihre Augen zu öffnen, aus Angst, Sand hineinzubekommen. Der Wurm schien endlos zu sein.

Sie schlug mit ihrem Rücken auf etwas Hartes und konnte für einige Momente nicht atmen. Sie hustete und fühlte, wie sie etwas Schleimiges und Röhrenförmiges hinunterfiel. Der Sand verschwand, wurde vielleicht in eine andere Richtung gefiltert und Chloe erkannte, dass sie durch einen der vielen biologischen Mechanismen des Wurms gefiltert wurde.

»Pass auf«, sagte Tag, eine Tonlage in seiner Stimme, die Chloe Hoffnung gab. Sie öffnete ihre Augen und sah, dass sie von einer Art seltsamer Muskeln durch eine weiche Röhre geschoben wurde. Sie dehnte sich aus und drückte sich um sie zusammen, ohne dass ein erkennbares Ende in Sicht war.

»Wenn du meinen Kopf trittst, trete ich dir in den Arsch«, rief Chloe die Röhre hinauf und schrie überrascht auf, als diese plötzlich zu Ende war und sie mehrere Meter hinab in etwas Matschiges und Weiches fiel.

»Pfui«, beschwerte sie sich und hob den Kopf. »Wenn ich das nächste Mal so etwas Verrücktes vorschlage, finde einen Weg, mich davon abzuhalten.«

Zu ihrer Überraschung lachte KieraFreya. »Und diesen ganzen Spaß verpassen? Bitte. Ich habe seit einer Ewigkeit nicht mehr so viel Adrenalin gespürt.«

Chloe öffnete ihren Mund, um zu antworten und hörte genau dann die anderen kommen.

»Och, Mist.«

Kapitel 34

Chloe schaffte es, rechtzeitig zur Seite zu rollen und wurde geradeso nicht von den anderen zerquetscht, als sie von der Decke herabstürzten.

Obwohl es im Inneren des Wurms stockdunkel war, konnte Chloe ihre Freunde anhand der Geräusche erkennen, die sie beim Landen abgaben.

Zuerst kam Tag, lauthals meckernd, unfähig wegzurollen, bevor Jesepiah auf ihm landete. Chloe hörte sie erschrocken, aber nicht ganz unglücklich keuchen.

Ben kam als Nächstes und glitt fast geräuschlos durch die Luft. Chloe bemerkte ihn nur an dem zusätzlichen Gewicht auf dem weichen Untergrund und Tags Schrei: »Hey, wessen Hand ist das jetzt?«

Schließlich ertönten Gideons Schreie durch die Röhre, die durch den dunklen Raum hallten, als er sich dem Haufen von Menschen darunter anschloss.

Chloe rappelte sich auf. Der Boden unter ihr machte das Stehen so unsicher als würde sie auf einem Sitzsack balancieren. Sie beschwor einen Feuerball in ihrer Hand und erhellte das chaotische Gewirr von Körperteilen vor ihr.

Sie legte die freie Hand auf ihre Hüfte. »Seltsamerweise habe ich euch alle schon in schlimmeren Positionen gesehen.« Sie blickte zu Ben. »Vor allem dich.«

Ben zuckte mit den Schultern und befreite sich mit weitaus mehr Anmut als die anderen aus dem Haufen. »Glaub mir, du hast noch *gar nichts* gesehen.«

»Pfui«, sagte Chloe mit entschiedenem Ekel. »Falls das ein Anmachversuch war, überlegst du dir das besser noch einmal. Ich habe nur Augen für KieraFreya und diese Mission.«

Wie bitte?, fragte KieraFreya.
So meinte ich das nicht.

Ben lachte und bot eine Hand an, um Gideon auf die Beine zu ziehen, dann Jesepiah. Sie zögerte und genoss deutlich den Ganzkörperkontakt mit Tag.

»Jesepiah«, Chloe stieß sie sanft mit ihrem Stiefel an und lachte.

»Was? Och, na gut.«

Als sie alle wieder auf den Beinen waren, hob Chloe ihre Hand mit der Feuerkugel und ließ das Licht so weit wie möglich strahlen. Sie befanden sich definitiv in einem riesigen Körper. Die Wände waren fleischig und rosa und die Kammer erstreckte sich über die Reichweite ihres Lichts hinaus. Sie konnten spüren, wie sich der Sandwurm immer noch bewegte, obwohl er sich enorm beruhigt zu haben schien.

Chloe fragte sich, ob die Vögel Glück gehabt hatten und dem Wurm entkommen waren. Es war wohl ein gutes Zeichen, dass die Scooper hier nirgends zu sehen waren.

»Anscheinend haben wir nur eine Wahl«, sagte Chloe. Sie hatte gesehen, dass es nur zwei Wege aus dem Organ heraus gab – aus einem waren sie gerade herausgepurzelt.

»Bist du sicher?«, fragte Gideon unsicher.

»Siehst du einen anderen Ausgang?«

Er schaute sich um und seufzte. »Nein.«

Chloe ging mit ihrem wortwörtlichen Leuchtfeuer voran. Der Boden klebte bei jedem Schritt an ihren Fußsohlen. Die Flüssigkeit hatte eine seltsame, dickflüssige Textur und ließ sich in Schnüren vom Boden ziehen.

ANFÄNGERIN

Alle paar Minuten schrumpfte das Organ um sie herum leicht und dehnte sich wieder aus. Der Boden unter ihnen bewegte sich in kleinen Wellen wie der Körper einer Raupe. Chloe erkannte mit einer kranken Art von Faszination, dass dies nur einer von vielen Mechanismen sein musste, durch die der Sandwurm seine Nahrung durch die Kammern seines Körpers drückte.

Sie erreichten am Ende der riesigen Kammer die Stelle, an der die Wände in ein kleines Rohr schrumpften, breit und hoch genug, dass sie hintereinander hindurchgehen konnten. Chloe spürte jetzt deutlich, wie ihre Rüstung sie zog und weiterschieben wollte. Jede Faser in ihrem Körper wollte auf den Ruf hören.

»Was glaubt ihr, was es sein wird?«, fragte Tag hinter Chloe, als sie durch den schmalen Tunnel gingen. »Das Rüstungsteil, meine ich.«

»Schwer zu sagen, oder?«, sagte Ben. »Es könnte alles sein. Wir haben keine Ahnung, wie die vollständige Rüstung von Prinzessin Leia aussehen wird.«

»KieraFreya«, korrigierte Chloe mit einem Lächeln.

Danke.

»Wie auch immer«, fuhr Ben fort. »Es könnte ein robotischer Anzug mit Flügeln sein, soweit wir wissen. Mit gefederten Stiefeln, die Chloe helfen, unglaublich hoch zu springen. Ein Helm von der Größe eines Wasserballs. Handschuhe mit Klingen am Ende von jedem Finger.«

»Ein gepolsterter Hintern für weichere Landungen«, schlug Gideon vor und grinste über seinen eigenen Witz.

»Sicher, das auch«, sagte Ben. »Ich schätze, *manche* von uns würden gerne bestimmte Teile von Chloe ausgepolsterter sehen, hm?«

Gideon errötete und verlor wieder seine Selbstsicherheit, als sein Mund auf- und zuklappte.

Chloe ignorierte sie alle und ging weiter voran, während der Feuerball langsam an ihren Magiepunkten nagte. Sie hielt inne, hob eine Faust, wie sie es im Fernsehen gesehen hatte und horchte.

»Habt ihr das gehört?«

Ein Rumpeln wogte durch die gesamte Länge des Sandwurms, gefolgt von einem Schrei. Bevor sie sich versahen, begannen sich die Tunnelwände um sie herum zu schließen und packten sie fest. Chloes Feuerball berührte eine Wand und färbte die Stelle schwarz. Es brutzelte und der Geruch von verbranntem Fleisch füllte ihre Nasen.

»Chloe, das Feuer. Mach es aus«, rief Gideon. »Der Wurm kann es spüren.«

Chloe verstand und löschte ihren Feuerball. Sie wurden wieder in die Dunkelheit gestürzt und warteten, während die Wände sich für eine Weile weigerten, sie freizugeben. Schließlich konnten sie wieder frei atmen, der Wurm schien sich zu entspannen und der Tunnel nahm seine normale Größe an.

»Gentlemen, ich schätze, wir gehen im Dunkeln weiter«, sagte Chloe. »Und Lady, natürlich. Jeder packt die Schultern der Person vor ihm. Wir werden niemanden an einen Wurm verlieren.«

»Ich kann den Wurm machen, das wisst ihr, richtig?«, sagte Tag.

Gideon lachte. »Den Tanzmove?«

»Nein, ich töpfere hobbymäßig handgemachte Würmer«, antwortete Tag trocken. »*Natürlich* meine ich den Tanzmove.«

Bens Gelächter hallte lautstark um sie herum. »Ja. Sicher kannst du das.«

»Warte nur ab.« Tag schnaubte und klang ehrlich verärgert. »Sobald wir hier heraus sind, lass ich mich auf den

Boden fallen und zeige es euch allen. Nur weil ich ein Zwerg bin, bedeutet das nicht, dass ich euch nicht alle in Grund und Boden tanzen könnte.«

»Spare dir deine Angeberei für deinen Gesang«, schlug Gideon vor.

Ben lachte. »Selbst dann solltest du dich vielleicht etwas zurückhalten.«

Chloe konnte Tag förmlich brodeln hören, während sie weiter durch den Tunnel gingen. Jesepiah blieb bemerkenswert ruhig und Chloe fragte sich, ob sie überlegte Tag zu verteidigen oder einfach von der Gesamtsituation überwältigt war.

Erst als sie aus dem Tunnel kamen, fühlte Chloe das erste Mal in dem Wurm eine Art von Angst.

Sie hielt inne und wartete darauf, dass die anderen in die Kammer traten, während sie ihre Karte öffnete und so nah wie möglich heranzoomte. Das kleine Siegel der Götter bewegte sich tatsächlich auf der Karte und kreiste unter dem verlassenen Dorf, wenn Chloe es so stark wie möglich vergrößerte.

Hätte ich nur mal früher herangezoomt, dachte Chloe, schloss ihre Karte und formte einen neuen Feuerball, um eine weitere lange Kammer zu erhellen. Vor ihnen lagen mehrere mit Schlamm gefüllte Becken, die das Licht in einem öligen Purpur widerspiegelten.

»Jemand Lust auf ein Bad?«, fragte Chloe und lachte leise zu sich selbst. Sie hatte noch nicht gesehen, dass ihre Gefährten ihre Waffen gezogen hatten. Sie versuchte, das Ende des Raumes zu erkennen und achtete nicht auf die schleimigen Klumpen, die aus den Becken krabbelten.

Chloe erblickte in einer Ecke auf der anderen Seite der Kammer einen leichten Schimmer von grünem Licht. Ihr

Herz sprang freudig und sie ging ein paar Schritte in die Richtung.

»Ich würde einen Moment warten, wenn ich du wäre«, riet Tag.

Alle hatten ihre Kampfformation eingenommen. Tag trat an Chloe vorbei, sein Hammer fest in den Händen.

Gideon murmelte bereits einen Zauberspruch, seine Hände glühten vor Macht.

Jesepiah wich ein paar Schritte zurück und verschwand unter ihrem Tarnumhang. Chloe konnte ihr es nicht verübeln. Nach der Erkenntnis, dass Jesepiah sehr viel sterblicher war als alle anderen der Gruppe, wollte auch Chloe lieber, dass sie so sicher wie möglich blieb.

Ben hatte seinen Bogen in der Hand und schoss den ersten Pfeil ab. Chloe verfolgte seine Flugbahn und sah, wie der Pfeil eine der aufsteigenden Schlammblasen traf. Er sank direkt in den Körper. Eine Art Schmerzensschrei sickerte hinaus und was auch immer das war, was aus diesen Becken stieg, fiel wieder hinein.

Mehr von ihnen kletterten schnell an Land, als hätte Ben eine Kettenreaktion ausgelöst. Dutzende über Dutzende von dicken, öligen Schlammfetzen nahmen eine fast humanoide Gestalt an, als zuerst Köpfe heraussprangen, dann Arme, dann ihre seltsamen, dicken Beine, mit denen sie auf die fleischige Oberfläche krochen und auf sie zusteuerten.

»Es ist, als würde man einer Wassergeburt zusehen.« Chloe schauderte.

Tag hob eine Augenbraue. »Was für verkorkste Videos hast du da im Internet gesehen?«

»Ich wünschte, es wäre nur ein Video gewesen«, schauderte Chloe bei der Erinnerung. Reiche Paare hatten manchmal eine merkwürdige Vorstellung davon, was eine gesellschaftsfähige Veranstaltung war. Sie wandte sich an die Gruppe, »Leute, ich kann da hinten etwas sehen. Wir müssen nur auf die andere Seite kommen und die Rüstung wird uns gehören. Da bin ich mir sicher.«

Sie zog ihr Schwert, als die erste Kreatur in Reichweite kam. Bevor Tag die Chance hatte zuzuschlagen, stach sie das Schwert durch sein verformtes Gesicht. Das Schleimwesen quietschte, bevor es in eine Pfütze auf dem Boden zerfloss.

»Bleibt auf der Hut. Bis jetzt war bei diesen Prüfungen nichts so einfach, wie es schien.«

»Etwa so?«, fragte Tag und zeigte auf die Pfütze. Sie hatte angefangen, sich zu bewegen und formte sich zurück in ihre vorherige Gestalt. Ihre Arme streckten sich in Richtung Chloe, die erneut zuschlug. Ihre Klinge schnitt durch den nassen Körper und kam auf der anderen Seite wieder heraus. Sie hinterließ keine Spur, der Körper klebte sich einfach selbst wieder zusammen. Es war, als hätte Chloe durch Pudding geschnitten.

»Tja, das ist mal was neues«, sagte sie und benutzte ihre **Kreaturenidentifikation**.

Unbekannt (Stufe ???)
? Trefferpunkte

»Wow.«

Ben schoss einen weiteren Pfeil, diesmal auf eine der Kreaturen, die schon ganz aus ihrem Becken gestiegen war. Er beobachtete beunruhigt, wie der Pfeil direkt in das Fleisch der Kreatur sank, als ob ihre Haut ihn einsaugte und einfach verspeiste.

»Was zum Teufel sind das für Dinger?«

»Keine Ahnung«, sagte Chloe und schloss sich wieder der Gruppe an. »Ist dein Identifikationstalent hilfreicher als meins?«

»Unbekannt«, antwortete Ben und schüttelte den Kopf. »Wenn ich raten müsste, sind das teilweise verdaute Nahrungsreste, die der Sandwurm im Laufe der Jahre aufgesammelt hat. Untote Wesen, die aus Kadavern, Magensäure und anderen Flüssigkeiten geboren wurden.«

»Genug spekuliert«, rief Tag und schrie seinen gewaltigen Kampfschrei, als er seinen Hammer auf eines der Schleimwesen schlug und mit Freude zusah, wie die Kreatur in hundert Fleischfetzen explodierte. »Da haben wir's doch. Im Zweifelsfall mit einem Hammer draufhauen.«

»Meine Rede«, ertönte Jesepiahs Stimme aus dem Nichts.

Tag zerschlug ein anderes Schleimwesen, dann noch eines. Sie explodierten in hunderte von Tröpfchen. Er schrie feierlich auf und lachte, seinen tropfenden Hammer hoch in der Luft.

Mehr Kreaturen kamen aus einem anderen Becken auf sie zu, aber Tag war nun abgelenkt. Er überprüfte seine Benachrichtigungen und schien begierig, die gewonnenen Erfahrungspunkte zu sehen.

»Seltsam. Du bekommst anscheinend keine Erfahrung dafür, Schleimwesen zu besiegen.«

»Vielleicht zählen sie nicht, weil sie im Grunde bereits tot sind?«, schlug Gideon vor, seine Hände nun mit Strom erleuchtet. Er stieß seine Handflächen nach vorne und schaffte es, eine Gruppe von drei Wesen zu treffen, die von Gideons blauer Kraft zitterten und vibrierten, bevor sie wie die anderen explodierten.

»Was für eine Zeitverschwendung!«, sagte Tag und hob seinen Hammer, bereit für eine zweite Runde. Ben legte zwei Pfeile an und nickte Gideon zu.

»Hey Gids, könntest du mir aushelfen?«

Es dauerte eine Sekunde, bis Gideon verstand, wonach Ben fragte. »Ich habe das noch nie gemacht.«

»Na und? Probier's mal aus. Was ist das Schlimmste, was passieren könnte?«

Gideon näherte sich vorsichtig und legte seine elektrisch geladenen Hände auf die Pfeile. Er schloss seine Augen und konzentrierte seinen Willen, während Chloe beobachtete, wie sich der Strom ausbreitete, bis beide Pfeile davon knisterten. Gideon trat mit einem riesigen Grinsen im Gesicht zurück. »Da.«

»Danke. Jetzt *ducken*«, sagte Ben und richtete den Bogen auf die Stelle, an der Gideon gestanden hatte. Hinter ihnen war ein großes Schleimwesen aufgestanden, das kurz davor war, zuzuschlagen. Ben ließ die Pfeile los, beobachtete, wie die Kreatur genau wie die anderen explodierte und seine Überreste in alle Richtungen verteile.

»Pfui, was für eine Sauerei.« Chloe schabte klebrige Überreste von sich ab und versuchte, schnell durchzuzählen, da nun immer mehr Schleimkreaturen zwischen ihnen und dem Glühen am Ende der riesigen Kammer standen.

Chloe schaute sich Gideons Trick ab, beschwor ihre elektrische Energie und konzentrierte ihren Willen darauf, sie in ihr Schwert zu lenken. Sie spürte den Stromstoß durch ihren Körper laufen und mit einem prickelnden Gefühl durch ihre Hände und in die Metallklinge wandern.

Das Schwert leuchtete auf, die Elektrizität tanzte und sprang in gezackten Fäden um das Schwert herum. Sie rückte nun mit den anderen vor, jeder von ihnen voll konzentriert, während sie sich durch die Menge arbeiteten. Schleimwesen um Schleimwesen zerfiel zu ihren Füßen mit gurgelnden Schreien.

Das blaue Licht pulsierte durch die große Kammer. Gideon und Ben blieben nah beieinander und feuerten einen elektrischen Pfeil nach dem anderen ab. Zwischendurch schossen Blitze in kraftvollen Impulsen aus Gideons Händen.

Doch so schnell sie die Kreaturen auch besiegten, es formten sich immer mehr. Chloe konnte nicht erkennen, wie viel Flüssigkeit sich noch in den Becken befand, aber mit jeder besiegten Kreatur erschien mindestens eine neue an ihrer Stelle.

Sie hatten es bis in die Mitte der Kammer geschafft und waren alle schweißgebadet. Der penetrante Geruch im Inneren des Wurms, kombiniert mit dem öligen, modrigen Gestank der Schleimwesen wurde langsam überwältigend. Plötzlich hörten sie ein durchdringendes Knurren des Wurms, mehrere Luftstöße fuhren durch die Kammer und rissen sie mit ihrer stinkenden, eitrigen Kraft fast zu Boden.

»Wir sind definitiv im Verdauungstrakt angekommen«, keuchte Chloe und hielt sich ihre Nase zu, während sie mit dem anderen Arm zwei Schleimwesen niedermähte.

Obwohl sie Jesepiah nicht sehen konnten, hörte Chloe sie in der Nähe husten und Würgegeräusche machen. »Gut beobachtet.«

»Das muss bedeuten, dass wir nah dran sind, oder?« Gideon legte seine Hände auf die Knie, sein Atem kam in kurzen Zügen. Die schiere Menge an Elektrizität, die er erzeugt hatte, hatte einiges von ihm abverlangt.

»Hier«, sagte er, griff in seine Tasche und zog zwei Ampullen mit blauer Flüssigkeit hervor. Er warf Chloe eine zu, hob dann die andere an seinen Lippen und leerte sie in einem Zug.

Chloe sah das Fläschchen misstrauisch an. »Was ist das?«

»MP-Trank. Ich habe ihn ziemlich reduziert von Francesca bekommen.«

Chloe sah Gideon fragend an.

»Francesca, die Minotaurin? Aus der Apotheke in Nauriel?«

Chloe erinnerte sich schlagartig – es war gar nicht so viel Zeit vergangen, seit Gideon sie im Gefängnis besucht und ihr von seiner kuriosen Beziehung zu der Minotaurin erzählt hatte.

»Oh, richtig.« Sie hob die Flasche an ihre Lippen und hielt inne, als der starke Geruch ihre Nase erreichte. Das Getränk roch nicht unangenehm, aber es war auch kein Cosmo. »Tja, was habe ich zu verlieren?«, fragte sie sich selbst und fühlte, wie die kühle Flüssigkeit ihren Hals herabfloss.

Zuerst passierte nichts. Chloe sah an ihren Armen herab, dann an ihrem Körper, nicht sicher, was sie erwartet hatte. Dann überkam es sie in einer Welle. Sie fühlte, wie die Flüssigkeit ihren Körper von innen kühlte und bis in ihre Finger und Zehen floss. Sie öffnete ihre Statistiken und sah, dass sich ihre Magiepunkte vollständig erholt hatten.

Chloe strahlte. »Danke, Gid. Du rockst!«

»Bedank dich nicht zu früh. Wir sind hier noch lange nicht fertig.« Er lächelte und feuerte seine eigenen Zauber schon wieder in schnellen Schüben ab.

Mit ihren neu aufgefüllten MP machte die Gruppe weitere Fortschritte. Sie arbeiteten wie eine gut geölte Maschine, wobei Chloe und Gideon magische Unterstützung boten, Tag die Schleimwesen in Stücke hämmerte und Ben diejenigen ausdünnte, die gerade erst aus den Becken aufstiegen.

Als sie das andere Ende des Organs erreichten, leuchteten Gideons Augen auf.

»Chloe.« Er zeigte an ihr vorbei. »Da. Schau.«

Chloe drehte sich und sah es auch – das verführerische, grüne Leuchten von KieraFreyas Rüstung. Sie hörte mystisch klirrende Glocken, ein seltsamer Kontrast zu dem sterbenden Gurgeln der Schleimwesen.

»Geh schon.« Gideon grinste.

Chloe trat einen Schritt auf die Rüstung zu, aber jemand kam ihr zuvor.

Tag raste in einem verzweifelten Ausbruch von Dringlichkeit an der Gruppe vorbei. Chloes Mund fiel auf, unfähig zu glauben, was sie sah. Der Zwerg sprintete direkt auf die Rüstung zu.

»Tag! Warte!«

Tags Lachen folgte ihm wie der Dampf einer alten Lokomotive. »Wer's findet darf's behalten!«

Verwirrung wurde zu Panik und schließlich zu Wut. Chloes Gefühle hallten in den Arm- und Beinschienen wider und KieraFreyas Zorn war deutlich in ihrer Stimme zu hören, als die Göttin in Chloes Kopf schrie, *Hol ihn, Chloe! Schnapp ihn dir sofort!*

Chloe fing an zu rennen, aber sie wurde plötzlich an einem Arm zurückgezogen. Sie drehte den Kopf und sah, dass sich ein Schleimwesen an ihr verfangen hatte. Chloe beschwor Elektrizität in der Hand, die das Wesen gerade verschlang und beobachtete selbstgefällig, wie das Ding explodierte.

Dann war sie frei. Sie rannte erneut los. Chloe nutzte jedes Gramm ihrer Energie dafür, Tag einzuholen und sie atmete schwer, als er ein paar Meter vor der Rüstung innehielt. Ein hungriger Blick war in seinen Augen.

Tags Kopf drehte sich langsam zu ihr um.

»Nein, Tag!«, schrie Chloe. »Nicht!«

Kapitel 35

Panik raste durch Chloes Körper. Könnte Tag die Rüstung berühren? Würde sie dann für immer mit Tag verbunden bleiben und ihre Quest als gescheitert erklären? Was genau würde in dem Fall passieren? Bei der gesamten Mission ging es darum, die Rüstungsteile von KieraFreya wieder zu vereinen. Wäre Chloe dann endgültig gescheitert?

Chloe rannte schneller als je zuvor, als Tags Hände langsam nach der Rüstung griffen. Das Stück aus glänzendem Smaragd und Gold war eingebettet in etwas, das Chloe als eine weitere Röhre erkannte, die zu einem anderen Organ führte. Die Rüstung war in das Fleisch gesunken und in einem der Gänge dieses riesigen Tieres stecken geblieben.

»Tag! Halt!«

Chloe machte einen Satz auf Tag zu. Ihre Hände fanden seinen Hals und sie rang ihn zu Boden. Hinter ihnen gingen die Geräusche des Kampfs und der explodierenden Schleimwesen weiter.

Chloe hielt Tag sicher am Boden fest, eine Faust in der Luft, bereit, ihn in sein dummes Gesicht zu schlagen.

»*Nein!*«, rief Tag, seine Hände erhoben. Sein Hammer lag auf dem Boden neben ihnen. »*Stopp.*«

Chloe hielt inne, ihre Hand weiterhin erhoben. »Was zum Teufel dachtest du, dass du da tust?«

Tag lachte schwach. »Es war ein Witz, Chloe. Ich dachte, es wäre lustig. Du weißt schon, ›Oh nein! Ich kann nicht glauben, dass er das wirklich tun würde! O weh!‹ Ich wollte es nicht wirklich tun.«

»Du dachtest, das wäre *lustig*?«, fragte Chloe ungläubig. Sie bewegte sich von Tag herunter und ließ ihn aufstehen. »Ich hatte fast einen Herzinfarkt.«

»Okay, vielleicht war es etwas geschmacklos«, gab Tag mit gerunzelter Stirn zu. »Du weißt, dass ich dir nie deine Quest klauen würde. Ich bin schließlich«, er drehte sich zu Ben um, der nun mit einem Messer in jeder Hand kämpfte, die Klingen blau und elektrisch, »kein *Erfahrungspunktedieb!*«

Ben würdigte Tag mit einem kurzen Blick. »Komm darüber hinweg, Zwerg!«

»Komm *du* doch darüber hinweg«, sagte Tag und wirkte sehr zufrieden mit seiner Erwiderung.

Chloe schüttelte den Kopf. Ihre Aufmerksamkeit kehrte zu dem Stück Rüstung zurück, das im Wurm feststeckte. »Wir haben für sowas keine Zeit.«

Die Rüstung leuchtete hell. Dieser Teil war größer als die anderen, die sie bisher gefunden hatte. Es war auch seltsam, dass dieses Stück hier im Fleisch steckte, anstatt über dem Boden zu schweben. Sie griff mit eifrigen Händen nach dem Licht und spürte das kalte Metall unter ihren Handflächen.

Chloe schloss ihre Augen und wartete darauf, dass sich die Rüstung automatisch an ihr befestigte. Darauf, dass sie die Macht durchdrang und die Energie von KieraFreya in ihr wuchs.

Aber es passierte nichts.

Das verdammte Ding steckte fest.

Sie packte die Kanten der Rüstung mit beiden Händen und zog und zerrte. Die Rüstung gab kein Stück nach. Sie versuchte es erneut, mit knirschenden Zähnen und zusammengekniffenen Augen. Immer noch nichts.

ANFÄNGERIN

»Seid ihr fertig damit, da hinten rumzuspielen?«, rief Ben. »Nicht, dass ich euch den Spaß verderben will, aber wir kämpfen hier zu zweit gegen eine Million dieser Schleim-Dinger. Ich bin nicht darauf spezialisiert, empfindungsfähige Popel in einer Endlosschleife zu bekämpfen, also wann immer ihr denkt, dass ihr bereit seid, lasst es uns einfach wissen.«

Chloe sah, wie Gideon einen weiteren MP-Trank leerte und fragte sich, wie viele von denen er noch übrig hatte.

»Nur eine Sekunde!«, rief Chloe. Tag ergriff seinen Hammer und kehrte zur Schlacht zurück.

Sie starrte eine Sekunde lang auf die Rüstung und fragte sich, ob es irgendeinen Zauber gab, der das verdammte Ding befreien könnte. Sie beschloss, es noch einmal mit guter, altmodischer Körperkraft zu versuchen. Diesmal suchte sie sich einen besseren Griff an den Kanten der Rüstung, hob ihre Füße vom Boden und stemmte sie gegen die Wand, sodass sie mit ihrem Gewicht und aller Körperkraft ziehen konnte.

Sie spürte einen winzigen Bruchteil einer Bewegung.

Es ertönte ein ekelhaftes Saugen, als würde man eine Hand aus einem Bottich mit Schleim ziehen.

Dann hatte sie die Rüstung in den Händen.

Chloe flog zurück, das Teil fest im Griff. Sie drückte es fest an ihren Körper und schlug mit dem Rücken auf dem weichen Boden auf. Dann waren ihre Hände plötzlich leer. Die Rüstung hatte sich endlich den anderen Teilen angeschlossen und nahm nun einen Ehrenplatz um ihren Oberkörper herum ein.

Chloe starrte mit einem ekstatischen, ungläubigen Blick an sich herab. Der Brustpanzer an ihr war schöner, als sie ihn sich je hätte vorstellen können. Sie spürte, wie ihre Macht in einer unaufhaltbaren Welle wuchs, fühlte und hörte KieraFreyas Begeisterung, als sich die Rüstungsteile alle miteinander verbanden, als würde Benzin zum ersten Mal durch ein neugebautes Auto laufen.

Ja! Ja!, schrie KieraFreya.

Chloes Brust erhob sich und fiel von selbst, als würde die Atmung von KieraFreya in ihrem Körper widerhallen. Sie stand aufrechter als zuvor, die Göttin korrigierte ihre Haltung und ließ ihre Wirbelsäule knacken.

Chloe taumelte vorwärts, dann zurück, ihre Hände fanden die Wand hinter sich.

Wie steuert man dieses verdammte Ding?, fragte KieraFreya.

Die Göttin zerrte wie schon einmal an ihren Armen und Beinen. Chloe war darauf vorbereitet, hielt ihre Handgelenke fest an ihrem Körper und drückte ihre Knöchel zusammen, sichtlich zitternd, als sich KieraFreya wieder einmal mit ihr maß.

Du steuerst dieses Ding nicht, sagte Chloe. *Das tue* ich.

KieraFreya seufzte und Chloe fühlte, wie sich ihr Körper entspannte. *Gut. Ich kann warten.*

Worauf warten?

Denk nicht weiter darüber nach.

Chloe hörte die anhaltenden Schreie und Geräusche des Kampfes und beschloss, sich den Kommentar zu sparen, als sie schnell ihre Benachrichtigung öffnete und die Beschreibung der Rüstung las, die sie jetzt schmückte.

Erhaltener Gegenstand: Brustpanzer von KieraFreya

Du hast den verlorenen Brustpanzer einer gefallenen Göttin gefunden. Hergestellt aus von den Göttern geschmiedeten Metallen, ist dieser Brustpanzer praktisch unzerstörbar, obwohl einige sagen, dass er einen eigenen Willen hat.

ANFÄNGERIN

Boni: +5 Stärke, +10 Ausdauer, +5 ätherisches Potenzial
Seltenheit: mythisch

»Ja! Mehr Boni!«, rief sie.

Tags Stimme ertönte hinter einer Gruppe Schleimwesen. *Piep* »… dich!«

Dann kam Chloe ein Gedanke, der sie mit solcher Freude füllte, dass sie laut quietschte. Sie schlug sich die Hände vor den Mund.

»Ich werde nie wieder nackt sein!«

Ben schüttelte den Kopf in der Mitte eines Manövers. »Direkt schade.«

Nun, vielleicht hast du teilweise recht, korrigierte KieraFreya, *Aber vergiss nicht, dass du untenrum noch keine Rüstung trägst.*

Chloe ignorierte beide und leuchtete förmlich vor Glück und Erleichterung. Wenn sich dieses Teil genauso wie der Rest der Rüstung verhalten würde – und sie war sich ziemlich sicher, dass das der Fall war – dann war sie von der Verlegenheit, ständig völlig nackt inmitten fremder Völker wiederbelebt zu werden befreit. Chloe frage sich noch immer, wie sinnvoll das System war, dass man die Hälfte aller Besitztümer verlor, wann immer man starb.

Zugegeben, das war wahrscheinlich ein größeres Problem für Chloe als für die meisten anderen – wie viele Spieler verfolgten schon eine Hauptquest, in der man Gegenstände einsammeln musste und wer war schon innerhalb der ersten Stunde im Spiel mehrmals gestorben? – aber trotzdem war der Gedanke, dass es nicht wieder passieren würde, definitiv ein Bonus.

Chloe hob ihr Schwert auf, das in ihrem Sprung auf Tag zu Boden gefallen war und wollte den anderen wieder helfen.

Basierend auf ihren Erfahrungen erwartete sie halb, dass sie alle aus dem Wurm weggebeamt werden würden, weg von den Schleimwesen, weg aus diesem ekelhaften Organ.

Aber dann kam Chloe ein Gedanke, war das nicht alles ein wenig zu einfach? Zugegeben, in den Sandwurm zu gelangen war nicht leicht gewesen. Aber diese Schleimwesen ... Sie waren recht leicht zu besiegen, nicht wahr?

Chloes Fragen wurden beantwortet, als Gideons Stimme ertönte. »Äh, Leute?«

Tag und Ben, die mitten im Kampf waren, sagten: »Was?«

Chloe lief zu den anderen zurück und sah plötzlich, was Gideon sah. Die Schleimklumpen, die an ihrer Kleidung klebten, begannen zu vibrieren und sprangen plötzlich von ihnen allen ab und zurück auf den Boden. Sie bewegten sich, als würden sie von einem riesigen Vakuum aufgesaugt und Chloe erkannte, dass sie sich zu einer riesigen Gestalt in der Mitte der Kammer aufbauten.

»Oh ...« *Piep* »... nochmal!«, meckerte Tag laut.

Die kleinen Teile fügten sich zusammen wie Wassertropfen, die an einem Fenster herabglitten. Jedes einzelne Schleimwesen, das zerstört worden war, wurde nun in eine große Masse gezogen, die ihnen den Weg zurück nach draußen versperrte. Der riesige Schlammhaufen wuchs, es formten sich Arme und in seinem Gesicht senkten sich Löcher, die wie Augen aussahen.

»Es ist so etwas wie eine Hydra«, sagte Ben, fast ehrfürchtig.

»Erinnert ihr euch an die Hydra, die wir in Huntilligan erledigt haben? Die blaue mit den schlechten Zähnen?«, sagte Tag träumerisch. »Die haben wir niedergemäht, was?«

Gideon schluckte. »Die Hydra war einfach. Vergiss den Kopf und konzentrier dich auf den Körper. Da sind die empfindlichen Organe. Allerdings ... Hat dieses Ding Organe? Und wo fängt es an und wo hört es wieder auf?«

Ben und Tag sahen sich an, dann traten sie einen nervösen Schritt zurück. »Sieht aus wie ein Job für einen Magier und eine Kampfmagierin, findet ihr nicht auch?«

Chloes Mund hing offen. »Was ist mit deinem Bogen?«

Ben hielt ihr seinen leeren Köcher hin. Alle Pfeile waren für die Mini-Schleimwesen draufgegangen und lagen nun verstreut auf dem Boden oder waren mit in das Monster gesaugt worden.

Chloe legte ihren Kopf in den Nacken und atmete tief durch. »Gid? Hast du eine Idee?«

»Ein paar«, sagte er und sah entschlossener aus, als Chloe es von ihm erwartet hatte. Sie beobachtete mit Stolz, wie er konzentriert über seine Möglichkeiten nachzudenken schien und keinerlei Angst vor dem Feind zeigte.

Er drückte Chloe einen Magiepunkte-Trank in die Hand und bediente sich selbst. Sie fühlte, wie sich ihre Punkte wieder auffüllten und formte einen lila Feuerball in einer Hand. Gideon schloss die Augen und bewegte seine eigenen Hände, während ein Zauberspruch seine Lippen verließ.

Chloe schrie vor Wut, als sie die Feuerbälle in ihren Händen wachsen ließ und zwei direkt auf das Schleimmonster warf. Die Flammen erleuchteten den Rumpf der Kreatur, wo sie Feuer fing. In wenigen Augenblicken stand der ganze Körper in Flammen.

Nun, das war eine gute Vermutung, dachte Chloe.

Das Schleimmonster zuckte zusammen, sein Schrei ohrenbetäubend. Ein Mund erschien auf dem dickflüssigen Gesicht und öffnete sich weit, Gestank strömte hinaus. Es hob seine unförmigen Hände und schlug nach ihnen.

Gideon war wie an der Stelle festgefroren – die Hand kam direkt auf ihn zu. Ohne zu zögern stürzte sich Chloe auf ihn, sprang an seine Stelle und schob Gideon aus dem Weg. Er landete einige Meter entfernt auf dem Boden und die Kreatur verfehlte ihn nur knapp.

Chloe verfehlte sie nicht.

Warmes Gelee umschloss ihren Körper, das ölige, fettige Zeug wie ein schmutziger Regenbogen um sie herum. Sie wurde in das Schleimmonster gesaugt und versuchte mit Armen und Beinen nach außen zu schwimmen, bewegte sich aber kein bisschen. Sie holte tief Luft, als auch ihr Kopf von Schleim umschlossen wurde.

Chloe fühlte sich wie eine Matrjoschka – ein Wesen in einem Wesen in einem Wesen. Eine Frau in einem Schleimmonster in einem Sandwurm. Sie konnte ihre Freunde durch das Fleisch gerade noch erkennen.

Gideon trat nach vorne, seine Hände erstrahlten in weißem Licht. Sie konnte seinen Schrei dumpf hören, als mehrere lange, weiße Schnüre aus seinen Händen schossen und direkt auf Chloe zukamen.

Die Seile durchbohrten das Schleimmonster und wickelten sich um Chloes Körper. Sie fühlte einen Ruck, als Gideon gegen die Saugkraft des Monsters kämpfte. Sein Schrei wurde lauter, das Licht blendender. Chloe rutschte endlich ein Stück, ihr Kopf platzte aus dem Schleim und sie konnte (einigermaßen) saubere Luft einatmen.

»Danke, Gideon!«, rief sie, ein Arm jetzt frei genug, um einen Daumen hochzuhalten.

Gideon schenkte ihr keine Aufmerksamkeit, sein Fokus ganz auf der Magie. Er zog noch immer an ihr mit der Hilfe von Tag und Ben, die wiederum an Gideon zerrten. Chloes restlicher Körper tauchte mit einem lauten Sauggeräusch aus dem Schleim auf und sie landete auf dem klebrigen Boden.

»Lektion gelernt.« Sie rollte ein Stück von dem Wesen weg und sah zu den anderen auf. »Ich würde keinen Hautkontakt mit diesem Ding empfehlen. Keine gute Idee.«

Ben nickte und versuchte, nicht belustigt auszusehen. »Also, was jetzt?«

Sie drehten sich alle auf einmal zu Gideon um. Seine Hände formten jetzt Strudel und Muster, die die ätherischen Seile in der Luft nachahmten, bevor sie wieder in Richtung Schleimmonster schossen.

Anstatt in das Fleisch des Monsters zu sinken, fanden die Seile irgendwie an ihm Halt, wanden sich um den Körper und fixierten die Arme des Wesens.

»Gute Arbeit, Gid!«, sagte Chloe. »Das musst du mir beibringen.«

Gideon antwortete nicht. Er schloss die Augen, blauer Strom wirbelte um ihn herum und ließ seinen Umhang und seine Haare herumwirbeln, als wäre er Unterwasser. Der Strom fand die Seile und strömte in Richtung des Schleimmonsters, bis er ihn vollständig umschloss.

Das Monster brüllte wieder, kleine Energieschübe pulsierten durch ihn und erwischten in der Nähe auch einige der übriggebliebenen Mini-Schleimwesen, die in noch kleinere Teile explodierten und sich dem Muttertier anschlossen.

»Macht es irgendeinen Schaden?«, fragte Chloe Ben, als sie beide wieder ihre **Kreaturenidentifikation** verwendeten.

Unbekannt – RIESIG (Stufe ???)
?Trefferpunkte

Unbekannt – RIESIG? Das ist das einzige, was du mir verraten kannst? Willst du mich verarschen?

Ben lachte und Chloe wusste bereits, warum.

»Nichts Nützliches«, sagte Ben und schüttelte den Kopf.

»Eine ›riesige‹ Ladung nichts Nützliches?«

Ben nickte.

»Wie sollen wir dieses verdammte Ding nur besiegen?«, fragte Jesepiahs körperlose Stimme.

»Gideon macht das doch sehr gut«, sagte Tag.

Chloes Augen wurden schmal. »Sicher. Aber nur solange, wie seine Magiepunkte noch anhalten, was nicht ewig sein wird.«

Tag und die anderen blickten zu Gideon, sein Gesicht vor Anstrengung verkniffen, als er darum kämpfte, das Monster in Schach zu halten. Schweißtropfen standen auf seiner Stirn und sie alle fragten sich, wie lange er den Zauber noch halten könnte.

»Was schlägst du dann vor?«, fragte Tag. »Irgendetwas müssen wir tun. Vielleicht wird der Schleimhaufen Gideon überdauern und er wird am Ende noch eingesaugt, aber vielleicht knickt das Biest zuerst ein. Wir kennen seine Trefferpunkte nicht. Vielleicht reicht das hier, um es zu töten.«

Chloe bezweifelte das sehr. Ein Gegner, der die Rüstung von KieraFreya beschützen sollte, würde es ihnen nicht leicht machen. Sie hatte bei ihrem ersten Rüstungsteil unglaublich Glück, wie KieraFreya immer wieder betonte. Ohne die Gnade der Götter war Chloe sich nicht sicher, ob sie es jemals bis zu den Armschienen geschafft hätte. Wo hätte sie bei ihrer Suche überhaupt angefangen?

Selbst mit der Hilfe ihrer Karte waren dann diese Käfer aufgetaucht. Jemand hatte die Armschienen von Ungeziefer verteidigen lassen, die die Spinnen, vor denen ihre Schwester Hilary so schauderte, wie kleine Plüschhasen aussehen ließen.

Chloe konnte die Insekten nicht allein besiegen und war gerade so mit ihrem Leben davongekommen. Natürlich hatte sie nun ihr Team dabei, aber konnte dieser Haufen Anfänger es wirklich mit Wächtern einer magischen Rüstung aufnehmen, die von den Göttern selbst auf der Erde versteckt worden war?

Das Schleimmonster beantwortete die Frage für sie, als Gideon keuchte und kraftlos auf seine Knie sackte. Die Seile aus Licht blieben bestehen, aber der Strom hörte auf zu fließen und das Monster machte ein freudiges Geräusch. Es verformte seinen Körper so, dass seine Fesseln um ihn herum zu Boden fielen und kam auf die Abenteurer zu, jetzt wieder völlig frei.

»Lauft!«, rief Chloe und brachte die anderen in Gang, während ihnen das Wesen nahekam. Es schlug seine Hände auf die Stelle, wo sie gerade noch gestanden hatten. Chloe zog Gideon auf die Beine und zerrte ihn mit aller Kraft aus dem Weg.

Sie entkamen gerade noch rechtzeitig, rannten an den Wänden des Sandwurmorgans entlang und zerschlugen kleinere Schleimwesen, die ihnen den Weg versperrten.

»Hört auf damit!«, schrie Chloe, als sie sah, wie die Schleimfragmente begannen, in Richtung des Muttertieres zu wandern. »Das ist genau das, was es will! Es wächst nur noch weiter!«

Tag sah seinen Hammer entsetzt an. »Tut mir leid!«

Chloe dachte verzweifelt über einen Ausweg nach und wich jetzt den kleinen Schleimwesen aus. Als sie an dem Tunnel vorbeikamen, aus dem sie gekommen waren, sahen sie bestürzt, dass er sich selbst versiegelt hatte und nun undurchdringlich war.

»Was jetzt?«, keuchte Tag, dessen Stärke nicht bei seiner Ausdauer lag.

Chloe sah Gideon an, der an die Wand gelehnt stand, um zu Atem zu kommen. Sie erinnerte sich an seinen vorherigen Zaubertrick und plötzlich hatte sie ihre Lösung.

Kapitel 36

»Ich habe eine Idee«, sagte Chloe, »Und sie könnte funktionieren.«

»Das muss sie auch. Sonst sind wir am...« Tag seufzte. »Ich versuch's gar nicht erst. Diese Zensur gönnt einem nicht die kleinsten Freuden.«

Ben tippte mit einem Finger auf sein Kinn. »Moment. Können wir nicht einfach alle sterben? Wenn wir uns erwischen lassen, landen wir doch einfach wieder bei den Haien.«

»Sherikanern«, korrigierte Chloe.

»Dann halt bei den *Sherikanern*.« Ben lachte erleichtert und schlug seine Hände zusammen. »Problem gelöst. Lassen wir uns von dem großen, bösen Schleimhaufen verspeisen und schon sind wir frei!«

»Das geht nicht«, sagte Tag, ein Einschlag in seiner Stimme, den Chloe bei ihm noch nie gehört hatte. »Was ist mit Jessie? Sie ist ein NSC. Sie wird sterben, wenn wir ihr nicht hier raushelfen.«

Ben hob überrascht die Augenbrauen. »Du scheinst äußerst besorgt um eine Frau, die du bis jetzt immer ignoriert hast. Was ist los, Kleiner?«

»Quatsch«, rief Tag, seine Wangen rot. »So ist das nicht.«

»Oh, Taggy!«, sagte Jesepiah, erschien unter ihrem Tarnumhang und zog Tag an einem Arm zu sich. Sie verschwanden beide im Nichts und man hörte nur Tags überraschten Schrei, bevor für ein paar Sekunden Stille herrschte.

Er tauchte einen Moment später auf, zerzaust und desorientiert. Er blickte zu Ben. »Nicht. Ein. Wort.«

Chloe hatte genug und rief: »Konzentriert euch! Falls ihr es nicht bemerkt habt, wir haben größere Probleme.«

Der Schleimhaufen am anderen Ende der Kammer hatte sie nun wiederentdeckt und bewegte sich mit alarmierender Geschwindigkeit auf sie zu.

Chloe sah zu Gideon. »Wie viele dieser Tränke hast du noch, Gid?«

»Eine Handvoll. Warum?«

»Weil meine Idee viel Magie erfordert und ich deine Hilfe brauche, damit das klappt.«

Sie gab Gideon ihre Anweisungen. Seine Augen weiteten sich, als Chloe ihren Plan unterbreitete. Er schüttelte ein paar Mal den Kopf, aber nach kurzer Überzeugungsarbeit richtete er sich wieder auf. »Okay, versuchen wir es.«

Während Gideon einen weiteren Trank leerte und nervös auf das sich nähernde Wesen blickte, lud Chloe Tags und Bens Waffen mit ihrer Feuermagie auf.

»Haltet alles fern, was in unsere Nähe kommt. Wir brauchen volle Konzentration«, ordnete sie an.

Die Beiden nickten ohne jeden Zweifel. Sie hatten gelernt, dass Chloes Ideen meistens Nervenkitzel, große Belohnungen oder zumindest eine Menge Spaß bedeuteten.

Chloe nahm ihren Platz neben Gideon ein. »Okay, *los!*«

Gideon und Chloe formten beide ihre Hände und wirbelten sie umeinander. Einen Moment später schossen die Seile aus Gideons Händen, weiß und ätherisch, glühend, als wären sie von der Macht der Götter erfüllt.

Anstatt auf das Monster zu zielen, schossen die Seile an den Wänden des Organs entlang, liefen in viele Stränge aufgeteilt über das Fleisch, passierten sich gegenseitig, als sie das andere Ende erreichten und kamen wieder auf die Zauberer zu, um erneut um die Kammer zu kreisen.

Chloe wartete auf den richtigen Moment und horchte auf Ben und Tag, die verhinderten, dass sie von den kleinen Schleimwesen unterbrochen wurden. Chloes Augen begegneten denen des riesigen Schleimmonsters und ein kleines Lächeln berührte ihre Mundwinkel.

»Das tut mir fast leid, du mürrisches Stück …«

»Scheiße?«, flüsterte KieraFreya.

»Aber ich befürchte, dein Wirt bekommt gerade einen schlimmen Anfall von«, sie hielt inne und biss sich auf die Lippe. Ihre Hände explodierten in lila Flammen, »*Sodbrennen.*«

Chloe legte ihre Hände auf die Seile, die aus Gideon herausströmten. Das weiße Licht färbte sich plötzlich Purpur, als Flammen an den Seilen um die Wände der fleischigen Höhle herum entlangjagten. Der Mund des Schleimmonsters hing offen, als er sich auf der Stelle drehte und beobachtete, wie sich das Feuer immer wieder im Kreis um ihn herum ausbreitete und das Organ mit dem Geruch von gegrilltem Fleisch füllte.

Die Flammen sprangen zwischen den Seilen hin und her, knisterten und donnerten, als das Feuer immer größer wurde. Chloe hielt die Seilen fest in ihren Händen und pumpte so viel Energie hinein, wie sie nur konnte. Ihre Magiepunkte verbrauchten sich mit hoher Geschwindigkeit und sie machte sich Sorgen um Gideon, der seine Augen in Konzentration schloss.

»Jetzt, Jesepiah!«, rief Chloe, hörte eine Bewegung neben sich und spürte, wie die Öffnung eines Tranks ihre Lippen fand. Jesepiah tankte beide Magier mit Tränken auf und ihre Magiepunkte füllten sich wieder auf.

»Du bist dran, Gid.« Chloe packte die Seile und übernahm die Kontrolle. Sie hielt pure Macht in ihren Händen. Sie versuchten sich ihrem Griff zu entziehen und Chloe musste um die Kontrolle kämpfen als hielte sie Pferde, die vor eine Kutsche gespannt waren.

Die gesamte Kammer wurde erschüttert, als dasselbe Geräusch um sie herum hallte, dass sie aus dem Inneren des Schlosses kannten. Das Monster schwankte und verformte sich und versuchte, sein Gleichgewicht zu finden.

Gideon schrie unverständliche Worte. Sein blauer Strom folgte Chloes Flammen und wand sich wirbelnd um die Seile. Der Effekt war intensiv, alles knisterte und knallte, die Wände zitterten um sie herum und der gesamte Raum bewegte sich stark in eine Richtung, dann in die andere, als der Sandwurm begann, vor Schmerz zu zappeln.

»Es funktioniert! Halte durch«, rief Chloe und war unsicher, ob ihre Stimme über dem Lärm zu hören war.

Das Schleimmonster wurde panisch und näherte sich ihnen in rasendem Tempo. Tag und Ben bauten sich vor Chloe und Gideon auf, wirbelten und schwangen ihre flammenden Waffen und trafen die Kreatur. Es kreischte und bockte, sah aber vor allem nur noch wütender auf die Abenteurer aus.

Gideons Gesicht war eine Maske des Schmerzes und der Anstrengung. Die Venen an seinem Hals ragten hervor und sein Gesicht war wie von Kohle geschwärzt. Chloe vermutete, dass sie wenig besser aussah – zwei vereinte Magier, die verzweifelt versuchten genug Magie hervorzubringen, um etwas zu bewegen.

Chloes Augenlider flatterten zu, als Jesepiah ihre MP auffüllte – es musste die jeweils letzte Flasche sein für sie und Gideon – und sie schrie vor Anstrengung, als die Seile peitschten und an ihren Händen zerrten. Sie zwang

Flammen aus ihren Handflächen und sah nur lila hinter ihren geschlossenen Augen. Der Sandwurm bockte, aber sie und Gideon blieben fest stehen.

Sie hatten plötzlich das Gefühl, dass sie aufstiegen. Das Schleimmonster purzelte nach hinten und schlug gegen die Rückwand. Tag und Ben fielen mit ihm und vermieden es knapp, in seinen Körper gesaugt zu werden.

Es gab ein kolossales Geräusch, als würde eine Kanonenkugel abgefeuert werden und der Sandwurm um sie herum taumelte. Die Flammen rissen an seinem Inneren, aber Chloe konnte ihre Augen nicht öffnen, sie konnte sich nur festhalten.

Nur durchhalten.

Nur durchhalten mit ihrem besten Freund an ihrer Seite. Sie fühlte Gideon neben sich, wie er alles gab, was er zu geben hatte. Sie zwang einen letzten Schub ihres ätherischen Potenzials und hörte den Sandwurm aufschreien. Die fleischigen Wände um sie herum zitterten und verkrampften sich, das gesamte Organ bewegte sich mit ihm.

Plötzlich hörte alles auf. Der Sandwurm war regungslos.

Chloe atmete tief durch und ließ die Seile los. Sie taumelte zu Boden. Ihr ganzer Körper war von Kraft entleert.

»Haben wir es geschafft?«, fragte Gid. Er lag neben ihr auf dem Boden, unfähig, seinen Kopf zu heben.

Chloe versuchte sich umzuschauen, aber Licht stach in ihren Augen und sie konnte nicht richtig glauben, was vor ihr war. Wo die Decke des Wurmorgans gewesen war sah sie nun zerklüftete Löcher, an deren Rändern verkohlte Hautfetzen flatterten. Das makellose Blau des Himmels drang durch sie hindurch.

Frische Luft wehte durch die verbrannten Reste des Sandwurms. Chloe atmete tief ein und setzte sich mit neuer Hoffnung auf.

Es schien unmöglich, aber ihr Plan hatte funktioniert. Feuer und Elektrizität hatten sich durch das Fleisch gefressen und riesige Löcher in den Körper des Wurms gegraben. Die Überreste des Schleims, die unter der Sonne und in der freien Luft nicht überleben konnten, waren vertrocknet und nun nichts als dicke, zähflüssige Pfützen auf dem Boden des Organs, die in der Sonne brutzelten.

Chloe lachte leise, die Anstrengung war fast schmerzhaft. Sie stand vorsichtig auf und half Gideon mit einer Hand hoch. Tag und Ben winkten sie zu einer Wand herüber, wo die Kanten eines hohen Loches immer noch glühten und knisterten.

Tag hob Gideon hoch genug, dass er in den Wüstensand springen konnte. Ben folgte und sprang in einer einzigen geschmeidigen Bewegung hinterher. Als Chloe sich herabbeugte, um Tag zu helfen, hielt er plötzlich inne und sah wild umher.

»Was ist?«, fragte Chloe, aber dann traf auch sie die Erkenntnis.

Tag entdeckte schließlich eine Hand, die unter dem Tarnumhang herausragte. Er schrie auf, rannte hinüber und riss das Tuch von Jesepiahs Körper. Sie lag bäuchlings und regungslos im Schleim. Tag hievte sie hoch und über seine Schulter. Chloe half ihm und Jesepiah über die Seite des Wurms, wo Ben Jesepiahs Körper entgegennahm und sanft in den Sand legte, wo die monströse Masse des Sandwurms schützenden Schatten warf.

»Geht es ihr gut?«, fragte Tag verzweifelt. »Ist sie …«

Ben blickte nach ein paar Sekunden auf und schüttelte den Kopf. »Es tut mir leid, Kleiner. Sie ist tot.«

Chloes Herz erstarrte. Sie kniete neben ihrer Freundin nieder, derjenigen, die sie ungefragt im Gefängnis beschützt und schließlich herausgeholt hatte. Die Einzige, die Chloe immer ohne Umschweife ihre Meinung gesagt hatte, ohne Rücksicht auf Verluste.

»Nein!«, schluchzte Tag. »Nein ...«

Gideon ließ sich neben Chloe nieder, sein Ausdruck fokussiert statt traurig. Er wühlte durch eine Tasche und fischte seinen letzten Trank heraus. »Hier«, sagte er und hielt ihn Chloe hin.

»Wofür?«, fragte Chloe und wischte mit dem Handrücken über ihre Augen.

»Das kannst du dir doch denken«, sagte Gideon. »Dafür, dass der bessere Magier von uns beiden den Zauber wirken kann.«

Chloe nahm den Trank und hielt ihn einfach in ihrer Hand. Ihr Gehirn brauchte einen Moment, um zu verstehen, während ihr erschöpfter Körper immer noch mit dem Gedanken kämpfte, dass Jesepiah nicht mehr bei ihnen war. Dass Chloe nie wieder ihre Sprüche hören oder ertragen musste, wie sie über Tag ihren Verstand verlor, der Zwerg nun neben ihrem Körper in sich zusammengefallen. Kein Zauber, den Chloe kannte, konnte jemanden von den Toten auferstehen lassen. Keine Magie der Welt konnte ...

Da war es. Gideon nickte, als sie ihn mit großen Augen anschaute.

Chloe erinnerte sich an die Höhle, wo sie dem schwarzen Magier eine winzige Schriftrolle abgenommen und die Worte darauf gelesen hatte. Es fühlte sich an, als wäre seitdem endlos viel Zeit vergangen.

»Alle zurück«, befahl Chloe und stand auf.

Ben sah verwundert auf. Tag ignorierte sie völlig.

»Ich sagte *zurück*«, wiederholte Chloe, packte Tags Schulter und zog ihn von Jesepiah weg.

Der Zwerg protestierte und sah Chloe an, als wäre sie ein Skelett, das ihm seinen Hammer abgenommen hatte. Er versuchte sich loszureißen, aber Ben hielt ihn zurück und sagte ihm, er solle abwarten. Einfach abwarten.

Chloe atmete tief durch und tat ihr Bestes, sich auf ihr Inneres zu konzentrieren. Sie hatte keine Ahnung, ob der Spruch funktionieren würde, aber es war einen Versuch wert.

Ihre Lippen begannen sich von selbst zu bewegen, fremde Worte, die sie nie laut gehört hatte, aber wie von Geburt an kannte. Ihre Hände griffen nach Jesepiah und legten sich auf ihr Herz, das unter ihnen mystisch summte. Licht begann aus ihr herauszuströmen und ließ die winzigen Haare, die Jesepiahs Körper bedeckten, in alle Richtungen stehen.

Chloe suchte in sich selbst nach allem, wofür es sich zu leben lohnte. Für Liebe, für Bedeutung, Freundschaft, Ehre, Loyalität, Tapferkeit. Sie erfüllte ihren Kopf mit Erinnerungen an Jesepiah und ihre gemeinsame Reise und ihr Körper dröhnte erschöpft, als die Magiepunkte wieder aus ihr herausströmten und keinen einzigen Tropfen zurückließen.

Chloe öffnete die Augen und sah direkt in Jesepiahs verwirrtes Gesicht. Die Schmugglerin hustete leicht, blickte zu den anderen und setzte sich langsam auf.

»Was ist passiert? Haben wir gewonnen?«

Chloe lachte auf, eine Träne fiel aus ihrem Augenwinkel. Sie deutete auf den Sandwurmkadaver, der wie ein gestrandeter Wal im Sand lag.

»Was zum Teufel denkst du denn?«

Die anderen lachten, sprangen auf Jesepiah zu und begruben sie unter ihrer Umarmung.

Kapitel 37

Chloe erwachte völlig desorientiert in völliger Dunkelheit. Sie war eng von Stein umgeben, ihr Körper zusammengefaltet. Nach einem langen Moment ergriff sie die Kanten des Bades und zog sich mit einem Seufzer frei.

Der Raum war dunkel um sie herum und Chloe war noch nicht ganz aus ihren Träumen erwacht. Sie ließ einen kleinen Feuerball in ihrer Hand entstehen, der das Sherikaner-Schlafzimmer um sie herum erhellte und lächelte.

Es hatte einige Überzeugungsarbeit gebraucht, bis Schorsch-Kai damit einverstanden gewesen war, das Wasser aus dem Bad für die Abenteurer entfernen zu lassen. Er hatte es als eine Art Beleidigung empfunden, es woanders hinzubringen, bis Chloe und die anderen die Gebräuche ihres eigenen Landes erklären konnten.

»Wir schlafen einfach nicht im Wasser«, protestierte Gideon.

»Wo schlafen Sie dann?«

Gideon hatte seine Schläfen massiert. »Matratzen. Flache, fedrige, bequeme Matratzen.«

Trotz leiser Proteste hatte Schorsch-Kai schließlich nachgegeben und sie alle trocken im Palast der Sherikaner untergebracht.

Chloe streckte sich, dann ging sie nach nebenan, um die anderen aufzuwecken. Nur konnte sie Ben und Jesepiah nirgendwo finden.

»Vielleicht sind sie schon oben?«, schlug Chloe vor.

Tag grummelte. »Er sollte besser nicht das tun, was ich denke, dass er tut.«

Sie gingen die langen Treppen des Palastes hinauf, ihr Gespräch noch ein wenig schläfrig. Laute Geräusche begrüßten sie aus dem Speisesaal und Chloe musste lächeln beim Gedanken an Hunderte von Sherikanern, die fleißig ihre Mahlzeit genossen.

Als sie durch die großen Türen gingen, drehten sich alle Köpfe in ihre Richtung und die gesamte Gemeinschaft der Sherikaner fing an, lebhaft auf sie einzureden und klatschte ihnen auf die Rücken, während sie durch den Raum liefen. Ihr Fokus lag jedoch darauf, Ben, Jesepiah und Schorsch-Kai zu finden.

»Ich kann sie nirgendwo sehen«, sagte Gideon und stolperte von einem kräftigen Schlag auf den Rücken fast zu Boden.

»Da!« Chloe zeigte auf Schorsch-Kai, der an einem Tisch auf der anderen Seite der Halle stand und ihnen zuwinkte. Um ihn herum waren mehrere Stühle leer.

»Schorsch-Kai«, sagte Chloe und drückte ihn herzlich an sich. Schorsch-Kai wirkte überrascht, als wüsste er nicht, wie er reagieren sollte.

»Kommen Sie, nehmen Sie Platz«, sagte Schorsch-Kai schließlich und deutete auf ihre Plätze. Vor jedem Stuhl befand sich ein Teller mit Essen und Kelche, die bereits bis zum Rand mit einem süß duftenden Getränk, das Chloe nicht erkannte, gefüllt waren.

Gideon und Chloe nahmen ihre Plätze ein, während Tag sich auf den Tisch stützte und seinen Hals in alle Richtungen drehte. »Sie sind nicht hier. Ich kann sie nicht sehen«, murmelte er.

»Oh, entspann dich.« Chloe griff den Stoff an der Rückseite von Tags Hemd und zerrte ihn auf seinen Hintern. »Sowas würden sie nicht tun. Er ist dein bester Freund, oder nicht?«

»Ein geiler Idiot ist was er ist«, antwortete Tag und verschränkte seine Arme. Ein paar Sekunden später war er abgelenkt, als er gierig sein Essen in sich hineinschaufelte und seinen Kelch schnell leerte. Er winkte den Sherikaner-Kellner herbei, der einen großen Krug mit dem Getränk herumtrug.

»Was ist das genau?«, fragte Chloe, roch und nippte an ihrem Kelch.

Der Kellner schnappte mit dem Kiefer und blickte zu Schorsch-Kai um Hilfe.

»Hazelik. Unser eigenes Geheimrezept. Es gibt nichts Vergleichbares in ganz Obsidian.«

Chloe nickte und hustete leicht, als die Flüssigkeit ihren Hals herunterbrannte. »Es ist sehr gut. Ich schätze, Sie servieren das nicht den Kindern?«

Schorsch-Kai wirkte verwirrt. »Warum sollten unsere Kinder es nicht trinken? Es macht sie stark. Selbstbewusst.«

Schorsch-Kai dankte dem Kellner, der zufrieden wegging.

Chloe, Gideon und Tag leerten bald ihre Teller. Chloe lehnte sich in ihrem Stuhl zurück, faltete ihre Hände auf dem Bauch und beobachtete die versammelten Sherikaner mit einer Art Zuneigung.

Seit sie vom Sandwurmabenteuer zurückgekehrt waren, wurden sie von diesen seltsamen Haifischmenschen wie Helden behandelt. Nachdem der Sandwurm besiegt und Jesepiah wiederbelebt worden war, hatte ihre kleine Gruppe ihren Marsch durch die Wüste begonnen.

Die Wüste hatte in alle Richtungen gleich ausgesehen, der Sandwurm ihr einziger Orientierungspunkt. Sie konnten unmöglich erraten, wie weit oder schnell das riesige

Tier sich gegraben hatte, aber sie waren sicherlich weit weg von allem, was ihnen bekannt vorkam. Chloe öffnete ihre Karte und brauchte eine Weile, bis sie das unauffällig eingezeichnete verlassene Dorf gefunden hatte. Sie waren kilometerweit mit dem Wurm gereist und die Sonne stand schon tief am Himmel. Sie hatten kein Wasser, kaum Nahrung und keine Hoffnung, rechtzeitig den Weg zurück in das verlassene Dorf zu finden.

Sie hatten fast aufgegeben, als sie plötzlich in der Ferne die verräterischen Rückenflossen der Sherikaner entdeckt hatten.

»Wir sind gerettet!«, hatte Tag geschrien.

Chloe war sich nicht so sicher gewesen. Sie fragte sich, wie die Sherikaner die Neuigkeiten aufgenommen hatten, dass Chloe und die anderen einen Teil ihres Viehbestands gestohlen und freigelassen, sowie einen ihrer Leute zum Komplizen gemacht hatten.

Die Kuriere der Sherikaner hatten sie wie zuvor unter den kühlen Sand und in das Schloss geschleppt, wofür sie alle sonderbar dankbar waren. Auf der Oberfläche hatte die heiße Sonne langsam ihre Füße und Haut verbrannt und Chloe war besorgt gewesen, ob sie den zusätzlichen Schaden lange überleben würde. Als sie wieder im Palast angekommen waren, wurden sie von einem Konvoi offiziell aussehender Sherikaner mit ihrem umgekehrten Grinsen begrüßt.

Chloe hatte sich in derselben Situation wie schon einmal zuvor wiedergefunden, nur dass sie die anderen jetzt bei sich hatte. Schorsch-Kai hatte sich mit einem schwer zu lesenden Ausdruck vor die Menge gearbeitet. Nach einigen Sekunden der Stille war Schorsch-Kais Lächeln erstrahlt und die Gruppe der Sherikaner in Jubel ausgebrochen.

»Danke, Ihnen allen, dass Sie die größte Bedrohung für unser Volk endgültig ausgelöscht haben«, hatte Schorsch-Kai gesagt, während Tränen über sein Gesicht liefen.

Und dann waren sie von der Menge verschluckt und auf diverse Schultern gehoben worden, die sie tiefer ins Schloss brachten. Schorsch-Kai hatte ihre Schlafzimmer eingerichtet und die Abenteurer waren dort zusammen bis spät in die Nacht aufgeblieben (das glaubten sie jedenfalls), hatten über ihr Abenteuer gesprochen und ihre Belohnungen verglichen.

Der größte Bonus, den sie alle erhalten hatten, hatten sie mit dem Sieg über das riesige Schleimmonster verdient. Obwohl Gideon und Chloe den Großteil der Erfahrung bekamen, hatten Tag und Ben für ihre Hilfe auch etwas abbekommen und strahlten, als sie ihre Benachrichtigungen lasen.

»3.000 Erfahrungspunkte dafür, dass ich Babyschleime zurückgehalten habe, während ihr die ganze Arbeit gemacht habt?«, hatte Tag gesagt. »Nicht schlecht.«

Ben lachte. »3.000? Ich habe 5.000. Ich schätze, ich muss mehr geholfen haben als du.«

Tag wurde rot und stand auf. »Du, du ...«

»Ich habe nur Spaß gemacht!«, rief Ben und streckte die Hände beschwichtigend aus. »Mein Gott. Du weißt, wie einfach es ist, dich zu provozieren, oder? Ich habe auch 3.000 bekommen.«

Gideon und Chloe schielten sich zu und lasen beide ihre sehr großzügigen 7.500 EP dafür, dass sie ein so riesiges Biest zur Strecke gebracht hatten. Der Schleim galt am Ende nur als ein einziges Monster, das Spielsystem enthüllte seinen richtigen Namen erst nachdem sie ihn erlegt hatten.

Monster besiegt: Magenmorph (Stufe 23)
+1.575 Erfahrungspunkte

»Magenmorph?«, schnaubte Chloe. »Klingt wie ein Medikament gegen Übelkeit.«

Die anderen lachten und redeten bis tief in die Nacht, verglichen ihre Talente und schauten sich Chloes neue Rüstung an. Jesepiah war auf dem Boden in Chloes Zimmer eingeschlafen, noch etwas benebelt von der Aufregung und dem Wein, den sie in einem der Schlafzimmer gefunden hatten.

Chloe verbrachte einige Zeit damit, ihren Charakterbogen zu untersuchen und sie fragte sich, wie lange es noch dauern würde, bis sie ihre nächste Stufe erreicht hätte.

Biografie
Charaktername: Chloe (klicken Sie hier, um einen neuen Charakternamen auszuwählen)
Stufe: 11
Klasse: Kampfmagierin (Novizin)
Rasse: Mensch

Statistiken
Trefferpunkte: 325/325
Magiepunkte: 540/540
Ausdauerpunkte: 375/375
Aktive Effekte: Keine
Vorteile: +15% Glück bei experimenteller Magie

Attribute
Stärke: 22 (+32)
Intelligenz: 10 (+34)
Geschicklichkeit: 20 (+34)
Ausdauer: 25 (+29)
Ätherisches Potenzial: 9 (+46)

Verfügbare Attributpunkte: 0

Talente
Sprachen: menschlich
Akrobatik: Stufe 3
Bewaffneter Kampf: Stufe 3
Charisma: Stufe 4
Experimentierfreudigkeit: Stufe 1
Fischen: Stufe 1
Hand der Götter: Stufe 1
Handwerk: Stufe 1
Kampf mit zwei Waffen: Stufe 2
Kochen: Stufe 2
Kreaturenidentifikation: Stufe 4
Kräuteridentifikation: Stufe 2
Nachtsicht: Stufe 4
Sattler: Stufe 5
Schleichen: Stufe 4
Schwimmen: Stufe 3
Verwegenheit: Stufe 5

Chloe wachte aus ihren Gedanken auf, als der Kellner zurückkam. Er knurrte und knirschte mit den Zähnen.

Sie schaute zu Schorsch-Kai.

»Mehr Hazelik?«, übersetzte er.

»Nicht für mich, danke.« Chloe schüttelte den Kopf und lächelte und der Kellner ging weiter zu Tag, der schon seinen Kelch hochhielt.

»Im Ernst, wo sind sie?«, flüsterte Chloe in Richtung Gideon und nutzte aus, dass Tag in sein Getränk vertieft war. »Ob die beiden nicht vielleicht doch …«

»Nein«, sagte Gideon. »Zumindest traue ich ihnen das

nicht zu.«

»Aha!«, schrie Tag plötzlich, sprang von seinem Stuhl auf (nicht, dass es einen großen Unterschied für seine Größe machte). »Ich *wusste* es!«

Stille fiel über die Halle, alle Köpfe wandten sich in Richtung der armen Frau, die in einem der Eingänge stand. Sie blickte über ihre Schulter, als erwartete sie, dass jemand anderes gemeint wäre und deutete dann auf sich selbst. »Wer, ich?«

Tag ließ seinen Kelch zurück und marschierte durch die engen Gassen zwischen den Tischreihen. Seine Schritte waren schwer und hallten durch den ruhigen Raum. Er ging auf Jesepiah zu, Entschlossenheit und Wut in sein Gesicht geschrieben. Als Tag sie erreichte blickte er an ihr vorbei, machte ein paar Schritte weiter und schaute die Treppe hinunter.

»Wo ist er?«, fragte er wütend. »Wo ist er?«

»Er ist da drüben, Idiot«, rief Chloe von der anderen Seite des Raumes und zeigte auf eine andere Tür, wo Ben erschienen war, sein Arm um die Schultern des Sherikaners geworfen, den er an einem vorherigen Abend rot anlaufen lassen hatte. Ben zuckte mit den Schultern.

Tag sackte in sich zusammen, die Wut auf seinem Gesicht verflüchtigte sich sofort. Ben lachte und die Sherikaner um ihn herum schlossen sich ungeschickt an, bis eine Welle des Lachens durch die Halle rollte.

»Es tut mir leid.« Tag errötete hellrot, als er sich an Jesepiah wandte. »Wo bist du gewesen? Ich war besorgt, dass … Nun, Ben war schon immer sehr …« Seine Stimme wurde immer leiser.

»Ich war unten bei den Tieren, während ihr alle ewig geschlafen habt. Weißt du eigentlich, wie niedlich diese verdammten Dinger sind?«

Tag blickte auf seine Füße hinunter. Jesepiah kicherte, hob sein Kinn an, beugte sich nach unten und pflanzte einen Kuss auf seine Lippen.

Chloe applaudierte von ihrem Tisch, stand auf und trat ihren Stuhl zurück. Gideon tat es ihr nach. Dann Schorsch-Kai, dann ihr ganzer Tisch. Bevor sie sich versahen, war die ganze Halle mit Applaus gefüllt, obwohl die Hälfte von ihnen nicht einmal wusste, warum sie überhaupt klatschten und nur den positiven Umschwung in der Stimmung nach der unangenehmen Stille genossen.

Chloe zwinkerte Tag zu und hob ihr Getränk in die Luft.

Ein dumpfes, klirrendes Geräusch ertönte neben ihr, als Schorsch-Kai mit einem Messer gegen seinen Krug schlug. »Obacht, meine Freunde«, rief er.

Als niemand auf ihn achtete, knurrte er laut und schnappte mit dem Kiefer.

Fast sofort verstummten alle und der einzige Laut kam von Ben, der als letzter seinen Platz an ihrem Tisch fand.

»Entschuldigen Sie«, murmelte Schorsch-Kai zu Chloe. »Sogar ich vergesse, dass viele *Menschlich* nicht verstehen.«

Es folgten einige der seltsameren Momente in Chloes Leben. Schorsch-Kai knurrte und schnappte, grunzte und fletschte die Zähne, die Sprache seines Volkes. Seine Worte waren unmöglich zu lesen und Chloe konnte ihren Inhalt nur daran erraten, wie die Sherikaner mit ihrem Applaus und Jubel reagierten.

Die Rede war lang und Chloe, Gideon, Ben, Tag und Jesepiah rieten, wann sie lachen, nicken oder sonstige Gefühle zeigen mussten. Schorsch-Kai deutete oft in ihre Richtung, sodass sie sich sicher waren, dass es in der Rede um sie ging. Sie hatten einfach nur keine Ahnung, was gesagt wurde.

Schließlich hob Schorsch-Kai seinen Kelch und die versammelte Gesellschaft tat es ihm nach. Auch Chloe und die anderen hoben ihre Getränke und lächelten. Chloe lehnte sich zu Schorsch-Kai, nachdem er sich schließlich hingesetzt hatte und fragte: »Okay, nichts für ungut, aber was war das alles?«

Schorsch-Kai grinste und enthüllte seine spitzen Zähne. »Zusammengefasst habe ich noch einmal Ihren Sieg über einen unserer größten Feinde gefeiert, ich habe Sie in unserem Haus willkommen geheißen, Ihnen all unsere Reichtümer angeboten, die Sie interessieren und ich habe jeden einzelnen Sherikaner gewarnt, dass Sie nicht mehr auf der Speisekarte stehen.«

Chloe nickte, bevor der letzte Punkt bei ihr ankam.

»Einen Moment, habe ich das richtig gehört?«, fragte Ben. »Wir sind *nicht mehr* auf der Speisekarte?«

Schorsch-Kai hob die Hände. »Oh nein, verstehen Sie mich nicht falsch. Von der Speisekarte genommen zu werden ist eine gute Sache. Das bedeutet, dass die Sherikaner Sie nicht verspeisen werden, während Sie unsere Gäste sind.«

»Uns essen?« Chloe lachte unsicher. »Das ist ein Witz, oder? Warum sollten Sie uns essen?« Dann erinnerte sie sich an all die hungrigen Blicke, die sie bei ihrer ersten Besichtigung des Palastes erhalten hatte.

»Sagen Sie mir, Chloe«, sagte Schorsch-Kai. »Sie sprachen von diesen Haien aus Ihrem Reich. Was essen Haie?«

Chloe musste lachen. »Meistens Fleisch. Selten auch Menschen.«

»Ganz genau.«

Gideon wirkte nicht gerade beruhigt.

Das Essen endete lange Zeit später und die Sherikaner

verabschiedeten sich in Gruppen, bis nur noch die Abenteurer, Flosse, Schorsch-Kai und wenige andere übrigblieben. Sie lernten viel über die Kultur der Sherikaner und Flosse jagte Ben einen riesigen Schrecken ein, als er beiläufig erwähnte, dass es bei der Paarung zweier Sherikaner oft die unausgesprochene vertragliche Vereinbarung gab, dass die beiden für immer verbunden sein würden.

»Du machst Witze«, rief Ben, seine Augen huschten dahin, wo seine Sherikanische Eroberung an einem anderen Tisch saß. Er war kreidebleich.

Flosse verzog so lange wie er konnte keine Miene, bevor das Lachen aus ihm heraussprudelte.

Dann waren sie wieder beim Thema ihres Aufenthalts im Palast und Chloe betonte noch einmal gegenüber Schorsch-Kai, dass sie einfach nicht bleiben konnten. Sie hatten eine Quest zu erfüllen und mussten ihre Reise fortsetzen.

Schorsch-Kai wiederholte noch einmal, dass ihnen alle Ressourcen der Sherikaner zur Verfügung standen, die sie brauchen könnten und Chloe und die anderen dankten ihm für seine Großzügigkeit.

Während sie dort saßen, kamen die Sherikaner mit Beuteln von Verpflegung sowie Trinkhäuten gefüllt mit Wasser und anderen Spezialitäten der Sherikaner. Sie dankten ihnen mehrfach und beugten ihre Köpfe.

»Das Einzige, was wir jetzt noch brauchen, ist ein Weg aus der Wüste heraus«, sagte Chloe, mehr zu ihren Freunden als zu den Sherikanern.

»Oder etwas, um die Hitze abzuwehren«, sagte Jesepiah. »Ganz ehrlich, wenn ich da draußen noch mehr schwitze, wird uns das Wasser schneller ausgehen als wir gucken können.«

Flosse hob einen Finger in die Luft und lehnte sich über

den Tisch. »Ähm, vergesst ihr nicht etwas?«

Chloe hörte ein Kreischen und klatschte vor Freude, als mehrere strahlend gelbe Vögel an Zügeln in die Halle gebracht wurden. Sie rannte mit ausgestreckten Händen auf sie zu. Die Scooper schubsten sich gegenseitig spielerisch und genossen es deutlich, an einem ihnen unbekannten Ort zu sein. Chloe erreichte sie und umarmte eines der Tiere fest.

Sie ließ nach einem langen Moment los, zählte durch und fragte sich, woher die zusätzlichen Scooper gekommen waren, nachdem sie mehrere draußen im Sand verloren hatten.

»Wie viele von denen habt ihr?«, fragte sie Flosse.

»Nur fünf«, sagte er mit einem breiten Lächeln. »Wir hatten noch nie mehr als fünf.«

Chloes hob eine Augenbraue, als ihr Verstand darum kämpfte, das zu verstehen, was Flosse sagte. »Moment, sie sind *zurückgekommen?*«

Flosse nickte und rieb den Schnabel des Vogels neben sich. »Das tun sie immer. Sehr loyal. Unglaublich guter Orientierungssinn im Sand. Sie kehren stets zurück.«

Eine riesige Ladung Schuldgefühle fiel von Chloe ab, die sie vorher nicht einmal bemerkt hatte. Sie fühlte sich leichter, als sie es seit Ewigkeiten getan hatte.

Die Sherikaner halfen den Abenteurern, den Scoopern Zaumzeuge anzulegen, wobei jeder nun auf seinem eigenen Tier ritt. Nach ihrer letzten Erfahrung konnte Chloe Jesepiah und Tag vergeben, dass sie jetzt recht nervös wirkten. Sie stiegen wie zuvor vor der sandigen Tür auf die Tiere und verteilten eine letzte Runde des Dankes an die Sherikaner.

»Was ist Ihr nächstes Ziel?«, fragte Schorsch-Kai. Chloe war überrascht, Tränen in seinen Augen zu sehen.

Chloe öffnete ihre Karte und suchte nach den Siegeln der

ANFÄNGERIN

Götter. Sofort hatte sie das Gefühl, dass etwas nicht stimmte. Sie hätte schwören können, dass es ein zusätzliches Siegel weit nördlich ihrer Position in der Nähe eines schattierten Gebirges gegeben hatte, aber jetzt war dort nichts zu sehen – nur noch leerer Raum.

Sie blickte nach Osten und sah ihr nächstes Ziel, dann zoomte sie zurück und zählte die anderen Siegel, sicher, dass mindestens ein oder zwei weitere Siegel auf sie gewartet hatten.

Bedächtig schloss sie die Karte und vermutete, dass sie bei all der Aufregung ihrer Abenteuer vielleicht falsch gezählt hatte oder sich einfach nicht richtig erinnerte.

»Und?«, fragte Schorsch-Kai.

»Wir reisen nach Osten, hinter die Wüste.«

Schorsch-Kai und die anderen schauten unbehaglich auf ihre Füße.

»Was?«, fragte Chloe.

»Das Land im Osten von uns ist hier mittlerweile unbekannt«, erklärte Schorsch-Kai. »Unser Volk hat es seit Jahrhunderten nicht mehr besucht. Wir können nicht einmal vermuten, was da sein könnte und was nicht.«

»Was *war* denn einmal da?«, fragte Ben, dessen Scooper unter ihm ungeduldig bockte.

Flosse antwortete für Schorsch-Kai. »Einfach ausgedrückt, je weiter östlich man reist, desto heißer sind die Länder, die man vorfindet. Östlich der Wüste gab es einst nur vulkanisches Gestein, Magma und ein Land namens Bahrum. Es ist nicht abzusehen, was ihr dort finden werdet und ob der Vulkan noch aktiv ist.«

Chloe erinnerte sich schlagartig daran, dass sie einen Vulkan in ihrer Vision im Sitz der Welt gesehen hatte – ein blitzschnelles Bild von einem der Orte, an denen die

Rüstungsteile zu finden waren.

»Großer Vulkan? Voller brodelnder Lava? Da fehlen nur noch ein paar Hobbits mit einem Ring und ich kann vorhersagen, wie diese Geschichte endet.« Sie zeigte auf Ben. »Du kannst Legolas sein und ich bin der Zauberer. So kommt, meine Gefährten, Abenteuer erwarten uns!«

Sie lachten alle, als Chloe und die anderen sich verabschiedeten. Mit einem Pfiff verschwanden sie nacheinander im Sand und begannen guten Mutes den nächsten Teil ihres Abenteuers.

Epilog

Valoric_Warrior_219 ging die Stufen zum Altar hinauf, jeder Schritt exakt und leichtfüßig. Ihr Haar war zu einem langen, fließenden Zopf gebunden und ihre Finger öffneten und schlossen sich, genossen das Gefühl des fremden Metalls auf ihrer Haut.

Ohne ein Wort zu sagen, trat sie die letzten Stufen hinauf, ein kalter Wind wehte um sie herum. Der Schrein war ideal gelegen, nur wenige Schritte vom Eingang der Höhle entfernt, in der sie sich problemlos an allen Gegnern vorbeigekämpft hatte. Schneebedeckte Berge umgaben sie, aber keiner war so hoch wie dieser – sie stand buchstäblich auf dem Dach der Welt.

In Reichweite der Götter.

Es war ein Gedanke, der ihr den Atem hätte rauben sollen.

Ihr Team war zurückgeblieben, unausgereifte Abenteurer, die keine Ahnung hatten, was man in einem Spiel wie diesem erreichen konnte. Sie war sich sicher, dass ihre Gruppe von Kriegern, Bogenschützen, Berserkern, Magiern und Klerikern in Wirklichkeit nichts als Kinder waren, Teenager und Kinder mit einem Hunger nach kurzem Ruhm und einer Schublade voller stinkender, schmutziger Socken.

Das war für sie in Ordnung. Sie waren genau das, was sie brauchte, um die Mission abzuschließen, auf die sie gesandt worden war – ein Team von willigen Verbündeten, die bereit waren, ihr Leben für sie zu opfern. Vor Felsbrocken zu springen. In von Piranhas verseuchten Gewässern zu schwimmen.

Sie waren bereit, vorauszurennen und Monster abzulenken, während Valoric_Warrior_219 die Erfahrungspunkte erntete.

Sie legte ihre Hand auf den Kopf einer kleinen Frauenstatue mit grimmigem Gesichtsausdruck – eine Frau, die sie nun als KieraFreya erkannte, der Göttin der Vergeltung.

Sie schloss die Augen und konzentrierte sich darauf, dass der Schrein sich dem Gott weihte, den sie wünschte. Ein Lächeln säumte ihre Lippen, als sich die Statue von ihrem grauen Farbton in das Schwarz von Onyx verwandelte. Die Statue formte sich in ein Wesen, das einem Wichtel ähnelte, dessen Zähne über seine Lippen ragten und dessen Augen rot wie Waldbrände leuchteten.

»Fukmos, es ist vollbracht«, sagte sie und fiel auf ein Knie. Die smaragdgrünen und goldenen, gerüsteten Handschuhe schimmerten an ihren Händen. Das gleiche Muster schmückte die Rüstung, die sie an ihren Oberschenkeln trug. Zwei Teile hatte sie nun geborgen.

Die Statue des Wichtels drehte ihren Kopf und seine gierigen Augen fixierten die Frau.

»Gut, mein Kind«, sagte der Wichtel Fukmos, seine Stimme triefend von Bosheit. »Es gibt jedoch noch viel zu sammeln und weniger Zeit, als wir erwartet haben. Die Andere – sie ist da draußen und rast mit dir auf dasselbe Ziel zu. Bist du sicher, dass du das Zeug dazu hast, diese Aufgabe zu erfüllen?«

Valoric_Warrior_219 nickte, ihr Gesicht voller Entschlossenheit. Wer war dieser Wichtigtuer, dass er ihre Fähigkeiten infrage stellte? Sie war eine Veteranin in dieser Art von Spielen, jemand, der sein ganzes Leben damit verbracht hatte, Anfänger aus dem Weg zu räumen und das zu nehmen, was ihr zustand. Was hatte sie vor dieser ... Anderen zu fürchten?

»Betrachte es als erledigt«, antwortete sie leichthin, schaute auf und sah, dass die Statue in ihre normale Position zurückgekehrt war. Schlichter, schwarzer Onyx starrte sie ausdruckslos an.

Als sie aufstand, öffnete sie ihre Karte und suchte die anderen Siegel, die der boshafte Gott des Unfugs auf ihrer Karte platziert hatte. Sie wusste weder, warum er ihr überhaupt erschienen war, noch warum er so von dieser Quest besessen schien. Solange sie aber weiterhin massenhaft Erfahrungspunkte verdiente, würde Valoric_Warrior_219 ihm gehorchen und alles und jeden mitschleppen, der bereit war, sich als Kampffutter für ihre geheime Quest herzugeben.

Sie lief die Treppe immer zwei Stufen auf einmal nehmend hinab, rief die anderen herbei, sprang dann mit einem einzigen Schwung auf ihr Pferd und begann ihren Weg den Berg hinab.

Sie konnte nicht mehr sehen, wie der schelmische Wichtel in sich hineinkicherte und seine Hände aneinanderrieb, während er die beiden Abenteurerinnen aus der Ferne beobachtete, begierig darauf, die Konsequenzen seines Einmischens zu sehen.

So ist es gut, dachte er. *Solange ihr Körper geteilt ist, kann KieraFreya niemals, niemals ganz sein.*

ENDE

**Chloe und KieraFreya kehren zurück in:
»Die Chroniken von KieraFreya 03«**

—

Wie hat Dir das Buch gefallen? Schreib uns eine Rezension oder bewerte uns mit Sternen bei Amazon. Dafür musst Du einfach ganz bis zum Ende dieses Buches gehen, dann sollte Dich Dein Kindle nach einer Bewertung fragen.

Als Indie-Verlag, der den Ertrag weitestgehend in die Übersetzung neuer Serien steckt, haben wir von LMBPN International nicht die Möglichkeit große Werbekampagnen zu starten. Daher sind konstruktive Rezensionen und Sterne-Bewertungen bei Amazon für uns sehr wertvoll, denn damit kannst Du die Sichtbarkeit dieses Buches massiv für neue Leser, die unsere Buchreihen noch nicht kennen, erhöhen. Du ermöglichst uns damit, weitere neue Serien parallel in die deutsche Übersetzung zu nehmen.

Am Endes dieses Buches findest Du eine Liste aller unserer Bücher. Vielleicht ist ja noch ein andere Serie für Dich dabei. Ebenso findest Du da die Adresse unseres Newsletters und unserer Facebook-Seite und Fangruppe – dann verpasst Du kein neues, deutsches Buch von LMBPN International mehr.

Über LitRPG

Vielen Dank für das Lesen unseres LitRPG-Buches. Wir hoffen, es hat dir gefallen und dass du noch auf viele weitere Teile von Chloes Abenteuern gespannt bist. Wenn es dir gefallen hat, würden wir uns über eine Rezension bei Amazon sehr freuen, denn das ist die beste Möglichkeit für uns Indie-Verlage, Werbung für unsere Bücher zu machen. Wenn dir das Buch nicht gefallen hat, freuen wir uns natürlich auch über eine konstruktive Rezension. Wir schauen vor allem die krtischen Rezensionen immer sehr aufmerksam durch und wenn da Sachen angesprochen werden, die wir ändern können, dann machen wir das auch.

Da das Genre LitRPG/GameLit im deutschen Sprachraum noch sehr jung ist, möchten wir dabei helfen, dass es in Deutschland weiter bekannt wird. Ein Ort, dies zu tun, ist eine Facebookgruppe, die sich dem Thema verschrieben hat: https://www.facebook.com/groups/deutsche.litrpg/

Das Team von LMBPN International unterstützt diese Gruppe, auch wenn du dann höchstwahrscheinlich auch Bücher anderer Verlage finden und lesen wirst. Das ist aber überhaupt nicht schlimm, denn gemeinsam mit den anderen Verlagen werden wir das Genre wachsen lassen. Und seien wir mal ehrlich, selbst zusammen mit unseren fleißigen Kollegen werden wir es wahrscheinlich nicht schaffen, deinen Lesedurst durchgehend zu stillen, oder?

Wenn du unser Verlagsprogramm noch nicht kennst, findest du nach dem Glossar noch unsere Buchliste und Links zu unserem Newsletter und unserer Facebook-Seite.

Jens Schulze für das Team von LMBPN International

Charakterdaten & Übersicht

Charakterblatt

Bio
Charaktername: Chloe
Stufe: 11
Klasse: Kampfmagier (Anfänger)
Rasse: Mensch
Statistiken
HP: 325/325
MP: 540/540
Ausdauer: 375/375
Aktive Effekte: Null
Segen: +15% Glück für experimentelle Magie

Attribute
Stärke: 22 (+32)
Intelligenz: 10 (+34)
Geschicklichkeit: 20 (+34)
Ausdauer: 25 (+29)
Ätherisches Potential: 9 (+46)
Verfügbare Attributpunkte: 0

Fähigkeiten
Sprachen: Mensch
Akrobatik: Stufe 3
Angeln: Stufe 1

Bewaffneter Kampf: Stufe 3
Charismatisch: Stufe 4
Dunkle Vision: Stufe 4
Experimentell: Stufe 1
Hand der Götter: Stufe 1
Handwerk: Stufe 1
Kampf mit zwei Waffen: Stufe 2
Kochen: Stufe 2
Kreaturenidentifikation: Stufe 4
Kräuteridentifikation: Stufe 2
Rücksichtslos: Stufe 5
Sattler: Stufe 5
Schleichen: Stufe 4
Schwimmen: Stufe 3

Talente-Index

Akrobatik (Stufe 3)

Herzlichen Glückwunsch zu einem dreifachen Überschlag während des Fallens. Überschläge kommen beim Publikum gut an. Es gibt einige, die ehrliches Geld damit verdienen, Tricks vorzuführen. Wie Hofnarren und akrobatische Vagabunden. Willkommen in ihren Reihen.

Boni: +5 Geschicklichkeit

Angeln (Stufe 1)

Siehst du die Dinger im Wasser? Das sind Fische. Du kannst sie fangen. Gut gemacht.

Anforderungen: Fange deinen ersten Fisch
Boni: +1 Fingerfertigkeit

Bewaffneter Kampf (Stufe 3)
Kämpfe gegen jemanden um Leben und Tod. Oh, warte! Das hast du bereits getan! Je höher dieses Talent ist, desto stärker und besser wird dein Kampfstil.
Boni: +3 Stärke

Charismatisch (Stufe 4)
Du hast diese Zunge wirklich losgelassen. Jetzt lass uns sehen, was du damit machen kannst. Schnurren zum Beispiel ...
Boni: +4 Intelligenz

Dunkle Sicht (Stufe 4)
Die Nacht wird immer schneller zu deiner Geliebten. Dunkle Formen werden raffinierter, Nachtschrecken verlieren ihre Fusseln und oh die Streiche, die man spielen kann, während man sich in der Dunkelheit auflöst und seine Freunde in die Irre führt.
Boni: +5 Intelligenz, +8 ätherisches Potential

Experimentell (Stufe 1)
Dein Verstand arbeitet auf mysteriöse Weise. In der Hitze des Gefechts entscheidest du dich dafür, den Weg weniger zu gehen ... naja, nie bereist. Arbeite weiter an dieser Fertigkeit und deine Experimente werden erfolgreicher und unwahrscheinlicher, dass sie mit jeder erreichten Stufe nach hinten losgehen.
Boni: +1 Intelligenz, +1 Geschicklichkeit, +1 Ausdauer, +1 ätherisches Potential

Hand der Götter (Stufe 1)
Nun, lieber Sterblicher, du hast dir die Gunst der Götter verdient. Indem sie deine Hände führen, können die Götter schreckliche und wunderbare Dinge tun. Verwende dieses

Talent, wenn du in einer aussichtslosen Situation bist und die Götter werden dir Hilfe gewähren. Resultate dieses Talentes können variieren.

Boni: +7 Ätherisches Potenzial

Handwerk (Stufe 1)

Diejenigen, die handwerklich tätig sein können, erhalten einen fairen Vorteil im Obsidian. Erstelle deine eigene Rüstung aus Leder. Baue deine eigenen Waffen. Oder bezahle weiterhin andere dafür, denn auf dieser Stufe sind deine Chancen noch relativ gering.

Anforderungen: Erstelle deinen ersten Gegenstand
Boni: +1 Fingerfertigkeit

Kampf mit zwei Waffen (Stufe 2)

Viele erkennen nicht die Vielfalt der Kampfstile, die der Kampf mit zwei Waffen zu bieten hat. Einige stolpern zufällig darüber. Wie du. Du scheinst mehr Glück als Verstand zu haben, was? Jetzt kannst du Magie und physischen Kampf kombinieren. Tick tack!

Boni: +2 Geschicklichkeit

Kochen (Stufe 2)

Du hast so etwas wie Geschmacksnerven entwickelt. Jetzt kannst du ein wenig experimenteller werden und gleichzeitig deine Chancen auf Lebensmittelvergiftung verringern!

Boni: +2 Geschicklichkeit

Kräuteridentifikation (Stufe 2)

Das umliegende Laub beginnt, mit dir zu sprechen. Entdecke neue Zutaten für Lebensmittel und Trankrezepte, indem du mit Kombinationen aus dem Pflanzenleben von Obsidian experimentierst.

Boni: +2 Intelligenz

Kreaturenidentifikation (Stufe 4)

Du kannst nun die Trefferpunkte deiner Gegner mit einem einfachen Zauber sehen. Beobachte, wie ihre Gesundheit in Form eines Fortschrittsbalkens sinkt, während du vorranhackst und dir den Weg zum Sieg bahnst.

Boni: +6 Intelligenz

Rücksichtslos (Stufe 5)

Riesige Käfer reiten, sich auf mutierte Spinnen stürzen. Du weißt was ich meine, oder?

Boni: +14 Stärke, +8 Ausdauer

Sattler (Stufe 5)

Du hast das Unmögliche gezähmt, indem du einen Weg gefunden hast, ein legendäres Tier zu reiten und es nach deiner Pfeife tanzen zu lassen. Du hast dir zusätzliche Punkte für dieses Talent verdient, um deine Tapferkeit zu belohnen und dich auf deinem Weg weiter zu stärken, auf dem du die mächtigsten Kreaturen Obsidians zähmen wirst.

Boni: +5 Geschicklichkeit

Schleichen (Stufe 4)

Ob du dich vor einem Freund oder Feind versteckst, du wirst eins mit den Schatten. Spring weiter über die Pfützen der Dunkelheit und schon bald bist du sicher, dass du so unsichtbar bist wie ... nun, eine unsichtbare Person.

Boni: +4 Geschicklichkeit

Schwimmen (Stufe 3)
Du wirst immer schneller und immer glitschiger. Das Wasser liebt dich. Ich frage mich, welche Freuden du in den Tiefen von Obsidian finden wirst!
Boni: +3 Geschicklichkeit

Verwegenheit (Stufe 5)
Riesige Käfer reiten, sich auf mutierte Spinnen stürzen. Ich meine, was?
Boni: +14 Stärke, +8 Ausdauer

Quest-Index

Offene Questen

Eine gefallene Göttin
Die Göttin der Vergeltung, KieraFreya, ist in Ungnade gefallen. Ihre Form wurde geteilt und über das Land Obsidian verstreut. Seit Äonen wartet sie auf einen Abenteurer, der mutig genug und stark genug ist, um die Teile ihrer Rüstung wieder zu vereinen und KieraFreya zu ihrem früheren Glanz zurückzugeben. Finde alle [x] Stücke von KieraFreya und bringe sie zu den Göttern zurück.
Schwierigkeitsgrad: 10/10
Belohnungen: 100.000 Erfahrungspunkte, seltene Gegenstände (gesperrt).

Abgeschlossene Questen

Den Todesweg der Götter gehen
Du hast es geschafft! Du hast die Trolle überlistet, durch das Reich des Feuers getrampelt, den unerbittlichen See

geschwommen und bist durch das fraktale Labyrinth des Todes siegreich geworden. Du hast dich wirklich selbst bewiesen.

#ERROR404

-ein Champion unter den Champions -

MISSING_SEQ

REBOOT_POPUP

-Machen Sie weiter, Abenteurer Ohne Titel und steigen Sie in immer größere Höhen auf!

Belohnungen: 10.000 Erfahrungspunkte, Armschienen von KieraFreya

Wir haben das Feuer nicht gelegt

Ein Idiot hat die Kontrolle über seine Flammen verloren. Hilf ihm, das Feuer zu löschen, bevor das ganze Haus zu Asche verbrannt wird.

Schwierigkeitsgrad: 1/10

Belohnung: 50 Erfahrungspunkte

Überwindung der Sprachbarriere

Es gibt viele im Dorf Oakston, die Ihre Sprache sprechen können. Es gibt aber auch viele, die es nicht können und das könnte für dich lästig werden.

Schalte neue Aufgaben und Interaktionen in Oakston frei, indem du entweder eine neue Sprache lernst oder einen Dolmetscher findest. Die Belohnungen, die Sie erhalten, basieren auf den Entscheidungen, die Sie treffen.

Schwierigkeitsgrad: 2/10

Belohnung (Dolmetscher): 100 Erfahrungspunkte

Belohnung (Eine Sprache lernen): VERLETZT

Wo ist der Schamane?

Du hast eine recht neugierige Natur. Du hast das Haus des Schamanen gefunden, aber der Schamane ist nirgendwo zu sehen.

Nutze deinen Spürsinn, um den Schamanen ausfindig zu machen, bevor dich das giftige Gas der Todesglockenblume, das gerade deine Lunge füllt, in den letzten Schlaf schickt.

Schwierigkeitsgrad: 4/10

Belohnungen: 500 Erfahrungspunkte, Rezept für den Trank ›Letzter Schlaf‹

Einem geschenkten Gaul ...

Du hast den Stallburschen wieder mit seinen Pferden vereint. Leider waren die Kosten hoch, da du bei Jacob in Ungnade gefallen bist. Die Erfahrung hast du verdient, aber keine Pferde für dich.

Belohnungen: 1.500 Erfahrungspunkte

Wie Topf und Deckel?

Rosaline und Derren sind wie füreinander gemacht. Herzlichen Glückwunsch dafür, dass du sie vereint hast und die Liebe in dieser kargen Welt erblühen lässt.

Extrapunkte für Kopulation innerhalb der ersten 24 Stunden nach dem ersten Aufeinandertreffen.

Belohnungen: 1.300 Erfahrungspunkte, + 500 Erfahrungspunkte (Kopulationsbonus), + Ort freigeschaltet (mit dem Questgeber sprechen).

Fehlgeschlagene Quests

Eine von uns
Der Häuptling hat dich in ihre Gemächer gerufen, um eine feste Stelle als Teil des Stammes anzunehmen. Die Stammesangehörigen von Oakston mögen einfach leben, aber du hast hier die Möglichkeit für Wachstum und Entwicklung. Lerne von lokalen Experten, verfeinere deine Talente unter der Anleitung anderer und mache Oakston zu deinem Zuhause.

Schwierigkeitsgrad: 1/10

Belohnungen: 5.000 Erfahrungspunkte, Titel freischalten (Oakston-Stammesangehörige), neue Sprache (Stammessprache: Primitiv).

Zauberindex

Himmlisches Licht (Stufe 1)
Dank der Götter wurdest du mit Himmlischem Licht ausgestattet. Nutze diesen Zauber, um eine mächtige Lichtsäule zu beschwören, die jene Feinde vertreibt, die sich mit der Dunkelheit identifizieren.

Anforderungen: n × 100 Magiepunkte (wobei n gleich der Anzahl der Sekunden ist, die benötigt werden, um den Zauber zu wirken)

Eissplitter (Stufe 1)
Eis mag nicht wie die zuverlässigste Waffe wirken, aber wir können garantieren, dass es einigen Schaden anrichten kann, bevor es schmilzt.

Der ultimative Zauber für heimliche Morde. Feuere einen Eissplitter in das Herz deines Feindes und beobachte die verblüfften Gesichter der Ermittler, wenn die Mordwaffe spurlos verschwunden ist.

Anforderungen: n × 10 Magiepunkte pro Splitter (wobei n gleich der Anzahl der Sekunden ist, die benötigt werden, um den Zauber zu wirken)

Heilende Hände (Stufe 1)

Ein fleißiger Magier wäre nicht komplett ohne ein wenig Heilkraft. Lege einem verletzten Kameraden die Hände auf und hilf ihm, wieder gesund zu werden. Leg dir selbst die Hände auf, um ein paar Beulen und blaue Flecke zu beheben und in die Schlacht zurückzukehren, als wäre nichts passiert.

Anforderungen: (auf andere angewendet) n × 15 Magiepunkte (wobei n gleich der Anzahl der Sekunden ist, die benötigt werden, um den Zauber zu wirken)

(auf sich selbst angewendet) n × 18 Magiepunkte (wobei n gleich der Anzahl der Sekunden ist, die benötigt werden, um den Zauber zu wirken)

Lila Feuer (Stufe 2)

Du hast gerade deine erste fortgeschrittene Stufe in einem Zauber verdient. Die ständige und genaue Anwendung eines Zaubers wird dir helfen, dein ätherisches Potenzial zu verbessern. Nutze deine zusätzliche Kraft, um zwei einzelne Kugeln lilafarbener Flamme gleichzeitig mit beiden Händen zu werfen, um den Schaden gegen deine Feinde zu verdoppeln. Oder kombiniere ihn mit einem anderen Zauber, um eine schwebende Kugel aus Licht zu erschaffen, die dich durch die dunklen Ecken der Welt begleitet.

Boni: +1 ätherisches Potenzial, reduzierter MP-Verlust beim Zaubern (n × 19 MP)

Wiederbelebung (Stufe 1)

In diesem Reich wirken sehr viele Kräfte. Obwohl viele sich dafür entscheiden, den Weg des Lichts zu gehen, kann Magie auch auf dem Weg der Dunkelheit gefunden werden. Obwohl das Leben gesucht und mit eisernen Klauen festgehalten wird, ist der Tod die Unvermeidlichkeit, die jeden einholt.

So scheint es zumindest.

Beschwöre die Kräfte dieses Zaubers, um die Toten wieder zum Leben zu erwecken. Höhere Stufen dieses Zaubers ermöglichen die Kontrolle über die dunklen Kräfte der Toten, während niedrigere Stufen das Wiederbeleben gefallener Kameraden ermöglichen.

Eine Warnung: Es gibt diejenigen im Reich Obsidians, die die dunklen Künste missbilligen. Achte auf deine Umgebung, bevor du mit den Göttern der Dunkelheit spielst.

Anforderungen: 100% der Magiepunkte des Spielers

(HINWEIS: Der Zauber der Wiederbelebung kann nur einmal innerhalb von 48 Stunden verwendet werden. Spieler müssen mindestens Stufe 10 mit einer Spezialisierung als magischer Benutzer sein, um diesen Zauber verwenden zu können.)

Volt-Schock (Stufe 1)

Was sagte schon Freddie Mercury? »Thunderbolts and lightning, very, very frightening!« Du kannst jetzt die Kraft der Elektrizität beschwören, um deinen Feinden Schaden zuzufügen. Finde kreative, einzigartige Wege, diese Fähigkeit zu nutzen, während du dich entwickelst und verbesserst.

Anforderungen: n × 30 Magiepunkte (wobei n gleich der Anzahl der Sekunden ist, die benötigt werden, um den Zauber zu wirken)

ANFÄNGERIN

Telekinese (Stufe 1)
Betritt das Ätherische, liebe Magierin und manipuliere die Welt um dich herum mit nichts außer einem Gedanken. Metall beugt sich deinem Willen, Flüsse hören auf zu fließen, Feuer frieren ein ...

Irgendwann jedenfalls. Im Moment kannst du das Verhalten von kleinen Dingen verändern.

Anforderungen: n × 40 Magiepunkte (wobei n gleich der Anzahl der Sekunden ist, die benötigt werden, um den Zauber zu wirken)

Michaels Notizen

Vielen Dank dafür, dass du nicht nur diese Geschichte, sondern auch diese *Autorennotizen* liest.

(Ich glaube, ich habe schon immer brav mit einem »Danke« begonnen. Wenn nicht, muss ich die anderen *Autorennotizen* bearbeiten!)

(Ziemlich) UNGEORDNETE GEDANKEN?

Was sind schon eine Milliarde Seiten unter Freunden?

Innerhalb von zwei Wochen nach Erscheinen dieses Buches wird mein Verlag (LMBPN Publishing) **eine Milliarde gelesener Seiten** (auf englisch in Kindle Unlimited) überschritten haben.

Dies wäre NICHT ohne unsere unglaublichen Kreativteams möglich gewesen, die zusammen ihr Bestes geben, um unsere Bücher jede Woche zu veröffentlichen.

Das Kreativteam dieses Projekts umfasst Unterstützung im Story-Bereich durch Cody Bryan, künstlerischer Support durch Mihaela Voicu, Lektorat durch Lynne Stiegler und Judah Raine sowie die Betaleser- und JIT-Teams, zu denen (je nachdem, um welches Buch es sich handelt) gehören können:

Angel, Crystal, Dan, Dave, Diane, Dorothy, Erika, Jeff G, Jeff E, James, John A, John R, Joshua, Kelly, Larry, Mary, Misty, Micky, Nicole, Paul, Peter, Sarah, Shari und Tom.

Ich habe noch nicht einmal angefangen, die geschäftlichen-, Marketing- und VA Teams aufzuzählen, die uns dabei helfen, diese Bücher zu veröffentlichen.

Dann gibt es da noch einige wundervolle Autoren im

GameLit/LitRPG-Genre, die mir und anderen Einblicke in ihre Welt gegeben haben, darunter Dakota Krout, James Hunter, Aaron Crash (nein, er ist nicht James Hunter ;-)) und Aleron Kong. Sie alle waren freundlich genug, mit mir über Skype oder beim Mittag- und Abendessen zu sprechen und mir zu erklären, was ich über das Genre zu wissen glaubte ...

Und was ich tatsächlich wissen musste.

Ich bin damit gesegnet, dass ich mit vielen Autoren aus vielen verschiedenen Genres und mit jedem von euch sprechen durfte. Vielen Dank, dass ihr mir Einblick, Tipps und die Gelegenheit gegeben habt, eure Bücher zu lesen.

Mögen LitRPG und GameLit die neuen Genres sein, die uns in solch unergründliche Arten von Geschichten entführen, die meine Generation (ich bin 52 Jahre alt) *nie* für möglich gehalten hätte, als wir jünger waren.

Zu guter Letzt: Eric Ugland, lass deine Finger schneller tippen... Ich kann das nächste Buch in deiner Serie kaum erwarten!

IN 80 TAGEN UM DIE WELT

Einer der (zumindest für mich) interessanten Aspekte meines Lebens ist es, dass ich von überall und zu jeder Zeit arbeiten kann. In Zukunft hoffe ich, meine eigenen *Autorennotizen* noch einmal zu lesen und mich wie von einem Tagebucheintrag an mein Leben erinnern zu lassen.

Ich befinde mich auf dem Freeway 93 in Richtung Tucson, Arizona und die Fahrt zwischen den Bergen ist sehr angenehm.

Überall schöne Landschaften. Die grüne Wüste lässt mich fragen, wie sie aussehen würde, wäre sie von Gras bedeckt (die Art, die man auf Golfplätzen sieht).

Ich habe gelernt, die Wüstenlandschaft in Las Vegas zu lieben, aber gelegentlich sehne ich mich nach Szenerien wie die Berge Neuseelands. (Herr der Ringe-Zeug. Wurden die Bergszenen nicht da gedreht?)

WIE MAN FÜR BÜCHER WIRBT, DIE MAN LIEBT

Lass Bewertungen für sie da, damit andere an deinen Gedanken teilhaben können und erzähle Freunden und den Hunden deiner Feinde davon (denn wer will schon mit seinen Feinden reden?)... *Genug gesagt ;-)*

NUR NOCH EINE SACHE

Blättere weiter, um einige andere aktuelle LMBPN-Bücher zu sehen, die dir gefallen könnten, während du auf den nächsten Teil in der KieraFreya-Serie wartest...

Ad Aeternitatem,
Michael Anderle
20. Juni 2019

SOZIALE MEDIEN

Möchtest Du mehr?
Abonnier unseren Newsletter, dann bist Du bei neuen Büchern, die veröffentlicht werden, immer auf dem Laufenden:
https://lmbpn.com/de/newsletter/

Tritt der Facebook-Gruppe und der Fanseite hier bei:
https://www.facebook.com/groups/ZeitalterderExpansion/
(Facebook-Gruppe)
https://www.facebook.com/DasKurtherianischeGambit/
(Facebook-Fanseite)

Die E-Mail-Liste verschickt sporadische E-Mails bei neuen Veröffentlichungen, die Facebook-Gruppe ist für Veröffentlichungen und ›hinter den Kulissen‹-Informationen über das Schreiben der nächsten Geschichten. Sich über die Geschichten zu unterhalten ist sehr erwünscht.
Da ich nicht zusichern kann, dass alles was ich durch mein deutsches Team auf Facebook schreiben lasse, auch bei Dir ankommt, brauche ich die E-Mail-Liste, um alle Fans zu benachrichtigen wenn ein größeres Update erfolgt oder neue Bücher veröffentlicht werden.
Ich hoffe Dir gefallen unsere Buchserien, ich freue mich immer über konstruktive Rezensionen, denn die sorgen für die weitere Sichtbarkeit unserer Bücher und ist für unabhängige Verlage wie unseren die beste Werbung!
Jens Schulze für das Team von LMBPN International

**DEUTSCHE BÜCHER VON
LMBPN PUBLISHING**

Kurtherianisches-Gambit-Universum:

**Das kurtherianische Gambit
(Michael Anderle – Paranormal Science Fiction)**

Erster Zyklus:
Mutter der Nacht (01) · Queen Bitch – Das königliche Biest (02) · Verlorene Liebe (03) · Scheiß drauf! (04) · Niemals aufgegeben (05) · Zu Staub zertreten (06) · Knien oder Sterben (07)

Zweiter Zyklus:
Neue Horizonte (08) · Eine höllisch harte Wahl (09) · Entfesselt die Hunde des Krieges (10) · Nackte Verzweiflung (11) · Unerwünschte Besucher (12) · Eiskalte Überraschung (13) · Mit harten Bandagen (14)

Dritter Zyklus:
Schritt über den Abgrund (15) · Bis zum bitteren Ende (16) · Ewige Feindschaft (17) · Das Recht des Stärkeren (18) · Volle Kraft voraus (19)

Kurzgeschichten:
Frank Kurns – Geschichten aus der Unbekannten Welt

In Vorbereitung:
...die restlichen Bücher bis Band 21

**Das zweite Dunkle Zeitalter
(Michael Anderle & Ell Leigh Clarke
– Paranormal Science Fiction)**
Der Dunkle Messias (01) · Die dunkelste Nacht (02)

In Vorbereitung sind die restlichen Bücher der Serie

Aufstieg der Magie
(CM Raymond, LE Barbant &
Michael Anderle – Fantasy)
Unterdrückung (01) · Wiedererwachen (02) ·
Rebellion (03) · Revolution (04) ·
Die Passage der Ungesetzlichen (05)
In Vorbereitung sind die restlichen Bücher der Serie

Oriceran-Universum:

Die Leira-Chroniken
(Martha Carr & Michael Anderle – Urban Fantasy)
Das Erwecken der Magie (01)
In Vorbereitung sind die restlichen Bücher der Serie

Der unglaubliche Mr. Brownstone
(Michael Anderle – Urban Fantasy)
Von der Hölle gefürchtet (01) · Vom Himmel verschmäht (02) ·
Auge um Auge (03) · Zahn um Zahn (04) ·
Die Witwenmacherin (05) · Wenn Engel weinen (06) ·
Bekämpfe Feuer mit Feuer (07)
In Vorbereitung sind die restlichen Bücher Serie

Die Schule der grundlegenden Magie
(Martha Carr & Michael Anderle – Urban Fantasy)
Dunkel ist ihre Natur (01)
In Vorbereitung sind die restlichen Bücher dieser Serie

Die Schule der grundlegenden Magie: Raine Campbell
(Martha Carr & Michael Anderle – Urban Fantasy)
Mündel des FBI (01)
In Vorbereitung sind die restlichen Bücher dieser Serie

Sonstige Serien

**Die Chroniken des Komplettisten
(Dakota Krout – LitRPG/GameLit)**
Ritualist (01) · Regizid (02) · Rexus (03) ·
Rückbau (04) · Rücksichtslos (05) ·
Bibliomant (Seitengeschichte)
In Vorbereitung sind die restlichen Bücher der Serie

**Die Chroniken von KieraFreya
(Michael Anderle – LitRPG/GameLit)**
Newbie (01) · Anfängerin (02) · Kriegerin (03)
In Vorbereitung sind die restlichen Bücher bis Band 6

**Die guten Jungs
(Eric Ugland – LitRPG/GameLit)**
Noch einmal mit Gefühl (01)
Heute Erbe, morgen Schachfigur (02)
In Vorbereitung sind die restlichen Bücher der Serie

**Die bösen Jungs
(Eric Ugland – LitRPG/GameLit)**
Schurken & Halunken (01)
In Vorbereitung sind die restlichen Bücher der Serie

**Die Reiche
(C.M. Carney – LitRPG/GameLit)**
Der König des Hügelgrabs (01)
In Vorbereitung sind die restlichen Bücher der Serie

**Stahldrache
(Kevin McLaughlin & Michael Anderle –
Urban Fantasy)**
Drachenhaut (01) · Drachenaura (02) ·
Drachenschwingen (03) · Drachenerbe (04) ·

Dracheneid (05) · Drachenrecht (06) ·
Drachenparty (07) · Drachenrettung (08)
In Vorbereitung sind die restlichen Bücher bis Band 15

So wird man eine knallharte Hexe
(Michael Anderle – Urban Fantasy)
Magie & Marketing (01)

Animus
(Joshua & Michael Anderle – Science Fiction)
Novize (01) · Koop (02) · Deathmatch (03) ·
Fortschritt (04) · Wiedergänger (05) · Systemfehler (06) ·
Meister (07)
In Vorbereitung sind die restlichen Bücher bis Band 12

Opus X
(Michael Anderle – Science Fiction)
Der Obsidian-Detective (01)
Zerbrochene Wahrheit (02)
Suche nach der Täuschung (03)
In Vorbereitung sind die restlichen Bücher bis Band 12

Die Geburt von Heavy Metal
(Michael Anderle – Science Fiction)
Er war nicht vorbereitet (01)
Sie war seine Zeugin (02)
Hinterhältige Hinterlassenschaften (03)
In Vorbereitung sind die restlichen Bücher bis Band 8

Unzähmbare Liv Beaufont
(Sarah Noffke & Michael Anderle – Urban Fantasy)
Die rebellische Schwester (01)
Die eigensinnige Kriegerin (02)
Die aufsässige Magierin (03)
Die triumphierende Tochter (04)

Die loyale Freundin (05)
Die dickköpfige Fürsprecherin (06)
Die unbeugsame Kämpferin (07)
Die außergewöhnliche Kraft (08)
Die leidenschaftliche Delegierte (09)
Die unwahrscheinlichsten Helden (10)
Die kreative Strategin (11)
Die geborene Anführerin (12)

Die einzigartige S. Beaufont
(Sarah Noffke & Michael Anderle – Urban Fantasy)
Die außergewöhnliche Drachenreiterin (01)
Das Spiel mit der Angst (02)
Verhandlung oder Untergang (03)
Die Würfel sind gefallen (04)
In Vorbereitung sind die restlichen Bücher bis Band 24

Weihnachts-Kringle
(Michael Anderle –
Action-Adventure-Weihnachtsgeschichten)
Stille Nacht (01)